U0527401

鬼吹灯 ① 精绝古城

CANDLE IN THE TOMB

天下霸唱 著

湖南文艺出版社
HUNAN LITERATURE AND ART PUBLISHING HOUSE

引子 / 1

目录

第一章　白纸人和鼠友 / 3

第二章　《十六字阴阳风水秘术》/ 8

第三章　大山里的古墓 / 14

第四章　昆仑不冻泉 / 31

第五章　火瓢虫 / 37

第六章　九层妖楼 / 43

第七章　霸王蝾螈 / 50

第八章　地震 / 58

第九章　重逢 / 64

第十章　大金牙 / 71

第十一章　黑风口　野人沟 / 78

第十二章　月沟 / 87

第十三章　鬼吹灯 / 96

第十四章　红孤 / 102

第十五章　关东军地下要塞 / 110

第十六章　密室 / 123

第十七章　草原大地獭 / 131

第十八章　蛾身螭纹双劙璧 / 140

第十九章　考古队 / 154

第二十章　沙海魔巢 / 165

第二十一章　西夜古城 / 180

第二十二章　黑沙漠 / 197

第二十三章　扎格拉玛山谷 / 205

第二十四章　黑塔 / 219

第二十五章　柱之神殿 / 225

第二十六章　天砖秘道 / 233

第二十七章　宝藏 / 245

第二十八章　尸香魔芋 / 253

第二十九章　石室 / 264

第三十章　古老的预言 / 271

第三十一章　真与假 / 279

第三十二章　撞邪 / 287

第三十三章　逃脱 / 292

目录 CONTENTS

引子 CANDLE IN THE TOMB

  盗墓不是游览观光，不是吟诗作对，不是描画绣花，不能那样文雅，那样闲庭信步，含情脉脉，那样天地君亲师。盗墓是一门技术，一门进行破坏的技术。古代贵族们建造坟墓的时候，一定是想方设法地防止被盗，故而无所不用其极，在墓中设置种种机关暗器、消息[①]埋伏，有巨石、流沙、毒箭、毒虫、陷坑等等，数不胜数。到了明代，受到西洋奇技淫巧的影响，一些大墓甚至用上了西洋的八宝转心机关，而清代的帝陵，堪称集数千年防盗技术于一体的杰作。大军阀孙殿英想挖开东陵，用里面的财宝充当军饷，发动大批军队，连挖带炸用了五六天才得手，其坚固程度可想而知。盗墓贼的课题就是千方百计地破解这些机关，进入墓中探宝。不过在现代，比起如何挖开古墓，更困难的是寻找古墓。地面上有封土堆和石碑之类明显建筑的大墓早就被人发掘得差不多了，如果要找那些年深日久藏于地下，又没有任何地上标记的古墓，那就需要一定的技术和特殊工具了，铁钎、洛阳铲、竹钉、钻地龙、探阴爪、黑折子等工具应运而生。还有一些高手不依赖工具，有的通过寻找古代文献中的线索寻找古墓，还有极少数的一些人掌握秘术，可以通过解读山川河流的脉象，用看风水的本领找墓穴。我就是属于最后这一类的。我踏遍了各地，其间经历了很多诡异离奇的事件，若是一件件地陈述出来，足以让观者惊心，闻者咋舌，毕竟那些龙形虎藏、揭天拔地、倒海翻江的举动，都非比寻常。

---

① 消息，指物体上暗藏的简单的机械装置，一触动就能牵动其他部分。

这诸般事迹须从我祖父留下来的一本残书《十六字阴阳风水秘术》讲起。这本残书，下半卷不知何故被人硬生生地扯了去，只留下这上卷风水秘术篇，书中所述，多半都是解读墓葬的风水格局之类的独门秘术……

第一章
白纸人和鼠友

我的祖父叫胡国华，胡家祖上是十里八乡有名的大地主，最辉煌的时期在城里买了三条胡同相连的四十多座宅子，其间也曾出过一些当官的和经商的，捐过前清的粮台、漕运的帮办。

民谚有云："富不过三代。"这话是非常有道理的。家里纵然有金山银山，也架不住败家子孙的挥霍。

到了民国年间，传到我祖父胡国华这一代就开始家道中落了，还分了家。胡国华也分到了不少家产，足够衣食无忧地过一辈子，可是他偏偏不肯学好，当然这也和当时的社会环境有关。他先是沉迷赌博，后来又抽上了福寿膏（大烟），把万贯家财败了个精光。

胡国华年轻的时候吃喝嫖赌抽五毒俱全，到最后穷得身上连一个大子儿都没有了。人要是犯了烟瘾，就抓心挠肝无法忍受，但是没钱谁让你抽啊？昔日里有钱的时候，烟馆里的老板伙计见了他都是胡爷长、胡爷短的，招呼得殷勤周到。可是一旦他身无分文了，他们就拿他当臭要饭的，连轰带赶，驱之唯恐不及。

人要穷疯了，廉耻道德这些观念就不重要了，胡国华想了个办法，去找他的舅舅骗点钱。胡国华的舅舅知道他是败家子大烟鬼，平时一文钱都不肯给他，但是这次胡国华骗舅舅说要娶媳妇，让舅舅给凑点钱。

舅舅一听感动得老泪纵横，心想这个不肖的外甥总算是办了件正事，要是娶个贤惠的媳妇好好管管他，收收他的心，说不定日后就能学好了。

于是舅舅给他拿了二十块大洋，嘱咐他娶个媳妇好好过日子，千万别再沾染那些福寿膏了，过几天得空，还要亲自去看看外甥媳妇。

胡国华鬼主意最多，为了应付舅舅，他回家之后到村里找了个扎纸人纸马（就是烧给死人的那种用品）的匠人。这个扎纸师傅手艺很高明，只要是你说得出来的东西，他都能做得惟妙惟肖。

他按要求给胡国华扎了个白纸糊裱的纸女人，又用水彩给纸人画上了眉眼鼻子、衣服、头发，在远处一看，嘿，真就跟个活人似的。

胡国华把纸人扛到家里，放在里屋的炕上，用被子把纸人盖上，心里想得挺好：等过几天舅舅来了，就推说媳妇病了，躺在床上不能见客，让他远远地看一眼就行了。他想到得意处，忍不住哼起了小曲，溜达进城抽大烟去了。

没过几天，舅舅就上门了，买了一些花布点心之类的来看外甥媳妇。胡国华就按照预先想好的说辞推托，说媳妇身体不适，不能见客，让舅舅在门口揭开门帘看了一眼就把门帘放下来了。

舅舅不愿意了，噢，你小子就这么应付你亲娘舅啊？不行，今天必须得见见新外甥媳妇，生病了我掏钱给新媳妇请郎中瞧病。

胡国华死活拦着不让见，他越拦舅舅越疑心，两下里争执起来。最后胡国华阻拦不住，舅舅冲进了里屋，往床上一看，差点没把老爷子吓死。一张女人的大白脸，还擦着红脸蛋，两眼睁着，直勾勾地盯着天花板——是个纸扎的女人！

这年的春节发生了很多事，胡国华扎个纸人骗他舅舅钱的事情败露了，舅舅生气上火，一病不起，没出三天就撒手归西了。

胡家的亲戚朋友都像防贼似的防着他，别说借给他钱了，就连剩饭都不让他蹭一口。胡国华把家中最后一对檀木箱子卖了两块银洋，这箱子是他母亲的嫁妆，一直想留个念想，没舍得典当，但是烟瘾发作，也管不了那许多了。他用这两块银洋买了一小块福寿膏，赶回家中就迫不及待地点上烟倒在床上，猛吸了两口，身体轻飘飘的，如在云端。

那一刻他感觉自己快活似神仙，平日里那些被人瞧不起、辱骂、欺负的遭遇都不重要了。又吸了两口，他忽然发现自己的破床上还趴着个黑乎乎的东西，定睛一看，原来床角趴着一只大老鼠。这老鼠的岁数一定小不了，胡子都变白了，体形跟猫差不多大，它正在旁边吸着胡国华烟枪里冒出的烟雾，好像也晓得这福寿膏的好处，嗅着鼻子贪婪地享受。

胡国华觉得有趣，对大老鼠说："你这家伙也有烟瘾？看来跟我是同道中人。"说完自己抽了一口，用嘴向那老鼠喷云吐雾。老鼠好像知道他没有恶意，也不惧怕他，抬起头来接纳喷向它的烟雾。过了半晌，似乎是过足了瘾，老鼠缓缓地爬着离开了。

如此数日，这只大老鼠每天都来和胡国华一起吸烟。胡国华到处被人轻贱，周围没有半个朋友，与这只老鼠惺惺相惜，对它颇有好感，有时候老鼠来得晚一点，胡国华就忍着烟瘾等它。

但是好景不长，胡国华家里就剩下一张床和四面墙了，再也没有钱去买烟土。他愁闷无策，叹息着对老鼠说："老鼠啊老鼠，今天我囊罄粮绝，可再没钱买福寿膏了，恐不能与你常吸此味。"言毕唏嘘不已。

老鼠听了他说的话，双目炯炯闪烁，若有所思，反身离去。天黑的时候，老鼠叼回来一枚银圆放在胡国华枕边，胡国华惊喜交加，连夜就进城买了一块福寿膏，回来后就在灯下点着了，大肆吞吐，和老鼠一起痛快淋漓地吸了个饱。

第二天老鼠又叼来三枚银圆，胡国华乐得简直都不知道说什么好了，想起以前念私塾时学的一个典故，就对老鼠说："知管仲者，鲍叔牙是也。君知我贫寒而厚施于我，真是我的知己啊，如不嫌弃，咱们就结为金兰兄弟。"从此胡国华与这只老鼠称兄道弟，呼其为"鼠兄"，饮食与共，一起抽大烟，还在床上给它用棉絮摆了个窝，让老鼠也睡在床上。

人鼠相安，不亚于莫逆之交。老鼠每天都出去叼银圆回来，少则一二枚，多则三五枚，从此胡国华衣食无忧。多年以后我的祖父回忆起来，总说这段日子是他一生中最快乐的时光。

就这么过了大半年，胡国华渐渐富裕了起来。但不是有这么句话嘛："发财遇好友，倒霉碰小人。"也该着胡国华是穷命，他就被一个小人给盯上了。

村里有个无赖叫王二杠子，他和胡国华不一样，胡国华至少曾经富裕过，怎么说也当过二十多年的胡大少爷，王二杠子就没那么好的命了，从他家祖上八辈算起，都没穿过一条不露腚的裤子。他看胡国华家业败了，幸灾乐祸，有事没事地就对胡国华打骂侮辱，欺负欺负当年的胡大少爷，给自己心里找点平衡。

最近王二杠子觉得很奇怪：胡国华这穷小子也没做什么营生，家里能典当的都典当了，他家亲戚也死得差不多了，怎么天天在家抽大烟？他这买烟土的钱都是从哪儿来的？说不定这小子做了贼。我不如悄悄地盯着他，等他偷东西的时候抓了他扭送到官府，换几块大洋的赏钱也好。

可是他盯了一段时间，发现胡国华除了偶尔进城买些粮食和烟土之外，基本上是足不出户，也从不跟任何人来往。越是不知道他的钱是怎么来的，王二杠子就越是心痒。

有天胡国华出去买吃的东西，王二杠子趁机翻墙头进了他家，翻箱倒柜地想找找胡国华究竟有什么秘密。突然发现床上有只大老鼠正在睡觉，王二杠子顺手把老鼠抓起来扔到炉子上正在烧的一壶水里，然后把壶盖压上，心想等胡国华回家喝水，我在旁边看个乐子。

还没等王二杠子出去，胡国华就回来了，正好把他堵到屋里。胡国华一看壶里的大老鼠已经给活活烫死了，顿时红了眼睛，抄起菜刀就砍，王二杠子被砍了十几刀。好在胡国华是个大烟鬼，手上无力，王二杠子虽然中了不少刀，却没受致命伤，他全身是血地逃到保安队求救。保安队的队长是当地一个军阀的亲戚，当时正在请这个军阀喝酒。队长一看这还了得，光天化日之下就持刀行凶，没有王法了吗？赶紧命几个手下把胡国华五花大绑地捆了来。

胡国华被押到堂前，保安队长厉声喝问："为何持刀行凶要杀王二杠子？"

胡国华泪流满面，抽泣着述说了事情的始末，最后哀叹着说："想我当初困苦欲死，没有这只老鼠我就活不到今日，不料我一时疏忽竟令鼠兄丧命，它虽非我所杀，却因我而死。负此良友，情何以堪？我一人做事一人当，既然砍伤了王二杠子，该杀该罚都听凭发落，只求长官容我回家安葬了我的鼠兄，就是死也瞑目了。"

还没等保安队长发话，旁边那个军阀就感叹不已地对胡国华说道："他奶奶的，不忘恩是仁，不负心是义，对老鼠尚且如此，何况对人呢？我念你仁义，又看你无依无靠，日后就随我从军做个副官吧。"

枪杆子就是政权，乱世之中，带兵的人说的话就是王法。军阀头子吩咐手下，把那个王二杠子用鞭子抽一顿给胡国华出气，又放了胡国华回家安葬老鼠。胡国华用木盒盛殓了老鼠的尸体，挖个坑埋了，哭了半日，就去投奔了那个军阀头子。

常言说得好："饿时吃糠甜如蜜，饱时吃蜜都不甜。"人到了穷苦潦倒之时，别人就是给他一碗粥、一块饼也会感恩戴德，何况老鼠送给胡国华那么多的钱财。当然老鼠的钱也都是偷来的，圣人说："渴死不饮盗泉之水。"不过那是至圣至贤之人的品德标准，古人尚且难以做到，何况胡国华这样的庸人呢？以前听人说在房中吸烟，时间久了屋内的苍蝇老鼠也会上瘾，此言非虚。

第二章
《十六字阴阳风水秘术》

　　从那以后胡国华就当了兵，甚得重用。然而在那个时代，天下大乱，军阀混战，拉上百十人的队伍就能割据一方，今天你灭了我，明天他又收拾了你，没有几个势力是能长久生存下去的。胡国华所追随的这个军阀势力本来就不大，不出一年就在抢地盘的战斗中被另一路军阀打得七零八落，死的死、逃的逃，提拔胡国华的那位军阀头领也在混战中饮弹身亡。

　　兵败之后，胡国华跑回了老家。这时他家里的破房子早就塌了，加上逃得匆忙，身上没有钱粮，已经连续两天没吃过饭了，烟瘾又发作起来，无法可想，只好把手枪卖给了土匪，换了一些烟土粮食，以解燃眉之急。

　　他一寻思，这么下去不是事啊，这点粮食和大烟顶多够支撑三五天的，吃光抽净了之后该怎么办？这时他想起了离家一百多里远的地方有处十三里铺，那里有不少达官显贵的墓葬，里面有很多值钱的陪葬品。

　　此时的胡国华当过兵打过仗，胆子比以前大多了。胡国华在军队里曾经听个老兵油子说过很多盗墓的事，盗墓在民间又叫"倒斗"，能发横财，但是抓着了也是要掉脑袋的，所以他没敢在白天行动，把心一横，在一个毛月亮的晚上点了盏风灯，扛了把铁锹，就去了十三里铺的坟地。

什么是毛月亮？就是天上没云，但是月光却不明亮，很朦胧。当然现代人都知道，这是一种气象现象，学名叫作月晕，表示要变天刮大风了。可是那个年代的农村里没人懂这些科学知识，有些地方的乡下人就管这种月亮叫长毛毛的月亮，还有人说这种月色昏暗的夜晚，是孤魂野鬼最爱出来转悠的时刻。

等到了地方，他先喝了身上带的半斤烧酒，以壮胆色。这天夜里，月冷星寒，阴风嗖嗖地刮着，坟堆里飘荡着一片片磷火，不时有几声叽叽吱吱的怪鸟叫声响起，手中的风灯忽明忽暗，似乎随时都可能熄灭。

胡国华这时候虽然刚喝了酒，还是被这鬼地方吓得出了一身冷汗，这下可好，那半斤烧刀子算是白喝了，全顺着汗毛孔出去了。

好在这是一片野坟，附近完全没有人烟，大喊大叫也不怕被人听见。胡国华唱了几段山歌给自己壮胆，但是会的歌不多，没唱几句就没词了，干脆唱开了平日里最熟悉的《五更相思调》和《十八摸》。

胡国华硬着头皮战战兢兢地到了这一大片坟地中央。那里竟然有一座无碑的孤坟，在这一片荒坟野地之中，这座坟显得那么与众不同。

这座坟除了没有墓碑之外，更奇怪的是棺材没在封土堆下面，而是立着插在坟丘上，露出多半截子。棺材很新，锃光瓦亮地走了十八道朱漆，在残月的辉映下，泛着诡异的光芒。

胡国华心中有些嘀咕：这棺材怎么这样摆着？真他娘的怪了，怕是有什么名堂。不过来都来了，不打开看看岂不是白走这一遭？没钱买吃的饿死是一死，没钱抽大烟犯了瘾憋死也是一死，那还不如让鬼掐死来得痛快。老子这辈子净受窝囊气了，他奶奶的，今天就豁出去了，一条道走到黑。

打定了主意，胡国华抡起铁锹把埋着棺材下半截的封土挖开，整个棺材就呈现在了眼前。胡国华是个大烟鬼，体力差，挖了点土已经累得喘作一团。他没急着开棺，坐在地上掏出身上带的福寿膏往鼻子里吸了一点。

大脑受到鸦片的刺激，神经也亢奋了，他一咬牙站起身，用铁锹撬开了棺材盖子。里面的尸体赫然是个美女，面目像活人一样，只是脸上的粉擦得很厚，两边脸蛋子上用红胭脂抹了两大块，在白粉底子的衬托下显得像是贴了两帖红膏药。她身上凤冠霞帔，大红丝绸的吉祥袍，竟然是一身新娘子的装扮。

这具女尸是刚埋进去的，还是埋了一段时间了？这片坟地早就荒废了，最近这些年哪里还有人来？难不成她变成了僵尸？

但此时，胡国华早就顾不上那么多了，他的眼睛里只剩下那棺中女尸身上的首饰，这些金银宝石在风灯的光线下诱人地闪着光，还有放在她身旁陪葬的那些用红纸包成一筒一筒的银圆以及许多的金条，简直数都数不清。

这回可发了大财了！胡国华伸手就去撸女尸手上佩戴的祖母绿宝石戒指。刚把手伸出去，忽然手腕被人抓住了，胡国华吓了一跳，定睛一看，抓住他手腕的人是一位风度不凡的长者。

原来胡国华匆匆赶往十三里铺，在途中曾遇到一位姓孙的风水先生，这位孙先生是省里有名的法师，不仅能看风水算命，而且还能掐会算，懂遁甲五行的奇术。

孙先生一见胡国华，就发现他面上隐隐约约笼罩着一层黑气，掐指一算，勃然大怒，心想这小子是想去挖坟掘墓，做那些有损阴德的勾当，如今叫我撞上，便不可不管上一管，于是一路尾随而来。

此时孙先生抓住胡国华的手臂，突然厉声喝道："我只问你这贼人一句话：你这般作为，便不怕遭天谴吗？"

此言一出，胡国华如遭当头棒喝，急忙跪倒在地，拜求孙先生饶命。

孙先生把他搀扶起来："你虽然德行败坏，但是并无大过，须晓得回头是岸。让我救你不难，不过你要先拜我为师，并且戒了烟瘾。"

胡国华听他说要让自己戒掉大烟，那还不如要了自己的小命呢，不过仔细衡量，暗想还是遭报应来得重些，"留得青山在，不怕没柴烧"，我先求他暂且放我一马，日后趁他不备，我接着吸我的福寿膏去，还怕他发现不成？心中盘算已定，就当场给孙先生磕了八个头，行了拜师之礼。

孙先生见胡国华知错能改，满意地点了点头，再一看被胡国华打开的棺木，里面的女尸栩栩如生，也是大吃了一惊，看来这是片养尸地，这女尸日久定会酿成大祸，须尽早铲除才是。于是吩咐胡国华如此这般，这般如此……

两人合力抬起棺材盖子，用力一推把那棺板合上，取出长钉钉得死死的，又用墨斗在棺材上纵横交错地弹满了墨线，墨线如同围棋棋盘上的格子一样形成一张黑色大网，把棺材封得严严实实。

接着孙先生让胡国华堆些枯柴，把那口朱漆大棺焚毁。胡国华遵命而行，点了把火将棺材付之一炬，火焰熊熊升腾，一股股的黑烟冒了出来，臭不可闻，最后终于都烧成了一堆灰烬。

胡国华这才想起，那棺中还有许多金银珠宝，跺脚叹息，悔之晚矣，只好随着师父孙先生，一同到了孙先生家中居住。

此后孙先生用秘方治好了胡国华的烟瘾，传授他一些看风水测字的本领。胡国华在县城中摆个小摊，替人测个字看看相，赚些小钱，娶了个乡下女子为妻。他感念师父的救命之恩，从此安分守己，好好过起日子来。

然而孙先生有一次偶感风寒，一病不起，没少请郎中，吃了很多药，但就是一直没能痊愈，过了几年就一命归西了。

临终前，孙先生把胡国华招至身前，说道："你我师徒一场，只是为师并未来得及传授你什么真实本领。我这里有本古书——《十六字阴阳风水秘术》，此书是残本，只有半卷，是些看风水寻墓穴的小术，你就留在身边做个纪念吧。"说完之后一口气没喘上来，就此与世长辞。

胡国华安葬了师父，无事之时就研习孙先生留给他的这本残书，日积月累，也窥得些许奥妙，在县里到处给有钱人选墓地佳穴，逐渐有了些名气，家道也慢慢地富裕了起来。

媳妇给胡国华生了个儿子，取名胡云宣。胡云宣在十七岁的时候，到省城的英国教会学校读书。年轻人性格活跃不受拘束，又接触了一些革命思潮的冲击，全身热血沸腾，天天晚上做梦都在参加革命，于是离家出走，投奔了革命圣地延安。

此后胡云宣参了军，淮海战役之时，已经当上三野六纵的某团团长，渡江战役之后随部队南下，把家也安在了南方。

再后来就有了我。我生的时间很巧，正赶上八一建军节，父亲就给我起名叫胡建军，结果上幼儿园的时候一看，一个班里有七八个叫建军的，重名的太多了，于是就给我改了个名——胡八一。

我祖父胡国华说："这名改得好，单和（胡）八万一筒。"

在我十八岁的时候，家里受到了冲击，我父母出身不太好，两口子都被隔离审查了，祖父也被拉出去当牛鬼蛇神批斗游街。他年岁大了，老胳膊老腿的经不住折腾，没被斗两回就去世了。他给别人看了一辈子的风水，为人选墓地，自己去世后却是火葬的，世事就是这么无常。

我家里一共被抄了三遍，所有值钱的东西都被抄走了。祖父生前喜欢收藏古董，那些古董不是被砸就是被抄，一件也没保全，最后唯一剩下的就是那本我祖父留下的残书，他让我把书用油布包了藏在公共厕所的房顶上，这书才得以幸免于难。

"文化大革命"时的年轻人有三个选择：一是参军，这是最好的去处，能锻炼人，将来转业了还能分配工作；其次是留在城里当工人，这也不错，可以赚工资；最倒霉的就是那些没门路、没关系或者家里受到冲击的，这些年轻人只能上山下乡去插队。

你要说我选第四条路，哪儿都不去，我就在家待着行不行啊？那也不行，当时没有闲人这么一说，人人都是社会主义的螺丝钉，都有用处。你要在家待着，居委会的、学校的、知青办的就天天走马灯似的来动员你。不过有些人坚持到了最后，就不去插队，你能把我怎么着？最后这样的人也都留在城里，还给安排工作了。有的事就是这样，说不清楚，越活越糊涂，永远也不知道规则是什么，而潜规则又不是每个人都明白的。

当时我太年轻，也不知道上山下乡具体是怎么回事。反正我这种家庭出身的想参军是肯定没指望了，留在城里也没人管安排工作，不插队也没别的地方可去，我一想插队就插队吧，我就当是广阔天地炼红心了，反正是离开家，要插就插得越远越好。

我们这里的大部分人都选择去云南、新疆插队，我选择了去内蒙古。跟我一起的还有我一哥们儿王凯旋，他比平常人白一些、胖一些，所以外号叫"胖子"。

我们插队去的地方叫岗岗营子,这地名我以前连听都没听过。坐火车离开家的时候,没人来送我们,比起那些去部队参军的热烈欢送场面,我们这些知青离家的情景有些凄惨悲壮。我随身只带了那本藏在公共厕所房顶的《十六字阴阳风水秘术》,我不知道这是本什么书,只不过这是我家里唯一保留下来的东西,我想带在身上,等到想家的时候拿出来看看也好。

第三章
大山里的古墓

　　岗岗营子虽说在内蒙古，其实离黑龙江不远，都快到蒙古边境了，居民以汉族为主，只有少数的属于满蒙两族。如果没去过岗岗营子，你永远也想不出来那地方有多艰苦。我们这一拨知青总共有六个人，四男两女，一到地方就傻眼了——周围全是绵延起伏的山脉和一望无际的原始森林，出了屯子走上百十里地也看不见半个人影。

　　这里根本不通公路，更别说通电了，点个油灯都属于干部待遇了，使手电筒相当于现在住总统套房，这在城里完全想象不到，我们当时还以为祖国各地全是"楼上楼下、电灯电话"呢。

　　不过那时候也觉得新鲜，从来没见过这么大的山，好多山里产的东西也是头一次吃到。这附近的山比较富，山货很多，河里还可以捞鱼，倒不愁吃不饱饭。后来回城，听去陕西插队的知青说他们那才真叫苦呢，几年里压根没见过一粒像样的粮食。

　　知青的活不太重，因为这地方靠山吃山，农作物种得不多。夏天的晚上我们轮流去田里看庄稼——怕庄稼被野兽啃了，所以每天晚上得有一两个人在庄稼地里过夜。

山里的庄稼地不像华北平原那样的千里青纱帐，而是东边一块，西边一块，哪儿地平就在哪儿开一块田，所以在地里守夜的人要经常出去走动。这天夜里正赶上我和胖子搭伴，胖子在草棚里睡觉，我出去转了一圈，一看也没什么事，就想回去睡觉得了。

快到草棚的时候，我看见不远的地方有一大团圆乎乎的白影，揉了揉眼睛再仔细看，确实不是看花眼了，但是天太黑，究竟是个什么东西也看不清楚。我那时候不信有鬼，以为是什么动物，于是就捡了根木棍想把它赶跑。

一片漆黑之中一团白花花的事物，而且还在微微晃动，这究竟是什么东西？也不像是动物，可是如果不是动物，它又为什么会动？

我虽然不怕鬼怪，但是面对未知的事物时，始终还是存在一些畏惧的心理，不敢抡棍子直接去打。我手中的这根棍子，其实就是从地里随手捡来的粗树枝。我用树枝轻轻捅了捅那堆白生生的东西，很软……突然，在黑暗中听见胖子大叫："啊——干什么？胡八一！你用树枝捅我屁股干什么？"

一场虚惊，原来是胖子白天吃了不干净的果子，晚上闹肚子，蹲在那里"放茅"，黑夜里就他的大白屁股显眼。

第二天早上，胖子不依不饶地要我对他进行补偿，自称昨晚被吓得死了一百多万脑细胞。我说："就你那大脑，能有那么多脑细胞吗？我跟你都是穷光棍，接受了最高指示来农村接受很有必要的贫下中农再教育，你想让我拿什么补偿你？我可跟你提前说，作为你亲密的革命战友，我的全部家当就只剩下现在身上穿的这最后一条裤子了，你总不会要我拿这条裤子补偿你吧？"

胖子满脸坏笑着说："那倒不用，我昨天在团山子那片老林里见到一个非常大的蜂窝，你跟我去把蜂窝捅了，咱们弄点蜂蜜冲水喝，还可以用蜂蜜跟燕子她爹换兔子肉吃。"

燕子是个姑娘的名字，她爹是村里有名的老猎人，我和胖子都住在她家里的知青点。他们父女两个经常进山打猎，时不时地请我们吃野味。我们一直觉得总吃人家的好东西有点过意不去，但是我们实在太穷，没什么东西可以用来还请燕子父女。

于是我们就决定弄些蜂蜜回来送给燕子。我俩都是急脾气，说干就干。以前在城里我和胖子都是全军区出了名的淘气大王，捅个蜂窝不算什么，比这厉害十倍的勾当也是经常耍的。

我怕迷路，就找燕子借了她的猎犬。这是条半大的小狗，是燕子自己养起来的。燕子给小狗起了个名字叫栗子黄，还一直没舍得带它出去打猎，见我们要去团山子玩，就把狗借给了我们。

团山子离我们村的直线距离不算远，但是由于没有路，我们翻山越岭走了半日才到。这片林子极大，村里的人曾警告过我们不要进去，说里面有人熊出没。我们见过村中一个只有半边脸的男人，他小时候就在这里遇到了人熊，好在燕子她爹及时赶到，开枪惊走了人熊，把他救了下来，但是他的脸还是被人熊舔了一口。人熊的舌头上全是倒生的肉刺，一舔人就舔掉一大片肉。他的左脸没有眼睛耳朵，鼻子和嘴也是歪的，都四十多岁了，还讨不到老婆，村里的老人们说起他的事，都要流眼泪的。

我们虽然胆大，也不敢贸然进入原始森林。胖子所说的那个蜂巢是他跟村里人去采松籽油时在森林边缘发现的，就在林子外边靠近一条小溪的大树上。

不过出乎意料的是，这蜂窝太大了，比我们以前捅过的那些加起来还要大，从远处看，就像是树上挂了一头没有四肢的小牛犊子，里面黑压压的巨大蚕蜂飞来飞去，嗡嗡声震耳欲聋。

我说："小胖你他妈的就坑我吧。这是蜂窝吗？这简直就是一大颗马蜂原子弹啊，这要捅炸了还得了？"胖子说："没错，要是普通的蜂窝还用得着找你吗，我自己就顺手解决了。怎么样，你还敢不敢干？"

我说："这算什么，我们的队伍是不可战胜的，连美帝国主义的飞机坦克咱都不怕，能怕几只小蜜蜂？全是纸老虎，今天咱们吃定蜂蜜了。"

话虽如此说，却不能蛮干，稍有失误就会被马蜂活活蜇死。这种蜂如此巨大，肯定是有毒的，不用多，挨它们一两下子蜇就完了。刚好旁边有条小溪，这就叫天助我也。我先拿出一块饼子掰了两块，喂栗子黄吃了，让它远远地跑开，然后和胖子把带来的军大衣穿上，戴了狗皮帽子，扎了围脖，戴上手套，帽子前面遮了一块找女知青借的透明纱巾，检查全身都没有半点露出皮肉的地方之后，让胖子找了两棵空心的苇子，一人一棵，准备等会儿跳到溪里躲避蜂群攻击时用来呼吸。

准备停当之后，我们像两只臃肿的狗熊一样，一步三晃地来到树下。我手拿一团冬籽草和火柴蓄势待发，胖子拿根长长的杆子数着："一，二，三。"数到三就用长杆猛捅蜂巢和树干连接的部分，没捅四五下，巨大的蜂窝"吧嗒"一下落到树下，里面的无数大马蜂立刻就炸了营一样飞出来，在天空中形成一大片黑雾，嗡嗡嗡地笼罩在我们头顶。

我事先准备得比较充分，不管蜂群的攻击，用火柴点着了冬籽草，放在蜂窝的上风口，从里面飞出来的巨蜂被烟一熏就丧失了方向感，到处乱飞。我和胖子又用泥土在燃烧的枯草周围堆了一道防火墙，以防形成烧山大火。

此时那些没被烟熏到的马蜂已经认清了目标，纷纷扑向我们。我感觉头上就像下冰雹一样啪啪啪地乱响，不敢再停留，急忙和胖子奔向旁边的小溪。那溪水不深，不到一米的样子，我们一个猛子扎到了底，身上的马蜂都被溪水冲走了。我一手按住头上的狗皮帽子防止被水流冲走，另一只手取出苇子呼吸。

我们过了许久才露出头来，发现马蜂不是被水淹死，就是被烟熏晕了过去，已经没有危险了。此时虽是盛夏，山中的溪流却挺冷，我已经冻得全身发抖，好不容易才爬上岸，躺在石头上大口喘气，头上的阳光晒得身上发暖，说不出地舒服。

不一会儿胖子也撑不住了，晃晃悠悠地爬上岸来，刚爬到一半，忽然哎哟一声，猛地抬起手臂，手上不知被什么扎了个大口子，鲜血直流。

我赶忙又下到溪中去扶他，胖子一边紧握住伤口一边说："你小心点，这河里好像有只破碗，扎死我了。"

这附近根本没有人居住，怎么会有破碗？我好奇心起，脱个精光，赤着膀子潜进溪中摸索，在胖子被扎的地方，摸出半个破瓷碗。看那碗的款式和青蓝色的花纹，倒有几分像以前我祖父所收藏的北宋青花瓷。

祖父的那些古玩字画在"破四旧"的时候都被红卫兵给砸了，想不到在这深山老林里也能见到这类古玩的残片，还真有点亲切感。不过这东西对我来讲根本没有什么用，我一抬手把这半个破碗远远地扔进了树林里。

胖子也把湿透了的衣服扒个精光，胡乱包了包手上的口子，又跳进溪中。我们俩洗了个澡，然后把衣服鞋袜一件件晾在溪边的鹅卵石上，我打声呼哨，招呼栗子黄回来。

只见栗子黄从远处跑了回来，嘴里还叼了只肥大的灰色野兔。不知这只倒霉的兔子是怎么搞的，竟然会撞到栗子黄这只还在实习期的猎犬口中。我一见有野兔，大喜之下抱着栗子黄在地上滚了几圈，真是条好狗，我从蜂巢上掰了一大块沾满蜂蜜的蜂房奖励它。

胖子说："回去咱们也找人要几只小狗养着，以后天天都有兔子肉吃了。"

我说："你想得倒美，山里有多少兔子也架不住你这大槽狠吃。先别说废话了，我还真有点饿了，你赶紧把兔子收拾收拾，我去捡柴生火。"

胖子在溪边把兔子洗剥干净，我抱了捆干松枝点起了一堆篝火，把剥了皮的野兔抹上厚厚的一层蜂蜜，架在火堆上烧烤，不一会儿，蜜制烤兔肉的香味就在空气中飘散开了。我把兔头切下来喂狗，剩下的兔肉一劈两半和胖子吃了个痛快。我长这么大从来没吃过这么香的东西，差点连自己的手指也一起吞下去。虽然没有油盐调味，但是抹了野生蜂蜜再用松枝烤出来的野兔肉别有一番天然风味，在城市里待一辈子也想象不到世上会有这种好吃的东西。

吃饱之后，眼见天色不早，衣服也干得差不多了，就用粗树枝穿起巨大的蜂窝，两人一前一后地抬了，高唱着革命歌曲回村："天大地大，不如我们大家决心大；爹亲娘亲，不如共产党的恩情亲。"这才真是鞭敲金镫响，齐唱凯歌还。唯一不太协调的就是在我们嘹亮的革命歌声中还夹杂着栗子黄兴奋的叫声，这使我觉得有点像电影里面鬼子进村的气氛。

回到屯子里一看，人少了一大半，我就问燕子："燕子，你爹他们都到哪儿去了？"

燕子一边帮我们抬蜂巢一边回答："查干哈河发大水，林场的木头都被泡了，中午村里的人都去那边帮忙搬木头了。支书让俺转告你们，好好看庄稼，别闯祸，他们要七八天才能回来。"

我最不喜欢听别人不让我闯祸的话，就好像我天生是到处闯祸的人似的，于是对燕子说："支书喝酒喝糊涂了吧？我们能闯什么祸？我们可都是毛主席的好孩子。"

燕子笑着说："你们还不惹祸呀，打你们城里这几个知青来了之后，村里的母鸡都让你们闹腾得不下蛋了。"

和我们一起的另外两个男知青也去了林场，只剩下我和胖子，还有另外两个女知青，我们因为出去玩而没被派去林场干活，觉得很幸运。我们把蜂蜜倒进罐子里，足足装了十多个大瓦罐，燕子说剩下的蜂房还可以整菜吃，晚上整狍子肉炒蜂房吃。

一说到吃，胖子就乐了，说："今天咱们这小生活跟过年差不多，下午刚吃了烤兔子肉，晚上又吃狍子肉炒蜂房，我这口水都流出来了。"燕子问我们在哪儿烤的兔子，我把经过说了。燕子说："哎呀，你们可别瞎整了，在老林子边上烤野兔，肉香把人熊引出来咋整呀？"

我们听她这么说才想起来，还真是太危险了，幸亏今天人熊可能是在睡觉，才没闻见烤肉的香味。我一边帮燕子生火一边说了胖子在溪水中被破碗扎破手的事，说荒山野岭的怎么会有那种宋代的青花瓷碗。

燕子说那一点都不新鲜，咱村里姑娘出嫁，哪家都有几个瓶瓶罐罐的做陪嫁，都是从河里捞出来的。

我越听越觉得奇怪，河里还能捞古董？

燕子从床底下翻出两个瓷瓶让我看："不是河里长的，都是从上游冲下来的。咱村附近这几条河的源头都在喇嘛沟的牛心山，听老人们讲，那山是埋了也不知辽国还是金国的哪个太后，里面陪葬的好东西老鼻子去了。好多人都想去找那个墓，但是，不是没找着，就是进了喇嘛沟就出不来了。"

喇嘛沟那林子老密了，我爹就曾经看见过沟里有野人出没，还有些人说那牛心山里闹鬼，反正这些年是没人敢再去了。"

说话间已经夜幕降临，燕子把饭菜做好了，胖子去叫另外两个女知青来吃饭。结果胖子刚去就和其中一个叫王娟的一同气喘吁吁地跑了回来，我忙问他们出什么事了。

王娟喘了半天才说清楚，原来和她一起的那个女知青田晓萌家里来信，说是她母亲得哮喘住院了，病得还挺严重。田晓萌听人说喇嘛沟里长的菩萨果对治哮喘有奇效，就一个人去喇嘛沟采菩萨果。她早晨就去了，一直到现在天黑也没回来。

我脑门子青筋一下跳起来老高，心想：这田晓萌也太冒失了，那地方全是原始森林，连村里有经验的猎人也不敢随便去，她怎么就自己一个人去了？

王娟哭着说："我拦不住她呀，咱们赶紧去找她吧，要是万一出点什么事可怎么办呀？"

可是眼下村里的劳力都去了林场，剩下的人老的老小的小，要去找人只能我和胖子去了，燕子也带上栗子黄和猎枪跟我们一道去，留下王娟在村里看庄稼。

在山里有狗就不怕迷路，我们不敢耽搁，点着火把牵着栗子黄连夜进了山。深山老林里根本没有路可走，我真想不明白田晓萌一个女孩怎么敢单身闯进大山的最深处，胖子说她可能是急糊涂了，谁的亲娘病了不着急啊。

因为天黑，我们就让狗追踪气味。栗子黄没受过专业的追踪训练，经常跟丢了，还要掉回头去重找，所以我们走得很慢，以前只需四五个小时的路，走了整整一夜。东方出现了曙光，大森林中的晨风吹得人身上起鸡皮疙瘩，清新的空气使人精神为之一振。燕子给我们指了指西面："你们看，那座大山就是牛心山。"

我和胖子向西边看去，被茫茫林海覆盖着的山峦中，耸立着一座怪模怪样的巨大山峰，整座山就如同牛心的形状，九条白练玉龙般的大瀑布从山上奔流而下。村民们捡到的那些瓷器就是从这些瀑布里冲出来的，看来那传说中太后的陵墓可能就在山内，不过这么多年以来始终没人找得到入口。

我见了这座壮观的山峰突然有一种感觉，这样的山我好像在哪儿见过。心念一动，终于想起来平时闲着翻看我祖父留下的那本破书时看到的一段记载。这种山水格局是一块极佳的风水宝穴，前有望，后有靠，九道瀑布好似九龙取水，把山丘分割得如同一朵盛开的莲花，对了，好像是叫什么"九龙罩玉莲"。

山上这九条瀑布，多一条少一条，又或者说没有这么大的水流量，都够不上"九龙罩玉莲"的格局。九在个位数中最大，有至尊之隐义；发音同"久"，有永恒之意，一向被视为最吉祥的一个数字。另外瀑布的水流如果小了，那也就不叫龙了，成蛇了。

这种风水宝穴，还有个别称叫作"洛神辇"。按书中所说，最适合的就是在这种地方安葬女性，如果安葬了男子，其家族就要倒大霉了。

这时我心中隐隐约约有种感觉，我祖父的那本《十六字阴阳风水秘术》并不是什么乱七八糟的"四旧"，书中的内容确实是言之有物的，回去之后还要再好好读一读。

不过我并不觉得这种风水术有什么实用价值，中国自古以来有那么多的帝王将相，哪一个死后是随便找地方埋的？朝代更替、兴盛衰亡的历史洪流，岂是祖坟埋得好不好能左右的？

燕子指着牛心山前的山谷说："这就是有名的喇嘛沟，传说里面有野人，到了晚上还闹鬼。"

胖子望了望山谷中遮天蔽日的原始森林，皱着眉头说："田晓萌要是进了喇嘛沟肯定会迷路，咱们只有三个人一条狗，想找她可真是有点不大容易。"

我看他们俩有点泄气，就为他们打气说："唯物主义者就不应该相信世界上有什么鬼，不管是鬼还是野人，让我碰见了就算它倒霉，我要活捉几只，带到北京去送给毛主席，毛主席见了一定很惊讶。"

胖子和我一样都是军人家庭出身，血液里天生就有一种天不怕地不怕的遗传因子，他听我这么说，也来精神了，摩拳擦掌地准备进沟。

只有燕子忧心忡忡，她作为本地人，从小到大听了无数关于这条喇嘛沟的可怕传说，自然就有一种先天养成的畏惧心理。不过现在救人要紧，只能把那些抛在脑后了。

三人先坐下来吃了些干粮，整点装备。我们一共有两杆猎枪，这两杆枪是燕子和她爹打猎时用的，一把是三套筒，另一把是鄂伦春人常用的抬牙子。这两种枪都很落后，全是前膛装填的火药枪，近距离杀伤力很大，但是射击三十五米开外的目标，威力和精度便难以保证，也就打个野兔狍子之类的还算好使。

我六岁起就被我爹带到靶场玩枪，解放军的制式长短枪械我用得都很熟，但是这种前膛燧发猎枪，我一点都没有把握能控制住。胖子和我的经验差不多，我们商量了一下，猎枪我和燕子各拿一支，胖子拿了一把砍柴的砍刀。准备停当之后，三人就一头扎进了喇嘛沟的密林之中。

在喇嘛沟里，比起传说中的野人和山鬼，最真实而又直接的威胁来自人熊。人熊虽然和黑瞎子同样都是熊，但是人熊喜欢人立行走，故得此名。人熊体积庞大，皮糙肉厚，猎人们只有成群结队并带有大批猎狗的时候才敢攻击人熊。如果一个人带着一把破枪在原始森林中和人熊相遇，几乎就等于是被判死刑了。

在林子里走了大半日，牛心山上九道大瀑布的流水声轰隆隆的越来越大，眼瞅着喇嘛沟已经走到了尽头，就快到牛心山脚下了。

人熊、野人都没碰到，更没见到田晓萌的踪影，胖子累得一屁股坐在地上："不行了……实在……走不动了。"

燕子说："那咱们就先歇会儿吧，栗子黄好像也寻不到田晓萌的气味了。唉，这可咋整啊，要是找不到她，支书和我爹他们回来还不得把我骂死。"

我也累得够呛，拿起水壶咕咚咕咚灌了几口，对他们两个人说："田晓萌难道是让人熊给吃了？再不然也有可能是被野人抓去做了压寨夫人。"

我们正在一边休息一边闲扯，忽听栗子黄冲着密林深处狂叫了起来。

猎犬都是血统优良的好狗，它们不在极其危险的情况下，绝不会如此狂叫。

我问燕子："狗怎么了？是不是发现有什么野兽？"

燕子脸色惨白："快上树，是人熊！"

我一听说是人熊，急忙三下两下爬上了一棵大树，低头一看，燕子正在用力托着胖子的屁股，胖子不会爬树，吃力地抱着树干一点点地往上蹭。我赶紧又从树上溜了下来，和燕子一起托胖子的屁股，胖子好不容易爬上了最低的一个大树杈，满头大汗地趴在上面说："我……这树他妈的……太高了！"

栗子黄的叫声越来越急，还没等我和燕子爬上树，就见树丛中钻出一只浑身黑毛的人熊，它见了活人，立即兴奋起来，人立着咆哮如雷。

燕子长年跟她爹在山里打猎，经验极其丰富，来不及多想，抬起猎枪对着人熊就放了一枪，砰的一声火光飞溅，弹丸正中人熊的肚子。

由于距离很近，而且人熊的腹部最是柔软，这一枪在它的肚子上开了个大洞，鲜血和肚肠同时流了出来。人熊受了伤，恼怒无比，用大熊掌把自己的肠子塞了回去，然后狂暴地扑向燕子。燕子的猎枪不能连发，身后都是树木荆棘无处可逃，只能闭眼等死。

救人要紧，我顾不上多想，急忙举枪瞄准人熊的头部。这一枪如果打不中，燕子就完了，想到这里手有点发抖，一咬牙扣动扳机，轰的一声，抬牙子猎枪巨大的后坐力差点把我掀了个跟头，我一屁股坐在了地上。不知是火枪的杀伤力不够还是我射得偏了，虽然打中了人熊的头部，却只是打瞎了它的一只眼睛。

这一枪虽不致命，却把燕子救了。人熊瞎了一只眼，满脸都是鲜血，眼眶上还挂着半个眼珠子。它变得更加疯狂，丢下燕子不管，径直朝我扑来。

这时栗子黄从后面猛咬人熊的后腿，人熊扭过头去要抓栗子黄，栗子黄很机警，见人熊转身，便远远跑开，对人熊龇着牙挑衅。

就这么缓了一缓，我和燕子都抓住了这救命的十几秒钟时间，分别爬上了大树。

人熊受伤不轻，在山中连老虎都怕它三分，哪儿吃过这么大的亏。它想去抓栗子黄，但是又没有猎犬跑得快，想要咬人，我们又都爬上了大树。它在树下转了几圈，虽有一肚子邪火，一时竟不知该如何是好，暴跳如雷，仰天狂吼，声震山谷。

我趴在大树上看见下面的人熊急得直转圈，忘记了自己身处险境，觉得好笑，对在另一棵树上的胖子喊："小胖，你二大爷怎么还不走啊，跟下边瞎转悠什么呢？你劝劝它，别想不开了。"

胖子不是怕人熊而是怕高，拿现代的词来说他可能是有点恐高症，趴在树杈上吓得发抖。但是他听我挤对他，也不肯吃亏，跟我对骂起来："胡八一，你他妈的就缺德吧你！下边这位哪儿是我二大爷啊，你看清楚了再说，那不是你媳妇吗？"

我哈哈大笑，指着下面的人熊对胖子说："噢，看错了，原来这是你老姨，我可不给你当姨夫。"

胖子气急败坏地想用树上的松果投我，但是两只手都紧紧抱着树杈，生怕一松手就掉下去，不敢有太大的动作，只能冲我干瞪眼。

我见了胖子的样子更加觉得好笑，不过马上我的笑容就僵住了，树下的人熊正不顾一切地想爬上我的这棵大树。

它虽然笨重，但是力量奇大，又受了重伤，疼痛已经让它完全失去了理智，在它眼中只剩下我们三个人一条狗。它瞪着一只血红的熊眼，大熊掌上的肉刺牢牢扒住树干，庞大的身躯每一蹿就爬上来一米多高。我心中暗骂："谁他娘的告诉我狗熊不会爬树？这不是坑我吗？"

在山里有句老猎手叮嘱年轻猎人的话："宁斗猛虎，不斗疯熊。"受伤而完全发疯了的人熊，其破坏力和爆发力都是惊人的。我大惊失色，哪里还有心思跟胖子开玩笑，心中不停地盘算着怎样脱身。

这时燕子给我提了个醒："快……快装铁砂，打它的另一只眼！"

我这才想起来背在身后的猎枪，连骂自己没用，又往大树顶端爬了一段，解下扎裤子用的武装带，把武装带拴在一根足能承受我体重的大树杈上，用一只手抓着猎枪挂住重心，腾出另一只手往猎枪里装填火药，把牛角筒里剩下的多半筒火药都装进了抬牙子的枪管。

人熊爬得很快，离我越来越近，燕子和胖子都为我捏了一把冷汗。我尽量只把注意力放在手中装填猎枪的动作上，不去想下面爬上来的人熊。

装完火药之后是压铁砂，用铁通子把火药和铁砂用力杵实。我的鼻洼鬓角全是汗水，心想这种猎枪真麻烦，在东北的大森林中，有多少猎手都是因为没有一把快枪而失去了宝贵的生命。这时候我要是能有一把五六式半自动步枪，就算再来他两三只人熊也不在话下，哪怕有支手枪也好。

就在我完成装铁砂火药并替换完火绒火石的那一刻，人熊的爪子已经够到了我的脚。我连忙缩脚，顺势把枪口倒转向下，正对着人熊的脑袋开了一枪。这一枪因为火药放得太多，烟火升腾，把我的脸熏得一片黢黑。

火枪是凭借火药喷射的力量激发铁砂，但是这回角度太低，使得压在枪筒里的铁砂松动了，没有发挥出应有的威力，而且是单手抵近射击，后面没有支撑点，如此近的距离还是打得偏了，没击中它的头部，只是把人熊的肩膀打得血肉模糊。人熊从十几米高的树上掉了下去，重重地砸在地上，地上都是极厚的枯枝败叶，再加上它皮肉厚实，从高处跌下并没有对它造成多大伤害。

人熊爬了起来，这次它不再爬树，而是像一辆重型坦克一样，嗷嗷怪叫着用肥大的躯体猛撞大树，震得树上的松叶松果雨点般地纷纷落下。

还好我用武装带把胳膊挂住，才不至于被震下去。我有点担心这棵大树不够粗壮结实，再被人熊撞几下就会齐根折断，想不到今日我就要死在深山老林之中了。死到临头，不能丢了面子，得拿出点革命者大义凛然的劲头来，让胖子、燕子好好看看我老胡绝不是孬种。于是我扯开喉咙对二人喊道："看来我要去见马克思了！对不住了战友们，我先走一步，给你们到那边占座位去了，你们有没有什么话要对革命导师说的，我一定替你们转达！"

胖子在十几米外的另一棵大树上对我喊："老胡同志，你放心去吧！革命事业有你不多，没你不少，你到了那边好好学习革命理论啊！听说他们总吃土豆炖牛肉，你吃得习惯吗？"

我回答道："咱干革命的什么时候挑过食？小胖同志，革命的小车不倒，你只管往前推啊！红旗卷起农奴戟，黑手高悬霸主鞭。天下剩余的那三分之二受苦大众，都要靠你们去解放了，我就天天吃土豆炖牛肉去了！"

燕子急得哭了出来："这都啥时候了，你们俩还有闲心扯犊子，赶快想点办法啊！"

正当我们无计可施之时，人熊却不再用身体撞击大树了，它停了下来，坐在地上呼呼喘粗气。原来人熊流了很多血，又不停地折腾，虽然蛮力惊人，但也有用尽的时候，这回它从狂暴中冷静了下来，学了个乖，以逸待劳，坐在树下跟我们耗上了。

栗子黄也见识了人熊的厉害，不敢再靠近人熊撕咬，远远地蹲在一边，它也很饿，但是出于对主人的忠诚，不肯自己去找吃的。燕子心疼自己的狗，吹个口哨让栗子黄自己去找东西吃，栗子黄这才离开。

三个人趴在树上商议对策，但是思前想后，实在是没什么可行的办法。现在下树硬拼，手中只有老式火枪，无疑自寻死路，村里的大部分人都不在，也别指望有人来救援。为了不掉下树去，我们只好各自用裤带把身体牢牢缚在树干上，看看最后谁能耗过谁吧。

如此一来就形成了僵局，这种情况对在树上的三个人最为不利。刚才一番惊心动魄的人熊搏斗，已经耗尽了我们的力气，现在已经快到晚上了，我们三人都是两天一夜没有合眼，白天只吃了几个棒子面饼子，又饿又困，怕是到不了明天早晨，就得饿昏过去掉下大树。

此情此景，让我想起了主席的诗句："敌军围困万千重，我自岿然不动。"不过山下没有旌旗在望，只有人熊守候。

就这么胡思乱想的，不知不觉中我昏昏沉沉地趴在树干上睡着了。也不知过了多久，感觉胃中饥饿难耐，一阵阵地发疼，就醒了过来，只见天空繁星点点，残月如钩，已经到了深夜时分，整个森林中都静悄悄的，借着月光一看，树下的人熊已经不在了，不知它是什么时候离开的。树枝浓密，我看不清燕子和胖子还在不在树上，就放开喉咙大喊："燕子！小胖！你们还在树上吗？"

连问了几遍，喊声在夜的山谷间回荡，那二人却没有半点回应。我虽然胆大,但是一想到只剩下自己一个人在原始森林之中,不禁有些发毛,心想这两个家伙也太不够意思了,怎么把我忘了,走的时候竟然不叫我。

我在树上又喊了两声,还是没有动静。我焦躁起来,环顾四周,发现前面不远有一片灯火闪烁的地方,没想到在这种地方竟然有人居住。他们两个是不是也看到灯光,到那边找人去了?

黑夜之中辨不清东南西北,只听水流轰鸣,举头找准了北极星的方位,看来那片灯光应该是来自牛心山方向。我从树上溜了下来,深一脚浅一脚地向那片灯火走去。

我开始幻想那片灯光的主人是住在山里的老猎人,长着白胡子,很慈祥,热情而又好客,看到我这样在森林中迷路的知识青年,一定会热情款待,先给我冲杯热茶,再烤条鹿腿来给我吃……我越想肚子越饿,用衣袖抹了抹嘴角流出来的口水。

我边想吃的边走,很快就到了一个巨大的山洞前,山洞深处灯火辉煌。很奇怪,刚才明明看着那些灯光不远,这时却又变成在山洞深处了,莫不是我饿得眼花了?

我在幻想中的烤鹿肉的巨大诱惑下走进了山洞,三步并作两步行到了漆黑阴暗而又漫长的山洞尽头,发现山腹中空间广大,眼前豁然开朗。忽见对面有五六个年轻女孩正在有说有笑地并肩行走,现在分明是夏天,她们却穿着奢华的皮裘,式样古典,似乎不是今人服饰。只有其中一个身穿应季的蓝色卡其布服装,她头上扎了两个麻花辫子,肩上斜背着一个印有"为人民服务"字样的军绿帆布挎包,咦,那不正是田晓萌吗?

没错,绝对是田晓萌。她是苏州来的知青,我和胖子是福建的,虽说大家都是南方人,但是彼此并不算太熟。主要是因为我和胖子太淘,总惹祸,一般老实文静的姑娘也不敢亲近我们两个。

不过在这奇怪的山洞中见到熟人,心里多多少少就有了底。我紧走两步对田晓萌喊道:"小田,你怎么跑这儿来了?有吃的东西吗?"

田晓萌扭头一看是我,就朝我招了招手,示意让我走近。我走了过去对她说:"你在这儿玩得倒痛快了,我们为了找你差点让人熊给吃了。这是什么地方啊？你有什么吃的东西没有？我饿得都前胸贴后背了。"

田晓萌说："太对不起了，都是我不好，我进喇嘛沟采药迷了路，被这几位好心的姐姐救了。她们这儿一会儿还要演皮影戏，你来得正好，咱们一起看了再回去。"随即给我引见了她身边的几个年轻女子。她们说话都是当地口音，谈吐很有礼貌，还给我拿了一些鹿肉干吃，招呼我一起去看戏。

我跟着她们向里面走去，只见广大的山洞正中有座城，楼阁壮丽，灯火通明，四周各种古玩玉器堆积如山。

在城门前搭建好了纸灯白布，后边坐了十几个司掌锣鼓唢呐的乐师，前面设有一张古色古香的长桌，桌上的茶器茗盏全都十分精美，另有一个红色大玛瑙托盘中堆满了瓜果点心。

桌前设有三把椅子，先前那几名身穿貂裘的女子请我和田晓萌分别坐在左右，居中的椅子虚设，似乎尚有一位重要人物要来。

田晓萌见只有三个座位，其余的人都站在后边，就觉得有些过意不去，想要推辞。我又累又饿，也顾不上客套了，反正人民的江山人民坐，既然有座位，谁坐不一样，于是大喇喇地坐了，抓起面前的食物就吃。

可能是饿得狠了，食物虽然精美，却没半分滋味，吃起来都如同嚼蜡一般。我吃了几口，越想越是觉得古怪。

这时有两个少女搀扶着一个衣着华贵、白发龙钟的老太太从大门中走出，坐到中央的位子上。

我和田晓萌都站起来向主人问好。见了那老太太的样子，我心中更觉得怪异：现在这都什么年月了，怎么还有地主婆？

老太太冲我们俩点了点头，就居中坐下，一言不发地等着看戏。

身后站立服侍的年轻女子一拍手，戏班子里的乐师、傀儡师听见号令，一齐卖力演出。皮影戏起源于汉唐时期，又名"灯影戏"，是一门在民间很受欢迎的艺术，以驴皮镂刻出戏文中的人物动物，由艺人在白幕之后伴着锣鼓器乐的点子唱词操纵，发展至今已有数百出的整套戏目。

不过这种艺术形式在"文化大革命"中自然受到波及，被批判为宣扬才子佳人帝王将相的大毒草，哪里还有人敢再演。我万万没有想到今天竟然在此得以一见，在那个文化生活为零的时代里，真是太吸引人了。我光顾着看戏，完全忘了其他的事情。

皮影戏所演的各出大戏都是极精彩的剧目，先演了一出《太宗梦游广寒宫》，又开始演《狄青夜夺昆仑关》。

戏台上刀光剑影，兵来将往，精彩纷呈，再加上鼓乐催动，观者不由得连声喝彩。我看得心荡神摇，口中干渴，就伸手去拿桌上的茶杯喝水，无意间看了身旁的老太太一眼，只见她也正自看得眉开眼笑，边看边取桌上的果脯点心食用，咀嚼食物的样子十分古怪，两腮鼓动如同老猿猴，一喁一喁的。

我奶奶年老之后也没有牙，但是吃东西绝不是这样子啊，这老太太是人是猴？心中一乱，手中的茶杯落在地上摔了个粉碎。茶杯这一摔破了不要紧，那老太太的脑袋也随之掉在了地上，她的人头还盯着皮影戏观看，口中兀自咀嚼不休。

老太太手下的侍女急忙赶到近前，把她的人头恭恭敬敬地捧了起来，又给她安到身子上。

我心中大惊，一把拉起田晓萌就向山洞外边跑，在一片漆黑之中跌跌撞撞地冲出了山洞，耳中听得轰隆巨响不绝，大地不停地震动，身后的山洞闭合成一块巨大的石壁，倘若再晚出来半分钟，就不免被活活夹死在山壁之中。

外边天色已经大亮，我拉着田晓萌跑到山下的溪边，忽然觉得肚中奇痛无比，疼得额头直冒冷汗，不禁蹲下身去。记得听我祖父讲过鬼请人吃东西的故事，鬼怪们用石头、青蛙、蛆虫变作美食骗人吃喝，不知我刚才吃的是什么鬼东西，越想越恶心，忍不住大口呕吐。

痛苦中依稀见前边走来两个人，前边的那个姑娘有些眼熟，原来是燕子。我见到她才感到安心，眼前一黑，晕了过去。

等我醒来的时候，已经是三天之后了。那天燕子和胖子一直在树上待到天亮，树下的人熊失血过多已经死了。他俩到处都找不见我的踪影，最

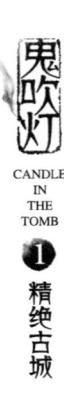

后在河边发现了昏迷不醒的我和田晓萌。

我这三天一直处于昏迷状态，发了四十多度的高烧，胖子跑了百十里地的山路请来县里的医生给我治病。我体格健壮，总算是醒了过来，而田晓萌始终没有意识，只好通知她的亲属把她接回家去治疗了，至于后来她怎么样了，我们都不太清楚。

我把我的遭遇和燕子的爹讲了，他告诉我说，山里有个传说，那位太后死的时候，活埋了很多民间杂耍的艺人做陪葬。昔日里，有些人就曾经在牛心山见过和我所见过的相同的情景。

不过这些事在我的记忆中模模糊糊，有时候我自己都不太敢确定真的发生过，大概只是做了一场梦吧。

我的知青生活只过了大半年，但是给我留下的回忆终生都不会磨灭。一九六九年春节轮到我回家探亲，我的命运又发生了一次巨大的转折。

第四章
昆仑不冻泉

那一年的春天，中国政府的高层因为感受到国际敌对势力的威胁，不断进行战略上的重新调整，军队扩编，备战备荒，深挖洞，广积粮，群众积极进行"防核防化防空袭"的三防演练。

我回城探亲的时候，有人告诉我内部消息，我父母的问题很快就将得到组织上的澄清，证明我祖父不算地主，成分是中农，所以他们被释放是迟早的事。这时由于解放军大量征兵，我父亲以前的一位老战友让我入伍当了兵。

我爹的战友陈叔叔是军分区的参谋长。当年第九兵团入朝参战，冰天雪地的盖马高原，十几万志愿军合围了美军最精锐的海军陆战队第一师。美军航空兵投掷的大量航空炸弹、凝固汽油弹把深夜的天空都照成了白昼。冒着美军钢铁弹幕组成的火力屏障，志愿军像潮水一般，发动了一波又一波的冲锋……

在那场残酷的战役中，我爹冒着零下二十几度的低温，把身受重伤的陈叔叔从死人堆里背了出来，到了救护所的时候，两人的身体被身上的血水冻在了一起，护士用剪刀剪破了皮肉才把他俩分开。他们之间的友谊已不能用"生死之交"四个字来衡量，而且我父母的历史问题也快要解决了，现在安排老战友的儿子参军，对一个分区参谋长来说不是什么难事。

陈叔叔问我想当什么兵种的兵，我说想当空军，听说飞行员伙食好。陈叔叔笑着给了我一个脑奔："战斗机哪儿有那么容易开的。你小子给我到野战军去，好好锻炼几年，等提了干，再把你调到军区机关来工作。"我说："回机关工作就算了吧，我还是愿意留在基层部队，办公室待不惯。"

想回岗岗营子和小胖、燕子他们告别，但是时间上不允许，就给他们写了封信，心里觉得挺过意不去，自己去部队当了兵，留下好朋友在山沟里插队，怎么说也有点不能共患难的感觉。不过这种感觉我三个月以后就没有了，那时候我才知道在山里当知青有多舒服。

我被征兵办安排到了一支即将换装为装甲师的部队中，没想到阴错阳差，刚在新兵训练营苦熬了三个月，中央军委一纸命令，这支部队就被调往了青藏高原的昆仑山口六十二道班兵站，全师改编成工程兵部队。

其实这件事说起来也不奇怪，当时的情况是全国的部队都在挖洞搞人防建设，各种洞——防空的、弹药储备的、战略隐蔽的等等，全军几乎没有不挖洞的部队，所不同的是我所在的部队由业余挖洞转变成职业挖洞。我们的任务是一级机密，要在昆仑山的深处建设一座庞大的地下战备设施，虽然没有明确告诉士兵们这个设施的用途，但是稍微有点脑子的人都应该能猜到。部队中有保密条例，所以大伙平时从不谈论这件事。也有传闻说完成了这次的工程任务，我们还要被编回到野战军的序列中去。

昆仑山口也称昆仑垭口，海拔四千七百六十七米，从地质学的角度来讲属于"多年冻土荒漠地貌"，是由古代强烈腐蚀的复杂质变岩构成。我们师从上到下，除了会挖战壕之外，对土木工程建筑施工一无所知，所以部队里派来了很多工程师、技术员指导工作，对指战员们进行为期五个月的强化培训。我所在的一个班就作为先遣小分队率先向南经过不冻泉进入茫茫昆仑山的最深处，任务是去寻找适合施工的隐蔽地点。

不冻泉位于昆仑河北岸，又名昆仑泉，花岗岩板圈成了池壁，池中清澈的泉水万年不停地喷涌而出，即使在严寒的冬季也从不封冻，谁也不知道泉眼下面通向哪里。上级传达了纪律，命令士兵不许在这里洗澡，因为当地藏民视不冻泉为神泉，时常对泉水膜拜。以前西藏刚解放的时候，进藏大军途经此地，那时候还没有发布这些规定，有三名战士在泉里洗澡，都给淹死在了泉眼里，死因据说是泉水中含有大量的硝磺。他们的墓就建在离这儿不远的兵站，我们小分队最后的补给站也设在那里。

终于进入了昆仑山，几乎所有的人都产生了严重的高原反应：脸都憋得发紫，目光也变得模糊，似乎都产生了幻觉。巍巍昆仑的千丘万壑，如同一条条滚滚向前的银灰色巨龙，而我们这支十多个人组成的小分队在这雄浑无际的山脉中还不如一只小小的蚂蚁。

我在行军的路上想起了祖父传下来的那本书，那书上曾说昆仑群峰五千乃是天下龙脉之祖，这些山脉从太古时代直到现在，里面不知埋藏了多少秘密，相传西藏神话传说中的英雄格萨尔王的陵塔和通往魔国的大门都隐藏在这起伏的群山之中。

先遣队的任务是找到合适的施工地点，随行的还有两名工程师和一名测绘员、一名地质勘探员。弃车之后在山里行进了整整两天，第二天的黄昏大家扎了帐篷休息，铅云密布的天空中飘起了零星的雪花，看来到晚上会有一场大雪降临。

那四名工程技术人员都是戴着眼镜的知识分子，其中还有一个是女的。他们远没有适应高原的恶劣环境，趴在帐篷里喘着粗气，听那声音都让人替他们的小身子骨担心。

领队的连指导员、班长和卫生员三个人忙着给他们倒水发药，劝他们吃点东西，因为越不吃东西越会觉得缺氧。

士兵们身体强壮，入伍的时候都经历过新兵营每天十公里武装越野的磨炼，适应环境的能力很强，这时候基本上都已经稍微适应了缺氧的环境。战士们用特制的白煤球燃料点燃了营火，围在一起取暖，吃煮得半熟的挂面和压缩饼干——海拔太高，水烧不开，挂面只能煮成半熟。

和我混得比较熟的几个战友是东北黑龙江的"大个子"、藏区入伍的藏族兵"尕娃"和只有十六岁的吉林通信兵小林。我们几个三口两口吃完了面条，喘着粗气休息，感觉在高原上吃一顿饭所使的力气，简直超过了在平原上的武装越野行军。

小林休息了一会儿对我说道："胡哥，你是城里参军的，知道的事多，给俺们讲几个故事听呗？"

大个子也随声附和："哎呀，我说老胡，太稀罕听你唠了，贼拉带劲。反正一会儿还得整啥玩意儿班务会，也不能提前休息，你就先给同志们唠一段呗。"

尕娃汉语说得不利索，但是能听明白，也想说什么，张了半天嘴，愣是没想起来该怎么说，干脆只对我一挥手。我估计他那意思大概是：你讲吧，我也听听。

我吐着舌头说："空气这么稀薄，你们怎么还有这么大精神头？得了，既然同志们想听，我就先白话一段，等会儿开班务会时二班长给我穿小鞋，你们可得给我帮忙说情啊。"

我为什么这么说呢，因为我们二班长看我不太顺眼。他是从农村入伍的，在部队熬了五年才当上个班长，特别看不惯我这种人，班里一开会他就让我发言，抓住我发言中的漏洞就批评我一大通，几乎都形成固定的规律了，把我给气的呀，就别提了。

但是我讲点什么好呢？我看过的书加起来不到十本，其中《毛泽东文选》四本，《毛泽东语录》一本，字典一本，《红日》算一本，《青年近卫军》也算一本。可是这些都给他们讲没了，还有本风水秘术，我想他们也听不明白。

我搜肠刮肚的，总算想起来上山下乡时从田晓萌那儿借来看的一本书，那是一本在当时很流行的民间传说手抄本。这手抄本的内容以梅花党的事迹为主，也加入了不少当时社会上的奇闻异事，其中有段一百张美女皮的故事，给我留下的印象特别深。

这个故事的开始，是发生在一辆由北京开往南京的列车上，女大学生赵萍萍回南京探亲就是搭乘的这趟列车，坐在她对面的乘客是一名年轻英俊的解放军军官，两人有意无意之间就聊了起来。赵萍萍被这位年轻军官的风度和谈吐倾倒了，在交谈中还得知他家庭环境很好，受过高等教育，赵萍萍甚至开始幻想自己嫁给对方。不知不觉之中火车就抵达了南京站，军官请赵萍萍到火车站附近的饭馆里坐一坐。吃饭的时候军官去打了个电话，回来后拿出一封信，托付赵萍萍帮忙送到他在南京的家里，因为他自己有紧急任务要先赶回部队，所以先不能回家了。赵萍萍毫不犹豫地答应了，随后二人依依不舍地分别。

第二天赵萍萍去军官的家里送信，接待她的是一位老妇人。老妇人把信取出来读了一遍，然后热情地把赵萍萍请到家中，给她倒了杯茶。赵萍萍喝了几口茶，和老妇人闲谈几句，突然感觉眼前金星乱转，一头晕倒在地。

一桶冰凉刺骨的冷水浇醒了赵萍萍，她发现自己赤身裸体地被绑在一条剥人凳上，墙壁上挂满了人皮。周围站着几个人，正是那老妇人和她手下的几名彪形大汉。老妇人把那封信拿到赵萍萍眼前让她看，信上只有一句话："送来第一百张美女皮，敬请查收。"老妇人冷笑着说道："你死到临头了，让你死个明白，我们都是潜伏的特务，剥女人的人皮是为了在里面装填炸药。一共要准备一百张人皮，今天终于凑够数了。"说着取出一把剎利刀交给其中一个手下，剎利刀是专门剥皮用的特制刀。那大汉用刀在赵萍萍头顶一割，在她的惨叫声中……

我刚说到兴头上，就被走过来的二班长打断了："都别说咧，都别说咧。胡八一，你又在胡编乱造咧，现在咱们班开班务讨论会咧，你那小嘴不是喜欢说嘛，咱们这次就让你先发言中不中咧？"

我站起身来一个立正，学着班长的口音回答他道："不中，不中，咋又是俺咧？轮也该轮到那个尕娃子说一回咧，人人平等才是社会主义的原则咧。"

二班长说："小胡同志，咋就你怪话多咧？俺让你不要学俺说话。俺是班长，俺让你说你就说咧，不要谈啥绝对平均主义中不中咧？"

我看了看周围的几个战友，他们一个个都一本正经地坐着等我发言，尕娃趁班长不注意，还冲我吐了吐舌头。这几块料，太不仗义了。现在只能自己给自己找台阶下了："报告班长，今天咱们讨论什么内容？你还没

35

说呢，你不说让我们怎么发言？"

这时指导员走了过来。指导员李健三十多岁，中等身材，很斯文的一个人，是十多年的老兵，对待官兵很好，没什么架子。他走过来对大家说："同志们在开会呢？我也来听一听。"

二班长赶紧给指导员敬了个礼，指导员摆摆手说你们继续，别因为我影响了你们的讨论。

二班长水平很低，见指导员在旁边就显得特别紧张，也不知道该说什么。他可能觉得唱歌比较简单，于是就对士兵们说："同志们，俺们一起唱个革命的歌子来鼓舞斗志，中不中咧？"

战士们异口同声地答道："肿（中）！"指导员听得在旁边差点乐出声来，赶紧假装咳嗽两声加以掩饰。

二班长却没听出来有什么可笑的，一脸严肃地把双手举起来，做出音乐指挥的动作："同志们，我先起个头啊，二呀嘛二郎山，预备，唱。"

"二呀嘛二郎山，哪怕你高万丈，解放军铁打的汉，下决心要闯一闯。不怕那风来吹，不怕那雪来飘，要把那公路，修到那西藏。"

天空的雪越下越大，十几名战士的合唱声回荡在昆仑山漫天飘飞的白雪之中。也不知道是苍茫的群山飞雪衬托了军歌的雄壮，还是军人们的歌声点缀了昆仑山的苍凉寂寞，一时间就连另外一座帐篷中的几名工程师也都被歌声吸引，忘记了高原反应，在歌声中望着远处无尽的山峰思潮起伏。

第五章
火瓢虫

进山的第三天早晨，小分队抵达了大冰川，传说这附近有一个极低洼的小型盆地，我们此行的目的地就是那处盆地。由于是机密任务，所以不能找当地的向导带路（其实也没有人认识路），我们只能凭着制作粗糙的军用地图，在乱草一样的等高线中寻找目的地。

大冰川是由三部分组成的，落差极大，坡度很陡峭，最高海拔超过六千米，积雪万年不化；中间一段最长，全是镜子面一样溜滑的寒冰，冰层厚达上百米；最下边又低于青藏高原的平均海拔，像裂痕一般深深地陷进大地，这里地气偏暖，形成了一个罕见的绿色植物带。在最低的地方，高原反应也减轻了，要是想继续往昆仑山的深处走，就必须要经过大冰川下的山谷。

出发前工程师曾警告大家，在冰川下边行军不能发出大声响，否则引起雪崩，就得被活埋在下边。

众人连大气都不敢喘一口，结果半路上还是出了事故。在从冰川下到山谷的过程中，有一位北京来的工程师失足跌下了冰川，我们在冰川下面的绿洲中找到了他摔得稀烂的尸体。女地质勘探员洛宁和他是一个单位的同事，见此惨状，忍不住就想放声大哭。

一个姓王的地质专家赶紧用手把她的嘴捂上，小声说："别哭出声来。"

洛宁把头深深埋在王工怀里，痛苦地抽泣着。指导员带头摘下了帽子，向同伴的遗体默哀告别，随后我和尕娃两人把遗体收拾到一起，装在一个袋子中掩埋。这位工程师和我们在一起不到三天，我只知道他是北京来的，甚至还来不及知道他的名字，他就这么无声无息地死了。

大个子用工兵铲轻轻地挖掘地上的泥土，挖了没几下，忽然从他挖的土坑中飞出来一个蓝色的大火球，个头有篮球大小，在半空盘旋两圈，一下子就冲进了人群里，小分队的成员们急忙纷纷闪避。

火球落在地上，蓝色的火焰逐渐熄灭，原来是一只奇形怪状的小瓢虫，全身都像是红色的透明水晶，翅膀更是晶莹剔透，可以通过透明的甲壳依稀看到里面的半透明内脏，其中似乎隐隐有火焰在流动，看上去说不出地神秘诡异。

大伙对望了一眼，都想问这是什么虫子，但是谁也不能给出答案，大概这是尚未发现的物种。王工好奇地靠了过去，推了推架在鼻梁上的深度近视眼镜，激动地用两根手指把像红色火焰一样的瓢虫捏了起来，小心翼翼地仔细观看。然而就在此时，他和瓢虫接触的手指被一股蓝色的火焰点燃，顷刻间，熊熊烈焰就吞没了他全身，皮肤上瞬间起满了一层大燎泡，随即又被烧烂，鼻梁上的近视眼镜烧变了形掉在地上，他痛苦地倒在地上扭曲挣扎。

我们想救他已经来不及了，他被火魔焚烧的惨叫声响彻山谷，听得所有人都不寒而栗，而且看样子他一时半会儿还不会咽气。

有人想用铲子铲土扑灭他身上的火焰，但是他全身烧伤面积已经达到了百分之百，属于深度烧伤，就算暂时把他身上的火扑灭了，在这缺医少药的昆仑山深处，怕是也挨不过一两个小时，那不是让他活受罪吗？

这种活人被火焚烧的情景太过残酷，洛宁不敢再看，把头扭了过去，她的表情凝固住了，捂着耳朵，张着嘴，也不知道她是想哭还是想喊。年龄最小的小林也吓坏了，躲在大个子身后，全身抖成一团。

二班长掏出手枪想帮助王工结束痛苦，实在是不忍心看他这么受罪，而且再由着他喊叫下去，非引起雪崩不可。

指导员按住了二班长正在拉枪栓的手，对他低声说道："不能开枪，用刺刀，让我来。"

山顶有数万吨的积雪悬在大冰川之上，任何一点响动都可能引发灾难性的后果。现在我们唯一能帮王工的，就是给他的心口窝来一刺刀，让他痛痛快快地死去。

刻不容缓，指导员从一个战士手中接过上了刺刀的五六式半自动步枪，轻轻说了声"对不住了，同志哥"，一闭眼把军刺插进了王工的心脏。王工终于停止了撕心裂肺的号叫，倒在地上不再动弹，而他身上的火焰还在继续燃烧。

指导员刚想把刺刀从他心口抽出来，那股妖异的蓝色火焰猛地一亮，竟然顺着刺刀，从步枪的枪身传了上来。

火焰的速度实在太快，甚至连一眨眼的工夫都不到，人们还没看清究竟发生了什么事，指导员的全身就已经被蓝色的烈焰吞噬了。

指导员也和王工一样，痛苦地挣扎惨叫着。大家都太了解指导员了，他绝对是个硬汉子，虽然外表文弱，但是他的忍耐力和毅力都够得上最优秀的职业军人的标准，不知道被那种怪火焚烧是何等惨烈的痛苦，才会让他发出这样的悲鸣。

二班长含着眼泪举起了手枪，现在管不了是否会引起雪崩了，实在是不忍心看着指导员再受苦了。就在他要扣动扳机的一刹那，全身是火的指导员忽然开口说道："我命令……你们谁都不许开枪……快带同志们离开这里……"

指导员身上的痛苦虽然难以承受，但是神志还保持着清醒，他意识到了自己的惨叫可能会引起雪崩，为了不再发出声音，他反转烧得通红的刺刀，插进了自己的心脏。过了许久许久，他的身体被烧成了一堆细细的灰烬。

小分队中剩下的成员们，痛苦地注视着这壮烈悲惨的一幕，每个人都紧紧地握着拳，咬着牙，想忍住在眼眶里打转的泪水，有些人的嘴唇都被自己咬破了。

山谷里静静的没有半点声音，头顶湛蓝的天空映在大冰川的冰面上，让人有种错觉，这世界上似乎是有两个相同的天空，分不清楚哪一个在上，哪一个在下。仙境一样的瑰丽美景，却充满了诡异恐怖的气氛。

地上有两堆灰烬，就在几分钟前，他们还都是活生生的，现在却变成了小小的两堆灰烬，烧得连骨头渣都没有剩下。如果不是目睹了这一切的经过，谁能相信世界上会发生这样的事情。

忽然，从王工被焚烧后剩下的灰烬中，飞出一个蓝色的火球，它面对着众人悬停在半空，似乎是在选择下一个目标。它的速度奇快无比，在它的攻击范围以内，任何人都没把握能逃脱。空气中传来一阵轻微的振动声，是这只古怪瓢虫抖动翅膀飞行所发出的声音。

现在小分队已经失去了三个人，都是最主要的成员，作为领队的指导员，还有两名工程师都牺牲了，剩下的两名工程师，一位是测绘员洛宁，还有一位是上海地勘院的刘工，看来这次的任务是无法完成了。

指导员不在了，士兵们心里少了主心骨，但是几乎所有人在面对这团妖异的蓝色火球时，心中都产生了相同的想法："宁愿被雪崩活埋，也绝不想被这鬼东西活活地烧成灰。"

有几名沉不住气的战士已经举枪瞄准了半空中的瓢虫，二班长突然抢上一步对大家说道："同志们，指导员牺牲咧，现在俺是队长咧！俺命令你们全都得给俺活着回去中不中咧？"

我明白了二班长想做什么，他是想牺牲自己给其他人撤离争取一点宝贵的时间。我拉住他的胳膊哽咽道："不中，你又不是党员，凭啥你去咧？要去俺去。"

二班长一把推开我的手："你个小胡，你连团员都不是咧。俺让你别学俺说话，你咋个就不听咧。"话音未落，他已经头也不回地冲向了那团悬在空中的火球。

二班长刚冲出去两步就停了下来，在我们面前出现了不可思议的情景：那只散发着火焰的古怪瓢虫，由一只分身成了三只，每一只都同原来的那只一样大小。

三个蓝色火球中的一个直扑二班长，另外的两个像闪电一样钻进了人群，包括二班长在内，还有炊事员老赵、通信员小林，三个人被火球击中，全身都燃烧了起来，他们同时发出了惨烈的叫声，在地上扭动挣扎，想滚动压灭身上的大火。

恐怖的事情发生了：由于刚才面对火球的时候士兵们紧张过度，已经全部把枪械的保险栓打开，弹仓中满满的子弹都顶上了膛。

通信兵小林只有十六岁，他缺乏指导员和二班长面对死亡的勇气和心理承受力，恶魔般的烈火烧去了他的理智。在被烈焰撕咬的痛苦下，他手中的半自动步枪走火了，"嗒嗒嗒嗒……"又有三名战友被他射出的流弹击中，倒在了血泊之中。

事情向着最恶劣的方向发展了，指导员宁可自杀也不肯让我们开枪，可最后枪还是响了。被奇怪的火虫攻击虽然可怕，但雪崩发生就意味着灭顶之灾，小分队的成员，有一个算一个，谁也活不了。在大冰川下的山谷，大喊大叫也许只有三成的概率引发雪崩，但是枪声，百分之二百地会带来最可怕的后果。

见到神志不清的小林步枪走火，流弹乱飞，误杀了三个战友，我来不及多想，一咬牙关，端起手中的步枪三个点射，击倒了在火中痛苦挣扎的小林、二班长和老赵。

步枪子弹的出膛声在山谷中回响，由于山谷很狭窄，再加上大冰川镜面一样的冰壁简直就是一个天然的大音箱，枪声、喊叫声、哭泣声在山谷中激起一波又一波的回声，久久不绝。

我一时间还没有从亲手射杀自己战友的痛苦中解脱出来，满脑子都是他们生前的音容笑貌，忽然觉得头上一凉，才回过神来，用手摸了一下，原来是一片雪花落在我的额头。

太阳挂在天空中闪烁着耀眼的光芒，这时候不可能下雪。我心里咯噔一沉，脑海中浮现出的第一个念头就是：终于雪崩了。

这时从三个死去战友还在燃烧的尸体上，各飞起一个蓝色火球。此时此刻已经不用再对开枪有所顾忌了，尕娃的枪法是小分队成员中最准的，他端起步枪，瞄也不瞄，抬手就是三枪，每一枪都正中火球的中心，里面的瓢虫远没有子弹的口径大，虫身整个都给子弹打没了，火焰也随之消失。

经过这一番短暂而又残酷的冲突，我们班八个士兵，加上二班长、指导员一共十个人，现在还活着的只剩下我和大个子、尕娃三个士兵，再就是刘工和洛宁两个知识分子。

头顶上落下的雪末越来越多，天空中传来轰隆隆的响声，整个山谷都在震动。我抬起头向上望了一眼，上面的雪板卷起了风暴，就像是白色的大海啸，铺天盖地地向我们滚下来。

大个子拉了我一把，叫道："老胡！都这时候了你还看啥玩意啊，赶紧蹽吧！"

我们的位置处于山谷中间，雪崩肯定会把整个山谷都填平，根本就没地方可跑，但是到了这生死关头，人类总是会出于本能地做最后一次挣扎。

洛宁早已被吓得昏倒在地，大个子把她扛到肩膀上，我和尕娃两个人连拉带拽地拖着刘工，往大冰川的对面跑去，指望着能在雪崩落下来之前爬到对面稍微高一些的山坡上，去争取这最后的一线生机。

在最绝望的时刻，我们也没有扔掉手中的枪，枪是军人生命的一部分，扔掉枪就意味着扔掉了军人的荣誉。但是别的东西都顾不上了，各种设备都扔掉不管，想把身上的背包解开扔掉，但是匆忙之中也来不及了，五个幸存者互相拉扯着狂奔。

那雪崩来得实在太快，排山倒海席卷而来，山谷一时间地动山摇。

我以前听人说起过雪崩的情形，但是万万没有想到，天地间竟有如此威力的银色巨浪，这一下人人心如死灰，就算再多长两条腿也跑不脱了。

第六章
九层妖楼

真是天无绝人之路，雪崩所引发的猛烈震动，使我们面前陡峭的山坡上裂开了一个倾斜向下的大缝。

空中席卷而来的暴雪已至，众人来不及多想，奋力冲进了山石中裂开的缝隙。裂缝下很陡，没想到下边有这么大的落差，五人抱作一堆摔了下去，滚了几滚跌在一个大洞底部。

随后，一块巨大的雪板从后滚将下来，把山缝堵了个严丝合缝，激起了无数雪末，呛得五个人不停猛烈地咳嗽。头顶轰隆隆轰隆隆响了良久才平静下来，听这一阵响动，上面已不知盖了多少万吨积雪。

黑暗中不能辨物，众人死里逃生，过了很长时间才有人开口说话，满嘴的东北口音，一听就知道是大个子："还能喘气的吱个声，老胡、尕娃子、刘工、洛工，你们都在吗？"

我感觉全身都快摔散了架，疼得暂时说不出话来，只哼哼了两声，表示我还活着。

尕娃答应一声，掏出手电筒，照了照四周，只见洛宁目光呆滞地坐在地上，好像没怎么受伤，刘工倒在她旁边，双目紧闭昏迷不醒，他的左腿

43

小腿骨摔断了，白生生的半截骨头露在外面。

我们跌进的这个山缝又窄又深，手电筒的照明范围之外都是漆黑的一片，不知道远处是什么地形。

大个子用手探了探刘工的鼻息，一抖落手说："完了完了，气都没了。"

我爬过去一摸刘工的颈动脉，确实是心跳都没了，于是叹了口气，对大个子说："咱们把刘工埋了吧。"

我取出工兵铲想挖坑，尕娃在一旁把我拦住，指了指地下："虫子，火。"

尕娃这一提醒，我才想起魔鬼一样的瓢虫。小分队一共十四个人，在那惊心动魄的几分钟之内就死了九个，看来这里的土地不能随便挖掘，天晓得下面还有什么鬼东西。

但是总不能把同伴的尸体就这么摆在外边，只能采取折中的办法了。我用手电筒照明，尕娃和大个子在附近捡了些碎石块盖在刘工的尸体上，算是给他搭建了一个简易的石头坟墓。

在这个过程中，洛宁始终坐在地上一动不动，静静地注视着刘工的石头墓，最后再也忍耐不住，哇的一声哭了出来，压抑在心头的哀伤，如决堤潮水般释放了出来。

我想劝劝她，但是实在是不知道该怎么说，被她的哭声触动，也是鼻子发酸，心如刀绞，想起昨天晚上，小分队还围在营火前高唱军歌，那嘹亮的歌声似乎还回响在耳边，然而今天大部分战友都永远长眠在了昆仑山的大冰川下。

我扶着洛宁站起来，一起为刘工和其他战友默哀。那时候不管什么场合，都要引用毛泽东诗词，我带头念道："漫天皆白，雪里行军情更迫。"

其余的三个人也同声应和："头上高山，风展红旗过大关。""为有牺牲多壮志，敢教日月换新天。"

随后众人举起右拳宣誓："战友们，同志们，请放心走吧，有些人的死轻于鸿毛，有些人的死重如泰山，为人民的利益而死重于泰山，你们就是为了人民的利益而牺牲。我们一定要继承革命先烈的遗志，踏着你们用鲜血染红的足迹，将无产阶级'文化大革命'进行到底，最后的胜利永远属于我们工农兵。"

当时我还是个新兵蛋子，从来都没参加过战友的追悼会，不知道应该说什么，只是记得别人开会时都这么说，在那种情况下，也没什么合适不合适之分了。

过了许久，众人从痛苦中平静下来，处理了一下身上的伤口，好在都是轻伤，不影响行动。大家随便吃了几口压缩饼干，聚拢在一起，商量下一步该怎么办。从被雪板压住的山谷出去是不可能的，我估计整个山谷可能都被雪崩填平了，现在只能另找出口。

尕娃拍了拍自己身上空空的子弹袋，示意子弹不多了。我们进山的时候由于要携带很多装备，所以弹药配备都是最低限量，每人只有三个步枪弹匣，毕竟不是战斗任务，这一带也没有什么土匪。雪崩的时候又扔掉了一部分弹药，现在每人只剩下平均二十发左右的子弹，总共还有两枚手榴弹。地下应该没什么野兽，子弹多了也没有用，够防身就行了。

干粮是一点都没有了，能吃的刚才都吃了，必须想办法在两天之内找到出口，否则饿也会活活饿死在这地下了。不幸中的万幸是洛宁身上竟然还有一个指北针。

山隙的深度超乎想象，向南走了一段之后就走到了尽头，大地的裂缝翻转向北，凭感觉像是走到了大冰川的下面。

我们在黑暗中向前走了十几个小时，越走地势越低，地下的空间也越来越大。洛宁用气压表测了一下，气压的数据换算成海拔高度，竟然只有四百多米，跟四川差不多，远远低于平均海拔四千多米的青藏高原，再这么走下去，怕是要走到地心了。

最后地势终于平缓了下来，耳中听见水流声湍急，似乎不远处有条地下大河。我见不再有下坡路，就以手电四处探照，想看看有没有向上走的路，忽然发现手电筒照出去的光芒在岩壁上产生了很多微弱的反光，像照在无数镜子的碎片上一样。

洛宁惊呼一声："是云母！"

其余三人听她说什么云母，也不知道那是什么，但是听她语气很惊恐，以为是出了什么紧急状况，急忙把洛宁挡在身后，以最快的速度从背上摘下五六式半自动步枪，哗啦哗啦几下拉开枪栓，准备射击。

洛宁奇道："你们做什么？"

我一边持枪戒备一边问洛宁："什么母的公的？在哪儿？"

洛宁说："不是动物，我是说这周围都是结晶体，云母和水晶通常生长在同一地层中，啊，果然也有水晶。"

洛宁虽然主要负责的是地图测绘工作，但是经常同地质勘探队一起工作，对于地矿知识也知道不少。我们周围出现的像玻璃薄片一样的结晶体是一种单斜晶系的结晶，只有在太古双质岩层中才能出现，河北的地下蕴藏量很大。但是这里的云母颜色极深，呈大六方柱形，品质远远超过内地所产，从云母颜色的深度这点上看，我们所处的位置已经深得难以想象了。

洛宁被周围罕见的大云母所吸引，看看这块又看看那块。我随手捡起一小块看了看，也瞧不出有什么地方值得稀奇。

这时忽然听大个子对尕娃喊："尕娃你干啥呢？赶紧起来。"

我用手电一照，见尕娃正在地上以藏民的方式磕头，整个身体都趴在地上。这小子干什么呢？给谁磕头？我又照了照他前面，不由得倒吸了一口冷气。

在地下竟然耸立着一座用数千根巨木搭成的"金"字形木塔，塔身上星星点点的有无数红色闪光。借着那些微弱的闪光观看，木塔的基座有将近两百米宽，用泥石夯砌而成，千年柏木构筑成了塔身，一共分为九层，每一层都堆满了身穿奇特古装的干枯骨骸，男女老少皆有，每根大木上都刻满了藏族的秘文。这是坟墓吗？规模如此巨大，是谁在地下修建的？

洛宁一直在看云母，听到我们三个议论，也过来走到近处观看。

我对大个子摇了摇手让他别打岔，继续问尕娃："这是什么塔？上面写的字你认识吗？"

尕娃一个劲地摇头。

我说："这娃子，不认识你磕什么头啊，看见这么多尸骨，就把你吓傻了？"

尕娃满脸都是惊慌的神色，用不太流利的汉语说："胡这尕熊，哦让你把哦来说，偏把哦来拉，拉尔拉多斯，九……九层妖楼。"

　　他前半句我没听明白，后边四个字听得清楚，什么九层妖楼？干什么用的？不就是埋死人的吗？

　　还没等尕娃说话，洛宁就从塔边蹑手蹑脚地跑了回来，对我们做个不要出声的手势，指着身后的塔对我们悄声说，千万别出声惊动了它们。

　　我见她神色郑重，知道可能有麻烦了，但是不知她所指何物，于是压低声音问："惊动了什么？塔中的死人？"

　　洛宁极其紧张地说："不是，是那种带火瓢虫，都在死尸身上睡觉，多得数不清。"

　　听了洛宁的话，我才察觉到，木塔上密密麻麻的红色闪光，原来都是那种透明瓢虫身上发出来的。

　　虽说我身上多少具备那么一些革命军人大无畏的气概，但是一想起那种古怪的瓢虫，心里就觉得恐慌。这种超越常识的生物太难对付了，山谷中那惨烈的一幕给我留下的恐惧感太强烈了。

　　我打个手势，四个人悄无声息地向来路退了回去。还没走出几步，尕娃脚下忽然踩空，跌入了一条沟中。

　　这条沟很隐蔽，又和我们行进的路线平行，所以来的时候我们都没发现。沟虽然只有一米多深，尕娃还是被摔得闷哼了一声。我赶紧跳下去扶他，见尕娃正捂着脚，满脸都是痛苦的表情。

　　这时洛宁和大个子也分别下到沟里，用手电筒一照，发现尕娃的脚被一根尖锐的白骨刺中，连鞋带脚被穿了个透明窟窿，血流如注。沟里满地都是层层叠叠的各种动物白骨，数量太多，难以估算。看样子这条沟应该是牛、马、羊、狗之类的动物殉葬坑。

　　为了不惊动附近木塔中的瓢虫，大个子用手捂住尕娃的嘴，不让他叫出声，我一把拔出了插在他脚上的白骨，洛宁将随身急救包中的云南白药撒在他伤口处，又拿出白绷带帮他包扎上止血。

　　我手上沾满了尕娃脚上的血，随手在自己的军装上胡乱抹了几把，脑中忽然闪过一个念头：这座牛马殉葬坑挖得好生古怪，不是方形圆形，而是挖成长长的沟形，长沟直通那座安放尸体的木塔，这种形状正好和《十六字阴阳风水秘术》中提到的一种名为"慑"的布局相似。如果真是这样，那么在平行的位置上应该还有一条规模相同的殉葬沟。

两条殉葬沟相互平行夹住木塔结构的坟墓，构成二龙戏珠之势，照这么推断，旁边的那条沟应该用来放墓中主人生前所用的一些器物。只是不知道这两条殉葬沟是人工的，还是天然形成的，看来后者的可能性更大一些。

附近河水流动声很大，从水声上判断是在西北方，也就是九层妖楼的后边有一条地下河，因为龙是离不开水的。

如果真是我预想的这样，那么这个地下世界的地图早就在我的脑子里了，只不过需要找到另一条殉葬沟才能证实我的推断。

大个子推了我的肩膀一把："老胡，整啥事呢？"

我想得出神，被他一推这才回过神来，忙问洛宁："洛工，你能估算出来咱们现在的位置吗？大概在地图上的什么地方？"

洛宁用指北针参照着地图计算了一下，沉吟片刻说道："咱们在地下是一直不停地朝北走了十几个小时，按照咱们的速度推测，早就过了头上的大冰川，应该快出昆仑山了。"

我把我刚才的想法说了：这时候要是往回走，只能回到被雪崩覆盖住的山缝，如果我估计得没错，沿着地下河走，应该可以有路出去。但是这么做就要冒险从九层妖楼的下面穿过，这是个死中求活的方案。

四个人合计了一番，觉得这么做虽然充满了危险，但是值得冒险一试。不过我决定先去找到另一条殉葬沟证实一下。

行动前，我问尕娃："到底什么是九层妖楼？"

尕娃汉语说得很吃力，讲了半天我终于听明白了一些。原来在他的老家血渭，也有一座和这座九层妖楼完全一样的遗迹，相传这种九层妖楼是古代魔国历代君王陵寝的形式。魔国灭亡的时候，那座墓已被英雄格萨尔王摧毁，在藏地高原只剩下一堆烂木头架子，以及牧民口中传承下来的叙事诗歌，在世世代代歌颂着格萨尔王像太阳一般无与伦比的武勋。

藏族牧民经过这些遗迹的时候，都要顶礼膜拜，吟唱史诗。这倒不是惧怕魔国君王的陵墓，而是为了表达对格萨尔王的尊敬。尕娃还说了些宗教方面的事，我就听不明白了，那种鬼火一样的虫子是不是墓中安息的亡灵也就不得而知了。

我让洛宁等三个人留在原地，自己匍匐前进。在与牛马殉葬沟隔了一百多米的地方，果然还有另一条殉葬沟，里面都是古代皮靴、古藏文木片、古蒙古族文木牍、彩绘木片及金饰、木牒、木翅、木鸟兽、铜器、粮食和大量丝绸等陪葬物品。

看来我推断得没有错，九层妖楼后面的地下河肯定与外界相连，于是我潜回动物殉葬沟招呼另外三人行动。

我当先开道，大个子端着枪在我身后，其次是尕娃，他的脚被刺得不轻，洛宁在后边扶着他行走。

九层妖楼的规模很大，地下空洞本来极为广阔，但塔楼和两边的大片云母把向北去的道路近乎堵死了，两侧只有很窄的地方勉强可以通行。

我们提心吊胆地从木塔下经过，见到塔中那些闪烁着火焰气息的瓢虫，觉得心脏都要从嗓子眼里跳出来了。塔下两百米的路程，每一步的距离都显得那么遥远。

第七章
霸王蝾螈

众人好不容易蹭过九层妖楼,向前走了不到两百步,忽然脚下一软,像是踩到了什么巨大的动物。我用手电筒一照,脚下是一只从来没见过的巨大爬行动物,它吐着长长的舌头,肤色和地面的颜色十分接近,样子有点像是巨蜥,又有点像鳄鱼,但是没有那么粗糙的表皮,而且前吻没有蜥蜴那么尖锐,长得比较圆,舌头像蛇一样,又红又长,前面分个叉,全身皮肤漆黑,长满了大块的白色圆斑。单从外貌上形容,基本上可以说是一只有条长尾巴的超级青蛙。

我这辈子天不怕地不怕,唯独比较怕这种恶心的东西,吓得我一下缩到了大个子身后。大个子看见这只奇特的动物,也吓了一跳。军人唯一可以依赖的伙伴就是枪,他出于本能的反应举枪就打,啪啪啪几个点射,那只爬行动物扭动了几下,就此死去。

这时走在最后的洛宁走了过来,看了看地上的动物死尸,嘘了口气对我们说:"这是生活在地底的蝾螈,吃昆虫和蜉蝣为生,不伤人。"

我倒不心疼打死一只动物,担心的是大个子冒冒失失地开枪,会不会惊醒塔中的虫子。人要是倒了霉,喝口凉水都塞牙,九层妖楼里的瓢虫显然是被枪声惊动，无数盏明灯一般的蓝色火球亮了起来。

整个地下空间都被火光映成了蓝色，木塔也被点燃了，火势越烧越大，几百团火球朝我们扑了过来。这么大的火，我们却感觉不到一丝热气，反而觉得寒气逼人，牙关打战。

大个子见状不妙，掏出武装带上插着的两枚手榴弹就要拉弦扔过去炸那些火球，我赶紧一把按住他的手："扔一颗，给咱们留下一颗光荣弹，我可不想让那鬼火烧死。"

我们这种木柄手榴弹是步兵的制式装备，上边用铁皮包成圆柱形，下面是一个木制的握柄，引发后，通过里面的炸药激发铁皮碎片杀伤敌人，威力并不是很强。大个子留下一颗手榴弹，我拿过另一颗，见有不少火球已经冲了过来，就拔下导火索，把刺刺冒出白烟的手榴弹投了出去。

手榴弹炸出一团白烟，飞在前面的十几团蓝色火球被爆炸的弹片击中，纷纷坠落在地上熄灭，但是更多的火球从后面蜂拥而至。

洛宁在前，其余三人殿后，边撤边用手中的半自动步枪打，每人二十发子弹，没过两分钟就打了个精光。

想对付那些诡异瓢虫形成的蓝色火球，只能用枪射击，同它们稍有接触，就会引火焚身。没有子弹的步枪，还不如烧火棍好使。

大个子扔掉步枪，掏出了最后一颗手榴弹，对我喊道："老胡，是时候了，整不整？"我和洛宁架着尕娃，四个人围成一圈，把大个子手中拿的手榴弹包在中间。我盯着眼前的手榴弹，只要大个子一拉弦，几秒钟之后就会玉石俱焚。

最后的时刻终于到了。

在这种时候我无暇想太多，一是那些火球已经越来越近，没时间多想；二是我担心想太多生离死别的事会让自己变得软弱。我一直想做杨根思那样的特级战斗英雄，不过没死在战场上，反而不明不白地在昆仑山底下走到了生命的尽头，真的是不太甘心。我把心一横，就要让大个子引爆手榴弹。

洛宁本来已经紧紧地闭上眼睛等死，忽然想到了什么，一下子站起来拉住我们："你们听这水流声这么响，这里离地下河很近，咱们快跳到河里去。"

刚才只顾着开枪射击,之后又准备用手榴弹自杀,早把地下河的事扔在了脑后,忙乱中也没听到那隆隆水流之声。听洛宁这么一说,才想到还有生路,如果能提前跳进河水之中,那些火球虽然厉害,倒也奈何我们不得了。

说时迟,那时快,数千团蓝色的火球已经近在咫尺!四个幸存者求生心切,拼命向水流轰鸣处奔跑。

听那水声,只有十几米远的距离,我们没跑出几步,经过地下空洞的尽头转弯的地方,眼前出现了一个大瀑布,瀑布下面有个规模不小的天然地下湖。

我还没来得及细看,后心一热,抓心挠肝似的疼,想必是火球已经撞到了我的后背,只要沾上一个小火星,火焰马上就会吞没全身。这生死关头,哪里还来得及多想,我纵身一跃就跳下了湖。

混乱中只见大个子等三人身上也被烧着了,狂叫着先后跃进湖里。我一个猛子扎进了水里,身上的蓝色火焰随即被湖水熄灭。

水火不容。其余的飞虫似乎知道湖水的厉害,只在离湖面两三米的地方徘徊,不敢冲下来攻击。

我从水中露出脑袋换气,发现大个子也冒了出来,唯独不见洛宁和尕娃两人的踪影。我担心他们不识水性,溺在湖中,深吸一口气准备再次潜入水中救他们,这时洛宁已经托着尕娃从湖中浮了上来。

原来尕娃一辈子都没游过泳,跳到湖里之后就被水呛晕了过去,洛宁刚好看见,就潜入湖中把他救了上来,好在溺水的时间不长,尕娃咳了几口水,又清醒了过来。西藏风俗不准下湖洗澡游泳,尕娃口中唠唠叨叨地念经,请求佛祖恕罪。

湖面上空被无数火球的火光照得亮如白昼,四个人聚拢在一起,虽然时值初春,却觉得这地下水并不寒冷,反而感觉身上有微微暖意,看来这是一处地热作用形成的温水湖。

大个子道:"枪没了,沉到湖底下去了。"

我提醒他说："咱们都没子弹了，要枪也没有用了，现在咱们赶紧想个办法找路离开。你把脑袋放低些，小心那些虫子冲下来。"

大个子不相信那些浑身是火的虫子能冲进湖里，咧着大嘴傻笑，可很快他的笑容就僵住了，只见数千团闪着蓝光的火球正逐渐聚集，形成一团巨大无比的火焰，呼的一声冲将下来，他赶紧又钻回湖水之中。

我吸了口气正想潜下去，见旁边的尕娃惊得呆了，他又天生惧怕湖水，不敢潜入湖中躲避，我只得强行把他的头按进水里，倒拽着他的臂膀向深处游去。

大火球直径达到了几十米，一触碰到湖面，就激得水汽蒸腾。火球虽大，湖水更广，那些瓢虫敢死队的自杀性攻击手段不能奏效，纷纷淹死在了水中。

湖底本来一片昏暗，但是被上边的火光映照，勉强能看清水下十几米的环境。水深处有无数大鱼在缓缓游动，这些鱼和我以前见过的完全不同，大鱼须子极长，酷似大马哈鱼，由于生活在黑暗的环境中，眼睛已经退化了，只剩两个白点。

我被这些大鱼奇怪的样子吓了一跳，喝了几口水，再看尕娃也手足乱舞，已经憋不住气了，想挣扎着游上去换气。刚好湖底突然暗了下来，我估计那些虫子已经死得差不多了，便拉着尕娃游上了湖面。

湖面上漂浮着一层瓢虫的死尸，没有了火光，到处都是黑沉沉的一片。我对大个子喊道："大个子，你那儿还有手电筒吗？"

大个子答道："都整丢了，啥也没剩下，这回咱就摸黑走吧。"

忽地眼前一亮，洛宁也从湖中冒了出来，用手抹了抹脸上的水，她的另一只手中拿着一个军用拐形手电筒："我身上带的最后一只了，还好一直装在兜里，没掉进湖底。"

众人互相拉扯着爬上了岸，都觉得又累又饿，再也没精力行动了。十几个小时没吃东西，别说是血肉之躯，就算真是铁打的，怕是也撑不住了。

大个子又跳进湖里用刺刀插了一条鱼回来，胡乱刮了刮鱼鳞，切成数片，我先尝了一口，生鱼肉的味道还行，不太腥，只是微微有些发苦，多嚼几口就觉得很香。只有尕娃说什么也不肯吃。

三个人狼吞虎咽地生吃了一条大鱼,觉得还有点意犹未尽,于是大个子又游进湖里摸鱼,洛宁查看尕娃脚上的伤口,我在湖边转了一圈,看看有没有什么地方可以出去。瀑布的水流这么大,这个湖应该有地方分流。

大瀑布的落差有数十米,据洛宁估计,我们面前的这条水系应该是雅鲁藏布江的地下支流,而且地下深处可能还有火山,所以湖水才会发暖。

我拿着洛宁的拐形手电筒,找到了一个地下湖的缺口,湖水顺着这处缺口流了出去。这条水路是个七八米高的山洞,下边完全被水淹没,没有路可走,想前行的话,只能从水里游出去。

我回到洛宁身边,把看到的情况对她讲了。洛宁的地图和指北针都丢了,只能凭直觉推测。她多年从事测绘工作,经验丰富,估计我们的位置离不冻泉已经不远了,不冻泉即便在严冬也不结冰,说明地下有熔岩。问题是从哪里可以回到地面,一直在地下走来走去的也不是办法,现在可行的方案也只有沿着河走了,因为只有在有河道的地方才不会是死路。

大个子也垂头丧气地回来了,他这次没抓到鱼。我们不想再停留,三个水性好的人把尕娃架在中间,顺着水流的方向,朝地洞的远处游去。

这条地下河的河面虽然不宽,但是下面的潜流力量很大,借着水流的冲击,半漂半游的并不费力,只是水温比刚才高了不少,鼻中所闻,全是硫黄的气息,身处水中,仍然觉得口干舌燥。

大个子有些焦躁,边游边抱怨:"咱这次可能犯了左倾盲动主义的错误了,怎么游了这么久还不到头?这地方水流这么急,连个能站住脚歇气的地方都没有,不如折返游回去得了。"

我批评大个子道:"你早干什么去了?都游出来这么远了才问红旗还能打多久,是不是对咱们的革命是否能取得最后胜利怀有疑问?万里长征刚走出第一步你就开始动摇了?你给我咬牙坚持住。"

大个子狡辩道:"咋能这么说呢?我这不是想给革命保留点力量吗?照你这么瞎整,给革命造成了损失算谁的?"

我们的话刚说了一半,洛宁惊呼一声:"呀!你们看后边是不是有什么动物？好像是……水怪。"

我也听见了后边的水中有异常响动，回头用手电一照，水花翻滚，一个巨大的黑影正迅速接近我们。手电筒的照明范围不够，看不清究竟是什么，不过来者不善，善者不来，我们都把军刺抽了出来，凝神备战。

河面下潜流和暗涌的力量越来越大，根本停不下来，我们身不由己地被河水冲得继续向前，后面那只巨大的怪物也如影随形般地跟着。

怪物的大部分身体都在水中，卷起一波一波的水花，河道的山洞中太黑，只闻其声不见其形，从声音上判断，它少说也有七八米长。

暗河的最后一段，水流更急，我们四个人怕被冲散了，紧紧地抱成一团，在河中打着转跌入一个洞口。下面是一条极大的地下暗河，河里水温很高，有无数条像我们刚才所经过的河道一样的支流从山壁中喷出，如一条条大水龙头，汇流进了下边这条主河道。两侧还有很多凸起的石孔，不断冒出白色的高温气体，有些石缝中还有一些暗红色的岩浆，看来这里大概就是洛宁所说的地下火山带了。

河水温度太高，我们在激流中拼命挣扎着爬上河边一块巨大的岩石，发觉就连这石头都是温热的，由于附近有熔岩的火光可以照明，我就把手电筒关掉了，节省一点宝贵的电池。我问他们几个："你们有没有看清楚，刚才在后边的究竟是什么东西？好大的个头。"

大个子和洛宁都没看清楚，同时摇了摇头。尕娃最惨了，喝了一肚子的河水，肚皮撑得滚圆，一张嘴说话，还没出声就先吐了好几口水，他一边揉着肚子一边说："哦见那尕熊，跟在哦们后边，掉落河中央了。"

为了以防万一，大个子握着军刺，站起身来查看附近河中的情况："啥水怪？啥也没有啊。"说完话他转身就要回来，忽然从河中伸出一条血红色的大舌头，有两米多长，一卷就卷住了大个子的双腿，把他放翻在地，拉向河中。多亏尕娃眼明手快，用刺刀狠狠地扎在那条大舌头上，那怪物舌头吃痛，松开大个子，瞪着两盏红灯似的怪眼，从河中爬了出来。

它的样子同先前被大个子开枪击毙的那只蛭蠛一模一样，头像青蛙，身体像没皮的鳄鱼。只不过这只蛭蠛太大太大了，竟然有十几米长，身上闪着七彩的鳞光，大尾巴一甩，凶恶无比地注视着众人。

我忙问洛宁："洛工，你确定它不伤人吗？这只怎么这么大？"

洛宁脸色惨白，颤抖着说："我……我是说上一只……这……这只是……霸王蝾螈，侵略性很强……在冰河时期就……已经灭绝了，想不到这里还有。"

谁也没有想到，在这与世隔绝的特殊环境中，竟然存在着太古时代就早已灭绝的猛兽。

蝾螈这类地下生物都是冷血动物，过高的地热使得我们面前这只霸王蝾螈变得极其狂暴，而且尕娃又在它舌头上扎了一刀，嘴里的血腥味让它产生了强烈的攻击性。更何况，我们开枪打死的那只蝾螈，也不知是不是它的子孙亲戚，总之这梁子算是结下了，双方得在这儿拼一个鱼死网破。

我使个眼色，大个子和尕娃会意，分别包抄霸王蝾螈的两侧，三人战斗小组形成夹击之势。

霸王蝾螈呼呼乱叫，对三人张牙舞爪，还不等我们动手，它用巨大的尾巴一扫，就把尕娃放翻在地，卷住尕娃，张开血盆大口就咬。蝾螈的嘴里本来没有牙齿，但是这只霸王蝾螈的巨口中上下各有三排利齿，这要是让它咬上一口，哪里还能有命在。

我和大个子两人见情势紧急，猛扑过去，两个人合力，一上一下掰住了霸王蝾螈的大嘴，无论如何也不能让它这一口咬下去，否则尕娃脑袋就没了。尕娃变得神勇无比，腰部以下虽然被霸王蝾螈的尾巴卷住，手上却不停，见这只怪物皮糙肉厚，不惧水火，只好用刺刀在它口中猛戳。

霸王蝾螈口中受伤，又惊又怒，使出怪力身子打个挺，把身上的三个人甩脱在地。这家伙的力量奇大，我被它甩到一块石头上，撞得气血翻涌，眼前金星乱冒，大个子落进了河中，不过马上又爬回了岸上，浑身都冒着白色水蒸气，被河水烫得嗷嗷直叫。

只凭三把刺刀想跟这只庞大的霸王蝾螈搏斗，无异于以卵击石。四个人发一声喊，一齐落荒而逃，霸王蝾螈在后紧追不舍。

地下全是火山岩和火山灰，踏上去又软又滑，跑起来十分吃力。为了甩掉后面这只大怪物，我们踩着河谷边的火山岩向陡峭处爬去，手足并用越爬越高。我正爬了一半，就听到大个子对我大喊大叫，让我小心。我低头向下看了一眼，霸王蝾螈就像条大蜥蜴一样游走在山壁上，尾随而来，距离我已经不到三米远，它那条长长的舌头都快舔到我的屁股了。我想跳下去逃生，但是爬得太高了，没把握能跳到河里，要是稍有差错，摔在石头上可就惨了。我大骂一声，腾出一只手拔刺刀，准备做困兽斗，就是死了也要拉上这只怪物垫背。

其余的三个人也看到霸王蝾螈马上就要追上我了，可是山壁的坡度太陡，不可能赶得及过来帮忙，都咬着牙瞪着眼，却又无可奈何。

洛宁突然想到了什么，趴在石壁上对我大喊："小胡同志，光荣弹！"

其余的人同时想到了，对呀，我们还剩下一颗手榴弹，一直都没有使用，此刻就装在大个子的武装带里。中国制造的制式木柄手榴弹都是防水的，有些在青海湖驻防的士兵经常用手榴弹在湖中炸鱼，刚才虽然众人都落入水里，但是手榴弹应该不会受潮。多亏洛宁提醒。

大个子掏出了手榴弹："老胡，接住了。"从斜上方向我抛了过来。

我连忙把刺刀横叼在口中，用右手一抄，接住了手榴弹，用大拇指推掉保险盖，张口扔掉刺刀，咬住拉环，手榴弹的导火索被引燃，刺刺冒出白烟。

我向下瞅准了霸王蝾螈的大嘴，把手榴弹扔了进去。霸王蝾螈哪里知道手榴弹是何物，见黑乎乎地飞了过来，按它平时猎食的习惯，用长舌一卷吞进口中，砰的一声闷响，手榴弹在它口中爆炸。霸王蝾螈身体上的表皮虽然坚硬，但是口腔里的皮肉很软，这一下把它脑袋从里到外炸了个稀烂，掉落到石壁下面，庞大的躯体扭了几扭，翻着白肚子死在了河边的岩石上。

我长出一口气，全身都被冷汗浸透了，刚才也没觉出害怕，这时候却手足发软，往下看一眼就觉得头晕。

忽然山壁一阵剧烈的晃动，地下河的河水暴涨，空气中全是硫黄的气息，一股股热浪从下面冲了上来。

第八章
地震

　　河床下的火山开始活动了。事出突然，众人措手不及，险些掉了下去。大家慌忙爬上了一个比较平缓的斜坡，坐下喘了几口气，惊魂未定，却见地下的震动越来越剧烈，火山岩堆积成的山壁随时都可能会倒塌。

　　洛宁说并不一定会出现火山喷发，应该只是火山的周期性活动，这种活动周期的时间不确定，有可能几天一次，也有可能几百年几千年才发生一次。火山也分成很多种，常见的那种倒喇叭烟囱形的火山是大规模喷发以后才形成的，也有些火山虽然不是死火山，但是数万年来始终没有喷发过，就一直深深地埋藏在地下，偶尔会出现震动。

　　不过不管它是多少年活跃一次，我们算是倒霉，正好赶上了。本想沿着地下暗河寻找出口，但是下面的河水都沸腾了，下去就得变成锅里煮的饺子，看来下是下不去了。正在一筹莫展之际，夯娃扯着我的衣服，指着上边让我们看。

　　距离头顶几百米的地方，出现了一道细长的白光，我瞧得眼睛发花，双目一阵刺痛。那是什么东西？难道又是什么早已灭绝的生物？

　　洛宁惊喜交加："是天空！是天空啊！"

第八章 地震

地下火山的震动引发了地震，头上的大地裂开了一条大缝。太久没见过外边的天空了，我都快忘了天空是什么样了，是蓝的还是白的？

我对其余的人说道："同志们，真是天无绝人之路，坚持到最后就是胜利。为了新中国，前进！"

本来已经筋疲力尽的四个人，突然见到了逃生的希望，平地里生出无穷的力量，迈开两条腿，抡圆了胳膊，拼了命地顺着斜坡往上爬。

下面的震动声越来越激烈，热浪逼人，浓烈的硫黄味呛得人脑门子发疼。我们担心那道裂缝又被地震震得闭合上，人人都想越快出去越好，都在四十五度的陡坡上使出了百米冲刺的劲头。

越往上火山岩越碎，有的就像沙子一样，很难立足，爬上来三尺，又掉回去两尺，手上的皮都磨掉了，也顾不上疼痛，咬紧了牙，连蹬带刨，五六百米的高度，就好像万里长征过雪山一样艰难。在体力全部耗尽之后，我们终于又回到了地面上。

蓝天白云，两侧群山绵延起伏，我们爬上来的地方是昆仑河河谷的一段，也是青藏高原中海拔最低的一片区域，距离头道班的不冻泉兵站只有几公里的距离。

洛宁体力不行，尕娃脚上有伤，他们两人在最后关头落在了后边。我顾不上休息，急忙和大个子两个人把身上的武装带、承重带串在一起，垂下去让洛宁他们拉住。

地震越来越猛，这道一米多宽的裂缝随时可能崩塌，洛宁和尕娃只能紧紧抓住带子，踩上一步就滑下去一步，就连半寸也爬不上来。

我和大个子使出吃奶的力气往上拉，但是两个人的力气再大，也不可能把他们同时拽上来。这时尕娃放开了带子，在下面用力托着洛宁，再加上我们在上边拉扯，一下就把她从裂缝中拉了上来。

等我想再把带子扔下去救尕娃的时候，一阵猛烈的震动传来，大地又合拢在了一起，尕娃被活活地挤在了中间。

零下二十几度的低温，我们的大衣和帽子早就不见了，三个人忘记了寒冷，只穿着单薄的衣服，一边哭一边用手和刺刀徒劳地挖着地面上的沙石……

三天后，我在军区医院的病床上躺着，军区的参谋长握着我的手亲切慰问："小胡同志，你们这次表现得很勇敢，我代表军委向你表示慰问，希望你早日康复，在革命道路上再立新功啊。怎么样，现在感觉还好吗？"

我回答说："谢谢首长关心，我……还还……还……"想说还好，可是一想起那些永远离我而去的战友——小林、尕娃、指导员、二班长，这个"好"字憋在了胸口，始终是说不出来。

正如丘吉尔所说，世界上没有永远的朋友，也没有永远的敌人，只有永恒的利益。

一九六九年，由于国际形势的需要，我所在的部队被派往昆仑山的深处施工，由于环境太恶劣，工程进度超乎寻常地缓慢。三年之中，有几十名指战员在工地上牺牲，然而我们建设的这座军事设施才刚刚完成了三分之二。

这时候，世界局势重新洗牌，一九七二年尼克松访华，中美关系解冻，中国的战略部署重新进行了大规模调整，昆仑山里的工程被停了下来，我们这些半路出家的工程兵，都又编回了野战军的战斗序列，隶属于兰州军区。

日复一日、年复一年的训练，出操、演习、学习、讲评的军营生活，不仅单调，而且艰苦。又过了几年，"文化大革命"结束了，党中央及时拨乱反正，"四人帮"被粉碎，整整十年动荡之后，社会秩序终于恢复了正常。

但是部队是一个和社会脱节的特殊环境，我在军营里并没有感到什么太大的变化，只不过不需要再像以往那样一见面就念毛主席语录了，但是每当有新兵入营的时候，还是要对他们进行革命教育。

这天上午，我刚从营部开会回来，通讯员小刘就气喘吁吁地跑过来："报告连长，今天有一个排的新兵来报到，但是指导员去军区学习，所以请你去给新兵们讲革命、讲传统。"

讲革命、讲传统，其实就是给新兵们讲讲连队的历史。对于这些我实在是门外汉，但是好歹我现在也是一连之长，指导员又不在家，只好硬着头皮上了。

我带着这三十多个新兵进了连队的荣誉陈列室，指着一面绣有"拼刺英雄连"字样的锦旗告诉他们，这是在淮海战役中，咱们六连的前辈们取得的荣誉，这个称号一直保留到了今天。我把那次惨烈的战斗绘声绘色地说了一遍，我们六连是如何如何刺刀见红，又如何如何在弹尽粮绝的情况下，用刺刀打退了国民党反动派一个整团的疯狂进攻，光荣地完成了上级布置的阻击任务。

然后我又指着玻璃柜中一口黑乎乎的破铁锅对新兵们讲述："同志们，你们可不要小看这口破锅哟，当年在淮海战役的战场上，咱们六连的革命前辈们，就是吃了用这口破锅烧出来的猪肉炖粉条子之后，去战场上杀敌立功的。你们看，这锅上的裂缝，就是被国民党反动派反动的炮火给炸裂的，至今，它还在默默诉说着当年英雄们的事迹和反动派的兽行。"

我所能讲的也就这些了，毕竟我不是专业负责抓思想工作的，不过我自认为讲得还算不错，说给这些新兵蛋子听绰绰有余。

我让新兵们解散去食堂吃饭，自己和小刘一起走在他们后边，我问小刘："刚才本连长讲革命、讲传统，讲的水平怎么样？"

小刘说："哎呀，连长，讲得贼好啊，听得俺直流哈喇子，咱们连啥时候学习革命先烈，改善改善伙食，也吃回猪肉炖粉条子啊？"

我咽了咽口水，给了小刘一个脑奔："革命传统半点都没听到，光听见猪肉炖粉条子了。快去给我到食堂打饭去，今天食堂好像吃包子，去晚了就都让那些新兵蛋子抢没了。我命令你，跑步前进！"

小刘答应一声，甩开大步猛冲向食堂。我忽然想起来最重要的一句话忘了嘱咐他了，赶紧在后边喊了一句："给我挑几个馅大的啊！"

我躺在床上，一边吃包子，一边看着我家里刚寄来的信，家里一切都好，没提到什么重要的事。我看了两遍就把信放在一边，拿起我家祖传的那本残书。前些年那几次经历，让我对风水这门学问产生了很大兴趣，有空就取出这本书来翻阅。

由于这本书中提到了很多五行八卦易数之类的名词，比如说什么东方甲乙木，南方丙丁火，中央戊己土，西方庚辛金，北方壬癸水，什么乾、坎、艮、震、坤、兑、离、未等等，多有不解之处，这些年我找了很多书籍翻看，虽然文化程度有限，但还是对付着看明白了三四成。

十六字阴阳风水秘术这十六字，分别是指：天、地、人、鬼、神、佛、魔、畜、慑、镇、遁、物、化、阴、阳、空。

这本书不知是什么年代的，也不知出自何人之手，只是里面的内容很深奥：伏羲八卦，其实应该是十六卦，传到殷商时期，因为这十六卦泄露天机，被神明抹去了其中的一半，就连剩下的八卦卦数都不全，不过能懂得一二分的人，就已经极厉害了。想那诸葛孔明，略知一二，就能保着刘备运筹帷幄，鼎足天下；刘伯温只会解三分，便辅佐朱洪武建下大明二百七十六七年的基业。但是这些我就不信了，真能有这么邪乎吗？

唯一遗憾的是这本书只有讲风水五行墓葬布局结构的半本，讲阴阳八卦太极之数的另外半本从传到我祖父手中的时候就没有。残本读起来，有些内容不连贯，而且文字晦涩难懂，难以窥其深义。如果是全本的话，理解起来应该更容易些。

忽然一阵三长三短的集合号声响起，划破了军营中宁静的空气。我第一个念头就是："肯定是出事了，平白无故的绝不会在大白天全营紧急集合。"我把剩下的两个包子全塞进嘴里，从床上弹起来冲出门外。

一列列纵队整齐地排开，我见不只是我们营在集合，整个团都集结了起来。像我这种下级军官没有资格了解是什么行动，只有服从命令听指挥的份。我们接到的命令是去火车站待命，跟着兄弟部队一起出发。

人过一万，如山似海，军用火车站挤满了上万名士兵，从远处看就如同一片绿色的潮水，看样子整个师都出动了。在当时一个师都调动起来那不得了啊，像我们这种主力师编制是非常庞大的，下属三个步兵团，另外配备一个炮兵团、一个坦克团，再加上师部的机关后勤部队，能有两万多人。这么大规模的行动究竟是去做什么？应该不会是去救灾吧，最近没听说这附近哪里受灾了啊。

我们稀里糊涂地被铁罐子车一直拉到了云南边境，这时候大伙才明白，这是要打仗啊，当时好多人就哭了……

与此同时，正在访美的邓小平语出惊人："小朋友不听话，该打打屁股喽。"并公开承认，中国军队在中越边境大规模集结。

二月十七日凌晨，十七个师的二十二万解放军全线出击，一直打到谅山，三月五日中国宣布撤军。

我的连是主力师的尖刀连，一马当先，十天的战斗下来伤亡过半。在一次行军中，我们遭到了越南特工的伏击，他们利用抱小孩的妇女作为掩护，把炸药包扔进了我们的装甲运兵车，我手下的八个战士都被炸死在了装甲车里。当时我眼就红了，活捉了两个越南民兵。

他们是一个五十多岁的越南老头和一个二十多岁的越南女人，看样子是父女二人。有部下告诉我说，这个女的把炸药包伪装成抱在怀里的婴儿，经过装甲车的时候就把炸药包扔了进去。绝对看不错，就是她干的。

我最怕的事就是看着自己的战友死在面前，一怒之下大打出手，把"三大纪律八项注意"以及我军对待俘虏的政策忘得一干二净。

这件事严重违反了部队的纪律，甚至惊动了司令部的领导。我的军人生涯被迫就此结束，我拿着一纸复员令，回到了老家。

第九章
重逢

战斗接近尾声，零星的枪声仍然此起彼伏，阵地上到处都是硝烟，战壕里横七竖八地堆满了尸体。

坑道中还有六七个残存的越军，我带着人把所有的出口都封锁了，在坑道口对里面大喊："也布松公叶，松宽红毒兵内！"（越南话："缴枪不杀，优待俘虏。"）

其余的士兵也跟着一起喊："也布松公叶，松宽红毒兵内！也布松公叶，松宽红毒兵内！"当时的一线战斗部队都配发了一本战地手册，里面有一些用汉字注明读音的常用越南语，比如：刚呆乃来，意思是举起手来；不库呆一乃来，意思是举起手不许动。这些都是俘虏敌人和劝降时用的，另外还有一些是宣传我军政策的，是对越南老百姓讲的。其实在越南北方，民族众多，越南官方语言还不如汉语流行得广，大部分越南军人都会讲汉语。

被团团包围的越南人，在坑道深处以一梭子子弹做出了回答。

我把钢盔扔在地上，大骂道："×他小狗日的祖宗，还不肯让老子活捉！"转过头对站在我身后的战士们发出命令："集束手榴弹，火焰喷射器，一齐干他小狗日的。"集束手榴弹和火焰喷射器是对付在坑道掩体中顽抗之敌最有效的武器,先用大量的手榴弹压制,再用火焰喷射器进行剿杀。

成捆成捆的手榴弹扔进了坑道,一连串剧烈的爆炸声之后,中国士兵们用火焰喷射器抵住洞口猛喷。

烟火和焦臭味熏得人睁不开眼,我拎着冲锋枪带头进了坑道。

这时,我在最里边发现了一大捆还没有爆炸的集束手榴弹,赶紧带着战士们想往外跑,但是已经来不及了,一声沉闷的爆炸,我的身体被冲击的气浪震倒,双眼一片漆黑,感觉眼前被糊上了一层泥,什么都看不见了。

我拼命地用手乱抓,心里说不出地恐慌。这时我的手腕被人抓住,有个人对我说:"同志,快醒醒,你是不是做噩梦了?"

我睁开眼看了看四周,两名列车乘务员和满车厢的旅客都在盯着我看,所有人的脸上都带着笑。我这才明白,刚才是在做梦,长长地出了一口气,对刚才的噩梦还心有余悸。

想不到坐火车回家都能做梦,这回脸可丢光了。我尴尬地对大伙笑了笑,这可能是我这辈子笑得最难看的一次,还好没有镜子,自己看不到自己的脸。

乘务员见我醒了,就告诉我马上就要到终点站了,准备准备下车吧。我点点头,拎着自己的行李挤到了两节车厢连接的地方,坐在行李包上,点了支烟猛吸几口,脑子里还牵挂着那些在前线的战友。

穿着没有领章帽徽的军装别提有多别扭了,走路也不会走了。回去之后怎么跟我爹交代呢?老头子要是知道我让部队给撵了回来,还不得拿皮带抽死我。

十几分钟之后就到了站,我走到家门口转了一圈,没敢进门,漫无目的地在街上乱走,心里盘算着怎么编个瞎话,把老头子那关蒙混过去。

天色渐晚,暮色四垂,我进了一家饭馆想吃点东西。一看菜单吓了一跳,这些年根本没在外边吃过饭,现在的菜怎么这么贵?一盘鱼香肉丝竟然要六块钱,看来我这三千多块钱的复员费,也就刚够吃五百份鱼香肉丝的。

我点了两碗米饭和一盘宫爆鸡丁,还要了一瓶啤酒。年轻的女服务员非要给我推荐什么油焖大虾，我死活不要，她小声骂了一句，翻着白眼气哼哼地转身去给我端菜。

我不愿意跟她一般见识，我当了整整十年兵，流过汗流过血，出生入死，就值五百份鱼香肉丝？想到这儿，有点让人哭笑不得。不过随即一想，跟那些牺牲在战场上、雪山中的战友相比，我还能有什么不知足的资格呢？

这时候从外边又进来一个客人，他戴了个仿美国进口的大蛤蟆镜，我看他穿着打扮在当时来说很是时髦，就多看了两眼。

那个人也看见了我，冲我打量了半天，走过来坐在我这张桌的对面。

我心想这人怎么回事，这么多空桌子不去，非过来跟我挤什么，是不是流氓，想找我的麻烦？这正搔到我的痒处，我憋着口气，还正想找人打一架。不过看他的样子又有点眼熟，他的脸大半被大蛤蟆镜遮住，我一时想不起来这人是谁。

那人推了推鼻梁上架的大蛤蟆镜，开口对我说道："天王盖地虎。"

我心说这词怎么这么熟啊，于是顺口答道："宝塔镇河妖。"

对方又问："脸怎么红了？"

我一竖大拇指答道："找不着媳妇给急的。"

"那怎么又白了？"

"娶了只母老虎给吓的。"

我们俩同时抱住了对方，我对他说："小胖，你没想到中央红军又回来了吧？"

胖子激动得快哭了："老胡啊，咱们各方面红军终于又在陕北会师了。"

前些年我们也通过不少次信，但是远隔万里，始终没见过面。想不到一回城就在饭馆里遇到了，这可真是太巧了。

胖子的老爸比我爹的官大多了，可惜"文化大革命"的时候挨整没架住，死在了牛棚里。几年前胖子返城后找了个工作，干了一年多，就因为跟领导打架辞了职，自己当起了倒爷个体户，从我们这边往北方倒腾流行歌曲的录音带。

多少年没见了，我们俩喝得脸红脖子粗。我就把编瞎话的这事给忘了，回到家之后，酒后吐真言，把事情的经过跟我爹说了，想不到他没生气，反而很高兴。我心想这老头，越老觉悟越低，看自己儿子不用上前线了还高兴。

复转办给我安排的工作是去一家食品厂当保卫科副科长，我在部队待的时间太长了，不想再过上班下班这种有规律的生活，就没去，跟胖子合伙去了北方做生意。

时间过得很快，眼瞅着就进入了八十年代，我们也都三十多了，生意却越做越惨淡，别说存钱娶媳妇了，吃饭都快成问题了，经常得找家里要钱解燃眉之急。

这天天气不错，万里无云，我们俩一人戴了一副太阳镜，穿着大喇叭裤，在北京街头推了个三轮车，车上架个板子，摆满了磁带，拿个破录音机，拉着俩破喇叭哇啦哇啦地放着当时的台湾流行歌曲。

有个戴眼镜的女学生凑了过来，挑了半天，问我们："有王洁实、谢莉斯的吗？"

这个以前我们上过货，两天前就卖光了。胖子嬉皮笑脸地对她说："哎哟，我说姐姐，这都什么年代了，还听他们的歌。您听邓丽君、千百惠、张艾嘉吗？来几盘回去听听，向毛主席保证，要多好听就有多好听。"

女学生看胖子不像好人，扭头就走了。

胖子在后边骂不绝口："这傻×，装他妈什么丫挺的，还想听金梭银梭，丫长得就跟梭子似的。"

我说："你现在怎么说话口音都改京腔了，说普通话不得了嘛，冒充什么首都人。现在北京的生意太难做了，过几天咱奔西安吧。"

胖子想要辩解说他祖上就是北京的，还没等说，忽然指着街道的一端叫道："我×，工商的来扫荡了，赶紧跑！"

我们俩推着三轮车撒丫子就跑，七拐八拐地跑到一条街上，我看了看周围，怎么不知不觉地跑到潘家园古玩市场来了？

这条街上全是买卖旧东西的，甚至连旧毛主席像章、红宝书都有人收。像什么各种瓶瓶罐罐，老钟表老怀表，三寸金莲穿的旧绣花鞋，成堆成堆的铜钱，鼻烟壶，各种古旧的家具，烟斗，字画，雕花的砚台，笔墨黄纸，老烟斗，蛐蛐罐，瓷器，漆器，金银铜铁锡玉石的各种首饰，只要是老东西，就基本上什么都有。

胖子有块家传的玉佩，一直戴在身上。这块玉是西北野战军的一位首长送给他爹的，当年这位首长带部队进新疆，在尼雅绿洲消灭了一股土匪，这块玉就是那个匪首贴身戴的。说是玉佩，其实外形不太像，造型古朴怪异，上面刻着一些乱七八糟的图案，像是地图，又像是文字，不知道是干什么用的。

这块玉胖子给我看过很多次。我家里以前古玩不少，小时候我听祖父讲过不少金石玉器的知识，不过这块玉的价值、年代我却瞧不出来。

胖子想把这块玉卖了换点本钱做生意，被我拦住了，说这是你爹给你留下的，能别卖就别卖了，咱也没到走投无路的地步，实在不行我找家里要钱呗，反正我们家老头老太太补发了好多工资。

我们俩见路边有个空着的地方，就把三轮停了过去，在附近买了两碗卤煮火烧当午饭吃。

卤煮火烧就是猪下水熬的汤，里面都是些大肠之类的，泡着切碎了的火烧，一块多钱一碗，既经济又实惠。

我这碗辣子放得太多了，辣得我眼泪鼻涕全出来了，吐着舌头哈气。

胖子吃了两口对我说："老胡，这几年本想带你出来发财的，没想到现在全国经济都搞活了，形势不是小好，而是一片大好。不像我刚开始练摊的那时候，全北京也不超过三家卖流行歌曲磁带的。真是有点连累你了。你爹退休前已经是师长了，享受副市级干部待遇，你不如回去让你们家老头走个后门，给你在机关安排个工作，就别跟我一起受罪了。"

我拍了拍胖子的大肚子说："兄弟，我也跟你说句掏心窝子的话，我要是真想去机关随时都能去，但是我不敢去。你知道为什么吗？我害怕啊，我如果在一个地方坐住了不动，满脑子想不了别的，全是我那些死去的战友，他们都在我眼前晃来晃去的，一看见他们，我的肠子都快疼断了。咱们现在东奔西走忙忙碌碌地做点小买卖，还能把心思岔开想点别的，要不然我非神经了不可。"

在部队那么多年，别的没学会，就学会鼓舞士气了，我安慰胖子："咱们现在也不算苦了，这不是还有卤煮可吃吗？想当年我在昆仑山里，那他娘的才真叫苦呢。有一年春节，大伙都想家了，好多新兵偷着哭。师长一看这还行，赶紧给大伙包顿饺子，改善伙食。那饺子吃的，说出来你可能都不信，昆仑山没有任何青菜，菜比金子都贵，肉倒有的是，全是一个肉丸的饺子。海拔太高，水烧不开，饺子都是夹生的，里边的肉馅都是红的。你能想象出来那是什么味道吗？就这样我还吃了七八十个呢，差点没把我撑死。馋啊，那几年就没吃过熟的东西，馋坏了。第二天我就让人给送医院了，消化不了，肚子里跟铁皮似的。你还记得《红岩》里怎么说的吗？革命胜利的前夜总是最寒冷的。咱们的生意不可能总这样，录音带不好卖，咱们可以卖别的。"

我把录音机打开，两个大喇叭顿时放出了音乐。

由于录音机比较破烂，音质很差，再优美的歌曲从里边播出来也都跟敲破锣一样。

但是我和胖子并不觉得难听，反正比我俩唱的好听多了。胖子经过我那一番深入浅出的思想教育工作，心情也开朗了起来，随着音乐的节奏抖着小腿，扯开嗓子叫卖："瞧一瞧看一看啊，港台原版，砍胳膊切腿大甩卖，赔本赚吆喝了啊……"

过往的行人和周围摆摊做生意的全向我们投来好奇的目光。我们旁边有个摆地摊卖古董的男人，走过来对我们打个招呼，一笑嘴中就露出一颗大金牙。大金牙掏出烟来，给我们俩发了一圈。

我接过烟来一看："哟，档次不低啊，美国烟，万宝路。"

大金牙一边给我点烟一边说："二位爷,在潘家园旧物市场卖流行歌曲，可着这四九城都没第三个人能想出来，您二位真是头一份。"

我吸了一大口烟，从鼻子里喷出两道白色烟雾，这美国烟就是有劲。我抬头对大金牙说："您甭拿这话挤对我们，我们哥儿俩是为了躲工商局无意中跑到这里的，歇会儿就走。"

结果双方一盘道，敢情还不是外人，大金牙家在海南岛，他爹那辈是解放军南下时过去的，家里的底根都是三野的，一说你老家是哪儿的哪儿的，家里的长辈是几纵几纵的，哪个师哪个团的，关系都不算远。

不过大金牙的爹不是什么干部，他爹是个民间倒斗的手艺人，后来让国民党军队抓了壮丁，"徐蚌会战"，也就是淮海战役的时候，他所在的部队又起义参加了解放军，他本人一直就在部队里当炊事员，后来在朝鲜战场上把腿给冻坏了，落下个终身瘫痪。改革开放之后，他从海南搬到了北京，收点古董玩器做些生意。

会说的不如会听的，他说得好听，什么倒斗的手艺人，不就是个挖坟掘墓的贼嘛。这些别人听不出来，但我从小是被我祖父带大的，这些事他没少给我讲。

行家伸伸手，便知有没有。再往深处一论，我问大金牙："您家老爷子当年做过摸金校尉，有没有摸出什么大粽子来？""大粽子"是一句在盗墓者中流传的暗语，就像山里的土匪之间谈话也不能直接说自己杀人放火，都有一套黑话切口。粽子是指墓里尸体保存得比较完好，没有腐烂；摸到大粽子就是说碰上麻烦了，指僵尸、恶鬼之类不干净的东西；干粽子是指墓里的尸体烂得只剩下一堆白骨了；还有肉粽子，是说尸体身上值钱的东西多。

大金牙一听这话，立刻对我肃然起敬，非要请我和胖子去东四吃涮羊肉，顺便详谈。于是三个人就各自收拾东西，一起奔了东四。

第十章
大金牙

东四的一家火锅店里坐满了食客，火锅中的水汽弥漫，推杯换盏吆五喝六之声不绝于耳。

我们拣个角落处的空桌坐了，大金牙连连给我倒酒，我心想这家伙是想把我灌醉了套我的磁啊，于是赶紧拦住他："金爷，这二锅头劲太猛，我量浅，还是来啤的好了。"

边吃边谈，话题就说到了倒斗的事上。大金牙咧开嘴，用指尖敲了敲自己的那颗金牙对我们说："二位爷上眼，这颗金牙，就是我在潘家园收来的，从墓里挖出来的前明珐琅金，从粽子嘴里拔下来的。我没舍得卖，把自己牙拔下来换上了。"

这人也真是的，吃饭时候全挑恶心的说，还让不让人吃了，舍不得花钱你直接说多好。我赶紧把话题岔开，跟他谈些别的事情。

"钱压奴婢手，艺压当行人"，我们随便聊了一些看风水墓穴的门道，又说些当年在昆仑山当工兵的事迹，听得大金牙啧啧称奇，对我佩服得五体投地。

大金牙的爹被国民党抓壮丁之前，是跟一位湖南姓蔡的倒斗高手学徒，

71

对挖坟掘墓的勾当所知甚多，但是对于那些寻穴的本事就没学会。因为他师父蔡先生本身也不懂风水之术。一九二三年之后，洛阳农民李鸭子才发明了洛阳铲，在此之前，他们这一派主要用鼻子闻，为了保持鼻子的灵敏程度，都忌烟酒辛辣之物。

他们将铁钎打入地下，拔出来之后拿鼻子闻铁钎从地下泥土中带上来的各种气味，还有凭打土时的手感判断地下可能埋着什么东西——地下是空的，或者有木头、砖石，手感肯定是不同的。

其实这和用洛阳铲打土的原理差不多，只不过一个是用鼻子闻，一个是用眼睛瞧。通过洛阳铲带上来的土，可以察看地下土壤的成分，如果有什么瓷片、木片、布片、金银铜铁锡汞铅，包括夯土、砖瓦等等等等，就是地下有墓穴的证明，就可以通过这些线索来推测地下古墓的年代和布局结构。

不过闻土这手艺到大金牙这里就失传了，他爹双腿残疾，他从小又有先天性哮喘，就不再去做摸金校尉了。一般干这行的都见过不少真东西，他凭着这点眼力，做起了古玩生意。

我开玩笑地说："您祖上这手艺潮了点。我听我家里的长辈说过一些倒斗的事情，真正的高手，没有用铁钎洛阳铲的，那都是笨招，有本事的人走到一处，拿眼一看，就知道地下有没有古墓，埋在什么位置，什么结构，这些一眼就能看出来。凡是风水绝佳之所，必有大墓，能埋在里边的，生前都不是一般人，这种墓里边全是宝贝。真正的大行家对洛阳铲那些东西是不屑一顾的，因为地下土壤如果不够干燥，效果就大打折扣，特别是在江南那些富庶之地，降雨量大，好多古墓都被地下水淹没，地下的土层被冲得一塌糊涂。"

大金牙听我说得天花乱坠，对我更是推崇："胡爷，我算服了，常言怎么说的来着，朝闻道夕死可矣。听了您这一番高论，我算是没白活这么大岁数。像您这种既懂风水术，又当过工兵，了解土木工程作业的人才，真是可遇而不可求，有您这本事，要不做摸金校尉可惜了。"

我摇摇头说："那种缺德的事，我不打算干。我刚说的那些都是听我祖父讲的,他老人家当年也做过摸金校尉,结果碰上了大粽子,差点把命搭上。"

大金牙说:"这风险肯定是有的,揣上几个黑驴蹄子也就不怕了。而且正所谓盗亦有道,倒斗的名声是不好,那都是一些下三烂的毛贼败坏的,他们根本就不是这行里的人,不懂得规矩,到处破坏性地乱搞,那能不招人恨吗?倒斗的历史要追溯起来,恐怕不下三千年了,当年三国时曹操手下有支部队,专门挖掘古墓里的财物以充军饷,咱们这才有了摸金校尉的别称。

"传至解放前,这行里边共分东南西北四个门派。到了现代,人才凋零,已经没剩下几个人,仅存的几个人也都金盆洗手不干了。现在的那些小辈,都是乡下的闲汉,一帮一伙成群结队地去挖坟掘墓,哪里懂得什么行内两不一取、三香三拜吹灯摸金的规矩。唉,多少好东西都毁在他们手上了。"

大金牙感叹了一阵,又对我们说道:"我长年在潘家园倒腾玩意,您二位将来要是有什么好东西,我可以负责给你们联络买家,你们亲自去谈,谈成了给我点提成就行。"

胖子一直忙着吃喝,这时候吃到八成饱了,忽然想起点什么,把身上那块玉取出来让大金牙给鉴定鉴定,看值多少钱。

大金牙看了看,又放在鼻子边上闻了几下:"胖爷,您这块可是好玉啊,至少不下千年历史了,嗯……有可能还要早,应该是唐代以前的。这上边的文字不是汉文,是什么我也瞧不出来,肯定能值不少钱,不过在判断出具体价值之前,您最好还是留着别出手,不然可能就亏大了。您这块玉是从哪儿得来的?"

胖子说起他家的历史就来了兴致:"要说来历,那可是小孩没娘,说来话长了。我这么跟你说吧,这块玉是我爹参加黄麻暴动时候的老战友送的。我爹的那位老战友是野司的一号大首长,带部队进新疆的时候,他的部队和一股土匪遭遇了,这帮土匪也是找死,解放军的一号首长身边的警卫团能是吃干饭的吗?不到五六分钟,就把那百十号土匪消灭光了,打扫战场的时候在一个土匪头子身上发现了这块玉,一号首长把它当成纪念品送给了我爹。这块玉再往前的事,我就不清楚了。"

我们一直喝酒喝到晚上十二点多才分手。临别之时，大金牙送给我俩一人一个弯钩似的东西。这东西有一寸多长，乌黑铮亮，坚硬无比，还刻着两个篆字，看形状像是"摸金"二字。这物件年代久远，像是个古物，一端被打了个孔，穿有红色丝线，可以挂在脖子上当作装饰品。大金牙说："咱们哥们儿真是一见如故，这两个是穿山甲的爪子做的护身符，给你们二位留个念想，有空就来潘家园找我。青山不改，绿水长流，咱们后会有期。"

我和胖子回到了我们在崇文门附近租的一间小平房里，酒喝得太多，晕晕乎乎地一直睡到转天中午。

醒来之后躺在床上，盯着又低又矮的天花板，我想了很多。盗墓这行当，对我来说其实不算陌生，我有把握找到一些大型的陵墓。钱对我来说不是最重要的东西，可以说我一点都不在乎有没有钱，但是生活总是充满了矛盾，现在的我又太需要钱了。

我父母都由国家养着，我没有家庭负担，自己吃饱了全家不饿，但是我那些牺牲在战场上的兄弟怎么办，他们的爹妈谁去奉养照料？看病吃药的费用，还有他们的弟弟妹妹上学的学费，单凭那点抚恤金怎么够？还不够喝西北风的。

在战场上，好像除了我之外，人人都有理由绝对不可以死，最后的幸存者却是我，我这条命是很多战友用自己的生命换来的，我现在应该为他们做些什么了。

这时候胖子也醒了，揉了揉眼睛，见我正盯着房顶发愣，就对我说："老胡，你想什么呢？其实你不说我也知道，昨天大金牙的话让你心动了是不是？我心里也痒痒，咱哥儿俩到底怎么着啊？我就等你一句话了。"

我拿出大金牙送的那枚护身符："胖子你别拿那孙子当什么好人，他也是做生意的，无利不起早。这掘子爪是三国时曹操手下摸金校尉所佩戴的，这么贵重的东西他能随便送给咱们？他是看上咱俩的本事了，想从中得点好处。"

胖子急了："我×，早看丫不像好鸟了，一会儿我去潘家园，把丫那颗大金牙掰下来扔茅坑里。"

话虽如此说，但是我们俩一合计，觉得还是应该互相利用，暂时别跟他闹翻了。我性格上的缺点是太冲动，做事不太考虑后果，觉得盗墓这条路可行。毛主席说过，世界上任何事物都有它的两面性，好事可以变坏事，坏事也可以变好事，这就是辩证法。

那些帝王将相的墓中有无数财宝，但是能说这些好东西就属于墓主人吗？还不都是从老百姓身上搜刮剥削来的，取之于民，理应用之于民，怎么能让它们永远陪着那些枯骨沉睡在地下！要做就做大的，那些民间的墓葬也没意思，多数没什么值钱的东西，而且取老百姓的东西损阴德。

我曾听我祖父讲过摸金校尉的规矩，和盗墓贼大有不同。盗墓贼都是胡乱挖胡乱拿，事做得绝，管你什么忠臣良将，什么当官的还是老百姓，有谁是谁，没半点规矩可言，就算有也都是农民们自己琢磨出来的，根本不是那么回事。

摸金校尉们干活，凡是掘开大墓，在墓室地宫里都要点上一支蜡烛，放在东南角方位，然后开棺摸金。死者最值钱的东西，往往都在身上戴着，一些王侯以上的墓主，都是口中含珠，身覆金玉，胸前还有护心玉，手中抓有玉如意，甚至连肛门里都塞着宝石。这时候动手，不能损坏死者的遗骸，轻手轻脚地从头顶摸至脚底，最后必给死者留下一两样宝物。在此期间，如果东南角的蜡烛熄灭了，就必须把拿到手的财物原样放回，恭恭敬敬地磕三个头，按原路退回去。

因为传说有些墓里是有魂魄的，至于它们为什么不入轮回，千百年中一直留在墓穴内，那就不好说了。很可能是舍不得生前的荣华富贵，死后还天天盯着自己的财宝，碰上这样舍命不舍财的主儿，也就别硬抢它的东西了。

最后我和胖子决定，干他娘的，做定摸金校尉了！什么受不受良心谴责，咱们就当良心让狗吃了，不对，吃了一半，嗯……也不对。不妨换个角度看，现在是八十年代，不是都提倡奉献吗？现在也该轮到那些剥削劳动人民的王公贵族奉献奉献了。不过这些死鬼觉悟很低，别指望他们自己爬出来奉献，这种事，我们就代劳了，打他们这些封建统治阶级的秋风。

战略方向确定了，具体的战术目标以及怎么实施还得再仔细商量。

在盗墓之风最盛行的河南、湖南、陕西这三个地方，大墓不太容易找了，而且人多的地方做事不方便，还要以种庄稼、盖房子等行为做掩护，要干最好就去深山老林，人迹罕至的地方。

要是说起在深山老林中我所见过的大墓，排在头一位的肯定是牛心山的那座。我上山下乡的时候还太年轻，什么都不懂，以我现在的阅历判断，那座墓应该是北宋之前的。盛唐时期，多是时兴以山为陵，这种风气一直延续到宋代初期。南宋以后，国力渐弱，再也没有哪个皇家的陵墓敢有那么浩大的工程了。

胖子问我："你不是说牛心山里闹鬼吗？能不能找个不闹鬼的搞一下？咱们对付狗熊野人倒也没什么，遇上鬼却不知该如何下手。"

我说："第一，这世界上没有鬼，我上次跟你说的可能是我高烧产生的幻觉；第二，咱们这是初次行动，不一定非要动手开山。你还记得燕子他们屯子里好多人家都有古董吗？咱们去收上几个回来卖了，就省得费劲巴力地折腾了。"

当天，我们两人分头准备，胖子去把剩下的录音带都处理掉，我则去旧货市场买一些必备的工具，手电、手套、口罩、蜡烛、绳索、水壶，最让我喜出望外的是买到了两把德制工兵铲，我把工兵铲拿在手里，感觉就像是见了老朋友一样。

这种工兵铲是德国二战时期装备山地突击师的，被苏联缴获了很多，中苏友好时期，有一部分流入了中国境内。德制工兵铲很轻便，可以折叠了挂在腰上，而且钢口极佳，别说挖土挖岩，到了危险的时候，抡起来还可以当兵器用，一下就能削掉敌人半个脑袋。

唯一遗憾的是没买到防毒面具。当年全国搞"三防"的时候，民间也配发了不少六零式防毒面具，在旧物市场偶尔能看到卖的，今天不凑巧没买到，只能以后再说了。此外还缺一些东西，那些都可以等到了岗岗营子再准备。

总共花了一千五百多块，主要是那两把铲子太贵了，六百块一把，价咬死了，砍不下来。最后我身上只剩下六块钱了，这可糟了，没钱买火车票了！

　　多亏胖子那把录音带甩了个精光，又把我们租的房子退了，三轮卖了，这就差不多够来回的路费了。连夜去买了火车票。我当年离开那里的时候还不满十八岁，十几年没回去了，一想到又能见到多年不见的乡亲们，我们俩都有点激动。

第十一章
黑风口　野人沟

列车是转天下午两点发车,我们激动得一夜没睡。我问胖子咱们总共还剩下多少钱,胖子数了数说还剩下一百五,这点钱也就够回来的路费和伙食费。

我一想这不行啊,咱们十几年没回去了,空着两手去见乡亲们,太不合适了,得想办法弄点钱给乡亲们买点礼物才是。

胖子说:"干脆把我这块玉卖了,换个千儿八百的。"

我说:"你还是留着吧,别总惦记着你爹留给你的那点东西,卖出去可就拿不回来了,别到时候把肠子悔青了。"

最后我找出了一点值钱的东西,我手上有块鹰歌牌机械表,是我当上连长时我爹给我买的,属于限量版,有钱都不一定买得到,在当时市面上能值二百多块钱。我去潘家园把表卖给了大金牙,这孙子什么都收,一听说我们要去内蒙古动手,还赞助了我们一百块钱,并约定我们找到的东西由他来联络买主。

二十世纪八十年代,三百块钱足够普通家庭过两三个月的奢侈生活,是一笔很可观的钱。用这三百多块钱,我买了不少吃的东西,都是蜜饯、奶糖、罐头、巧克力、茶叶之类的，这些在山里是吃不到的，剩下的钱在黑市全换成了全国粮票。

两天两夜的路程在充满期待的心情中显得有些漫长，到了站之后还要坐一天的拖拉机，然后再走一天一夜的山路。

我们俩进山之后走了不到一天就再也走不动了，携带的东西太沉了，每人都要负重一百多斤，我咬咬牙还能坚持，胖子是真不行了，坐在大树底下喘着粗气，连话都说不出来。

多亏碰上了从屯子里出来办事的会计，我们插队时他还是个半大的孩子，成天跟我们屁股后头玩，一口一声地管我们叫"哥"。

会计一看我们这么多行李，赶紧又跑回村里，叫了几个人牵着毛驴来接我们。这些上了年纪的我们都认识，还有两个十二三岁的丫头，是我离开以后才出生的，她们都管我叫"叔"，我听着就别提多别扭了。

我问会计："怎么屯子里没见年轻的男人们？"

会计回答说："屯子里的劳力们都跟考古队干活去了。那不是一九七六年唐山大地震吗，虽然跟俺们这旮离着十万八千里，但是跟俺们这旮属于一条地震带，这一地震把喇嘛沟牛心山整个给震裂了，里面有座整得跟宫殿似的大墓，俺们屯子里好些胆大的都进去搬东西。那家伙，好东西老鼻子去了。结果不知咋整的，惊动了县政府，考古队跟着就来了，说这是大辽萧太后的陵寝，还把大伙拿回家里的好东西全给整走了，一件都没留下。然后考古队的跟牛心山那旮旯也不知整啥，好像是说那山下面还有好多好东西可挖，把屯子里的劳力们都雇去干活了，一个劳力管吃管喝一天还给三块钱。这不都整好几年了，也没整利索，不少人还搁那儿干活呢。"

我跟胖子一听这话差点没吐血，真是赶上我们哥儿俩烧香，连佛爷都掉腚。不过也没办法，总不能去跟考古队文物局那些公家人抢地盘吧。既然来了，玩几天再说，回头想办法再找别的地方，反正大型古墓又不是只有牛心山那一座。

快进屯子的时候，得到消息的乡亲们都在门口等着，大伙都拥了过来，问长问短的。燕子领着自己的女儿哭着对我们说："哎呀，老胡，胖子，你们可想死俺们了,怎么一走这么多年一点音信都没有呢?"燕子她爹把我们俩紧紧抱住:"你们两个小兔崽子,一走就没影了,这回不住个两三年,谁都不许走。"

我跟胖子全哭了,胖子在这儿住了六七年,我只住了一年,但是山里人朴实,你在这儿住过,他们就永远拿你当亲人一样对待。这里还是以前那样,一点都没变,没有电,没有公路,不少人一辈子没见过电灯。我心里越想越难过,琢磨着等有了钱,一定得给乡亲们修条公路,可是我们什么时候才能有钱呢?

这时村里的老支书被人搀扶着也走了过来,还没到跟前就大声说:"主席的娃们又回来了?主席他老人家现在还好吗?'文化大革命'整得咋样了?"

我听着都纳闷,主席他老人家现在好不好,我上哪儿知道去。我赶到前边扶着老支书的胳膊说:"'文化大革命'早结束了,现在小平同志正领着咱大伙整改革开放这一块呢。"

老支书好像没听见我说什么,扯着脖子大声问:"啥?小明同志是整啥的?"

燕子在旁边告诉我:"你别听他说了,也不知道咋整的,他一九七三年就聋了,啥也听不清楚了,还老犯糊涂。"

我这才明白,原来是这么回事。我在老支书耳边大声说:"支书啊,我给您带了好多好吃的,一会儿给您送过去,您慢慢吃啊。"

众人边说边走,进了屯子,老支书还在后边大喊:"孩子们,你们回去向他老人家汇报,俺们坚决拥护无产阶级'文化大革命'……该咋整就咋整!"

晚上,燕子家的炕桌上摆满了炒山鸡片、熏鹿腿,中间一个大砂锅里煮着酸菜粉条氽白肉。燕子的丈夫以前跟我们也是很熟的,他去牛心山干活没回来,暂时见不到。

燕子的爹跟我们一起喝酒说话,我就说到牛心山那座古墓的事情,顺便问他这大山里还有没有古代贵族的墓葬。

第十一章　黑风口　野人沟

自古以来，山里人一直认为盗墓就是一项创收的副业，不存在什么道德问题，北方是这样。南方湘西一带就拿抢劫杀人当副业，山民白天为农，晚上为匪，躲在林子里，专杀过往的外地客商，从不留活口。这是千百年的生存环境所迫，靠山吃山，靠水吃水，穷山恶水就吃古墓，吃过路的活人。只要附近有古墓，就会有人去挖。偏远的地区，山高皇帝远，王法管不到，虽然这道理在法律上没人能说通。这附近的古墓大多年代太久，沧海桑田，早就没有了明显的标记，要不然早都被山民们挖光了。

燕子她爹说很久以前还没解放的时候，这屯子里也出过几个年轻的业余"盗墓贼"，当时还不知道牛心山有墓，他们去了一个传说中的地方挖坟掘金，结果不知碰上了什么，全部都有去无回，燕子的二叔就是其中之一。那个传说中的地方，燕子她爹知道大概的方位，但是一直没敢去过。

说起往事，老人陷入了回忆之中，点上了亚布力老烟袋，吧嗒吧嗒抽了几口，沉思了很长时间才开口说道："你们想找古墓，这附近除了牛心山就没有了。故老相传，从这儿向北经团山子进山，五天路程，在中蒙边境的黑风口有一条野人沟，传说那片全是大金王公贵族的坟墓。不过那地方人迹罕至，还有野人出没，你们有胆子去吗？"

野人沟的名字当初我也听说过，不过并没听说那里有古墓，上一拨的盗墓贼究竟是被什么东西所害，别说我不知道，燕子她爹不知道，整个屯子里也没人清楚。

深山老林里危险的东西太多了，各种野生猛兽，甚至天气变化、自然环境都可能要了人的性命，要是碰上大烟泡（枯叶被雨水浸泡腐烂而形成的沼泽），给捂到里面，就算是大罗神仙也逃不出来。

我们去意坚决，燕子她爹也阻拦不住。屯子里没有人真正去过黑风口野人沟，只知道大概的方位，那里快到边境了，也没有人烟，屯子里的人就算进山打猎或者采山货都到不了那么远。再加上燕子她爹上了年纪，患上了老寒腿，已经不能进山了。燕子当时正怀着她的第二个孩子，也不能出远门。屯子里的青壮年都在喇嘛沟干活，短时间内不会回来。

燕子她爹说："我不亲自带你们去始终是不放心，其实野人沟的危险并不是来自野人，关键是地形复杂，一到冬天就刮白毛风，进去容易迷路。不过现在是初秋，这一节就不用担心了。你们要去，一定要多带好狗，还要找个好向导，咱们屯子这几年养了几只獒犬，这次都给你们带上。"

獒并不是单指藏獒，在东北管体形庞大的猛犬就叫作獒犬，和藏獒还不完全一样。

在北方草原森林中生活的猎手牧民，由于受到狼群和黑熊这些野兽的威胁，凭普通的猎狗很难应付，便从西藏学来了养獒的法子养獒犬。俗话说九狗一獒，这句话的意思不是说九条狗里面就能出一条獒，而是必须是一条血统优良的母狗，一窝同时产下九条小狗，把这九条小狗打一生下来就关到地窨子里，不给吃喝，让它们自相残杀，最后活下来的一只就是獒。獒生性凶猛无比，三只獒犬足可以把一只壮年的人熊活活撕成碎片。

屯子里一共有三只獒，再加上五条最好的猎犬，全交给了我们，燕子她爹又给我们推荐了一个向导——英子。

英子刚十九岁，是少见的鄂伦春族，年轻一辈的猎人中，没有人比英子更出色，她是大山里出了名的神枪手。别看她岁数小，从小就跟她爹在林子里打猎，老林子里的事情没有她不清楚的。村里这三只獒犬，有两只是她亲手养的。

出发前，我又让燕子帮忙准备了一些东西，有鸟笼子、糯米、黑驴蹄子、撬棍、一大桶醋、烧酒。

等收拾停当，燕子她爹千叮咛万嘱咐，叫我们实在找不到就别勉强了，快去快回，然后一直把我们送进团山子他才回去。

对于找古墓我是比较有信心的，只要能到了野人沟，没有古墓也就罢了，倘若真有，我肯定能找到。关于盗墓的事，我从书上学了一部分知识，还有大部分都是以前听祖父讲的。我祖父胡国华在旧军阀部队里当过军官，他手下有些士兵曾经是东陵大盗孙殿英的部下，参与过多次大型盗墓行动，经验丰富，我祖父的所知所闻多是听他们所言。

历来盗墓就分为民、官两种，官盗都是明火执仗地干，专挑帝陵下手，秦末的楚霸王项羽应该是官盗的祖宗了，至于三国时期的掘子军、摸金校尉等只不过是把官盗系统化，形成流水线作业了。民间也有业余和专业之分，业余的有什么挖什么，专业一些的就只找贵族王侯坟墓，小一点的就瞧不上眼。

而盗墓的关键在于能找到古墓，这是一门极深的学问。中国数千年朝代更替，兴废变化，帝王陵墓的建造和选位都不太一样。在秦汉时期，上行下效，多是覆斗式的墓葬。覆斗就是说封土堆的形状像是把量米的斗翻过来盖在上面，四边见棱见线，最顶端是个小小的正方形平台，有些像埃及的金字塔，只不过中国的多了一个边，却与在南美发现的"失落的文明"玛雅文明中的金字塔惊人地相似。这中间的联系，就没人能推测出来了。

唐代开山为陵，工程庞大，气势雄浑，这也和当时大唐盛世的国力有关，唐代的王陵到处都透着那么一股舍我其谁、天下第一帝国的风采。

从南宋到明末清初这一段时期，兵祸接连不断，中国古代史上最大的几次自然灾害也都出现在这一时期，国力虚弱，王公贵族的陵墓就不如以前那么奢华了。

再后来到了清代，康乾时期，国家的经济与生产力得到了极大的恢复，陵墓的建筑风格为之一变，更注重地面的建筑，与祭奠的宗庙园林相结合。吸取了前朝的防盗经验，清代地宫墓室的结构都异常坚固，最难下手。

说到底，不管哪朝哪代，中国数千年来的墓葬形式，都来源于伏羲八卦繁衍出来的五行风水布局，万变不离其宗，都讲求占尽天下形势，归根结底就是追求八个字：造化之内，天人一体。

墓葬文化是中华文明的精髓所在，蒙古、回纥、土蕃、金齿、乌孙、鲜卑、畲民、女真、党项等少数民族都受到了很大的影响，陵寝的格局纷纷效仿中原的形式，但是多半都只得其皮毛而已。可以说，只要懂得观看天下山川大河的脉向，隐藏得再深的古墓也能轻而易举地找到。

再往前走就是茫茫无尽的原始森林，英子带着八条大狗在前边开路，胖子牵了匹矮马驮着帐篷等物资装备，我拎着猎枪走在后边，一行人就进入了中蒙边境的崇山峻岭之中。

胖子一边走一边问前边的英子："大妹子，野人沟的野人到底是怎么回事啊？野人究竟是个什么东西，你见过没有？"

英子回头说道："俺也不知道啥是野人，听俺爹说这些年好多人都见过，但是没人捉过活的，死的也没见到过尸首，见过的也说不清楚是个啥样。"

我在后边笑道："胖子，你可真他娘的没文化，顾名思义，野人就是野生的人，以后好好学习啊。知道什么是野生的人吗？就是在野地里生的，可能是树上结的，也可能是地里长的，反正就不是人工的。"

神农架野人的传说由来已久，我在部队里就曾经听说过。据说有个解放军战士曾经在神农架开枪打死过一个野人，野人的尸体掉下了万丈悬崖，到最后也没弄清那野人到底是人，还是只长毛的大猴子。几乎所有见过野人的目击者都一口咬定：野人身高体壮，遍体生满了细长的黑色毛发。

听英子给我们讲，黑风口的那条野人沟，以前不叫野人沟，叫作"死人沟"，再往前更古老的时候，也不叫死人沟，是叫作"捧月沟"，历来是大金国贵族的墓地。后来蒙古大军在黑风口大破金兵主力，尸积如山，蒙古人把死者都扔进了沟里，整条山谷都快被填满了，所以当地人就称这里是"死人沟"。再后来有人在这条山谷附近看见了野人，传来传去，死人沟的名字就被野人沟代替了。

野人没什么可怕的，野人再厉害比得上獒犬吗？我脑子里突然出现一个念头：野人不知道在市场上能卖什么价？但是随即一想，这么做不太人道，还是别打活物的主意了，把心思放在挖古墓上是真格的。

由于带着马匹，不能爬坡度太陡的山，遇到大山就要绕行，这一路行来格外缓慢。好在秋天的原始森林景色绚丽，漫山遍野的红黄树叶，层林尽染，使人观之不倦。偶尔见到林子深处跑出一两只的山鸡、野兔、狍子、树懒、獐子，英子就纵狗去追，到了晚上宿营，采些山里的草蘑香料，燃起营火烧烤，我和胖子都大饱口福，这些天就没吃过重样的野味。

在这大山里行路，如果没有带猎狗，就只能睡在树上。我们带了三只巨獒再加上五条大猎狗，这种力量，在森林中几乎没有对手，除非是碰上三只以上的人熊。英子说獒是人熊的克星，林子里的人熊听见獒的叫声，马上就会远远地躲开，所以晚上睡觉我们都睡在帐篷里了，忠实的猎犬们在帐篷周围放哨，没什么可担心的，这些狗比人可靠多了。

英子的脾气比燕子年轻的时候可冲多了，气死独头蒜，不让小辣椒。走什么路线，吃什么东西，这些都得听她的，谁让她是向导呢，那些狗也都听她的。我虽然当惯了连长，在她这儿也只能忍下来当普通一兵了。

不过英子确实有两下子，打猎、寻路、找泉水、分辨蘑菇有没有毒，在深山里怎么去找木耳、蘑菇、榛子、都柿、党参、五味子等等，简直就没有她不懂的。而且山里有些动物我都叫不上名来，平生从未见过，英子却都能说出来，这是什么什么动物，在什么什么环境里生活，以什么什么为食，用什么陷阱可以活捉。我跟胖子听得大眼瞪小眼，只能说两个字：服了。

鄂伦春人都是天生的猎手。"鄂伦春"这三个字是官方对这个民族的称呼，并不太准确，有时候他们也自称"鄂而春"或者"俄乐春"，意思是指在林海山岭中游荡的猎鹿之人。他们长年在小兴安岭的林海之中游荡，过着游牧渔猎的生活。中华人民共和国刚成立的时候，鄂伦春人全部人口还剩下不到一千人，政府让他们从生存环境恶劣的深山老林里出来，过上了定居的生活。但是鄂伦春人对祖先过的那种游猎生活有一种近乎神话般的崇拜和向往，他们信奉萨满，崇拜大自然，虽然过上了定居的生活，还是要经常进山打猎。

沿途无话，书说简短。众人晓行夜宿，在原始森林中行了六七日，终于到达了中蒙边境的黑风口。黑风口的森林之密难以形容，深处几乎没有可以立足的地方，全是红松、落叶松、桦树、白杨等耐寒树种，地上的枯枝败叶一层盖一层，走一步陷一下。人还好办，就是马的自重很大，经常陷住了动不了，我们只好使出吃奶的力气连拉带拽，就这么走一段推一段地蹭着前进。

也不知最下层的有多少年月了，腐烂的枝叶和陷在里面而死的野兽，发出一阵阵腐臭的味道，这种恶臭又混合着红松和野花的香味，闻起来怪怪的，但是闻多了之后让人感觉还有点上瘾。

到了黑风口，剩下的事就是我的了。我们找到了一条山谷，这里应该就是传说中的野人沟。这里的地貌没什么奇特之处，没有喇嘛沟那么猛恶，但这只是直观的感觉，英子说看起来谷里肯定有大烟泡，务必要看清楚了再下去，陷到大烟泡里可就出不来了。要想下到野人沟里，每人必须准备一根大木头棍子探路，下边的落叶太深，比沼泽地还厉害，幸好现在不是雨季，否则别想下去。

野人沟属于大兴安岭山脉的余脉，两边的山势平缓，整个山谷南北走向，东西两侧都是山丘，最中间的地方终年日照的时间很短，阴气沉沉。谷中积满了枯烂的树叶荒草，除了些低矮稀疏的灌木，没有生长什么树木。出了山谷树木更稀，原始森林到此为止，再向前两百多里就是辽阔的蒙古大草原。

其时已近黄昏，血红的夕阳挂在天边，我们登上了山坡，放眼眺望，只见红日欲坠，天际全是大片大片的红云，整个天空都像被浓重的油彩所染，森林覆盖的绵延群山，远处没有尽头的大草原，都在视野中变得朦胧起来，真是苍山如海，残阳似血。

胖子见此美景心怀大畅："老胡，这景太美了，咱这趟没白来。"

我最记挂的就是野人沟里的古墓，对照《十六字阴阳风水秘术》仔细观看谷中地形，又取出罗盘辨识八卦方位，心中暗道："总算是他娘的找对地方了，这谷里必有贵族的古墓。"

这里地势稳重雄浑，有气吞万象之势，一端是草原，另一端和大兴安岭相连，蒙古大草原就如同一片汪洋大海，而野人沟就似汇流入海的一条大江。

虽然这里的风水气派还不足以埋葬帝王，但是埋个王爷万户大将军之类的大官，那是绰绰有余了。等到月上中天之时，月光就会为我们指出古墓的方位。

第十二章
月沟

　　天色渐晚，太阳逐渐沉入了西方的地平线，大森林即将被阴影吞没。这里之所以曾经被称为"捧月沟"，是因为月亮升至山谷正上空的时候，仰面躺在山谷的最深处抬头去看天空，视觉的余光会令人产生一种错觉：两侧最高的山丘像是两条巨大的臂膀，伸向天空的明月。这处穴中的死者取的是日月瑞气，在我那本祖传风水书中"天"字一章有详细解释，有些字的内容虽然看不明白，但是结合实地观察也不难推测个八九不离十。

　　如果野人沟里没有那么厚的枯叶烂草覆盖着，直接就可以找到最中间的位置，可是现在只有等到晚上月亮升起来，才可以根据天上的月亮方位，下到谷底的最深处寻找古墓。我们人力有限，干活的时候不能有偏差，否则那工程量可就太大了。

　　现在距离中夜为时尚早，我们把帐篷扎在山坡的一棵大树下面，将矮马拴在树上，给它喂了草料，点了篝火烧水吃饭。今天晚上的野味是猎狗们捕来的一只小鹿。这鹿的样子有些怪，身上有梅花斑，体形不大，长得很不匀称，后腿粗得异乎寻常，大耳朵，没有角。

　　英子见猎狗们拖来这只怪鹿，急忙赶上前去，把鹿身翻过来检视死鹿的腹部，怪鹿的肚子上血迹殷然，英子又把鹿嘴掰开，像是要寻找什么东西，最后终究是没有找到，气得她狠狠地在鹿身上踢了两脚，又对那些大猎狗骂道："这些熊玩意，整天就知道吃，啥也指不上你们，你们几个今天谁也不许吃饭！"

胖子在一旁瞧得奇怪，便问英子："大妹子，你找什么呢？"

英子一边抽出尖刀给鹿剥皮，一边回答胖子的问题："胖哥，你没见过这种动物吧，这是麝。雄麝的肚脐里有麝香，哎呀妈呀，老值钱了。不过这东西贼极了，一瞅见有人要抓它，先一口咬掉自己的肚脐，嚼个稀烂。这几条狗太熊，它们的动作再快点，咱们就能得到一块麝香了。"

胖子听了之后，靠着一棵大树坐下，低着头弯着腰，向自己的肚子上一下一下地使劲。

我一拍他的脑袋："想什么呢？你以为你是鹿啊，自己能拿嘴够着自己肚脐？再说你肚脐里全是泥，不值钱。"

胖子急了："胡掰你，我后背有些痒，在树上蹭两下。你才是想咬自己的肚脐！"

我们俩斗了几句嘴，就分头收拾东西，我去捡干柴，胖子去帮英子烤肉。我们只烤了麝的一条后腿就足够吃了，麝的内脏都喂了那五条大猎犬。英子是刀子嘴豆腐心，刚才还说不给这几条狗吃晚饭，现在又怕它们不够吃。

另外三只巨獒都高傲地蹲在远处，根本不拿正眼去看那些抢吃动物肚肠的普通猎犬。英子把麝的两条前腿分给两只獒犬，还有一条后腿给了体形最大的一只叫虎子的巨獒。

三个人围着篝火吃烤肉，英子给了我们每人一把小刀和一个盐岩制成的小碗，麝腿就架在火上翻转着烧烤，用小刀一片一片地片下来，在碗中一擦就有了咸味。这顿饭吃得很快，我光想着沟里的古墓，也没吃出来麝的肉味与普通的鹿肉有什么区别。

吃完之后，月亮已经升了起来，借着月光可以看到天上的云流速很快，这说明晚上要起大风了。眼见时候差不多了，就把猎狗都留下看守营地，我们三人各自持着木棍、猎枪下到了野人沟里。

第十二章 月沟

我们每向前走一步，都要先用木棍狠插前面的地面，看看有没有大烟泡。野人沟比我们预先设想的要好很多，虽然有些地方的落叶都没了大腿，但是没有形成大烟泡，看来要想挖古墓，还得先把盖在墓穴上的落叶清理掉。

我抬头看看天上的月亮，又取出罗盘对比，环视山谷的两侧，最后终于把位置确定了下来。这条山谷里可能有很多古墓，但是最主要的一个，也是最有身份的贵族的墓，就在我们脚下站立的地方。

插了一根木棒留在这里做记号，今天先回去好好睡一觉，养足了气力，明天一早就来动手挖掘。这深山老林的，方圆几百里也没有其他人，没必要偷偷摸摸地晚上干活。

我一边往回走一边给胖子讲盗墓的事，既然干了这行，就应该多了解这些事情，不能光凭力气傻挖，从我们进山起，我就在不停地给他讲。

中国自古以来，有记载的最早的盗墓事件大约发生在三千年前，那是周朝，就是夏商周的那个周朝，周朝又分为西周、东周两朝，也就是《封神演义》里凤鸣岐山，姜太公等人辅佐的那个王朝，有八百多年的基业。在那个时代里，共记载了两次重大的盗墓事件，一次是周幽王的墓被盗，还有一次是商汤墓被盗。幽王墓里发现了两具全身赤裸好像活人一样的青年男女尸体，把盗墓贼吓得扭头就跑；而汤王墓里掘出一块大乌龟的壳子，上面刻满了甲骨文。

胖子说："老胡你别跟我扯这用不着的，你就说墓里有没有鬼？有鬼咱们怎么对付？还有上次你说的那个什么鬼吹灯，我听着怎么那么邪乎呢？"

英子说："啥鬼吹灯啊？是俺们东北说的烟泡鬼吹灯吗？"

我说："不是东北的那个，是摸金校尉们的一种迷信行为。其实也不一定没用，墓室里的空气质量不好，如果蜡烛点不着，人进去肯定会中毒而死，这些从科学的角度也可以解释。再说古墓里怎么可能有鬼？那都是迷信传说，就算有咱们也不用担心，我都准备好了黑驴蹄子、糯米之类辟邪的东西了。总之一句话：盗墓就别信邪，要是怕鬼就别盗墓。"

胖子恍然大悟："噢，闹了半天，你让燕子准备这些东西是为了辟邪啊，我还以为你牛气烘烘的不怕鬼呢。对了，那醋和鸟笼子是干什么用的？"

我刚要回答，忽听山坡上传来一阵阵猎犬的狂吠，三人都是心中一沉，心想，该不会是有什么野人野兽来袭击我们的营地了？不过那里有三只巨獒，野兽就算吃了熊心豹子胆也不敢来惹麻烦。究竟是什么东西引得猎狗们乱叫？我们急忙紧走两步赶回山坡之上。

回到帐篷旁边，一幅血淋淋的场景出现在面前：拴在树上的矮马不知被什么猛兽撕咬，整个肚子都破开了，肚肠流了一地，矮马还没断气，倒在地上不断抽搐，眼见是活不了了。

猎狗们围在矮马周围冲着矮马狂叫，好像见到了什么可怕的事物，叫声中充满了不安的躁动。

按常理说，马和狗是好朋友，矮马绝不是狗咬的，那会是什么野兽做的？三头巨獒五只猎犬环绕在左右，竟然没有抓到行凶的野兽？

环视四周，哪里有什么野兽的踪影，唯有空山寂寂，夜风吹得林中树叶沙沙乱响，我们握着猎枪的手心里已经全是冷汗。

马嘴里吐着血沫，鼻孔里还冒着白气，肚肠虽然流了一地，却一时半会儿咽不了气。英子对准马头开了一枪，结束了它临死前的痛苦。

我忽然发现马的肠子在动，不是出于生理反应的那种抽动，而像是被什么东西拉向地下，拉扯矮马内脏的东西就躲在马尸的下面。

我赶紧把英子往后拉了一步，刚才的情形胖子、英子也都见到了，三个人互相看了一眼，脑中均想："会不会是野人干的？"

身处野人沟，首先想到的当然是野人，可是野人有这么大的力量可以撕开马腹吗？也许它是用了武器，不过会制作武器那就不是野人了。

还没等我们想明白，地上的内脏都被扯到了马尸底下去了，下面的情况被马的躯体遮挡了，完全看不到。

得先把马的尸体移开。我掂了掂自己手中的猎枪，这种枪比起我十几年前在喇嘛沟打人熊用的抬牙子可先进多了，不过这种运动气步枪口径太小，难以对大型猛兽形成致命的杀伤，不过有胜于无，毕竟比烧火棍强多了。

第十二章 月沟

有枪有狗，大伙心里多少有了些底，于是三人合力推开马匹的尸体，地上的草丛中赫然呈现出一个深不见底的地洞。

洞有一个小水桶那么粗，成年人想钻进去不太可能，矮马的肚肠就是被什么东西拖进了洞里。我们刚到的时候，这个洞被草盖住了，谁也没有发现，见这附近草长，就把马拴在了这里。在我们下山谷里寻找古墓的时候，洞里的家伙突然袭击，撕开了马的肚子。猎狗们虽然凶悍绝伦，但是洞口被马遮住，急得乱叫，却无可奈何。

我用手电向洞里照了照，黑洞洞的，不知有多深。做了三年多工兵的经验这时候派上用场了，看看洞壁上的痕迹，几乎可以肯定，这个洞不是人工挖的，是某种动物用爪子挖的，而且爪子很锋利，是个挖洞的好手，要不然怎么能一下撕破矮马的腹部。但是究竟是什么动物，可真就想不出来了，就连对森林了如指掌的英子也连连摇头，表示对这样的动物见所未见，闻所未闻。

我估计这附近还会有其他的洞口，看来这野人沟看似平静，风景优美，实则暗藏凶险，难怪几十年前来这儿盗墓的那一队人有来无回，不知他们是不是也碰上了这种凶残的地下怪兽。

此地不宜久留，我们决定不等天明，连夜行动。三个人分成两队，我和胖子带五条猎狗，到山谷下面去挖墓，英子带着三只巨獒，在附近寻找袭击我们的怪兽。那家伙再厉害也不会比三只巨獒更凶猛，与其消极防御，不如主动出击。如果哪一方有情况发生，就鸣枪通知，另一方尽快赶去支援。

单说胖子引着五条大猎犬，我背着工具等应用之物，两人一前一后，按照先前探好的道路下到了谷底。

我取出两把工兵铲，自己拿了一把，另一把扔给胖子："小胖，活干得麻利点，这里不宜深葬，落叶层下的古墓不会太深，咱们越早挖到古董越好，然后就赶紧离开这鬼地方回家，卖了钱给乡亲们修条公路。"

胖子往自己手上吐了两口唾沫："看胖爷我的。"

德制工兵铲上下翻飞，每一下就戳起一大块枯枝落叶形成的淤泥。

野人沟里虽然没什么树，但是一刮风就会把周围山上的树叶吹进来，积年累月，着实深厚。我们轮番上阵，足挖了六七米深，终于见到了泥土。我用手抓起一把，土很细，颗粒分明，没有块状的土疙瘩，用舌尖尝了一下，有点发甜，没错，这就是封土堆，下面四五米就是墓室。

快挖到墓室的时候就要小心了，有些墓里是有防盗机关的。北宋辽金时期的古墓不像唐代以前，唐代以前都是落石、暗弩等机关，北宋时期防盗技术相对成熟起来，尤其是一些贵族墓葬，虽然它们不可能像帝王墓有那么大的工程，动员的人力也有限。当然这只是相对而言，里面的东西可是一点都不含糊的，否则也配不上这块风水宝地。

像这里的北宋晚期金人古墓，应该会用当时比较流行的防盗技术——天宝龙火琉璃顶。这种结构的工艺非常先进：墓室中空，顶棚先铺设一层极薄的琉璃瓦，瓦上有一袋袋的西域火龙油，再上边又是一层琉璃瓦，然后才是封土堆，只要有外力进入，顶子一碰就破，西域火龙油见空气就着，把墓室中的尸骨和陪葬品烧个精光，让盗墓贼什么都得不到。

当然这是一种迫不得已的办法，墓主拼个同归于尽，也不让自己的尸骨被盗墓贼破坏。这种机关只在北宋末年的金辽时期流行过一阵，后来出现了更先进的机关，天宝龙火琉璃顶也就随之被取代了。

这种小小机关难不住我。这个机关最大的弱点就是，从侧面挖，顶上的龙火琉璃瓦就不会破。所以挖到封土堆我们就开始转向侧面挖掘，两个人干得热火朝天，也不知道什么是累了，又在侧面挖了足有六七米深的一个大坑。

不经意间天已经大亮了，英子回来说附近什么也没找到，她先去林子里打猎准备午饭了，等吃的弄好了派条狗来叫我们。

英子走后我们俩接着干活，最后在侧面挖到一层硬土，坚如磐石，工兵铲敲到上边只有一个白印出现。

胖子大骂："我×，这儿怎么还有水泥？早知道咱们提前带点炸药来了，这他妈的怎么挖啊？"

我说："炸药那是粗人用的，这是夯土层，顶上有机关保护。这种土是用当时的宫廷秘方调配的，里面混合了一些糯米汁，还有童子尿什么乱七八糟的，比他娘的现代的混凝土都结实。这秘方是北宋皇帝的，后来金国把北宋灭了，这才流传到金人贵族手中。"

我把那一大桶醋搬了过来，让胖子用大勺子一勺一勺地淋到夯土层上，等这一桶醋浇完了，这块墓墙也就被腐蚀得差不多了。你别看醋的腐蚀性并不太强，但是对这种用秘方调配的夯土有奇效，这就叫一物克一物，到时候再挖就跟挖豆腐差不多了。

依法而行，果不其然，眼见墓室就要被挖开了，两人正得意间，忽听林中传来一声枪响，惊得树上的鸟群都飞了起来。

胖子急道："我大妹子开的枪！"

我拎起工兵铲和猎枪："咱们快去看看。"

两人顾不上身体的劳累，甩开双腿，一步一陷地在落叶层上疾行。

我们循声向林子深处赶去，五条大狗也紧紧跟在后边，向林中跑了一段，忽然见到英子带了三只巨獒朝我们奔了过来。

见她没事，我才把提着的心放下："大妹子，是你开枪吗？发现什么了吗？"

英子脸色刷白，跑得气喘吁吁："哎呀妈呀……可吓死我了，我在前边那旮旯发现几个窝棚，进去一看吧，老吓人了，全是死人，黑乎乎的都烂了。我开头没瞅清楚，还以为是野人呢，就放了一枪，最后到底是啥人的尸体我也没看清楚。"

我这才明白，别看英子虎了吧唧的，原来也有弱点——她最怕死尸，还以为她在森林里天不怕地不怕呢。

不过在这中蒙边境的深山老林里发现死尸，还有窝棚，这本身就够不可思议了。既然盖了窝棚就说明他们是住在这里，那些死者究竟是什么人？为什么会住在这没有人烟的大山深处？还是过去看看吧，说不定还能找到点线索。我心中隐隐约约觉得他们和以前在这里失踪的那批盗墓者有关系。

英子引领我们到了她发现的那几个窝棚处，这些窝棚非常粗糙，用泥和稻草混合搭建，也用了少量的木料，都建在树木最密集的地方，颜色也很不显眼，如果不在近处很难发现。

我们爬进了其中一个窝棚，见里面有不少兽皮，在角落处果然有三具尸体。尸体由于过度的腐烂而呈现黑色，肌肉几乎烂没了，皮肤干瘪，眼眶和鼻孔里时不时地有蛆虫蚂蚁爬进爬出。我心想这该不会就是传说中野人沟的那些野人吧。

胖子凑到跟前看了两眼，对我说："老胡，我说怎么野人沟里见不到野人呢，原来都已经老死了。"

我点头说道："奇怪的是这些野人的工具很先进，你看他们还穿着衣服，哪儿有穿衣服的野人呢？我怎么觉得这衣服这么眼熟呢？"

死尸身上都穿着呢子大衣，穿的年头久了，估计得有几十年之久，都已破烂肮脏得不成样子，但是从款式上看，总让人觉得好像在哪儿见过。

我发现最里边的那具尸体衣服领子上似乎有一个金属的东西，我把它摘了下来，抹去上面的污渍，像是个军服上的领花，但是绝不是中国军队的。

这时胖子从角落里摸到一把战刀，他使了好大力气，最后"噌"的一声把刀抽了出来。这刀的钢口极好，隔了这么多年，仍然光可鉴人，看来主人生前对这把刀非常爱惜，肯定时不时地擦拭。

我一看这刀就明白了，他娘的原来传说中的野人就是这几个日本鬼子啊。胖子却想不通，日本人战败投降之后不是都回国了，这些小鬼子怎么没走？

我说这也不奇怪，你对历史上的事知道得太少，暴露了你不学无术的本质。胖子说你别废话，赶紧说说，这到底是怎么回事。

以我的推测，当年日本无条件投降前夕，苏联的机械化大军南下进攻驻扎在中国东北的关东军，把号称日军最精锐的百万关东军打得土崩瓦解。有些鬼子被打散了，流落到森林深处，不敢出去，又与外界失去了联络，不知道日本已经战败投降的事情，所以就一直躲藏在森林里，直到老死在了这里。有人在这儿见到了几个疑神疑鬼躲躲藏藏的日本鬼子，他们的衣服早就脏得不成样子，在森林里住着也不刮胡子，那不就把他们当成野人了吗？

其实我也是凭空推断，除非这几个鬼子活过来自己交代，否则永远也

第十二章 月沟

不会有人知道真相了。经过我这么一说,胖子和英子就能理解了。

英子说:"小日本鬼子指定是迷路了,别看这是森林边缘,但是往北全是大草原,还有大泥淖子(一种全是泥的沼泽),北边根本走不出去;往南就是原始森林,没有狗带着,最有经验的老猎人都别想走出去,真是活该。"

我翻了翻这些死尸的物品,想看看有没有什么有价值的东西,翻到半截突然想到,二十世纪四十年代末来这儿盗墓的那些人会不会是碰上日本鬼子,被杀害了?

我正想着,忽然从一个军用随行包里发现了一个笔记本,写的都是日文,纸张发黄,上面的字迹尚可辨认,不过三个人中没人懂日语。好在里面有不少汉字,不过日文汉字和中文意思相去甚远,有些意思甚至相反(举个例子,日文汉字中"留守"这个词,和汉字字面的意思就背道而驰,是"外出"的意思),即使是这样,把这些词连起来,还是差不多能看明白一半,再加上一些我们主观的推测,其大概的意思就是说:东宁的关东军主力被苏军部队击溃,并木少佐带剩余的一个小队的士兵(关东军甲种师团中,一个小队的编制规模为一百二至二百名士兵),逃往黑风口的一座秘密地下要塞,准备和要塞中的其余关东军会合,同苏联人进行最后的决战,以玉碎报效天皇。结果快抵达的时候踩破了大烟泡,唯一知道要塞位置的士兵和带路的向导掉进去淹死了,剩下的人始终没找到秘密要塞的入口,想往回走又迷了路,也没有通信器材,只好在深山里住了下来,这一住就是三十几年,一个一个地相继死去……后边就没了,估计写字的人写到这里的时候就死了。

我把笔记本扔在一边,现在没空看这些破烂了,山谷里的墓墙已经腐蚀得差不多了,赶紧回去,拿东西走人,不要再管这些日本鬼子了,反正都已经快腐烂没了。胖子说这刀可归我了,当年我家里有好几把佐官刀,"文化大革命"时都给抄走了,我还想收藏一把呢。我劝他说这是管制刀具,你带不上火车,等回了北京去旧物市场看看有没有,给你买把新的。

第十三章
鬼吹灯

我们三人赶回野人沟的古墓，活干得已经差不多了，用工兵铲切了几下，墓墙上就被挖出一个大洞。我用手电照了一下，里面空间还不小，这个洞距离墓室的地面还有一米多的落差。胖子大喜，挽起袖子就想进去，我将他一把拉住："你不要命了？去，抓几只麻雀来，先把麻雀装鸟笼子里，放进墓里测测空气质量再说。"

在林子里麻雀很好抓，不像人口密集的地方，都精了。用最简单的陷阱，撒几粒小米，上边把我们做饭的锅倒着支起来，人躲在远处，看见麻雀进到锅下边吃米，一拉绳把支锅的木头拽倒，锅扣下来，就抓住了。

一次就抓了三只，我先把其中一只装进鸟笼子，在笼子上拴了根绳子扔进下面的墓室深处，抽了两支烟，估摸着时间差不多了，就把鸟笼子拉了上来，一看那小麻雀翻着白眼，已经不行了。

这处墓穴封闭在地下数百年，里面空气不流通。尸体腐烂之前都必先膨胀，充满尸气，随后皮肉内脏才由内而外开始腐烂。墓室里虽然说并不具备真正意义上的真空环境，但是如果不通风的话，腐尸的臭气还是会憋在其中，就算隔了几百年也不会散尽。就算没有尸气，只是几百年不曾流动过的空气，也会形成对人体有害的毒气，人一旦吸入这种有毒气体，轻则头昏脑涨，重则中毒身亡，除非配备防毒面具。在这一环节上，半点大意不得。

看来墓中的毒气还需要一段时间才能被山风吹尽，于是我们回到山坡上吃了些干粮肉干。昨天一夜没睡，今天又干了不少活，都很疲倦了，但是一想起墓中的行货，倦意也就一扫而光了。这是我们头一次动手，最好能整出点值钱的东西。以前我对盗墓的认识都只停留在理论阶段，今天这一实践，还真不算难，当然这也和我们选取的目标有关系。金国女真人在当时属于未开化的蛮族，他们建的这处墓穴几乎完全照搬北宋的形式，规模很小，估计也是俘虏来的宋朝工匠所筑，毕竟那天宝龙火琉璃顶工艺是很复杂的，没有高超的手艺很难搭出来，稍有偏差，就会把修坟的人烧死在里面。

吃完了干粮，看看天色不早了，想来那墓中的空气也换得差不多了，我们都担心晚上再被那地下洞穴里的怪物袭击，急于早些取了东西走人，于是带上器械，重新下到野人沟的山谷里。

这次仍然先放了麻雀进去，麻雀被取出来后仍然活蹦乱跳，看来已经没问题了。我同胖子两人喝了几口烧酒，以壮胆色。我们戴上了口罩、手套，脖子上挂了摸金符，怀中揣上黑驴蹄子和糯米，拿了手电筒，腰里挂上工兵铲，就要动身进入古墓。

英子见状急忙拉住我说："带我也进去看看呗，我长这么大，还没见过古墓里是啥样呢。"我说："古墓里没什么别的，就是古尸和陪葬品，有什么可看的？其实我这也是大姑娘上轿头一回，以前从来都没进去过。再说你不是怕死人吗，怎么现在又不怕了？"

英子好奇心很强，看我和胖子搞得挺神秘的，更是心痒，非要进去不可。我一想，反正这荒山野岭的，也不用人放风（盗墓贼很少一个人单干，一般都是三人一组，一个挖土的，因为坑外不能堆土，所以还有一个专门去散土，另有一个在远处放风），让她进去参观参观也没什么大不了的，就给英子也找了副口罩戴上，嘱咐了她几句：进去之后千万别把口罩取下来，第一里面的空气质量不好；第二活人的气息不能留在墓里，不吉利；第三不能对着古尸呼气，万一诈了尸那可是麻烦得紧。虽然这都是迷信传说，但是这些规矩从几千年前传到今天，不管怎么说，都有一定的道理，咱们小心无大过，一切都按老例来就是了。

胖子早就焦躁起来："胡八一，你什么时候变得这么婆婆妈妈的了，你要不敢下去，让胖爷我自己去，你们就等着数钱吧。"

我说："去你娘的，你下去连棺椁可能都找不着。得了，咱也别拌嘴了，天都快黑了，赶紧干活。"

墓墙上被我们挖开的洞距离墓室的地面只有一米多，用不着绳索，直接就能下去，我脚一落地，心中也不由得有些紧张。

墓室的面积不大，顶多有三十平方米见方，看样子是按照活人宅院设计的，有主室、后室、两间耳室。我们进来的位置刚好是个耳室，墓主的棺椁就停在主室正中央。没有墓床，主室中间挖了个浅坑，黑沉沉的棺椁就放在坑中，半截露在上边，这是个墓中墓。主室角落里堆着几具骸骨，头骨凹陷开裂，有明显的钝器敲击痕迹，可能都是用来殉葬的俘虏或是妻妾仆从。我们不考古，这些就不愿去理会了。

英子忽然拉住我的胳膊："胡哥，你看这墙上还有画呢。"

我用手电筒往英子所说的墓墙上照去，果然是用彩绘浮雕的一幅幅图画，画中人物形貌古朴，栩栩如生，年代虽久，色彩依然鲜艳，不过随着流动的空气进入墓室，过不了多久这些壁画就会褪色。

胖子赞叹道："看来这墓里的死人在古代可能还是个画家。"

我说："你别不懂装懂行吗，在唐宋年间，王侯墓中多数都有壁画，用来记述墓主生平的重大事迹，咱们且看看这里埋的是什么人物。"

壁画一共八幅，我们按顺序看了一遍。这些画有的画着林中射猎的场景，有的是在殿堂中同朋友饮酒，有的画着出征的场面，有的画着押解俘虏的情形，最后一幅绘有封侯的场景。每幅壁画中都有一个头戴狐皮帽的男子，应该就是墓中埋的墓主，看来这是个将军墓，墓主至少是个万户侯。

当年金兵南下灭宋，着实劫掠了大笔金银财宝，这位金将说不定就把他的一些战利品一并带入了地下，反正也都是我们汉人的宝贝，那我们可就不客气了。

三人先在墓室里转了一遭，两处耳室都是些瓷罐瓦盆之类的器物，后室有四具马骨和一些盔甲兵器，此外就没什么多余的东西了，看来金人不厚葬，我多少有些失望。在东南角点上支蜡烛，三人一起来到主室的棺椁前，有枣没枣就看这一竿子了。

墓主的棺椁体积不小，是红木黑漆，上面绘着金色的纹饰，颜色和造型非常古怪，这应该是和女真族的民族图腾之类有关。我摸了摸棺板，很厚实，一般穷人用不起这么厚的棺材，能有口薄棺就不错了，混得再次的就拿草席卷了随便埋地里。

棺木中的极品是阴沉木的树窖，也就是树心。一棵阴沉木从生长到成材再到埋入地下成形，至少需要几千年的时间，这种极品可遇而不可求，只有皇室才能享用，比水晶造的防腐棺材都值钱。尸体装在阴沉木的树窖里面埋入地下，肉身永远不会腐烂，比冰箱的保鲜功能还管用。其次就是椴红木、千年柏木，树心越厚越有价值，第一是防止尸体腐烂，第二是不生虫子，能有效地防止蛆虫、蚂蚁咬噬，不像普通的木料，用不了多久就被虫蚁蛀烂了，哪个墓主也不希望自己死后的尸身让虫子吃，那种情形想想都恶心，所以贵族们的棺椁木料都有严格要求。

我们面前的这具棺椁的木料，虽不及皇室宗亲的，也算得上极奢侈了。我用工兵铲插进棺板的缝隙中，用力撬动，没想到钉得牢固，连加了两次力都没撬开。胖子也抽出家伙上来帮忙，两人合力，棺椁发出"嘎吱嘎吱"的响声，终于被撬开了一条大缝。我们又变换位置，一个接一个地把棺材钉都撬了起来。

这墓中很干燥，墓墙防水性很好，头上的琉璃瓦也不渗水，再加上野人沟的雨水大部分都被落叶层吸收了，所以棺材中的灰尘不少。这一动使得灰尘飞舞，虽然戴着大口罩，我们还是被呛得不断咳嗽，回去说什么也得准备几副防毒面具，要不然早晚得呛出毛病来。

胖子想去推开棺材盖子，我突然想吓唬吓唬他，搞点恶作剧，于是拉

住他的胳膊说："胖子，你猜这棺材里有什么？"

胖子说："我哪儿知道啊，反正里边的东西掏出来能换人民币……还能换全国粮票。"

我故意压低声音说："我以前听我祖父给我讲过一段《太平广记》里的故事，里面也是说两个盗墓的，一胖一瘦，他们在古墓里挖出一口大棺材，他们使出刀砍斧劈各种办法，那棺材却怎么也整不开。其中一个胖盗墓贼会念《大悲咒》，他就对着棺材念了一段，结果那棺材盖自动开了一条缝……从里面伸出来一条长满绿毛的胳膊……"

胖子倒没害怕，可把英子吓得不轻，她一下躲在胖子后边："胡哥，你可别瞎扯了，也不看这是啥地方，想吓死人啊。"

胖子除了有恐高症之外，还真是什么都不怕，当年在学校跟别的小孩打架，就数他手黑。此时胖子面无惧色，丝毫不为我的恐吓所动，一派大义凛然的表情："英子大妹子，你别听他的，这小子就是想吓唬我，也不看胖爷是谁，他妈的我怕过什么啊我，你让他接着说。"

我接着说道："那条长满绿毛的胳膊，手指甲有三寸多长，一把抓住了念《大悲咒》的那个胖盗墓贼，将他拉进了棺材中，棺板随即合拢起来，只听里面传来一声声的惨叫，吓得另外一个盗墓贼扭头就跑……"

胖子咧着嘴干笑了几声，笑得有点勉强，估计他心里也犯嘀咕了，但是硬要充好汉，走上前去和我一起推动棺板，结果我们用力太猛，一下把棺板整个推到了地上，棺椁中的事物一览无余。

一具身材高大的男尸躺在里面，尸体的水分已经蒸发了，只剩下酱紫色的干皮包着骨头架子，隔了将近千年，这已经算是保存得比较完好了（像湖南马王堆出土的湿尸是属于极罕见的，千里无一）。男尸五官虽然塌陷，眼睛鼻子都变成了黑色凹洞，但是面目仍然依稀可辨，有四五十岁，头戴朝天冠，身穿红色镶蓝边的金丝绣袍，脚穿踏云靴，双手放在胸前。

英子从胖子身后伸出头往里面看了一眼，惊叫一声："哎呀妈呀，老吓人了。"赶紧把视线移开，不敢再看。

她这么一叫，我头皮也跟着发麻，但是棺椁都打开了，还能扭头跑出去吗？硬着头皮上吧。我双手合十对棺中的古尸拜了三拜："我们缺衣少食，迫不得已，借几件行货换些小钱用度，得罪勿怪了，反正您早已经该上天上天，该入地入地，该去哪儿就去哪儿了。尘归尘，土归土，钱财珠宝皆是身外之物，生不带来，死不带去，您留下这些财物也没什么大用。我们盗亦有道，取走之后，必定将大部分用于修桥铺路改善人民生活，学习雷锋好榜样，爱憎分明不忘本，立场坚定……"

我还有半段词没来得及说，胖子却早已按捺不住，伸手进去在棺中乱摸，我赶紧提醒他说："你他娘的下手轻点，别把尸身碰坏了。"

胖子哪里肯听，自打进了墓室就没发现什么值钱的东西，除了几个破旧的坛坛罐罐之外，就是陪葬的人畜遗骸，费了这么大周折，就看墓主的棺中有什么好东西了。我见劝他也没用，干脆我也别费口舌了，跟他一起翻看棺中的物品。古尸身边放的仍然是些瓷器。我当时对古玩了解得并不多，尤其是瓷器，只见过几件北宋青花瓷，对于瓷器的价值工艺历史等一概不懂。我只知道黄金有价玉无价，一门心思地想找几块古玉出来，顺手把瓷器都扔在一旁。天可怜见，总算在古尸的手里找出来两块玉璧，颜色翠绿，雕成两只像蝴蝶又非蝴蝶的蛾子形状。

我们把这对玉璧看了半天，也说不出这是个什么东西，我只知道这可能是翡翠的，是北宋以前的东西，应该是件好东西，要不然墓主怎么临死还把它们握在手里呢，估计怎么着也能值几万吧。那可真不少了，当时全国也没几个万元户啊，具体值多少钱回去还得让大金牙这行家鉴定鉴定，联络个港商台胞什么的卖出去。

胖子觉得不太满意，想去掰开古尸的嘴看看有没有金牙。我说差不多就行了，事别做得太绝了，给人家留下点。我们又把棺中的瓷器挑了几件好看的取出来，把那些没颜色图案的都放回原处。

取完东西，又把棺材盖子抬起来重新盖好，这次虽然没有预先所想的那样满载而归，但是总算没有空手而回。我对他们说道："差不多了，咱们赶紧出去，把墓墙给补好了就打道回府。"说完转身就想要出去，却忽然发现墙角的蜡烛不知什么时候已经悄无声息地熄灭了。

101

第十四章
红犼

　　胖子和英子也看到了,他们的脸上虽然戴着口罩,但是露在外边的额头上全是冷汗。我的全身上下也都出了一层白毛汗,我有点后悔之前把鬼吹灯渲染得那么恐怖了。

　　我看了看身后的棺椁,盖子被我们重新盖好钉上了,一点动静也没有,难道这世界上真的有鬼不成?

　　站在我身旁的英子最怕死尸和鬼,当下伸手就要拉掉自己的口罩,我忙按住她的手说:"不能摘口罩,你想干什么?"

　　英子想吹口哨招呼猎狗们进来,我拍拍她的肩膀说:"别怕,还不到那时候,再说狗也没办法咬鬼啊。"

　　胖子走过去瞧了瞧地上的蜡烛,回头问我:"老胡,你买的蜡烛是多少钱一支的?"

　　蜡烛是我在北京买了带来的,价钱是多少,我买东西的时候还真没太在意,可能是二分钱一支的吧。

　　胖子抱怨道:"你就不会买五分钱一支的吗?这么重要的东西怎么能买便宜货!"

我挠挠头说:"那下次我买进口的,美国日本德国的哪个贵我买哪个。不过现在蜡烛已经灭了,你就别当事后诸葛亮了,咱们是不是把东西原封不动地放回去?"

费了九牛二虎之力才到手这么几件东西,现在要全都放回去,我和胖子心里都不大情愿,那不成了"汤圆不是汤圆——整个一白丸(玩)"了吗?

胖子浑不吝,认为就算真有鬼出来,便一顿铲子拍得它满地找牙,这几件东西胖爷今天全收了,想要放回去,除非出来个鬼把胖爷练趴下,否则门都没有。

英子觉得还是把东西全放回去比较好,说咱们几个都不会降妖捉鬼的法术,万一真惹出鬼怪来,咱们仨有一个算一个,谁都甭想活着从墓里出去。

我还没说话,他们两个就先争执起来,最后他们都同意了我折中的办法:把蜡烛重新点上,随便放几件瓷器回去,看看蜡烛还灭不灭。如果还灭,咱们就再放一件回去。要实在不行,咱们就只取走那两块玉,别的瓷器全都留下。也许刚才蜡烛是被墓室外灌进来的山风吹灭的。要是不带点东西出去,别说对不住咱们这一番辛苦,面子上可也有点挂不住了。

胖子一拍大腿:"成,我看成,就这么着了!我先放个小件的瓷器回去,老胡你去再把蜡烛点上,要是再灭了,咱就只当是看不见了。"

和墓主讨价还价这种事,可能我是第一个发明的,如果前朝的摸金校尉们地下有知,非气得从墓里爬出来掐我不可,真是愧对祖师爷了。不过现在是改革开放时期,我们都应该顺应历史的潮流,不能固守那些传统死板的规矩,经济要搞活,思想也要搞活,思想不搞活,经济怎么能搞活?

我一边给自己找理由开脱,一边取出火柴把墙角的蜡烛点亮,这时胖子已经把一件三彩水纹的瓷瓶放在了棺椁上边。他图省事,懒得再搬开棺材盖子,直接给摆到了棺板上,走回来对我说:"这回没问题了,这蜡烛不是没灭吗?咱是不是该演《沙家浜》第六幕了?"

我忽然发现了一些不寻常的情况,紧张之余,听了胖子说话一时没反应过来,反问道:"什么他娘的第六幕?"

胖子弹了我一个脑奔:"想什么呢?《沙家浜》第六幕——撤退啊!"

103

我没心思理会他的话，对他做了个噤声的手势，指了指地上的蜡烛小声说："这蜡烛的火苗……怎么是他娘的绿色的？"

那火焰正发出碧绿碧绿的光芒，绿色的火光照得人脸上都发青了。胖子和英子俩人也凑过来看，见了这种情况，也都面面相觑，作声不得。蜡烛绿油油的火苗闪了两闪，在没有任何外力的作用下"噗"地熄灭了。

我心知不好，真是太不走运，头一次摸金就撞到了大粽子，一手一个拉起胖子、英子二人的胳膊，向着盗洞就跑——无论如何先爬出去再说，我可不想留在这儿做殉葬品。

眼瞅着就要到洞口了，身后一阵劲风扑来，若不躲闪，肯定会被击个正着，我们三个人急忙一低头趴在地上，先是"呼"的一声，胖子放在棺盖上的水纹瓷瓶从我们头上飞过，撞在盗洞的边缘碎成无数粉末，随后又是"砰"的一声巨响，原本被重新钉好的棺材盖子猛地嵌进了有盗洞的墓墙上。

墓墙是用北宋宫廷秘方调配的夯土层，硬如磐石，但是那棺板也极厚重，被难以想象的巨大力量掷出，竟平平地嵌进了墓墙里。出口被封死了，要想用工兵铲挖破棺板还需费一番力气，不是片刻之工。

把棺板拍进墓墙，这得多大的劲啊，这要是我们闪避得慢了一点，被撞到脑袋上，焉有命在？胖子虽然胆大，此刻也吓得心惊肉跳："老胡，你快去跟他商量商量，东西咱再多给他留几件，翻脸动起手来对谁都不好……毕竟是以和为贵嘛。"

第一次出手就不顺，我心中无明火起，又犯了老毛病，变得冲动起来，转过身去把英子挡在后边，一手摸出怀中的黑驴蹄子，一手拎着工兵铲对胖子说道："商量个屁！门都给咱堵死了，摆明了是想让咱们留下来陪葬。今天这对古玉胡爷我还就拿定了，看谁狠，抄家伙上，跟这死鬼拼了！"

此时主室内没了盖子的棺椁已经整个竖了起来，里面的古尸原本酱紫色的干皮上，不知在什么时候，竟然长出了一层厚厚的红毛……

我见状也倒吸了一口冷气，刚才拉开架势要过去拼命的劲头消了一半。以前曾听说僵尸会长白毛黑毛，称为白凶黑凶，传说里还有带毒的尸妖是长绿毛的，这长红毛的是什么？

这难道才是传说中的"红犼"？这是生活在蒙古草原上的一种猛兽，身硬如铁，喜欢在地下挖洞，当代并不多见，只是听过一些传闻，难道这古墓下边是它的老窝？

这次太大意了，本来看这么小的一个墓，避开上面的机关也就是了，没想到在里面会遇到"红毛大粽子"。我们的猎枪没带进来，挖开的盗洞也被堵得严严实实，没办法招呼大狗们下来帮忙，猎犬和猎枪是我们在森林中倚若长城的防身之物，如今却只能凭手中的德式工兵铲和黑驴蹄子跟它斗上一斗了。

只见那红犼就连脸上也生出了红毛，更是辨不清面目，火杂杂的如同一只红色大猿猴。两臂一振，从棺椁中跳了出来，一跳就是两米多远，无声无息地来势如风，只三两下就跳到我们面前，伸出十根钢刺似的利爪猛扑过来。

万万想不到红犼的动作这么快，此时千钧一发，也无暇多想，斗室之中没有周旋的余地，只有不退反进，以攻为守。我和胖子是相同的想法，管它是个什么东西，先拍扁了它再说！二人发一声喊，抢起工兵铲劈头盖脸地砸向红犼。

红犼动作奇快，双臂横扫，我们只觉被一股巨大的力量撞击，虎口发麻，再也拿不住工兵铲，工兵铲像两片树叶般被狂风吹上半空，当当两声插进了墓室的琉璃顶。上面虽然黑暗，但是只听声音也能断定，受到这么大的撞击，头上的天宝龙火琉璃顶随时会塌。

那西域火龙油非同小可，一旦泼将下来，墓室中就会玉石俱焚，这个墓算是毁定了，要想逃出去，必须短时间内解决战斗，不过赤手空拳谈何容易。

众人失了器械，如今只能设法避开红犼的扑击，向摆放盔甲马骨的后室跑去。

墓室中本无灯光，全凭手电筒照明，这一跑起来更看不清脚下，就在离后室门前几步远的地方，胖子不小心踩到了墙边的罐子，哎哟一声扑倒在地。

那红犼已经如影随形地扑了上来，发出一声像夜猫子啼哭般的怪叫扑向胖子。这凄厉的叫声在狭窄的墓室中回荡，说不出来地恐怖刺耳，听得人心烦意乱，身上起了一层鸡皮疙瘩。

我曾经不止一次地发过誓，绝不让我的任何一个战友死在我前边，此刻见胖子性命只在呼吸之间，哪里还管得了什么危险，飞起一脚，正踹中红犼的胸口。这一腿如中钢板，疼得我直吸凉气，腿骨好悬没折了。

红犼受到攻击，便丢下胖子不管，旋即恶狠狠探出怪爪插向我的脑袋。我把手中的电筒迎面掷向红犼，一个前滚翻从它腋下滚过，避开了它的利爪。这时我身处的位置是个死角，墙角和背对着我的红犼形成了一个三角形把我堵在中间，如果给它机会让它再转过身来扑我，就万万难以抵挡了。

玩命的勾当我这辈子已不知做过多少次了，越是面临绝境越是需要冷静，这"红毛大粽子"有形有质，无非就是一身蛮力，刀枪不入，是只野兽，又不是鬼，我怕它个屁？当下更不多想，纵身一跃跳到了红犼的背上，鼻中所闻全是腥臭之气，多亏戴着口罩，不然还没动手就先被它熏晕了。

没了手电筒，黑乎乎的什么也看不见，那红犼四肢僵硬，不能反手来抓我，只是不停地甩动身体，想把我甩掉。

我一只手牢牢搂住红犼的脖子，另一只手抓住黑驴蹄子往它嘴里就塞，在它脸上胡乱摁了半天，也没找到它的嘴在哪儿，反而被它甩得头晕眼花，眼前金星乱闪，暗道不妙，再甩两下我就掉下去了。

黑暗中忽然眼前灯光一闪，我以为是眼睛花了，定睛再看，原来是胖子和英子两人嘴中叼着手电筒照明，手中抬着一根从后室取出来的大狼牙棒冲了过来，他们这是想硬碰硬啊，我急忙从红犼的背上跳了下来。

那狼牙棒重达数十斤，在冷兵器时代属于超重型单兵武器。刚进入古墓的时候，我们在后室见到过它，和其余的一些兵器、盔甲、马骨都堆在地上，估计都是墓主生前上阵所用的。

这些兵器虽已长了青绿色铜花，但是狼牙棒并不是依靠锋利的尖刃伤敌，纯粹是以足够的力量使用其重量去砸击对方。胖子和英子分别在左右两侧，用四只手抬起狼牙棒，把狼牙棒当作寺庙里撞钟的钟槌，猛撞红犼的前胸。这数十斤的大狼牙棒再加上两人的助跑，冲击力着实不小，嗵的一下便把红犼撞翻在地。

两个人这一下用力过度，累得大口喘气，我似乎都能听到他们两个剧烈的心跳声。

我在旁边赞道："好样的，没想到你们俩竟然这么大的力气，回去给你们记一功……"

话音刚落，那红犼的身体竟然像是装了弹簧一样，又从地上弹了起来。我破口大骂："真他娘的是蒸不熟煮不烂啊！胖子，再给它狠狠地来一下，这回对准了脑袋撞！"

胖子也发起飙来，这回他不用英子帮手，独自运起蛮力举起狼牙棒猛撞红犼。没想到这次没能得手，正好红犼向前一跳，反倒把那狼牙棒撞得飞进了后室，胖子也被掀了个屁股蹲，双手虎口震裂，全是鲜血，疼得哇哇大叫。

我心念一动，工兵铲都插到顶棚上去了，要是想打开被棺材盖子封堵的墓门，正好可以用狼牙棒撞击，得先去后室把狼牙棒取回来，引开红犼，打破棺板冲出去。外边空间广大，又有猎枪猎狗，怎么折腾都行，留在这狭窄的墓室里如何施展得开。

我拉起坐在地上的胖子，三个人逃入古墓的后室。后室是配室，比起主室还要低一块，我下去之后用电筒四下里一照，只见那狼牙棒被红犼的巨大力量甩出，把后室的墓墙撞出好大一个洞。怎么会是洞而不是坑，难道这后边还有空间？曾经听说过有些古墓里面有隐藏的墓室，莫非此间就是一处密室？这回可真是看走眼了。

墓墙上被狼牙棒撞出的窟窿里黑洞洞的，用手电筒一照深不见底，似乎空间极大，是条长长的通道。

我正暗自惊奇，那红犼已夹着一阵阴风扑进了后室。我们三个哪儿敢怠慢，倒转狼牙棒想把它顶出去，然后冲出后室去砸棺板，怎料这家伙的力量远远超乎想象，它双臂一抬，不下千钧之力，我们三个人虽然用尽力气，狼牙棒仍然又被击飞出去，在半空翻了一圈，再一次击中身后的墓墙。

这下墙壁上破裂的窟窿更大了。此时无路可走，我们只得退进了墓墙后边的密室之中，竖起狼牙棒准备接着再斗。

红犼却不再追赶，只是在后室中转圈。我长出了一口气，用手电筒照了照胖子和英子的脸，除了胖子的手震破了之外，他们都没受什么伤。回想刚才在墓室中的一连串恶斗，虽然只是短短的几分钟，那真可以说是在鬼门关里转了两圈。

英子忽道："你们看看这墙上咋还有字呢？这写的是啥啊？"

我们顺着英子的手电筒光线向墙壁上看去，只见有个红色的路标，上面写着"满蒙黑风口要塞地下格纳库"一排大字。

我和胖子对望了一眼，异口同声说道："关东军的秘密要塞？"想不到鬼子要塞的地下通道和古墓的后室只有一墙之隔，要是再向里边偏半米，早就把古墓挖开了。若不是狼牙棒被猛撞到墓墙上，可能永远都不会有人发现这座深深隐藏在地下的军事要塞了。

尚未来得及细看，古墓后室和要塞相隔的那一面墙壁轰然倒塌，红犼已经从墓室的破墙后跳了进来。

胖子大骂："这属他妈狗皮膏药的，还黏上了！"说罢抓起狼牙棒就想冲过去。

我急忙拦住他说："别跟它死磕，先找路跑出去再想办法。"三人往里就跑。地下要塞的通道极宽广，地面都是水泥的，完全可以走装甲车，只是这通道又长又宽，没遮没拦，那红犼来得又极快，顷刻已跳至众人身后。

我想把黑驴蹄子扔出去阻它一阻，伸手在身上乱摸，忽然摸到口袋里还有不少糯米，听说古代摸金校尉们进古墓都要带上糯米，如果中了尸气可以用来解毒，现在也可以当作暗器砸它一砸。

只觉身后阴风阵阵，恶臭扑鼻，我从兜中抓了一把糯米反手撒向红犼，这一大把糯米如同天女散花一般尽数落在了它的脸上，它浑然不觉，只是停了一停，便径直跳将过来。

此时我们已经跑到了地下要塞的通道尽头，格纳库（仓库）半开着的大铁门就在面前，想是那些关东军撤退得非常匆忙，铁门没有上锁，但是三十几年没有开阖，轴承都快锈死了。我们三个跑进仓库，各自咬牙瞪眼，连吃奶的力气都使了出来，终于赶在红犼进来之前把这道厚重的铁门关了起来。

红犼就算真是铜头铁臂也进不来了，就连它的撞门声在里面都听不到。这种军事设施的仓库大门，都是防爆炸冲击波的设计，在铁板钢板之间还加了两层棉被，可以吸收冲击力。当年日本鬼子让美国空军炸成了惊弓之鸟，就连地下要塞也都建成了抵御大型航空炸弹的构造。那怪兽就算再厉害，也没有美军的高爆炸弹威力大。我们在这里算是暂时安全了，不过怎么出去还是件很伤脑筋的事。

第十五章
关东军地下要塞

我坐在地上喘了几口气，用手电筒照了照周围，发现这个仓库着实不小，各种物资堆积如山。这么大的空间，怎么在外边一点痕迹都没发现？我按刚才跑动的方向和距离推算了一下，这才恍然大悟，原来野人沟西侧的山丘里面整个都被掏空建成地下要塞了。越想越觉得没错，日本对满洲的经营可以说是倾尽了国力，维持整个战局的重型工业基地几乎都设在满洲，尤其是日本本土遭到美军空袭之后，满洲更成了日本的战略大后方，为了巩固防御，特别是针对北边的苏联，关东军在满洲修建了无数的地下要塞，都是永久性防御工事。这个地方虽然属于内蒙古，但是当年也是日军的占领区，日本高层认为守满不守蒙，如同守河不守滩，在中蒙边境建立满洲的外围防御设施也是理所当然。

黑风口是兵家必争之地，如果苏联的大军从草原攻过来，这是必经之地，不过最后苏联人还是选择从满洲方面进攻，这座苦心经营的地下要塞也就没有任何战略意义了。想必是要塞中的守军在电台里收到了天皇的告全体国民书之后，知道了无条件投降的消息，军心涣散，自杀的自杀，跑路的跑路了。

第十五章 关东军地下要塞

胖子站起来揉了揉屁股,在墓室里摔得着实不轻,从衣服上扯了两块布,让英子帮他把手上的伤口包扎上,觉得全身都疼,破口大骂外边的红犼。

胖子摸出从古尸手中抠出来的两块玉璧:"就不还它!想要回去也行,拿两万块钱来,没钱粮票也行。哎——老胡你看这玉怎么回事?"

我接过来一看,原本翠绿色的玉璧,现在却已经变作了淡黄色。这是怎么回事我也说不清楚,现在才感到自己的阅历和知识实在太有限了,前一段时间还有点自我膨胀,现在看来还得继续学习。

不过这件东西我们拿都已经拿了,怕也没用。我站起身来招呼他们两个行动:"咱们到里边去看看有没有什么枪支弹药,最好能有辆坦克,开出去把那红毛怪压成肉饼。"

胖子问我:"你有军事常识没有?这里边不可能有坦克。"

我说:"有没有咱先进去看看,其实就是真有坦克恐怕也开不了,这都快四十年了,这么久的时间,就算是天天做保养也早就该报废了。"

格纳库里边的通道错综复杂,犹如迷宫,为了避免迷路,我们溜着墙边向前寻找出口。

地下要塞的通道和格纳库都是圆弧的顶子,很高,这是种防渗水的构造,用手电向上照,可以看到上边安装着一盏盏应急灯和一道道管线,如果能找到发电机的话,应该可以想办法让这些灯亮起来。

没走多远,就在墙壁上看到一幅要塞平面地图,上面标注了一些主要通道、交通壕、仓库、藏兵洞、淋浴室、兵舍、休息室、粮秣库、排水管、发电所等辅助设施,至于炮位、通气孔、反击孔、观察孔、作战指挥室、隐蔽部等重要的位置则并未注明。在山丘的内部,要塞还分为三层,其结构之复杂、规模之庞大,可见当年关东军对这处军事基地的重视程度。我把地图从墙上取了下来,以我当工程兵在昆仑山修建过军事设施的经历,此刻有了地图在手,就不愁找不到出口了。

这座秘密的地下要塞规模之大,超出了我的想象,其纵深竟然达到了三十公里,正面防御宽度足有六十多公里,原来野人沟两侧的山丘完全被掏空了,构成了相互依托的两个永久性支撑防御工事,中间有三条通道横穿过野人沟，把两边山丘下的要塞连成一体。我们从金国将军古墓中破墙而入的地下通道，正是这三条通道中最下边的一条。要塞两头粗中间细，两边的规模虽然大，中间只有三条通道相连，这有可能也是出于战术需要的考虑，一旦其中一边的要塞被敌军攻陷，仍然可以切断通道，固守另外一端。

从我们所在的位置来看，离最近的一个出口并不算远，只是不知道关东军撤退的时候有没有把要塞的出口破坏掉，否则还只能从古墓那边回去——或者也可以试试从通风口之类的地方爬出去。我忽然想到了我们昨晚在山坡上的事，马匹被一只地下洞穴里的怪物撕破了肚子，那处洞穴难道就是一个要塞的通风口，又被那不知面目的怪物用爪子将洞挖大借以栖身？如果那个洞真是通风口的话，就别指望从那儿爬出去了，洞太窄，而且也可以断定那怪物并不是我们刚才碰到的庞然大红犼。

我把想法对英子和胖子俩人说了，让他们参谋参谋下一步怎么出去。

胖子说："哎，老胡，你要不提我还真给忘了，袭击咱们马匹的怪物可能把这地下要塞当老窝了，咱们这么在里边瞎转，搞不好就会碰上它，得先想点办法找几件武器防身。"

我说："没错，有备无患。如果万一出口被毁坏了，咱还得从古墓的盗洞爬出去，那就得跟红犼再一次正面冲突了。格纳库中应该有一个区域是放武器装备的，咱们去看看有没有顺手的家伙，每人拿上几样。最好能找着日军的甜瓜手榴弹，这种手榴弹保质期很长，威力也不小，用来对付红毛怪正合适。"

格纳库里堆满了各种军队制式的大衣、毯子、干电池、饭盒、防毒面具等物资，由于空气比较干燥，物资保存得还相当完好。我顺手拿起几个日军的春田式防毒面具装进包里，最后在格纳库的右侧找到了存放武器的地方。一拉溜的铁架子上码放着不少装有枪械的木箱，没有机枪，一水的都是有坂式步枪，也就是咱们俗称的"三八大盖"或者"三八式"。墙边还有几门六零炮，但是附近一发炮弹也没有。

胖子撬开一个装步枪的木箱，抓起其中的一支步枪，哗啦一声拉开枪栓，用手电筒往枪栓里照了照，对我说道："老胡，这枪还能使，全是没拆封的新枪，机械部分都上着油，还没装过子弹。"

我和英子也各自拿了一把枪，我把有坂式步枪举起来瞄了瞄，又扔了回去："小日本这种破枪只有五发的容弹量，非自动枪机回转式，上弹太慢，后坐力还特别大，我用不惯。"

英子问我道："小鬼子这枪多好啊，贼有劲，以前我大伯刚参加东北民主联军的时候就用这样式的枪，胡哥你咋还不喜欢使呢？"

我还没回答，胖子就插嘴说："甭搭理他，他在部队天天都玩半自动武器，惯出毛病来了，这种过时的枪他当然看不上眼了。等会儿万一再碰上什么鬼怪，咱俩就在他后边站着，好好看看他空手套白狼的手段。"边说边从最下层找出一只弹药箱，打开一看，里面全是用油布包裹着的子弹，被手电的光芒映得闪着黄澄澄的金光。胖子他爹从小宠着他，从他会走路就开始给他玩枪，他上初中的时候就已经是使枪的行家了。步枪的原理大同小异，胖子以前虽然从来没用过有坂式步枪，但是一点也不觉得陌生，见有弹药，就拿起子弹熟练地压进步枪里，顺手一扣枪栓，举起来就冲我瞄准。

我赶紧把他的枪口推开："上了膛的枪，你就别他娘的瞎瞄了，枪口不是用来对着自己同志的，只有叛徒的枪口才朝着自己人。我不喜欢用这种枪，是因为这种三八式根本不适合近战，子弹的穿透力太大，三十米之内的距离，一枪可以射穿三四个人，除非是上了刺刀做白刃战，否则很容易伤到自己人。再加上地下要塞内部有很多钢铁设施，一旦子弹射中钢板铁板，就会产生毫无规则的跳弹，搞不好没打到敌人，就先把自己人给料理了。"

胖子拍了拍胸脯自信地对我说道："就咱这枪法——还不是咱吹啊，这么多年了，你是应该知道的——百步穿杨，骑马打灯都跟玩似的，怎么可能打偏了打到钢板上？不信咱一会儿在你脑袋上摆个鸡蛋试试……"

我打断了他的话："越说越没谱了，我长个脑袋容易吗？我这脑袋是用来思考人生的，不是用来摆个鸡蛋让你当靶子的。咱别斗闷子了行不行，看看还有什么别的武器可用。我总觉得用这种步枪不是事，毕竟是已经被淘汰了多年的武器，步枪年头多了非常容易走火。当年我在越南前线的时候，有个帮忙运送支前物资的民工，他偷了我们缴获越南民兵的一把老式德国造，结果爬山的时候走了火，正好把我们团的一个副团长腰给打折了，这可不是闹着玩的。"

我们把架子上的箱子一个接一个地撬开，想找几枚甜瓜手榴弹，没想到在一个绘有膏药旗的木箱中翻出十几把冲锋枪。枪的造型很怪，有几分像英国的斯坦恩冲锋枪，弹匣横插在枪身的左侧，与英式斯坦恩不同处在于这些枪的弹匣是弯的，后边多了个木制枪托。

英子问我："胡哥，这是啥枪啊？咋这造型呢？是歪把子吗？"

我拉了拉冲锋枪的枪栓，又把弹匣拔下来看了看："这可能是日本人造的百式冲锋枪，战争后期才装备部队，生产量比较小，所以并不多见，可能是为了对付苏军才装备的。这枪可比三八式好使多了，尤其适合近战，就算发生故障也顶多就是卡壳，不会走后门和走火。你跟胖子别用步枪了，拿把冲锋枪防身。"

英子没用过冲锋枪，不知道怎么摆弄，在旁边打着两把手电筒给我们照明，胖子找了一箱冲锋枪子弹，我和他一起往梭子里装填子弹。

我哼着小曲把子弹一发一发地压进弹匣，现在我的心情很好，这回算发了市了，自打离了部队就再也没碰过冲锋枪，想起在部队用五六式的感觉，手心都痒痒。我正在得意之时，英子忽然一拍我的肩膀低声说道："胡哥，我好像……瞅见一个小孩从你身后跑过去了。"

小孩？怎么可能？这深山老林中人迹罕至，更何况这处秘密要塞隐藏得如此之深，怎么会突然平地里冒出个小孩子来？

我们都是蹲在地上装子弹，英子持着手电筒蹲在我对面，她是无意中用手电筒的灯光一扫，看见我身后有个小孩的身影一闪而过。

我扭过头去，用手电四下一照，身后是一条"丁"字形通道，一片漆黑，安静得出奇，哪里有半个小孩的踪影。我问英子："哪儿有什么小孩？你虎了吧唧的是不是眼花了？"

第十五章 关东军地下要塞

英子虽然胆大，但毕竟是山里的姑娘，封建迷信意识很强，此刻吓得脸色都变了："我真没瞎咧，真的……是有个小孩从你身后的通道跑了过去，不可能看错，没有脚步声，只瞅见个小孩的身影，老快了，嗖一下就跑过去了……是不是有鬼啊？"

追问英子详情，她却说不清楚，只说是恍惚间觉得好像是个小女孩，不过也不敢肯定，穿什么样的衣服也没瞧清楚，五六岁、六七岁的样子，那小孩跑过去的方向，正好是地图上标有出口的方向。

通道离我不过两米远，这么寂静的地方跑过去一个小孩，我不可能听不见，如此无声无息的，除非它是鬼魅。地下要塞是个与世隔绝的世界，几十年没人进来过了，谁知道这里面藏着什么东西，今天的事已经把我们折腾得够呛了，多一事不如少一事，惹不起还躲不起吗？

我当下提议，多绕些路从另一边去要塞的出口，不要从那个小孩跑过去的通道走。英子最怕鬼神，点头同意："多爬十里坡，都好过撞上鬼砌墙。"

胖子不以为然："老胡，我发现你现在变了，自打你从部队复员之后，就不像以前那么天不怕地不怕了，畏缩不前可不像你的作风啊。怎么今天英子看见个小孩跑过去，你就要绕路？我跟你说，要绕着走，你们俩绕，我可走不动了，我就从近路过去。想当年咱们当红卫兵、上山下乡的时候，你说你怕过什么？那些年除了毛主席，你说咱服过谁？"

我一时语塞，好像确实是胖子说的那样。以前的我是天塌下来当被盖，可自从参军开始，直到对越自卫反击战，身边的战友牺牲了一个又一个，我真真切切见到了无数次的流血与死亡，实事求是地说，我现在的确变得有些婆婆妈妈，做什么事都免不了瞻前顾后。难道岁月的流逝，真的带走了我的勇气和胆量？

我对胖子说："咱们现在都多大岁数了，比不得从前了。咱当红卫兵那些年确实好勇斗狠，看谁不顺眼就揍谁，可那是个荒唐的年代，现在回想起来都觉得可笑可悲。"

胖子说："可是至少在那个年代里，你战斗过，冲锋过，我真看不得你现在这种吓吓叽叽的样子。你还记得你十六岁生日的时候，我送给你的笔记本上写的那首长诗吗？"

那个笔记本可能早被我擦屁股了，而且那些年胖子送给我很多笔记本，因为他老妈是后勤机关的干部，家里有的是各种笔记本，我实在记不起来有什么长诗了。

胖子见我想不起来，便说道："我背几句你听听。"胖子的普通话很标准，他人胖底气也足，朗诵起来，还真有点中央人民广播电台播音员的意思，只听他朗声念道：

公园里一起"打游击"，课堂里一起把书念。
咸阳路上"破四旧"，井冈山一起大串联。
在埋葬帝修反的前夕，向那世界进军之前！
收音机旁，我们仔细地倾听着，国防部宣战令一字一言……

在胖子慷慨激昂地念出第一句之后，我就立刻想了起来，这是一首叙事长诗，题目叫作《向第三次世界大战中的勇士致敬》。我们太熟悉这首诗了，在我们俩当红卫兵的时候，曾一起朗诵过何止百遍千遍，那是我们最喜欢的韵律，最亲切的词语，最年轻的壮丽梦想……我的心情激动起来，忘记了身在何处，忍不住攥紧拳头，和他一同齐声朗诵：

在这消灭最后剥削制度的第三次世界大战，我俩编在同一个班。
我们的友谊从那里开始，早已无法计算，只知道它，比山高，比路远。
在战壕里，我们分吃一个面包，分舐一把咸盐。
低哼着同一支旋律，共盖着同一条军毯。
一字字，一行行，领袖的思想，伟大的真理，我们学习了一遍又一遍。
…………
你记得吗？我们曾饮马顿河水，跨进乌克兰的草原，翻过乌拉尔的高原，将克里姆林宫的红星再次点燃。
我们曾沿着公社的足迹，穿过巴黎的大街小巷，踏着《国际歌》的颤点，冲杀欧罗巴的每一个城镇，乡村，港湾。

…………

瑞士的湖光，比萨的灯火，也门的晚霞，金边的佛殿，富士山的樱花，哈瓦那的炊烟，西班牙的红酒，黑非洲的清泉……

这一切啊，都不曾使我们留恋。

因为我们都有钢枪在手，重任在肩。

多少个不眠的日日夜夜，多少个浴血的南征北战。

就这样，我们的不可战胜的队伍，紧紧跟着红太阳，一往无前。

听，五洲兄弟的呼声，如滚滚洪流怒浪滔天。

看，四海奴隶的义旗，如星星之火正在燎原。

啊，世界一片红啊！只剩下白宫一点！

…………

英子见我们俩说个没完，也听不懂我们说的是什么，等得不耐烦起来，打断我们的话说："说啥呢你们？还整得劲劲的，咋说起来还没完了？现在时候不早了，不管从哪条路走咱都该动身了，你们俩愿意说等出去再说行不？"

胖子拎起百式冲锋枪，腰里插了四五个弹匣，表情坚毅，挥手一指前方："同志们，胜利就在前方，跟我来吧！"于是，胖子带头走在前边，英子居中，我殿后，三人成一路纵队，走向了英子说看见小孩跑过去的那条通道。这是一条微微倾斜向上的路，走出一百多米后又变成了向上的台阶，看样子已经是走进了野人沟的山丘内部。

通道越来越窄，而且湿度也比下面大，身处其中呼吸不畅，有种像是被活埋的压抑感。三个人离得很近，不知道为什么走在前头的胖子突然停了下来。他突然停步，跟在他身后的英子没有准备，正好撞在了他背上，英子被他撞得从台阶上向后就倒，我赶紧在后边把英子扶住，忙问胖子："怎么回事？怎么突然停下来不继续走？"

胖子转身叫道："快往回跑！"他好像在前边见到什么可怕的事情，连声音都变了，刚才的那番豪情壮志已经烟消云散。

　　胖子叫喊着让我们转身逃命，我隔着前边的两个人，手电的照明范围有限，只见到前边四五级台阶上是处很大的空间，也不晓得他究竟见到了什么，不过胖子既然这么说，肯定是有他的道理，我便准备向后倒退。

　　与此同时，我忽然感到后背上被几十根阴寒的钢针刺中，寒气透骨，全身如同遭到一股冰冷电流的电击，身体颤抖，失去了控制，腾地向前一跃，也不知哪儿来的这么大力量，把前边的胖子、英子两人一并推得向前扑倒。这条狭窄阴暗的通道缓缓倾斜向上，三个人都连滚带爬地撞进了楼梯尽头的空洞。

　　我被莫名其妙地电了一下，电流似乎也传导到了其余两人身上，三人全冻得牙关打战，谁也不知道是怎么回事，想要说话，却又作声不得。若说是无意中碰到漏电的电线，那应该是全身发麻，怎么会有这种从骨髓里往外冷的感觉？

　　万幸的是三支上了膛的冲锋枪没有在慌乱中走火。我们躺在地上，手中的手电筒还开着，借着三支电筒的光线一看，我这才知道胖子为什么转身要跑。原来这是间半天然半人工的巨大石室，到处都是绿苔，潮湿的石壁和头顶上倒挂着无数只巨大的蝙蝠。这种蝙蝠的体形远远大过平常见到的普通蝙蝠，抱着双翅密密麻麻地挂在壁上，它们被我们这三个入侵者惊动，纷纷从睡梦中醒了过来，都露出了满口白森森的獠牙，看得人头皮发麻。

　　蝙蝠的脸长得很怪，两只菱形大耳直挺挺的，圆头圆脑，鼻子也是圆的，前肢十分发达，上臂、前臂、掌骨、指骨都格外长，牙尖爪利。我在昆仑山当工程兵的时候曾经见过这样的大蝙蝠，它们的学名叫作叶口明齿蝠，又名猪脸大蝙蝠，其生性嗜血，也食肉，是蝙蝠中罕见的最凶恶品种。它们喜欢生活在牧区草原的地下洞窟中，夜间出没扑食牛羊等牲畜，特别是在蒙古草原，一度成灾，近十几年这种动物已经很少见了。还以为它们绝种了，想不到这么多猪脸大蝙蝠把关东军遗弃的地下要塞当作了老巢，它们昼伏夜出，利用地下要塞的通风孔做出口，确实没有比这里更安全舒适的巢穴了。

有几只猪脸大蝙蝠已经率先从石壁上飞了下来。我挣扎着想爬起来，结果手一撑地就摔了一跤，地上全是蝙蝠的粪便和动物残骸，腥臭扑鼻，又黏又滑。蝙蝠粪又叫夜明砂，本是极珍贵的一味中药，常人得一二两已是十分不易，此刻见到却说不出地让人厌恶。

我放弃了从地上爬起来的念头，手指扣动扳机，用百式冲锋枪向飞过来的猪脸大蝙蝠扫射。我一开枪，另外两个人也反应过来，三支冲锋枪交叉射击，枪口喷吐的火焰、子弹的曳光把整个石室照得忽明忽暗，枪声和退弹声、弹壳落地声混合在一起。

上千只猪脸大蝙蝠都被惊动起来，这种生活在黑暗中的生物最是怕火怕光，除了被子弹射中掉到地上的，其余的如同一团团黑云，有些从我们头顶飞过，也有的顺着通风孔向上逃窜。

冲锋枪的子弹很快就打光了，根本来不及换子弹，猪脸大蝙蝠嗖嗖嗖地从身上掠过，我们的衣服被它们的利爪和獠牙撕成一条一条，好在衣服穿得比较厚，有几下虽然伤到了皮肉，倒也伤得不深。

这时候心理上的恐惧更加要命，我怕伤了眼睛，不敢睁眼，用一只手护住头脸，另一只手抡着冲锋枪，当作棍子一样凭空乱打，两条腿拼命地蹬踹，驱赶那些扑向自己的猪脸大蝙蝠。

也不知过了多久，渐渐安静了下来，想是那些猪脸大蝙蝠都跑没了。我摸到掉落在地上的手电筒，刚要出声询问胖子他们有没有受伤，忽然眼前一黑，一只最大的猪脸大蝙蝠悄无声息地朝我头顶扑来，它可能是这一众蝙蝠的首领，隐藏在石室的最深处，此刻后发制人，双翅一展，墙为之满。

我手中只有一把空枪和手电筒，难以抵挡，它距离我近在咫尺，猪一般的脸上，层层的皱褶、硬毛、獠牙都看得清清楚楚。眼看我就要被大蝙蝠咬到，从身旁传来一串冲锋枪的射击声，一串子弹全打在猪脸大蝙蝠的身上，大蝙蝠落在地上扑棱了几下，当即死了。

原来是身旁的胖子见情况紧急，换上了弹匣开枪射击，救了我一命。我长出了一口气，看看四周，除了地上还有几只中了枪没断气的大蝙蝠仍在挣扎，再没有其余的蝙蝠了。

我身上被抓破了几个口子，鲜血迸流。英子和胖子也受了些轻伤，但是都不严重。英子扯了几块衣服上的碎布给我包扎。

我身上的伤疼得厉害，不停地咒骂："老子当年在前线，那仗打的，枪林弹雨都没蹭破半点皮肉，今天倒让这几只畜生在身上抓破了这么多口子……真疼。"

胖子问我："老胡，我刚才让你们往回跑，你怎么反倒把我们推了进来？"

我把刚才的事说了一遍，只说是后背可能碰到了裸露的电线，触了电，没敢告诉他们真实的情况，因为这事我自己都觉得不可思议。我让英子看看我后背，有没有电煳了，英子扒开我后背的衣服，用手电一照："哎呀妈呀，胡哥，你这是咋整的？不像是电的啊。"

胖子也凑到我身后看了一眼："你是被电着了？你后背是个黑色的手印，嗯……这手掌很小，像是小孩的。"

真他娘的活见鬼了，敢情我们仨是让那小鬼推进这蝙蝠窝的？别让我看见它，看见它，我把它皮扒了。

胖子正要跟我说话，他手中的手电筒却掉在了地上："我的娘啊，老胡，英子，在格纳库里你们说我还不相信，刚才……我也看见个小孩跑了过去。"我和英子急忙拿起手电筒四处照射，除了蝙蝠粪便和蝙蝠尸体之外，哪儿有什么小孩。

胖子指天发誓："就他妈的从你们后边跑过去了，骗你们我是孙子啊，就……就往里边跑了，我看得清楚极了，小男孩，是个小小子，穿一身绿，五六岁，脸特白……不像活人。"

除了我之外，他们都在这地下要塞看到了小孩，怎么偏偏我没看到？不过我后背的那个小孩手印，却不能不让人起鸡皮疙瘩。胖子说是看见个男孩，英子却说在格纳库看见个小女孩，究竟是谁看错了？还是这地下要塞里边开幼儿园了？

我们稍微收拾一下，站起身来，给冲锋枪装上新的弹匣，胖子指了指石室的一面墙壁："那小崽子，就跑这里边去了。"说完用枪托刮开石壁上的苔藓和蝙蝠粪，里面露出半扇铁门，上边锈迹斑斑，用深红色油漆醒目地写着四个大字"立入禁止"。

"立——入——禁——止——"胖子指着铁门上的字念了一遍又对我们说，"知道这是什么意思吗？这个就是说不许站着进去，想进就躺着进，这里指定是停尸房，要不然就是焚尸炉。"

英子听了胖子的讲解说道："啥？躺着进？原来是装死人的呀！听屯子里上岁数的人说过小鬼子整的啥焚尸炉，这铁门里八成就是焚尸炉吧。"

我用手指关节在铁门上敲了两下，感觉门很厚重："胖子，你别不懂装懂，这四个字的意思大概是禁止入内。我虽然不懂日语，但是军事设施我是很熟的。你们看这门下边有个很大的凹槽，里面有内六角形的螺纹，这儿应该是有个转盘，想开启这扇铁门需要转动转盘，门下边的孔是排气槽。这是扇气密门，关闭铁门的时候，排气孔会自动抽出室内的空气，在里面就形成了半真空的环境，是储藏贵重物品的地方。我军的军事基地里也有同样的设施。"

气密门的转盘早就被拆卸掉了，如果没有相应的工具，想打开这道铁门真是难于上青天。至于密室里装的是什么东西，那可就不好说了，有可能是装化学武器细菌武器之类的。这种可能性最大，为了防止化学武器泄漏出现事故，通常都是存放在这种封闭的密室里。

日本人的化学武器和细菌武器虽然一向臭名昭著，但是威力不容小觑，即使是放在自然环境中，时隔多年，也照样能致人死命。我对这扇门里的东西并不感兴趣，还是看看地图，快点找到出口是正经事。

胖子则对这扇门充满了好奇，特别是听我说有可能存放什么贵重物品的话之后，更是心痒难耐，和英子两人一起在门上一会儿敲两下，一会儿踢两脚，大有不进去看看就不消停的架势，两人嘴里还叨咕："这里边有啥好东西啊？哎呀，看不着太闹心了。"

我不再去理会他们俩，自行对照地图上的出口位置，在这曾经被猪脸大蝙蝠盘踞的石室中寻找出口。按地图上绘制的地形来看，就在这石室中，应该有一条小型通道连接着山顶的出口。

可是找来找去，只在石洞的一端发现了大片崩塌的山石，和之前料想的一样，日军撤退时把要塞的出口都炸塌了。现在所处的位置，头顶上大概正好是我们在野人沟山坡上扎帐篷的所在。用手电筒可以照到石洞的顶壁上有几个大洞，这些大型通风孔不是直上直下的，为了防止从外边攻击内部，都是修得弯弯曲曲的，蝙蝠就是从这些洞口飞到外边去的。可惜我们没有翅膀，在下边干瞪眼上不去，就算上去了也没用，成年人的身体刚好比这些通风孔大了一圈。小日本真是精明，怕敌人从通风孔爬进要塞内部，特意把洞口挖得说大不大，说小不小。

我把胖子、英子叫了过来，告诉他们出口没了，咱们要不就去再找别的出口，要不就直接拿冲锋枪回古墓那边，把红犼干掉，不能在里边就这么干耗。咱身上没带干粮，也没发现鬼子要塞里边有食品，再这么瞎转悠下去，等到饿得爬都爬不动了，就只能等死了。

英子用脚一踢地上的大蝙蝠尸体："实在不行了，还能吃这玩意，全是肉。"

胖子连忙摇头："要吃你们吃，我饿死也不吃，这太他妈恶心了，我估计肉都是臭的，要不就是酸的，好吃不了。对了，老胡，你说这铁门里会不会就是出口？应该有这种可能吧，咱想办法把它打开看看。"

我想了想说："这种可能性确实也有，因为地图上没有标出这间密室，只绘有一条连接出口的通道，不过很难精确定位，并不能肯定这门后是通道。其实要打开这道门不难，我在格纳库里看见有工具，咱们可以去找个大小合适的六角扳手。"

英子在旁说："回格纳库那旮旯正好整几件衣服换换，你瞅咱仨身上的埋汰劲，都够十五个人看半个月了。"

经她这一提醒，我们才发现，三个人都脏得不像样了，全身衣服上、头发上、脸上、手上都沾满了蝙蝠粪、血、泥，臭气熏天。

第十六章
密室

我们便又返回了下层的格纳库，先找了几件关东军的军服和大衣换上，把脸上的泥污血渍胡乱抹了抹，每人还找了顶钢盔扣在头上。

英子长得本来就俊，穿上军装更添俏丽，胖子在旁边喝彩道："嘿！大妹子，你穿上日本军装，整个就是一川岛芳子啊。"

英子不知道川岛芳子是何许人也，以为胖子在夸她，还很受用。我告诉英子："他是说你像日本女间谍。"

英子闻言，柳眉倒竖。胖子赶紧说道："说错了，说错了，我应该说看见英子穿军装拿枪的小造型，就能联想到毛主席的那首诗来：'飒爽英姿五尺枪，曙光初照演兵场。中华儿女多奇志，不爱红装爱武装。'"

我在旁笑道："胖子最近快成诗人了，动不动就要朗诵上两句。"

说着话我在一个存放汽油桶的架子上找到了一把六角扳手："这回齐活了，该拿的都拿了，抓紧时间行动吧。"

三人穿着关东军的军装，扛着百式冲锋枪，顺原路返回，我依然殿后。这次胖子他们却再也没说见到什么小孩的影子，我嘴上没问，但是心里免不了有些疑神疑鬼。

我心中暗想："胖子说那小孩跑进了铁门里边，这小鬼究竟想干什么？是不是想给我们指明出路？能有这种便宜事吗？还是它另有图谋？他娘的，老子这儿刚好还剩下一点糯米，听说鬼怕糯米，那小鬼要是敢找麻烦，定让它整装而来，溃败而回，若不如此，也显不出俺老胡的手段。"

我边跟着他们走，边给自己鼓劲，后背的伤似乎也不怎么疼了，不多时，就第二次来到了有气密门的石洞之中。

为了预防万一，我们都戴上了钢盔和防毒面具，拉开枪栓，把子弹顶上了膛。我开门之前让英子抓了一把糯米准备抛撒，并让胖子端着冲锋枪瞄准，要是门内有什么东西，不管三七二十一，先干了他再说。另外还嘱咐胖子，和我配合起来，轮流射击，不留下装填弹匣的间隙。

都安排妥当之后，我将冲锋枪背在肩上，把六角扳手扣住门上的螺纹用力转动，这道门几十年没开启过了，螺纹锈得死死的。

我连吃奶的力气都使了出来，扳手差点被我撅折了，终于听到"嘎吱吱吱吱"一通响，门下的三排气槽"咻"一声，气密门内填进了空气，铁门咯嘣咔咔咔……

气密门中的气槽注满了空气，厚重的铁门应声而开。我急忙向后退了两步，端起冲锋枪和手电筒对准门口，然而门内静悄悄的毫无动静。

情况出人意料，只见门内黑沉沉的暗不辨物，手电筒的光线照射进去，便被里面的黑暗吞没了。我对英子打个手势，英子会意，把手中的一大把糯米天女散花一般抛进密室，然而密室中仍然没有半点动静，仿佛世界上所有的声音都消失了，只听见防毒面具中自己粗重的呼吸声。

看来是我们多虑了，正所谓疑心生暗鬼，还没怎么样呢，自己就先把自己吓得半死。最后胖子按捺不住，一马当先，进了密室，我和英子紧随其后，鱼贯而入。

密室的面积大约有四十平方米，孤零零的一间，除了气密门之外，再无其余的出口。里面装的既不是细菌武器，也不是化学武器。进来之前，我几乎想到了所有的可能性，唯独没想到房间里装的是十几口大棺材。这些棺材零乱地堆放在密室内，棺木年深日久，有的已经腐烂了，有大有小，工艺款式都各不相同，甚至还有一口超大的石棺，其中最奢华的是两口金丝楠木大棺，地上还散落着无数陶片瓷片。

我回头望了望胖子他们，他们俩都冲我摇摇头，虽然戴着防毒面具，我还是能感觉到他们俩满脸茫然的神色。

胖子问我道："老胡，怎么回事？这他妈的倒好像是博物馆，哪儿来的这么多棺材？"我思索了片刻，其实这件事也不难推测，只是我们先入为主，没想到这些。

野人沟本来就是金辽时期的古墓群，关东军修建这座隐秘的地下要塞，特别是两边要塞相连的三条通道，刚好横穿野人沟的山谷，施工的时候，一定在里面挖出了不少古墓。这些古墓里的陪葬品，以及金辽古代贵族的棺椁，对日本人来说都是宝贝，他们把从古墓里挖出来的东西，全部用半真空的密室存放了起来。关东军撤退得很匆忙，临走时只把陪葬的古董卷包了，剩下这些棺材就一直留在了这里。

胖子说道："日本人倒会顺手牵羊，什么都没给咱剩下，咱看看棺材里面还有没有值钱的东西，也不枉辛苦了这一趟。"说罢用脚踹开一口大棺的棺板。那棺材盖子本来早就被日本人撬开，并未重新钉上，一踹之下，就把棺材盖子踢在一旁。

英子不敢过来看："我还是到门口等你俩吧，我顺便盯着点，别让人把咱都关这里边。"说完，就走到了门口，一脚门里一脚门外地守住大门。

我对门口的英子说："还是我大妹子机警，这事我都没想到，真是白当这么多年兵了。这门只能从外边开，咱们要是都被关在这间密室里，恐怕连哭都找不着调门了。"

胖子只顾在棺材里乱翻，边翻边骂："我×，全是骨头渣子！日本鬼子真他妈缺德，走到哪儿都玩三光政策啊，连个囫囵个的罐子都没给咱留下！"连翻三四口棺木都是如此，气得胖子骂个不停，又去推金丝楠木的朱漆棺材。

我没太注意那些普通的棺材，我的视线一直被那口硕大的石棺吸引，直觉告诉我，那里边有东西……

我也不明白为什么会有这种想法，忽然有种冲动，必须把这口石棺打开看看。我招呼胖子过来帮把手，二人合力去推上边的石板，那石板厚重异常，推了半天只推开一条细缝。

胖子喘着粗气摆了摆手："不行了……先歇会儿，太沉了……肚子里没食推不动啊。"

我肚子里也饿得咕咕直叫，这一用力，更是眼冒金星，只得坐下来休息。我们把防毒面具摘了，各自点了支香烟。

胖子吐了个烟圈："老胡你说古代人是不是脑子进水了，整这么个石头棺材，我还是头回看见有人用石头当棺材。"

我抚摸着石板说："这可不是棺材，这叫石椁。棺椁，棺椁，木头棺材在这石匣子里边呢。能享受这种待遇的，肯定是一高干，说不定是个王爷。"

胖子挠挠头："噢，原来是这么回事，还真他妈复杂。同样都是埋在野人沟里，咱们挖的那个将军墓跟这石头棺材里边的主儿相比，谁的官大？"

我摇头道："不知道，这可就不太好说了，咱们都不太懂历史。不过金辽元这几百年间，北方的游牧民族空前强大，他们都是在马背上得的天下，我估计应该是重武轻文，所以有可能是武勋最高的贵族才给埋在这片风水宝地的正穴上，但其余埋在这附近的贵族，也许陪葬品比将军墓里的还要丰厚。墓主人生前的爱好不同，陪葬品肯定也有所不同。就拿咱们挖的那个古墓来说，墓主是一介武夫，没什么高雅的品位和情趣，所以他的墓中物品多是马匹兵器。"

胖子道："其实那些马肯定都是千里良驹，要是活的可就值大钱了，不过现在只剩下马骨了，估计卖给废品回收站人家都不要。还好他还有两块玉璧，否则咱就白忙活了，这两块玉璧回去让大金牙找个下家，怎么也对付了万儿八千的。"

说话间烟就抽完了，我们俩重新戴上防毒面具，铆足了劲再次推动大石板，英子也过来帮忙，终于把石板挪在了一旁。石椁里面露出一口纯黑底色的木棺，这口棺仍然比普通的棺材要大出将近一倍，而且高度也异乎寻常，不算呈圆弧形的盖子，都足有半人多高。

棺木工艺精湛，绝非俗物，两端、四周、棺盖上都有镏金漆的五彩描，绘的是一些吉祥的神兽，皆是仙鹤、麒麟、龟蛇之类的，用以保佑棺中的主人死后尸解成仙。棺盖上更有天上二十八星宿的星图，棺底四周环绕一圈云卷图案的金色纹饰，不知用了什么秘密法门，千百年后色彩依旧艳丽如新，真叫人叹为观止。

我们都是第一次见到这么华美气派的棺木，若不是亲眼得见，哪儿想得到世上竟然有这种艺术品一样的巨大棺材。

胖子大喜："就算里边没东西，咱把棺材扛回去卖了，也能大赚一笔！"挽起袖子就把棺板推了开来。

连英子也忍不住想看看这口大棺中有什么东西，三人凑在一起，用手电照射棺内。那棺中所铺锦缎早已腐朽不堪，恐怕一碰就变成灰烬了，层层朽烂的锦缎上平卧着一具骨架。时隔千年，衣服、皮肉早已烂得尽了，只有头骨保存得略微完整一些，张着大口，露出两排黑漆漆的烂牙，若是不看那头骨，可能都看不出来这是具人的遗骸。

英子用手电筒的光柱一扫巨棺的边缘，吓得她一声大叫："哎呀妈呀，就是这小孩！"

只见棺材两头，各立有一男一女两个光屁股小孩，看上去也就是五六岁的样子，面目如生人。男孩头上扎了个冲天辫，女孩的头发绾了两个髻，这发式绝非近代的款式，倒像是壁画中的古人一般，莫非是殉葬道君的童男童女？棺中主人都已经快烂没了，这童男童女又何以保存得如此完好？

"这两个小崽子，八成是假人，做得跟真的似的。"胖子边说边要用手去捏巨棺中的小孩，"胖爷今天倒要瞧瞧，还他妈成精了不成？"

我一把按住胖子的手："不戴手套千万别碰！这不是假人，可能有毒，你们仔细看这两小孩身上，都是一片片青紫色的斑块，这是水银斑。"

二十世纪五十年代的时候，我的祖父胡国华曾经因为看病，在北京的一家大医院住过一段时间。在此期间，刚好赶上医院附近要修一座大型建筑，工地上挖出了一座古墓，他也曾从医院里偷跑出去瞧热闹，进地宫里看了一通。

那古墓据说是明代一个王爷的，绕着古墓周围一圈都是黑水。地宫的墓室分为前中后三部分，门口吊着千斤闸，从闸门进去，首先是一间"明殿"（冥殿），按墓主生前家中堂屋的布置，有各种家具摆设，这些器物称为"明器"（冥器）。

再往里，中间的墓室称为"寝殿"，是摆放棺椁的地方。这座古墓是合葬墓，而且非常特殊的是，墓主夫妇，也就是王爷和王妃的棺材，都用大铁链子、大铜环和铜锁吊在寝殿半空。

其后是"配殿"，是专门用来放陪葬品的地方。

没隔几天，在海淀也出土了一座元代古墓。这两座墓中都有殉葬的童男童女，出土的时候与活人一模一样，只是元代的那座墓中出土的童男童女身上的衣服一碰就成灰了。

后来我祖父把这两件事当故事给我讲过，他说这些童男童女都是活着的时候，除了口服水银之外，在头顶、后背、脚心等处还要挖洞，满满地灌进水银，死后再用水银粉抹遍全身，就像做成了标本一样，历经万年，皮肉也不腐烂。这种技术远比古埃及的木乃伊要先进得多，不过两种文明的背景不同，价值取向也有很大差异，而且用灌水银的办法保持尸体的外貌，必须要用活人，死人血液不流通，没法往里灌，所以这种技术从来没用在任何墓主身上。

世界上最残忍的事情恐怕就是用活人来殉葬了。胖子戴上手套把其中一个小孩的尸体抱了出来，仔细检查，果然在头顶、后背、足底等处发现了几个窟窿。这些尸体上的洞，已经被巧手匠人以火漆封住，尸体上有不少地方已经出现一片片黑紫色斑点。陪葬的人或者金银玉器经常会涂抹水银粉，时间久了会产生化学变化，年代近的会呈现棕红色，年代远了就变成黑紫色，这种斑块俗称"水银斑"或者"水银浸"，也有些地方称为"烂阴子""汞青"。

胖子显然有点紧张，他故作镇定，嘘了口气说道："以前看过鲁迅写的小说，就有古董上生水银浸的描写，看来那老哥还不是瞎写的，确有其事。"

英子问道："这也太可怜了。胡哥，你说这童男童女，咋还不给他们穿上衣服呢？我记得先前看见跑过去的那个小孩穿着衣服啊，难道是鬼魂吗？"

我告诉她："是不是鬼魂只有它们自己清楚了，不过不是这两小孩不穿衣服，陪葬的童男童女，肯定都着盛装，过了快一千年，到了这会儿，那衣服早就烂没了。这口巨棺恐怕是元代的，关东军把这口大棺材挖出来打开的那一刻，衣服一见空气就变成灰尘了。"

英子说："不是常说入土为安吗？要不咱就帮帮他们吧，多可怜啊。"

胖子点头赞同："我是只想发财不想管闲七杂八的事，但是这回情况特殊，咱行行好，把它们带出去挖个坑好好安葬了，别在这儿赤身裸体地戳着了，他们都给墓主站了千年的岗了，该休息了。"

尸体里都是水银，烧也烧不掉，唯有挖个坑埋了，我们所能做到的也就只有这些了，但愿世界上少一些这样的惨剧。

当下不多耽搁，我和胖子脱下身上穿的关东军大衣，分别把童男童女包在里边，系个扣背在身上。灌满水银的尸体死沉死沉的，多亏是小孩，如果是大人，一个人背还真够呛。

胖子见未得到值钱的财宝，心里多少有些不太痛快，恨不得一把火把这些棺材全烧了，我和英子急忙劝阻，他也只得罢休。

我们回到石洞中商议如何出去，此时人人都是饥渴难耐，可恨的是地下要塞中无粮无水，又没有炸药炮弹，想要回到地面上，只有将军墓的盗洞一条路可走，但是一想到那红毛怪的怪力，着实让人头疼，吃饱喝足了也未必是它的对手，更何况现下已经饿得手足发软。

三人对望了一眼，心中的想法都差不多，地上有十几只死蝙蝠，事到如今，也只能拿这些家伙祭祭五脏庙了。

人类本来就是杂食动物，一旦饿急眼了，没有什么是不能吃的。英子说她小时候就跟她爷爷在深山老林的洞子里吃过蝙蝠，那一年起了山火，又赶上罕见的饥荒，山里大一些的动物都跑没了影，人们就吃地鼠，吃蝙蝠，吃蝗虫，吃草飞机，蝙蝠的筋和脆骨是很好吃的，有嚼头。

石洞中的这些猪脸大蝙蝠瘦骨嶙峋，长得太过狰狞凶恶，活脱一只只吸血恶魔的干尸，对它们的肉好吃这一说法，我和胖子持保留意见。

但为了生存，也顾不上那么多了，想生火烧烤就得回格纳库，那里有很多木箱可以做柴火，当然棺材板也可以烧，但是吃用棺木烧火烤出来的肉，这事多少有些不能让人接受。于是胖子挑了五六只肥大的死蝙蝠拴住脚爪，用身上带的绳索系成一串，拖了就走，这其中也包括那只超大的蝙蝠王。

回到格纳库后，把那包着童男童女的大衣放在一旁，英子取出短刀切掉蝙蝠丑陋的脑袋和没有肉的爪子，又开膛破肚，最后胡乱剥了剥皮。

我找了一大堆木箱，用脚踹成木板，又取出刀子削了一些木屑，拿火柴点燃木屑引火，胖子在旁协助，蹲在地上，拢起手来吹气助长火势。

我又寻了几把步枪上的刺刀挑住蝙蝠，架在火上烧烤。胖子皱着眉头，很不情愿吃这种东西。

英子劝道："不难吃，你别想着这是蝙蝠，多嚼几下，就跟羊肉一个味了。"

我倒不在乎，蝙蝠不就跟老鼠一样嘛。部队在陕西演习拉练的时候，我吃过很多次地鼠、睡鼠、飞鼠、田鼠、花栗鼠等等各种老鼠，味道都差不多，肥肥瘦瘦的五花三层，确实跟羊肉差不多，不过蝙蝠肉还真没吃过。

猪脸大蝙蝠是温血动物，没有太多脂肪，不宜久烤，看肉色变熟之后，我先尝了一口，肩膀的肉很脆，里面有不少肉筋和脆骨，绝没有羊肉那么好吃，但的确很有嚼头。

胖子见我吃了，也捏着鼻子吃了一口，觉得相当满意，当下风卷残云般吃了一只，意犹未尽，又把那只最大的蝙蝠王穿在刺刀上烧烤。

我们吃了差不多一半的时候，从胖子头上的屋顶处滴下一串黏黏的、亮晶晶的液体，正好落在胖子脸上。胖子吃得兴起，见脸上湿漉漉的，随即用手一抹，奇道："谁他妈的流这么多哈喇子？都流到老子头上来了。"话一出口，他自己也觉得这话问得不对劲。

第十七章
草原大地獭

地下要塞里只有三个人，我和英子都坐在他对面，我们两个就是再有本事，也不可能把口水流到他头上去。

三个人都觉得奇怪，同时抬头向上看究竟是什么东西流下的液体。以弹药箱碎木板燃起的火堆将周围照得通明，火光所不及的远处，依然是一片寂寞的漆黑。

就在我们头上的屋顶，火光与黑暗交接的地方，探出一张极大的人脸。那脸比普通人的大出一倍以上，白得像是抹了面粉，没有丝毫的表情，看不出是喜是怒，鹰钩鼻子，一对血红的怪眼，紧紧盯着胖子手中的烤蝙蝠肉，嘴唇又厚又大，向前突出，张着黑洞洞的大嘴，血红的舌头有半截挂在嘴边，口水都快流成河了，一串一串地从上面流下来。

那张脸的主人，脖子很长，皮肤又黑又硬，由于地下格纳库的顶棚很高，它的身体都隐藏在火光照射不到的黑暗中，只能看见它的脸和一截脖子。它似乎对我们吃的烤蝙蝠肉很感兴趣，想要扑下来抢夺，却惧怕下边燃烧的火焰，迟迟犹豫不决。

不过看样子，烤肉的香味对它诱惑太大，它已经按捺不住，随时都要从倒悬着的房顶跳下来。

这究竟是人是怪？我们三个抬起头这么一看，都是又惊又奇，我虽然不知那东西的来头，却看出来它是想吃烤蝙蝠肉。

我们一共从石洞中带出来五只大蝙蝠，英子同我各吃了半只，胖子一个人吃了一整只，还剩下三只，胖子把那只最大的蝙蝠王分成三份，将其中一份用步枪的刺刀穿了，正架在火上翻烤。

不过在此际，哪里还顾得多想，我见胖子被头上那张没有表情的脸吓得呆了，急忙一把夺过他手中穿着烤蝙蝠肉的刺刀，举起来在那张怪脸前转了半圈，用力丢在一旁。

我使的力气大了，反倒没有丢远，蝙蝠肉从刺刀上甩脱了，落在英子身后不远的地方。还没等英子回头去看，就有一只体形巨大的野兽从屋顶跃了下来，一口将烤蝙蝠王叼在嘴里，嚼都没嚼就吞了下去。

借着火光，我们瞧得清清楚楚，原来那动物不是人，它的脸就像狒狒一样，酷似人面，脖子极长，身体的大小和形状像是狗熊，但是没有狗熊那么笨拙。它的身材显得稍扁，后肢呈弓形，又短又粗，前肢又长得出奇，行动的时候，可以扒住墙壁的缝隙，悬挂在上边，瞧它的动作，在平地倒不如在墙壁上爬行来得自如。

英子从没见过这种动物，我和胖子曾经在动物园看过它的图片，它一露出全貌，我们立刻想了起来，是草原大地獭，没错，就是这东西。

草原大地獭生活在草原深处的地下洞窟中，主要分布在南美、非洲、蒙古大草原上。同样是地獭，它不同于生活在丛林中的丛林地獭，与它的远亲树懒差别更大。草原大地獭更多地继承了地獭的祖先冰河大地獭的特性，体形格外地大，主要以肉食为生，很少在阳光下活动，最喜欢捕食大蝙蝠、大地鼠、蟒蛇等生活在地下的动物。

草原大地獭的猎食方式是以静制动，很少会主动出击。它们静静地隐藏在黑暗之中，一动不动，有时一潜伏就是数天，不饮不食，等有动物从身边经过，这才突然闪电般地伸出大嘴，一口吃掉对方。

中华人民共和国刚成立的时候，非洲兄弟国家曾经送给北京动物园一只草原大地獭，但是它不适应北京的生活环境，没过多久就死了。我和胖子以及一些同学去北京串联的时候，与我们胜利会师的北京红卫兵带我们到处乱转，在动物园见过装草原大地獭的巨大笼子。笼中的草原大地獭已经死了，只剩下空空的笼子，我们看见一座庞大的空笼子，还有几分奇怪，就特意多看了几眼，笼子上有它的介绍和图片。

时隔多年，这件事我们都还有很深的印象，但是万万没想到，在关东军的地下要塞中碰上这么一只，还是这么大的。

想必它是追踪猪脸大蝙蝠来到此间，这要塞中的大蝙蝠难以计数，我们只见到一个石室中的巢穴，就不下上千只，要塞纵深几十公里，说不定就在什么地方还隐藏着几窝。

它皮糙肉厚，在皮肤下面有许多小骨片，就像穿了盔甲一样，成年以后它的这些盔甲是牢不可破的。

凶恶的猪脸大蝙蝠爪子锐利，虽然可以轻而易举地撕破牛羊肚皮，却伤不到草原大地獭，就算在它身上抓几下，对它来说也是不疼不痒，这里没有它的天敌，又有无数只猪脸大蝙蝠可供捕杀，正是得其所哉。

不过，不知道草原大地獭这么大的体形是如何进入要塞的，有可能地震或者山体塌方导致地下要塞出现了一些大的裂口，它就是从那里爬进要塞内部觅食的。如果找到那个入口，我们应该也可以从那里出去。

从房顶上跳下来的草原大地獭吃了烤蝙蝠肉，伸出长长的舌头舔了几圈嘴边，显然这么一块肉填不满它的胃口，而且勾起了它旺盛的食欲。它盯着我们三人，不知在打什么主意。在地下世界，它就是国王。

在双方对峙的这一瞬间，我脑子里转了几转，地下要塞的地形以及对付野生猛兽，这些事对我而言有点陌生，是不是要先下手为强？冲锋枪就在手边，但是百式冲锋枪的杀伤力很有限，草原大地獭的骨皮足以抵挡，别再打蛇不成反被蛇咬，把它惹得恼怒起来，我们没把握能够脱身。

日军的有坂式步枪穿透力很强，应该能干掉草原大地獭，只是我们只拿了几把刺刀，先前装填了子弹的两支步枪都放在二三十米开外的地方，必须有人引开草原大地獭的注意，我才能跑过去拿步枪，这么一来一往，需要一段短暂的时间，可草原大地獭离我们的位置太近了……

连转几个念头，都没有什么把握。这时胖子站在原地小声对我说："老胡，我记得这东西只吃温血和冷血动物，不吃人，依我看没事。"说完用脚轻轻地把死蝙蝠踢向草原大地獭，那意思是：这都给你，赶紧一边吃去，别找我们的麻烦。

谁知那草原大地獭瞧都不瞧一眼死蝙蝠，反倒是对着我们不住地流口水。

胖子转过头来问我："怎么它不吃蝙蝠，总盯着咱们看，好像不怀好意啊。"

我不敢分心跟胖子说话，紧紧注视着草原大地獭的一举一动，只要它有攻击的企图，那我只能先抢在它前边，捡起地上的冲锋枪，给它来一梭子了。

英子说道："咱们都吃了不少烤蝙蝠肉，它大概是……把咱们当作蝙……"

她的话音未落，那只草原大地獭已经忍受不住烤蝙蝠肉的香味，一步一步向我们逼过来。凡是野生动物，均以生肉为食，因为它们天生就没吃过熟肉，一旦吃过一口，熟肉的滋味对它们来讲就是最大的诱惑了。

我发现它行动迟缓，觉得不一定要跟它搏斗，还是跑吧。我招呼另外两人一声，三人转身便跑，刚奔出两步，却在此时，脚下被一件硬物绊倒，这一脚把我跌的，膝盖险些摔碎了，连胖子和英子也同时摔倒在地。

我暗自奇怪，什么东西绊的我？倒地的同时，我向地面上瞥了一眼，地面平整，哪里有什么能绊倒人的事物，心念一动："光想着逃跑，那对童男童女的尸体却忘了带上，莫不是鬼绊脚？"

草原大地獭大概从来都没见过人类这种两条腿走路的动物，它闻到三个人身上烤蝙蝠肉的香味，已经把我们当作了蝙蝠，只是它暂时还不能接受长成这样的蝙蝠，而且也惧怕火光，不敢轻易向前，正在盘算着怎么把这几个到了嘴边的美味吞下去，见到我们三人摔倒在地，它"噌"地就蹿了过来。

它的后肢又粗又壮，一跃就跳到了胖子身前，可能它觉得这只肉多，就准备先拿胖子打打牙祭。

胖子见状只好拼命挣扎，双手在地上乱抓，想找件武器，正好地上有把烤蝙蝠用的刺刀，胖子顺手抄了起来，一刀刺在草原大地獭的手臂上，直刺至柄。

那刀烤的时间久了，就像是根通红的铁条，刺中草原大地獭后，鼻中只闻到一股焦煳的恶臭。那只草原大地獭在地下洞窟中横行无敌，哪儿吃过这种亏，又疼又怒，却不敢再咬胖子，缓缓向后退了几步，伺机再动。

灼热的刺刀捅过一刀之后，温度立刻降了下来，草原大地獭的鲜血使刀身上面呲呲地冒着白气。胖子刚才一击得手，全凭着刺刀的温度，否则根本扎不动它。

我利用胖子击退草原大地獭的间隙，和英子一人一个，把那装有童男女的军大衣包裹背到身上，但愿这两个小鬼不要再捣乱了。

背上殉葬孩童的尸体，我又弯腰把冲锋枪拿在手中，明知这种百式冲锋枪的杀伤力远远不足以击毙草原大地獭，但是关键时刻也指望用它抵挡一二。

还没等我拉开枪栓，在我身后的墙壁上突然探出一只爪子，直奔我头顶拍来，那爪子来得太快，劲头迅猛，我来不及低头，只好用手中的冲锋枪遮挡，被那只爪子一扫，拿不住，冲锋枪脱手飞了出去，远远地落在了火光照射不到的黑暗之中。

原来不知不觉之中，墙壁上又爬下来四只草原大地獭，两大两小，那最小的也跟成人差不多大。很显然，它们也和先前那只一样，都受了烤蝙蝠肉香味的吸引，前来捕食。

五只草原大地獭把我们三个团团围住，只要有一只带头扑过来，其余的也会跟着一拥而上把我们撕成碎片吃掉。

我们唯一的依托只剩下那堆火了，三人背靠背贴在一起，胖子拿了把刺刀，英子拿着冲锋枪，只有我赤手空拳。

木片燃起的火堆眼瞅着越来越暗，过不了片刻就会熄灭，真要等到那时候，我们就是草原大地獭的盘中餐了，想到这里我不禁暗暗叫苦："一只就够不好对付了，现在可倒好，盘踞在这要塞中的草原大地獭，整个家族都出动了。身陷绝境，如何才能杀出一条血路？"

再耗下去也不是办法，我从火堆中抓起一根燃烧的木条，向拦住去路的草原大地獭中身形最小的那只挥去，它果然受惊，被火把吓得缩在一旁，包围圈出现了一个缺口。

木条的火焰本来就不大，一挥起来险些熄灭。我们不敢多待，一并冲了出去。几只流着口水的草原大地獭稍一犹豫，就一同扑上来了。

英子手中的冲锋枪射出了一串串子弹，当头的草原大地獭被子弹击中，身体上飞溅起血花，但是它们浑身都是厚皮老茧，子弹虽然打进了身体，却射不进身体内部的骨甲，反倒是惹怒了它们，步步紧逼，非要把我们三个人吃到嘴里方才罢休。

我们三人只有英子一个人有冲锋枪，每到她换弹匣的时候，我和胖子就挥舞燃烧的木条阻拦草原大地獭，不让它们有机会接近。且战且退，由于突围的方向比较盲目，距离放置武器的地方越来越远，反倒是退到了格纳库的大铁门边上。

铁门外边就是红犼，我们本想吃饱喝足之后，仔细谋划一番再想办法从铁门外的通道出去，但是草原大地獭的突然袭击让我们措手不及，仓促之下退到了这里。木条的火焰越来越弱，最后只剩下烧得黢黑的木条，头上只有几点火星，子弹也不多了。

草原大地獭体形巨大，几只挤在一起，如同一道难以逾越的城墙，被它们的爪子拍一下，最轻也是骨断筋折。草原大地獭的包围圈逐渐缩小，我们都被压制在铁门前，毫无进退回旋的余地。

事到如今就得豁出去了，我和胖子把手中带着火星的木条对草原大地獭扔了过去，英子以百式冲锋枪扫射，用最后的战斗力把这几只草原大地獭逼得后退几步，胖子转身把背后原本关死的铁门推开，我掏出黑驴蹄子向外就砸。

没想到那红犼却没在门前。我们无暇细想，陆续退入了铁门后的通道，

第十七章 草原大地獭

胖子刚想把大铁门关上，一股巨大的力量猛撞铁门，草原大地獭的蛮力端的是非同小可，三人拼尽全力想把铁门推上，却怎么也做不到。

忽然一阵阴风扑面而来，我急忙躲闪，原来那只红犼一直就在这周围转悠。红犼没有太高的智商，只是一味地见活物就扑咬。

红犼说来就来，而且悄无声息地如同疾风闪电一般，若不是我身经百战，有很多临敌经验，早已被它扑倒。我滚倒在地，正要起来躲闪，铁门已被撞开，一只最大的草原大地獭当先蹿了出来。

草原大地獭利用它粗壮的后肢，就像只大青蛙一样，从门中跃出，刚好把那红犼撞倒。红犼倒在地上，身体不能打弯，随即弹了起来，十根钢刀一样的手指插进了草原大地獭的胸口。

草原大地獭怪叫一声，张口就咬。另外几只大大小小的草原大地獭也先后从格纳库中拥了出来，它们看见同伴受伤，便纷纷去撕咬红犼。

一只最小的草原大地獭被红犼活活扯掉了脑袋，红犼身上也被两只草原大地獭咬住，双方怪力不相上下，一时间，竟然纠缠在了一起。顷刻间，墙壁、地面、铁门上，都溅满了草原大地獭大片大片的鲜血，碎肉横飞，同时红犼的手臂被咬掉了一只。

我们见了眼前这惊心动魄的一幕，都暗暗心惊，倘若那红犼同草原大地獭前后夹击，那我们三个人就难免死无葬身之地了。我们误打误撞，竟无意中起到了引得二虎相争的局面，真是侥幸了。

机不可失，我们背着那对童男童女的尸身，向着古墓后室墓墙的破洞逃去，只恨爹娘少生了两条腿，"急急如丧家之犬，忙忙似漏网之鱼"，此等狼狈不堪的情形，不必细表。

墓墙倒塌的大洞仍然和我们先前逃出来的时候一样，先前从这里逃了出去，此番又逃了回来，整整兜了一个大圈，几乎什么值钱的东西都没得到，平白惹上这许多麻烦，还添了这两具灌满水银的童尸，真叫人哭笑不得。不过那地下要塞虽然没什么值钱的东西，却有不少服装器械，可能在某地还能找到几台简易发电机，可以把这件事告诉屯子里的人，也不枉我们在地下要塞中出生入死地折腾了这许多时间。

137

只要能爬出盗洞外的竖井就可以了，这时所有人的精神和体力都已经达到极限了，但是人急拼命，狗急跳墙，绝境往往能激发人类的潜能。英子用冲锋枪扫射封住盗洞的棺板，整整两梭子，打得木屑横飞，棺材盖子本来就是嵌到墙上的，子弹把中间打得烂了，胖子跑起来，用肩膀一下就把棺板撞成两段，盗洞又露了出来。我先把英子推上竖井，随后和胖子把身上背的童男童女尸首托了上去，英子在上边接住，又伸手把我拉了上来。

　　最后剩下胖子，因为我们俩需要在竖井上拉他，他才爬得上来。胖子正要向上爬，两只浑身是血的草原大地獭已经冲进了墓室，它们变得疯狂无比，咆哮如雷，可能它们的家庭其余成员全被红犼杀了，那红犼纵然厉害，多半也抵挡不住草原大地獭的群殴，被咬成了碎片。

　　剩下这两只全身是伤的草原大地獭红了眼睛，猛追不舍，一路跟着我们闯进了墓室，胖子回头一看，急忙往竖井上爬，可越急就越是爬不上来。草原大地獭已经冲到盗洞前，幸亏盗洞对它们来说实在太窄了，钻不出来，它们用大爪子不停地刨土，想扩大盗洞，好从里边爬出来。我见形势紧急，拎起英子的冲锋枪扔给胖子，胖子会意，先开了几枪逼退挤在盗洞口的草原大地獭，立即对准墓室顶上的天宝龙火琉璃顶一通扫射，顶上的琉璃瓦破裂，一袋袋的西域火龙油泼将下来，整座坟墓包括两只草原大地獭，都被火龙油引燃的烈火吞没。

　　同时我和英子用尽最后的力量把胖子从竖井中拽了出来，就是如此，胖子的裤子也被从盗洞里喷出的火焰烧着了一大片。他不断拍打屁股上的火焰，疼得杀猪般地惨叫，英子赶紧拿水壶泼灭了他屁股上的火，裤子已经被烧得露了腚。

　　猎狗们忠实地蹲在旁边，看着从洞中爬上来的三位主人。天已正午，阳光耀眼生花，我揉了揉眼睛，与那阴暗的地下要塞相比，真是恍如隔世啊。

　　胖子一手捂着屁股，一手把从墓中得到的两块玉璧举起来对着阳光观看，忍不住又诗兴大发，朗诵了几句《世界大战》长诗中的名句：

　　战火已经熄灭，硝烟已经驱散。

太阳啊，从来没有现在这样暖；

天空啊，从来没有现在这样蓝；

孩子们脸上的笑容啊，从来没有现在这样甜。

我和英子都忍不住哈哈大笑，您见过捂着屁股朗诵的诗人吗？不过一件突如其来的事情，让我们的笑容很快僵住了……

第十八章
蛾身螭纹双劂璧

山谷尽头的森林中传来一阵阵沉闷的雷声，"轰隆隆轰隆隆——"。正是晌晴白日的中午，长空如洗，未见乌云，怎么突然打起雷了？众人心中都是一沉，好不容易从古墓中爬了出来，却又是什么作怪？

再仔细用耳朵分辨，还不太像打雷，那声音越来越近，似乎是什么巨大的野兽远远地朝山谷中奔来，脚步沉重，再加上奔跑中躯体不停撞击树木，乍一听显得像是绵延不断的雷声，这其中还夹杂着几声犬吠。

我听见狗叫，这才发现只有五条大猎狗趴在地上，另外三只巨獒不见踪影。刚才心力交瘁，没顾得上去细看那些猎犬，可能我们久去不归，巨獒们自发地轮流去猎食了，它们驱赶什么野兽跑起来这么大动静？

英子仔细听了一会儿，笑着说没事，是在赶野猪，咱们都去山坡上瞧热闹吧，等一下就能整野猪肉吃了。

我们爬上半山坡，就已经看见森林中的大树一棵棵地被撞断，猎狗们也趴不住了，它们一声不发地成扇形散开，要在山谷中堵住野猪的去路。

只见谷口一棵红松咔嚓折断，从树后撞出一只大野猪，要不是这只野猪没有长长的鼻子，我差点把它看成一头半大的大象。它足有上千斤的分量，鬃毛又黑又长，嘴两边的獠牙向上弯弯着，跟两把匕首一样，这对獠牙既是骄傲的雄性象征，也标志着它就是森林中的野猪王。它膘肥体圆，四肢又短又粗，撒开四蹄，旋风般地一头扎进山谷。

在大野猪的身后，三只巨獒不紧不慢地追逐着，既不猛扑猛咬，也不离得太远，一前三后，都跑进了野人沟。

野猪身上的皮比起犀牛皮来也不相上下，它在森林中闲着没事，就把肥大的身子在松树上蹭，一是解痒痒，二来还把松脂都沾在身上，不怕蚊虫叮咬。夏天深山老林中的蚊子大得像小鸟，山里有句话："三个蚊子一盘菜。"这话一点都不夸张，就连老黄牛都架不住山中大蚊子的叮咬，唯独野猪不怕蚊子，它的皮就是一层铁甲，谁也咬不动它。两只獠牙和巨大的体重，就是野猪在森林中横行的法宝，绝对是攻守兼备，山里的老虎、人熊、金钱豹都对它无从下口。

然而猎人们驯养的巨獒，有专门对付野猪的绝招。獒犬的体形跟小牛犊子一样，不过比起这只大野猪来，还是显得块头小。这三只巨獒是想把野猪撵到山谷的深处再解决它，因为在森林中全是大树，施展不开，而且野猪冲起来简直就是坦克。

野人沟山谷中落叶层极深，大野猪还没跑到一半，就因为自重太大，四肢全陷进了落叶中，三只大獒犬围在它周围，东咬一口西咬一口，消耗野猪的体力和锐气。另外五条大猎狗也包在外围，它们不敢插手和獒犬争功，只有在一旁充当小喽啰呐喊助威的份。

大野猪又气又急，蠢笨地在落叶层中挣扎，使出全力向上一跃，竟然从中拔出四肢，向上蹿了起来。

巨獒等的就是这个时机，在野猪跃到最高点的同时，三只巨獒中最大的那只也猛然跳起，跟出了膛的炮弹一般撞向大野猪，这一撞用的力度和角度恰到好处，把野猪撞翻了过去，肚皮朝上，落在了又深又软的枯枝烂叶上。在旁伺机等候的另外两只大獒不给野猪翻身的机会，扑上去对大野猪肚皮狠狠撕咬。肚子和屁眼是野猪唯一的罩门，这里一暴露给敌人它就完了，更何况是狮子一样凶狠迅捷的獒犬。还不到三四秒钟，野猪的肠子肚子心肝肺就都被掏了出来。

我们三人见野猪完蛋了,就从山坡上慢慢走下来。胖子和我见这三只巨獒竟然如此默契,还懂得利用地形运用战术,忍不住想去拍拍獒犬们的脑袋,以示嘉奖,就嬉皮笑脸地招呼它们过来。

没想到獒犬和猎狗们绕过我们两人,都围到英子身边,英子拿出肉干喂给它们,大狗们见主人高兴,也都摇着尾巴讨好。

被冷落在一旁的我和胖子对望了一眼,我摇头叹道:"咱俩的热脸贴上了狗的凉屁股。"

胖子气哼哼地说:"老胡你记得鲁迅先生怎么说的吗?他说:'呸,这帮势利的狗。'狗这东西就这德行,狗眼看人低,狗眼不认人,他妈的,咱俩不跟它们一般见识。"

胖子回帐篷取了刀子、镐头和猎枪回到谷中,帮英子切割野猪。我背着猎枪,带了两条大狗,去山坡下找块地方把那对童男童女埋了,免得它俩又找我们的麻烦。

英子说:"胡哥你饿不饿?先整两口吃了再走呗。"

我说:"不用了,好饭不怕晚,我就往后饿饿吧,别等到了晚上再埋死人,那可有点瘆人了。"

我让两条大狗拖着用黄呢子军大衣包裹的童尸,在面向大草原的山口处挖了个深坑。我的工兵铲丢在了古墓中,用镐头挖很费力,太阳偏西,才挖了一米多深,已经把我累得满头大汗,肚子里不停地打鼓。

我看了看这个一米多深的坑,心想这就差不多了,小孩嘛,埋那么深也没用,他们身体里灌的全是水银,也不用担心虫吃鼠咬。

于是我把那两个小孩从军大衣包裹中取出来,又用两件军大衣重新工工整整地包了一遍,并排放在坑里,双手合十拜了两拜:"两位古代小朋友,很遗憾你们没有生活在文明民主到处充满阳光的新社会,社会的关爱你们都没享受到,不过这都是命中注定的事,你们也不必太过执着。命有终会有,命无须忘怀,万般难计较,都在命中来。人死之后,当入土为安,入土不安的,那是僵尸。咱这儿条件有限,没有棺材来安放你们,也没有香火祭

第十八章 蛾身螭纹双璧

拜你们，我回去之后一定给你们多烧点纸钱，希望你们早去西方极乐净土，不要再来纠缠我们。我们的工作也很忙，能为你们做的只有这些了，贪得无厌欲求不满的可不是好孩子。"

说罢和两条大狗一起把土推进坑中，几抔泥土就埋葬了一对苦命的童男童女，回首眺望远方，只见残阳似血，心中感慨万千。

时候已经不早了，英子在远处招呼我回去，当下带着猎狗回到了我们宿营的山坡。胖子搬来一块大石，把猪脸大蝙蝠飞出来偷袭马匹的通风孔堵个严严实实。火上翻烤着野猪肉，还有猪下水和蘑菇木耳煮的一锅汤，松香混合着肉香直扑人脸，我迫不及待地冲过去，用刀割下一块肉塞进嘴里。

吃完饭后，我们喝着英子煮的砖茶，商量了一下怎么回去。失去了驮行李的马匹，想回岗岗营子还真不那么容易，锅碗帐篷都没法搬动，我们一路上猎杀的动物皮子没法携带，损失实在太大了。最后英子想了个办法：让两条狗回去送信，叫屯子里的人组织马队来挖关东军的要塞，这里那么多好东西不搬出来不都瞎了嘛。而且狗是最好的向导，它们可以给屯子里的人带路，咱们就先在这附近找个安全的地方住下来，等大伙来了，一起搬够了好东西再回去。

事到如今，也只得如此了。胖子对这些事不太上心，他又把那两块玉璧取出来观看，我骂道："你他娘的真没出息，受穷等不了天亮。这两块玉你别揣着了，一天看一百多遍，你也不怕给它看没了，以后放我这儿保存。"

胖子把玉璧举在我的眼前，满脸都是惊疑的神色："老胡，这是咱从古墓里整出来的那块吗？你看看，是不是有什么不对劲的地方？"

自从在墓中得了这双玉璧，我就从未来得及细看。胖子大惊小怪地递给我："这颜色怎么又变了？"我伸手将那两块玉璧接过来细看。

两块玉璧都雕刻成类似飞蛾的形状，须眉俱全，活灵活现。璧身上有一些古怪动物的纹饰，这种动物应该不是现实中存在的，胖胖的，身体有几分像很瘦的狮子，又像是没鳞的蛟龙，还有几只爪子和一条卷曲的大尾巴。总之这种纹饰很怪异，也许不是动物，而是云或波浪之类的饰纹。

璧身花纹的工艺不如造型上的雕工精致，只是寥寥几笔勾勒而成，不过虽然粗糙，倒也有种简朴而传神的韵味。有时候简单也是一种美。

还真他娘的怪了，记得刚从古墓的棺中取出来之时，这双玉璧颜色深绿，然而在关东军要塞里面看的时候，它色泽呈淡黄，此时的颜色却是深黄。一天之内颜色变了好几次，这是怎么回事，我们都不清楚，难道说这世上有种变色玉？我们对古玩一窍不通，看来只有回北京找大金牙给掌掌眼了。

说起来这次倒斗的行动真是不太顺利，一路辛苦不说，首先野人沟中上上之穴的古墓是座将军墓，没想到里边陪葬品少得可怜，唯一可能值点钱的也就是这双玉璧了，为了拿出来差点把三个人的小命都搭进去，真是挟山超海都不足以喻其难，临渊履冰也难以形其险。要是鉴定的结果不值多少钱，那我真得找个地方一头撞死了。

这件事给我一个教训：贵族的古墓不一定都有大批贵重的殉葬品，必须得多了解古墓的历史背景和文化背景，而且还要尽可能地多掌握古玩鉴赏的知识，如此才能做到有的放矢，贼不走空。

胖子倒是显得信心很足，跟我打赌说这对玉璧最起码也能值个两三万，搞不好还是个国宝，那咱就不卖给港商台胞了，咱直接献给故宫博物院，政府一高兴，奖励咱俩十万八万还不跟玩似的，在北京再给分套房子，还让咱戴上大红花上全国各地去做报告演讲，到时候咱什么煽情就讲什么，一讲完了，那些在台下听得热泪盈眶的女大学生，就跑上来献花，献情书。

我说你别做梦了，还让你参加英模事迹报告会？不给咱俩发土窑里蹲着去就不错了。不过如果真如胖子所言，能换个三五万块钱，那就已经是意外之喜了。我们东奔西走地卖录音带，一年下来，顶多就混个三四千块，赶上生意不好的年月，除去吃喝住宿的费用，基本上都赚不到钱。

我已经两天没合眼了，吃饱喝足之后跟胖子、英子闲扯了几句，倒头就睡，反正有猎狗们放哨，也不用担心野兽袭击。这一觉睡得天昏地暗，在梦中我又回到了硝烟弥漫的战场上，阵地上空全是我手下弟兄们的脸，每一张脸都很年轻，他们只有脸没有身体，这些脸都在不停地流血，慢慢地向天空飞去,我在地上哭着喊着想抓住他们,但是手脚不听使唤,一下也动不了……

晚上什么情况也没发生,那些地下的大蝙蝠不知都窜去了哪里,周围全无它们的踪迹,可能受了枪声的惊吓,去寻找新的洞穴安家了。

我一直睡到中午才醒,英子已经派了三条猎狗回去送信,每一条狗的脖子上都拴了个小皮囊,里面是胖子写的字条,上面写明让屯子里的人多带人马工具,最好能带点炸药来,来野人沟挖关东军的洋落。

中午吃了些野猪肉,带着猎狗把帐篷辎重都搬到山谷入口附近,找个背风的大山石,在下面架了帐篷。这里位于森林和草原的交界地,等屯子里的人来了,会很容易找到我们。

随后英子带狗去林子里摘野菜,我掘些土石埋了个灶头,把锅摆上烧起了开水。我们带了些面粉,由胖子动手,包了一顿野猪肉馅的饺子,用来庆祝我们初战告捷。这次虽然惊险万状,但是不管怎么说,至少三个人没出什么意外,还多少有些收获,尤其是关东军要塞里物资众多,对屯子里乡亲们的生活有很大帮助,为这也值得喝两杯。

就这么每天纵狗打猎,连续过了十余日,我觉得我都快变成山里的猎人了,屯子里的人们终于来了,总共四十多人,由支书和会计两人带队。因为男人们都去牛心山打工了,这次来的几乎全是妇女姑娘和半大的孩子。屯子里的马匹不多,总共不超过十匹,他们听说有大批洋落,怕马不够,又把骡子毛驴都拉了来,再加上各家人自带的猎狗,闹闹哄哄地进了黑风口。

大伙马上就想动手,我说大家这一路跋山涉水,多有辛苦,不如咱们先休息一天,等明天养足了力气再干。另外咱们不能瞎整,我当过工程兵,毛遂自荐,给大伙分配一下任务,咱们要利用运筹学,制订计划,按部就班地行动,别跟乌合之众似的瞎整。

人群乱糟糟的,又兴奋,又觉得好玩,交头接耳议论纷纷,把我说话的声音都淹没了,谁也没听清楚,最后还得是支书出面大喊一通:"都别吵吵了,都别吵吵了!全都听俺大侄的,他说的话,就是俺说的话,也就是组织上的话。咱们这次能捡小鬼子的洋落，多亏了俺这俩大侄和英子这丫头啊，他们咋说，咱们就咋整。"

我又把话说了一遍，让大伙都去架帐篷支锅，吃饭休息，然后跟书记和会计一商量，没有炸药，想挖开地下要塞也不算太难，可以从将军墓那边动手，那儿离要塞的通道很近，五个人用不了半天，就可以把塌陷的墓室挖通。但是要塞里可能有野兽，这方面大伙要做好准备，生活在地下的动物都怕火，要多点火把。需要特别强调的是，进去之后，谁也不能私自行动，里面的军火都不能拿，只拿生活上需要的物资，例如军大衣、日本大头鞋、毯子、发电机、电缆电线这一类的，有多少咱搬多少，搬完了再把要塞埋上，不能走漏消息。

支书拍着胸脯保证："大侄，这你尽管放心，只要这些人都拿了东西，那嘴都老严实了。再说咱那屯子太僻静，一年到头也来不了一个外人，这回咱就整个闷声发大财。"

当晚埋锅造饭，安营歇息。转天早上起来，我把四十多个大嫂子大姑娘半大小子分成四组，第一组是年纪小的几个人，他们由英子带领，去山里打猎；另一组则相反，全是岁数大的，他们由会计带领，留在营地给大伙烧饭；我和胖子各带一组年轻力壮的，轮流去挖烧塌的将军墓，由支书指挥全局。

屯子里的人们带来了大量的工具，锹镐铲子，甚至有人还带来了几把完全用不上的锄头。我又把我这一组的十个人分成两拨，一拨挖掘塌方的封土琉璃瓦，另一拨负责搬运挖出来的土石，工程进展得有条不紊。

一场忙碌，到傍晚才结束。

第二天天一亮，我们就点起了松油火把，二十多人牵着几匹骡马，从将军墓的墓墙扩建出来的通道进入了地下要塞。格纳库铁门处，打斗的痕迹历历在目，那具古尸已经被撕碎了，另又有几只草原大地獭的尸体，血迹干成了暗红色，此时再次见到这些东西，仍不免有些毛骨悚然。

这里不会再有什么危险了，而且带有大量火把。松油的火把燃烧时间长，不易被风吹灭，即使地下要塞中还有什么猛恶的动物，见了火光也不敢出来侵犯。

支书见有如此多的日军物资，远远超出了他先前最乐观的估计，喜出望外，连忙招呼大伙捡洋落，把一捆捆的军大衣、鞋子、防雨布、干电池、野战饭盒装到骡马背上，陆续往外搬运。

深山里的屯子最缺的就是这些工业制品，当下人人争先，个个奋勇，喊着号子，彼此招呼着，仿佛又回到了当年"大跃进"的时代一样。

我和英子又领着几个人往通道的另一侧搜索，从地图上看，那边还有处更大的仓库，按图索骥，并不难寻。

仓库的大门关得很紧，找了匹马才拉开，进去之后大伙都看傻了眼：一排挨一排，全是火炮，像什么山炮、野炮、九一式榴弹炮、六零炮，大大小小的迫击炮，还有堆积如山的弹药箱，望都望不到头。

看来这些炮都是准备运动战的时候用的。日军的全部军队，可以分成六个部分：本土军，也就是驻扎在日本四岛以及当时的殖民地中国台湾、朝鲜在内的部队；中国派遣军，也就是侵略到中国内地的部队；南方军，即在东南亚、澳大利亚等地作战的部队；再加上海军、空军，以及驻扎在满蒙的关东军。

其中以关东军最受天皇和大本营的宠爱，号称精锐之中的精锐。日本人把中国的东三省看得比自己的土地都宝贵，东三省战略纵深大，物资丰富，森林矿产多得难以计算，还可以随时冲击关内。早在很久以前，日本就有个著名的田中奏折，其中就表明了对中国的东北垂涎三尺。直到二战时期，又冒出个田中构想：即使放弃本土，也不放弃东北。由此可见日本人对东北的贪念。

所以关东军的物资装备在日本陆军各部队中都是首屈一指的，唯有海军的联合舰队能跟其有一比。不过这些军国主义的野心，早已在历史的车轮前成了笑谈。我们跟关东军就不用客气了，当初他们也没跟咱客气过，大伙抻胳膊挽袖子，嚷嚷着要都搬回去。

我让他们小心火把，不要离弹药箱太近，这要是引爆了，谁也甭想跑，都得给活埋在这儿。无数的火炮后边，更多的大木箱子上面印着鹿岛重工的红色钢印，撬开一看，都是小型发电机，但是没法抬，这玩意太沉了，马匹根本驮不动，只能慢慢拆卸散了，分着往回拿。

地下要塞中的物资搬了整整一天，才刚弄出来不到几十分之一，会计忙着点数，这回可发了，这咱自己用不完还可以卖钱，这老些，那能值老鼻子钱了。

吃晚饭的时候，支书找到我，他合计了一下，这么搬下去没个完，马队也驮不了这么多东西。现在已经快到深秋季节了，要是留下一队人看守，另一队回屯子去送东西，山路难行，这么一来一往需要半个多月，整不了两次大雪就封山了。不如咱们把要塞的入口先埋起来，大伙都回屯子，等来年开了春，再回来接着整。

我一想也是，从北京出来快一个多月了，总在山里待着也不是事，我们倒斗倒出来的物件也得回去找大金牙出手，于是同意了支书的意见。我和胖子就不可能跟他们再来了，于是我托付支书，明年开了春来黑风口，给那对殉葬的童男童女烧些纸钱。另外切记切记，地下要塞中的军火不要动，那不是咱老百姓能用的。

为了转天就能出发，几乎所有的人都一夜没睡，连夜把东西装点好，等到都忙完了，太阳也升了起来。好在这个晚上虽然忙乱，却再没出什么事端。

一路无话。回到岗岗营子，屯子里就像过年一样，家里人把在牛心山干活的男人们也都叫了回来，家家都是猪肉炖粉条子。

第二日，我和胖子不想再多逗留，辞别了众人，一起返回了阔别多日的北京。

我们下了火车，哪儿都没去，直奔潘家园。大金牙还是以前那样，长得俗不可耐，一身市侩气，不显山不露水的，其实他在潘家园是属于很有资历很有经验的大行家。大金牙一看我们俩来了，赶紧把手头的生意放下，问长问短："二位爷，怎么去了这么多日子才回来？都快把我想死了。"

胖子当时就想掏出那两块玉璧给他瞧瞧，问问究竟值几个钱，这事一直就困扰着我们俩，今天总算能知道个实底了。

大金牙急忙冲我们使个眼色,示意不让我们把东西拿出来:"咱们还是奔东四吧,上次涮羊肉那馆子不错,很清静。这潘家园鱼龙混杂,人多,眼也多,可不是讲话的所在,明器在这儿露不得。二位稍等片刻,我把手头这笔生意料理料理咱就走。"

大金牙所说的"明器"是行话,前边已经提到了,就是冥器的同义词,这个"明"并不是指明代的古董,是专指陪葬品。就跟"古董""古玩"这些词一样,都是为了掩人耳目,说着也好听。其实这些词的出处都同"倒斗"有关系,再早的时候就叫"骨董""骨玩",都是指前朝留下来的物件。

说话间,大金牙就把一个清代早期的"冰箱"加上一件雍正官窑款霁虹小茶壶倒出了手,买家是个老外,带着个中国翻译。其实这种东西不算什么,都是小打小闹的玩意,具体他卖了多少钱,我们没看见,不过我估计这老外八成是挨了狠宰了。

做完了这笔生意,大金牙数着钞票:"三天不开张,今天开张了够我吃三年。这帮傻×洋人,买两件假货还跟得了宝似的,回去哭去吧您哪。"数完钱,转过头来又对我说:"庚子年那会儿,八国联军进北京,可没少从咱这儿划拉好东西,爷今天也算替天行道了。胡爷,您说是这么个理不是?"

我和胖子现在求他办事,当然得顺着他说了,连忙挑起大拇指赞道:"古有霍元甲比武打败俄国大力士,如今有金爷巧取洋人的不义之财,为国争光啊这是,高,实在是高!"

收拾收拾东西,我们就再一次去了初次相谈时的那家小饭馆。大金牙可能今天赚了不少,再加上被我们俩捧得有点飘飘然,一边喝酒一边还来了两句京剧的念白:"好洋奴,我手持钢鞭将你打,哇呀呀呀呀!"

我看了看四周,现在不是吃饭的正点,饭馆里冷冷清清的,只有我们角落里的这一桌,服务员趴在柜台上打瞌睡,还有两个负责点火锅的伙计蹲在门前侃大山,没有任何人注意我们三个。

于是我让胖子把玉璧取出来,给大金牙掌眼,顺便把这趟东北之行的大概经过拣紧要的说了一些。大金牙瞧得很仔细,时不时地还拿到鼻子前边闻闻，又用舌尖舔舔，问了我们一些那处古墓的详情。

大金牙说："这古物鉴定，我是略知皮毛，都是本家祖传的手艺，今天就给二位爷献丑了。这一物既来，就如中医把脉，也有望闻问切之说。尤其是明器，因为明器不同一般古物。家传的收藏品，经常有人把玩抚摸，时间久了，物件表面都有光泽。明器都是倒斗倒出来的，一直埋在古墓之中，这古墓也有新斗、旧斗、水斗、脏斗、陈斗之说。首先是望，看看这款式做工，形状色泽。其次是闻，这在明器的鉴定是至关重要的一个环节。南边有人造假，把赝品泡在屎尿坑中做旧，但是那颜色是旧了，味道可就不一样了，那味道比起死人的屁塞（古尸肛门里塞的古玉，用于防止尸气泄漏导致尸体腐烂）来也臭得多，做得外观上古旧是古旧了，但这一闻就能闻出来，瞒不过行家的鼻子。再者是问，这物件从何而来，有什么出处没有，倒斗的人自然会把从哪个斗里倒出来的一一说明，我就可以判断，他说的是真是假，有没有什么破绽，这也能从一个侧面判断这物件的真假和价值。最后的切就是用手去感觉了，这是只能意会不能言传的境界，从我手中过的古董不计其数，我这双手啊，跟心是连着的，真正的古董，就是宝贝啊，它不管大小轻重，用手一掂一摸一捏，就能感觉出分量来。这分量不是指物件的实际重量说的，古物自身都有灵性，也有一种百年千年积累下来的厚重感，假货造得再像，这种感觉也造不出来。"

胖子说："我的爷啊，您说这么多，我一句没听明白，您快说说，我们这两件明器，值多少钱？"

大金牙哈哈一笑："胖爷着急了。我刚才是啰唆了，我也是一片好意，希望你们二位将来能多学点古玩鉴定的知识。那古代大墓中的陪葬品，哪个不是成百上千件，不了解一些这方面的学问，将来也不好下手不是嘛。我现在就说说这两块明器，它们的名字我可说不出来，咱们姑且给它们起上一个，从外观上，咱们可以称其为：蛾身螭纹双劙璧。至于它的价值嘛……

"古玩这东西，没有什么固定的价格，不像白糖、煤球，该多少钱一斤就多少钱一斤，古玩的价值随意性很大，只要是有买主儿，买主儿认这东西，它就值钱。否则东西再好，没人买，有价无市，它也是一文不值。

第十八章 蛾身螭纹双劙璧

"这两件明器，我给估个底价，单就它们自身的价值来说，在国内值四五万块钱之间，当然在海外肯定远远高于这个价值，不过咱们国内现在就是这种行市。咱们卖的时候，有适当的买主儿，还可以开更高的价钱，这就不好说了，得看当时的情况。"

大金牙说他以前有个相熟的同行，也是在潘家园做买卖，丫倒腾的东西都是些瓦当、箭镞、老钱、图章、笔墨、造像、鼻烟壶之类的小玩意，后来这哥们儿不练这块了，丫去新疆倒腾干尸了，现在发大财了。

胖子奇道："我×，那干尸不就是粽子吗？那还能值钱？"

大金牙说："非也。在咱们眼里是粽子的干尸，可是到了国外，那就成宝贝了，在北京成交价，明代之前的，一律两万，弄出国去就值十万——美金。您想啊，老外不就是喜欢看这些古灵精怪的东西吗？在洋人眼中，咱们东方古国，充满了神秘色彩，比如在纽约自然历史博物馆，打出个广告，今日展出神秘东方美女木乃伊，这能不轰动？这股干尸热，都是由去年楼兰小河墓葬群出土的楼兰女尸引起的。就算在咱们国内，随便找地方展览展览，都得排队参观，这就叫商机啊。"

我和胖子听了之后恍然大悟，连连点头，原来这里边还有这么多道道，真是话不说不透，灯不拨不明，再加上得知这两块玉璧价值五万左右，都觉得满意。虎口拔牙弄出来的，毕竟没白费力气。

我又问道："金爷，您说我们这明器，叫什么什么什么璧来着？怎么这么绕嘴？"

大金牙给我满上一杯啤酒："别急啊，今天咱们这时间有的是，听我慢慢道来。这叫蛾身螭纹双劙璧。在咱们古玩行里有这么个规矩，一件玩意，没有官方的名称，就一律按其特点来命名。

"就如同那个著名的国宝级文物曾侯乙编钟，这件乐器以前肯定不叫这个名，但是具体叫作什么，在咱们现代，已经难以考证了，于是考古的就按照出土的古墓和乐器的种类给它安上这么一个名字。

"这蛾身螭纹双劙璧，名称就已经把它的特点都表述出来了。蛾身，它的造型像是一对飞蛾，这是从一个金国将军墓里倒出来的，这种飞蛾在

151

古代，是一种舍身勇士的象征，不是有这么句话嘛：飞蛾扑火，有去无回。明知是死，依然慷慨从容地往火里扎。

"当然咱们现在都知道这是因为蛾子看不见，见亮就扑，不过古代人不这么认为，他们对这种大飞蛾的精神极为推崇，用飞蛾的造型制作一些配饰，给立下战功有武勋的人佩戴，是一种荣耀。

"你们再看这上边的花纹，也有个名目，这是'螭纹'，既像狮子的头，又像是虎的身体，其实都不是。螭是一种龙，这种龙头上没有双角，刻上螭纹的器物，可以起到避邪的作用。前不久在云南沐家山，挖开了一座明代王爷墓，可能你们听评书都听过《大明英烈》，那朱元璋手下有一员大将，姓沐，叫沐英，那回出土的就是沐英沐王爷的墓。里面出土了一对'翡翠双螭璧'，跟您二位这回倒出来的蛾身螭纹双劙璧类似，拿现代的话来说，就是一种勋章、军功章之类的东西。

"咱再说这双，顾名思义，就是一对。这里边也有讲究，这种配饰是挂在头盔两侧的，所以必须是一对，只有一只，就不值钱了。

"什么是'劙'呢？这是指它的制作工艺而言。另外这对蛾身螭纹双劙璧的价值，主要来自它的历史价值和欣赏价值，其本身的材料并不足为贵。这是种产自外高加索地区的'乾黄变色瓪①'，其实不是玉，当然如果硬要把它归入玉类之中，也不是不可以。乾黄现在是很值钱的，不过这对璧的材料不是上品，上品十二个时辰会分别变化十二种不同的颜色。

"嗯，这边上有字，篆书，是人名，叫'郭虾蟆'，看来这对璧的主人就是他。此人好像是金国晚期的元帅左都监，在守城的时候，凭一把硬弓，射杀了两百多蒙古兵将，勇武过人，最后是力战身亡，也算是那么一号人物。传说金主用十万两黄金，从蒙古人手中换回了他的尸体。"

我感觉就像听天书似的，能听明白的地方也有，但是不多。胖子干脆就不听了，把牛百叶、羊肉片、鸡片、青菜、蘑菇一盘盘地顺进火锅中。这些天吃烤肉都吃反了胃，今天可逮着回涮羊肉，甩开腮帮子，就一个

---

① 瓪，音 bǎn，原指瓦片，这里指瓦状石材。

字——吃。

我问大金牙最近古董市场上什么东西的行市比较火，能卖大价钱。

大金牙说道："洋人管咱们国家就叫瓷器，可以说瓷器在古玩市场交易中永远是最火的，中国历史上最辉煌的时期产的瓷器所用的工艺，就连现代的先进工艺都不能比拟。比方说成化瓷您听说过吗？尤其是成化瓷里的彩器，那是最牛×的，都不用大了，就跟三岁小孩的小鸡鸡似的那么一丁点，拿到潘家园，就值十万块，都不带讲价的。您刚说在中蒙边境黑风口的古墓中有很多瓷器陶器，可惜都没倒出来，那些应该是北宋晚期的，真是可惜了。我说句您不爱听的，您别介意，您这次算是看走眼了，那些您没倒出来的坛坛罐罐，价值远在这对蛾身螭纹双劙璧之上啊。所以说您二位这眼力还得多学学，找机会吧，下回等我去乡下收东西的时候，您二位也跟我去一趟，瞧瞧这里边的门道，将来一趟活下来，少说也能对付个几百万。"

我连连称是，对大金牙说道："我还真有这意思，现在有个比较大胆的构想，下次我们准备倒个大斗，一次解决问题。发丘摸金这行当，在深山老林中做事比不得内地，风险太大，就算再多几条命，也架不住这么折腾。我准备找个顶级风水宝穴中的大墓下手，不过这事不是儿戏，事前我需要做万全的准备，否则恐怕应付不来。"

大金牙问道："胡爷，你真想搞回大的？目标选好了没有？"

我说："没有，我就是突然冒出这么个念头。那种在偏远地区的大墓是极难找的，而且我现在跟个农民似的，除了会看风水找穴寻脉之外，对历史考古价值鉴定之类的事两眼一抹黑，什么都不懂，选择目标上非常盲目。也不是急于在最近就动手，我们这次的行动，就显得有些急功近利了，这种短期行为的勾当，不能再干了。不过这话还得两说，虽然这趟去东北没倒出什么大件，但是多少积累了一些经验和资金，可以算是一次倒斗的演习吧。"

大金牙说："听您这么一说，我倒冷不丁想起一件事来，这个新疆啊……"

第十九章
考古队

原来大金牙正好认识一个北京市考古文博学院的教授，他们之间也经常进行横向的交流，近期出了一件事，这件事情的详细情形是这样的。

在"文化大革命"十年中被迫中断的考古保护文物等活动，在改革开放之后，再度展开了。最近三年，是一个考古的高峰期，大量的古墓和遗迹纷纷浮出水面。

古玩收藏交流交易也极度火爆，各种大大小小的盗墓团伙闻风而动，见了土堆就挖，尤其以陕西、河南、湖南等地为甚，而且大有愈演愈烈之势。

自从新疆楼兰小河墓葬群被发现以来，人们好像才猛然醒悟：新疆的大沙漠之中，曾经辉煌无比的丝绸之路，孔雀河沿岸的西域三十六国，狐胡、楼兰、米兰、尼雅、轮台、蒲类、姑墨、西夜……冒险者的乐园，不知多少财宝与繁荣被茫茫黄沙覆盖着。

一时间，无数探险队、考古队、盗墓贼争先恐后地进入塔克拉玛干沙漠寻宝。这是继二十世纪初沙漠探险热之后的第二次探险热潮。但是这片大沙漠对大多数经验不足的探险家来讲，正如著名的瑞典籍大探险家斯文赫定对塔克拉玛干的解释一样，那是一个有去无回的地方。"死亡之海"，由此得名。

　　对新疆古墓遗迹的保护迫在眉睫,然而官方没有足够的人力财力对塔克拉玛干沙漠中的遗迹进行发掘保护,大批的考古人员都在河南争分夺秒地发掘已经被盗墓贼或施工损毁的古墓。

　　大金牙认识的这位教授,长期研究西域文化,对新疆的古墓被破坏事件忧心忡忡,一直找领导申请,希望亲自带队去沙漠,对这些遗迹做一次现场评估,然后向有关部门申请发掘或者进行保护。

　　上级则以经费不足为借口一再推托,其实经费是其次,主要是因为最近在沙漠里出事的人实在太多了,担心教授他们去了出点什么意外。官场有种潜规则:不求有功,但求无过,不犯错就是立大功,升官发财是迟早的事。

　　直到近日,有一位美籍华人出面,对教授的考古队提供全部资金的支持,考古队这才得以成行。目前这支考古探险队还在进行前期准备,他们还需要找一个有丰富沙漠生存经验的领队,此外还缺一位懂风水观星之术的能人。因为考古队员大多是啃书本的书呆子,没有领队,进了沙漠就肯定出不来了;没有懂得天星风水的高人,凭他们也找不到遗迹古墓之类的所在。

　　找这种人谈何容易,有些人来应征,多半是欺世盗名之辈,双方一谈,就露了怯,所以教授也拜托大金牙在民间找找这样的能人。

　　大金牙问我想不想去,那美国人出的价可相当高了,并且可以去沙漠里瞧瞧到底有没有什么大墓,就当踩趟盘子,日后行动也好有个参考。

　　我说:"这个机会不错,对我们来说是一次难得的实践,我们从来没跟考古人员打过交道,如果我们能一起去的话,可以从他们身上学到不少东西。沙漠我倒是去过,以前部队曾经两次进入沙漠深处进行军事演习。领队是领队,要想进沙漠,还必须找个当地的好向导。另外天星风水我懂,只要天上有星星,我可以带着他们找到他们想找的地方。只是,我不太明白,这个美国人为什么出钱赞助咱们中国的探险活动?他的目的是什么呢?美国人不是雷锋,美国人很务实,最看重实际利益,没有好处的事,他们是不会做的。"

大金牙说："这事的详细情况我也不是非常了解，只知道个大概。出资的这位美国人是个女的，华人，她爹是华尔街的大亨，平时很喜欢探险考古之类的活动。去年，她爹和一批中国探险家一起去新疆探险，她爹好像对什么精绝文化特别感兴趣。他们那次去就是为了寻找那座隐藏在沙海腹地的精绝古城，结果去了就没回来，一个人也没回来。当地的驻军出动了飞机去找，最后也没找到，一点线索都没有。她继承了家里的大笔遗产，恐怕是对她父亲的事不太死心，这次出资赞助，有可能也是想尽自己的最大能力，再去找一找她的亲人。她虽然是美国人，但毕竟是华裔，按咱们中国人的传统，人死之后，得埋在故乡啊，扔在沙漠里风吹日晒的，远在家中的亲人也不安宁。"

我们三人一直喝到晚上方散，约定了由大金牙去联络买家，并把我们介绍给即将出发的考古队组织者陈教授，我们能不能加入进去，还需要和陈教授面谈。

两天之后，大金牙带我们去了天津。在天津沈阳道，有个小小的古玩门市，店主是个三十几岁的白净女人，我们都称呼她为韩姐。韩姐是一个香港大老板包养的情妇，那位老板在香港是屈指可数的几大古玩收藏家之一，在天津给韩姐开这么个铺面，一是为了给她的乏味生活找点事做，二是可以收购古玩明器。

韩姐是个不怎么爱说话的女人，但是她对古玩鉴定有极高的造诣。看了我们的明器之后，她很大方地付了六万："现在的行情，顶多是五万，多付你们一万，是希望咱们交个朋友，以后有什么好东西，请你们还拿到这儿来。"

我把厚厚的钞票接在手中，心情激动，手都有些颤抖，我暗骂自己没出息："老胡啊老胡，你也算见过世面的人了，当年毛主席在天安门城楼检阅红卫兵，你参加的时候激动过吗？坦率地说当时激动过，但是没现在这激动。好歹你也算是大森林里爬过树，昆仑山上挖过坑，对越反击开过枪的人，怎么今天激动得连钱都拿不住了？唉，这就是金钱的力量啊！

没办法,你可以不尊重金钱,但是没钱,就不能给山里的乡亲们拉电线,就不能给那些牺牲战友的家属改善生活。钱太重要了,出生入死,为了什么?就是为了钱。"

回去之后,我把钱分成了四份,一份给英子,一份给胖子,还有一份给支书,给大伙分分,剩下一份,留着购买装备,以及当作下次行动的经费。

胖子没要自己的那份,他说,这次的钱说少不少,但是说多也不多,给岗岗营子修路肯定是不够,咱们一分就剩不下多少了。听说老胡你连队里有好多乡下的烈属,家里人口多,虽然有政府的补助,但是生活非常困难,甚至有的老娘,儿子牺牲了,她都没钱买车票去云南看看自己儿子的墓。听你说了这事,我眼睛就发酸,心里很不舒服,你干脆把我这份寄给那些烈属和受伤残废的兄弟吧。我这辈子,最大的心愿就是当兵上战场打仗,可是我爹死得早,我没那个机会了,老胡你就帮我完成这个愿望吧,以后咱们钱多了再分给我也不迟。

说起这事,我的眼泪也在眼眶里打转,拍拍胖子的肩膀:"行啊,现在觉悟越来越高了。以后赚钱的机会有的是,这回咱们争取去新疆,赚美国人的钱。"

休息了几天,大金牙就来通知,说约了考古队的陈教授见面,带我和胖子去了陈教授办公的地方。

教授岁数不小了,我一见面就不免替他担心,这把老骨头还想进世界第二大流动性沙漠?

与陈教授一起的还有他的助手郝爱国,这是一个四十岁左右的中年知识分子,头发乱得像鸡窝,一看就缺少待人接物的经验。他的深度近视眼镜向人们表明,他是一个拥有严谨务实刻苦钻研的求学态度,并且不太重视自己形象的人。他这种人"文化大革命"时候有不少,但是改革开放之后,随着新知识新风潮崭新价值观的流行,这样老派的人已经不多了。

郝爱国认真地打量了我们一番,也不客套,开门见山地说道:"两位同志,你们的来意我们已经知道了,想必我们考古队的要求你们也是知道的,这次是破格中的破格,例外中的例外。我们需要的是人才,你们两位

157

是有沙漠探险的生存经验，还是懂星宿风水学？这个半点不能马虎，如果你们没有这方面的本领，我们一概不会走后门。"说完看了大金牙一眼，补充道，"看谁的面子也不行。"

陈教授觉得郝爱国说话太直了，他跟大金牙的父亲也很熟，经常向他们请教一些古玩鉴赏的问题，不愿意把关系闹得太僵，就从沙发上站起身来打圆场。他请我们落座，闲聊了几句，问了我和胖子的一些事，听完之后微笑点头："不简单啊，当过解放军的连长，还有参加过战争的经验，而且去过沙漠，真是难得啊，当我们这些书呆子的领队，那实在是绰绰有余了。沙漠中的遗迹和古墓，大多数都掩埋在黄沙之下，孔雀河故道早已干涸难以寻觅，如果不懂天星风水术，恐怕是找不到的，不知这风水学你们二人懂不懂？"

我知道这种天星风水又名天穹青囊术，是《十六字阴阳风水秘术》中的天字卷，最晦涩难懂的一章，我从来没实际用到过，不过，这时候只能硬着头皮吹了。我挠了挠头皮答道："老先生，不是我吹牛啊，对于这个星盘月刻风水术，我是熟门熟路，不过这得从何说起呢……"

为了得到这份以美金支付的工作，我把肚子里的存货都倒了出来，希望能把他们侃倒、侃蒙。多亏了我祖传的那本秘书，初时郝爱国看我年纪轻轻，以为我是大金牙的亲戚，走后门来他们这儿混饭吃，我说了几句，头头是道，他也不免对我刮目相看，在一旁聚精会神地倾听。

"这个风水嘛，被称为地学之最，风水之地可以简单地概括为：藏风之地，得水之所。这个《葬书》①中讲得好啊：'葬者，乘生气也。经曰气乘风则散，界水则止。古人聚之使不散，行之使有止，故谓之风水。'

"后世又将风水学无限扩大化了，不仅仅限于墓葬的地脉穴位，而逐渐引申为堪舆之术。堪舆者，天地也，说白了就是分析天地人三者之间关系的一门学问。

"但是今天我只向在座的教授和老师说一说风水术中的一个分支——

---

①《葬书》，相传为两晋时代著名方士郭璞所著。

天星风水。古代帝王贵族，对死后之事非常看重，生前享受到的待遇，死后也要继续拥有。不仅是这样，他们还认为天下兴亡，都发于龙脉，所以陵墓都要设置在风水宝地。雍正皇帝曾经对帝陵择地精辟地概述过，他说：'乾坤聚秀之区，阴阳汇合之所，龙穴砂水，无美不收，形势理气，诸吉咸备，山脉水法，条理详明，洵为上吉之壤。'

"虽然只有短短的几句话，但这无疑是对帝陵择地的最直接、最形象、最生动的描述。但是他只说了一半，古人追求天人合一的境界，不仅要山脉水法，也要日月星辰。

"从上古时代起，人们就经常观看天象，研究星辰的变化，用来推测祸福吉凶，在选择风水宝地的时候，也会加入天文学的精髓。天地之相去，八万四千里，人之心肾相去，八寸四分，人体金木水火土，上应五天星元，又有二十四星对应天下山川地理，星有美恶，地有吉凶。

"凡是上吉之壤，必定与天上的日月星辰相呼应，而以星云流转来定穴的青乌之术，便是风水中最难掌握的天星风水。

"天有二十四宿，日有二十四时，年有二十四节气，故风水也有二十四向，二十四位。能看懂这些星星的吉凶排列，再通过罗盘定位，就能找到我们想要找的地方。不过这种天星风水流派甚多，各有章法，其中也不乏相互矛盾的。浩瀚沙海中的古迹，时隔千年，能有百分之二三的机会找到就不错了。"

陈教授听到此处，高兴地站起来说道："胡同志说得太好了，老天爷开眼啊，总算是给我们派来你这么个人才。在新疆的大沙漠中，时隔千年，甚至几千年，沧海桑田，以前的绿洲和城市都变成了茫茫沙海，山脉河流都已经消失不见了，我们如果想找到那些古丝绸之路上的陵墓，依靠天星风水之术，是最简洁有效的途径了。我宣布，你们两位，从现在起，正式加入我们的考古工作组了。"

郝爱国也过来和我们热情地握手，对刚才的不近人情表示歉意："对不起对不起，我们这种知识分子都是臭老九，'文化大革命'这么多年，一直都在蹲土窑，蹲傻了，不太会说话，请不要在意。"

我暗自庆幸："嘿嘿，我也就知道这么多了，再往下说非露了马脚不可。天星风水难得无法想象，我是看不太明白的，不过想必你们这批戴近视眼镜的知识分子，也经不住沙漠中残酷环境的考验，进去之后用不了两天就得往回跑。另外我夸大其词，把找到遗迹的概率说得极低，找不到的话，那就不是我不懂天星风水的责任了，但是我们的工钱，可一分都不能少。"

我正想得得意，房中又进来一个年轻的女子，陈教授连忙为我们引见："这位杨小姐就是咱们这次活动经费的出资者，她也随同咱们一起去。你们别看她是个女孩子，她可是赫赫有名的美国《国家地理》杂志的摄影师啊。"

我做绅士状，跟她握手致意。我想对方既然是美国人，我得跟人家说英文啊，"你好"怎么说来着？好像是"哈……哈……哈漏"。

杨小姐微微一笑："胡先生，我会说中文，咱们还是用中国话交谈吧。你今后叫我 Shirley 杨就可以了。"没想到她的普通话说得很好，没有半点美国口音，至于美国口音是什么样的，其实我也没个概念，反正觉得她和中国人没区别。

Shirley 杨又和胖子握了握手，然后提出一个疑问：王凯旋先生（胖子）是和胡先生一起来的，胡先生的本事很大，指挥过部队，还懂天星风水术，不过，王先生有什么本事，我们还没领教过。这次去沙漠探险，事关重大，我们不需要没有独特技能的人。

我没想到美国人说话这么直接，大伙都一齐看着胖子，我赶紧替他说道："沙漠里不太平，我这位朋友，枪法好。"

胖子见那美国女人瞧不起自己，把嘴一撇，气哼哼地说："新疆算个什么，当年老爷我去新疆沙漠剿过匪，在尼雅绿洲杀得土匪屁滚尿流，还亲手打死了匪首。你们瞧瞧，这就是战利品。"说罢，掏出了那块贴身玉佩在大伙眼前一晃，"见识过吗，你们？"

我在旁边直咧嘴，心想这个白痴，说个瞎话都说不圆，你把你爹那辈的英雄事迹都安自己头上了，还他娘的去新疆剿匪，剿匪那会儿你还穿开裆裤呢，你说你吃过新疆羊肉串还差不多。事到如今，看来我只能耍赖了，如果不带胖子去，我也不去，估计他们最后只能妥协。

然而却没人反驳，陈教授和Shirley杨的目光都被胖子手中的玉佩所吸引，胖子拿着玉佩的手到哪儿，他们的目光就跟到哪儿，连眼睛都舍不得眨一下。

Shirley杨本来不同意胖子参加考古队，不过自从见到了胖子的玉佩之后，她就毫不犹豫地答应给我们俩每人一万美金的报酬，如果能找到沙漠腹地的精绝古城，再多付一倍。不过这笔钱要等到我们从新疆回来之后才能兑现。

大金牙也曾经看过胖子的玉佩，以他的老到，也瞧不出这玉的来历。他在这方面上不如陈教授等人识货，毕竟大金牙是倒腾玩意的，陈教授浸淫西域古文化研究长达数十年，Shirley杨的父亲和他是好友，Shirley杨自幼受家庭环境的熏陶，对西域历史等事物也是半个专家，所以他们二人一看这块玉就瞧出门道来了。

陈教授认为这块玉至少有一千五百年至两千年的历史，上面刻的文字是鬼洞文。鬼洞是古时西域的一个少数民族，现在这个民族早已经灭绝了。据敦煌出土的一些典籍记载，精绝国的女王就是鬼洞族人，而玉上的十个鬼洞文字究竟是什么内容，还需要进一步考证。

陈教授和Shirley杨的父亲都痴迷西域文化，精绝这座曾经繁荣华美的城市，可以说是西域三十六国中的翘楚，鼎盛时期，在西域罕有其匹。后来国中好像出了一场大灾难，女王死了，从那以后这座古城就消失不见了。

昔日的荣光已被黄沙掩埋，证明它曾经存在过的线索，只在一些古老文献中有零星的记载。传说精绝女王是西域第一美人，她就像天上的太阳，她的出现让群星和月亮黯然失色。

Shirley杨的父亲就是为了寻找这位女王的陵寝，中美学者一共五个人组成的探险队，携带着顶尖装备，进入沙海深处，却一去不回。

这次行动，一来是对沙漠中的古墓进行现场评估和勘察；二来也是想碰碰运气，看能否找到那五名探险家的遗体，好好地进行安葬。

Shirley杨想买胖子手中的玉佩，我和胖子认为奇货可居，咬死了不卖，暗中合计能宰她多少美金。

我们加入了这支由学者和摄影师组成的探险队,我混上了领队,胖子混上了副队长。去沙漠的事,就这样敲定了。

西行的列车飞驰在广阔的西部大地上,我和胖子在卧铺车厢里睡得天昏地暗。我们的第一站是西安,在那里要同陈教授的几个学生会合,然后去乌鲁木齐,探险队的装备将会直接托运到那里。

郝爱国一进来,就让胖子的臭脚丫子熏得差点摔倒,他把我推醒:"胡同志,醒醒,醒醒,教授找你商量点事,过来一下吧。"

我向车窗外看了看,天还是亮的,也不知道是几点,都睡糊涂了,披上衣服跟随郝爱国到了隔壁。

陈教授和Shirley杨正在看地图,见我进来,就招呼我坐下,郝爱国给我倒了杯热水,我问他们有什么事。

陈教授说:"咱们明天早上就能到西安了,接上我的三个学生,人员就算都到齐了。你是咱们的队长,想提前跟你商量一下路线的问题。"

Shirley杨也在旁说道:"是的,胡先生,我和教授商量了,计划从博斯腾湖出发,向南寻找古孔雀河河道,然后,经古孔雀河河道进入沙漠深处,沿兹独暗河南下,寻找精绝古城遗迹,我们想征求一下你的意见。"

我心中觉得好笑,这些知识分子和有钱人,纸上谈兵,异想天开,你们这么走等于是在沙漠戈壁中兜圈子,哪儿有人敢在沙漠里走Z字形路线,就算不渴死饿死晒死,到最后也得累死。不过我一直认为他们这些人属于钱多了烧的,吃饱了撑的,好好的日子不过,非得去沙漠里遭罪,指定用不了两三天,就得哭着喊着回去,所以什么路线并不重要,回去之后把钱给我就行了。

我对Shirley杨说:"杨大小姐,我虽然是领队,但是对于行进路线的安排,我没资格参与决定,你们确定好了路线和目标,我负责把大伙领到地方。换句话说,您的,掌柜的干活,我们的,苦力的干活。"

话一出口,我也有点后悔,俗话说得好,拿人钱财与人消灾,人家花钱雇了我,我当然得尽到本分。于是我对他们讲,关于路线的事宜,必须等到了新疆之后，找个土生土长的当地向导，征求一下他的意见，然后再决定，现在说有点为时尚早，找向导的事包在我身上了。

众人又商量了一些细节，然后各自休息去了。这次在火车上的谈话之后，我隐隐约约觉得，他们这些人决心很大，不见得进入沙漠没几天就得跑回来。

在西安，见到了我们考古队的其余成员，都是陈教授带的学生，相貌朴实的萨帝鹏，个子高高的楚健，还有个女学员叶亦心。

加上先前的五个人，一共八人。抵达新疆，我联络了以前在部队的一个战友刘钢，他是进疆部队三五九旅的后代，在新疆土生土长，但是他和当地人也不太熟，想找个熟悉沙漠地理的当地向导很不容易，最后终于通过刘钢的朋友，找到了一位做牲口生意的老人。

老人的名字，已经没人喊了，人们都称他为安力满，意为沙漠中的活地图。

安力满老汉叼着烟袋，把头摇个不停："不行不行的，现在嘛是风季，进沙漠嘛，胡大他老人家，那是要怪罪下来的嘛。"

我们软磨硬泡，我让陈教授出示了文件，我对他说明我们是国家派下来工作的干部，地方上的同志必须配合，安力满你要是不给我们当向导，我们就找警察，把你的骆驼和毛驴都没收，让你做不成生意。

Shirley 杨又告诉他，只要你来做我们的向导，你所有的牲口，我出双倍的价钱买下来，等从沙漠中回来，这些牲口还是你的，钱也是你的。

安力满老汉无奈，只得应了下来，但是他提出了一个要求："汽车嘛不要开，胡大不喜欢机器嘛，骆驼嘛多多地带，胡大喜欢骆驼。"

在这个环节上，我和安力满老汉的意见一致，骆驼在沙漠中比汽车要可靠得多。

安力满老汉挑选了二十峰骆驼，出发的那一天，把我们的装备物资都装到驼背上，再带上大量的豆饼和盐巴。胖子边帮他搬东西边问："老爷子，咱在沙漠里就吃豆饼和盐巴？这不越吃越口渴吗？"

安力满老汉大笑："哎呀，我的乌力安江（壮实的朋友），这个嘛，你

163

要吃也是可以的，不过胡大认为这些嘛，还是应该留给骆驼吃嘛。"

安力满老汉告诉我们大家，现在的季节是沙漠中最危险的时候，从博斯腾湖到西夜城遗迹，这先前一段路，有沙漠也有戈壁滩，幸好有孔雀河的古河道相连，还不难辨认，但是想再往深处走，能不能找到兹独暗河，那就要看胡大的旨意了。

我们这支九个人组成的小队，与其说是考古队，倒不如说是古时候的驼队。食物的携带量大约维持不到一个月，清水足够使用十几天，在半路的几处绿洲以及地下暗河，还可以再补充淡水。另外还有几大皮口袋酸奶汤，在沙漠中渴得受不了的时候，喝上一口解渴，能顶过十口清水。再加上探险队的各种器材设备，使得每峰骆驼的负重量都很大，行进的时候，人员只能靠两条腿，走一半路，骑一半骆驼。

第二十章
沙海魔巢

　　行程的第一段路线是从博斯腾湖向西南出发，沿孔雀河向西走一段，直到找到向南的古河道。博斯腾可译为站立之意，这个名称的由来，是因为有三道湖心山屹立于湖中。这个湖古代也称为鱼海，是中国第一大内陆淡水湖，孔雀河就是从这里发源，流向塔克拉玛干的深处。在我们经过湖边的时候，放眼眺望，广阔深远的蓝色湖水让人目眩，不经意间，产生了一种仿佛已行至天地尽头的错觉。

　　动身之后头两天，教授的三个学生兴致极高，他们都很年轻，平生头一次进入沙漠，觉得既新鲜又好玩，一会儿学着安力满老汉指挥骆驼的口哨声，一会儿又你追我赶地打闹、唱歌。

　　我心里也跃跃欲试，恨不得跟他们一起折腾折腾，不过我身为考古队的领队，还是得严肃一点才是。想到这儿，我直了直骑在骆驼背上的身子，尽量使自己的形象显得坚毅伟岸一些。

　　初始的这一段路程，按照安力满老汉的话说，根本不算是沙漠。孔雀河的这一段古河道是河流改道前就存在的，有些地段的河床并未完全干涸，周围的沙子也很浅，到处都有零星的小型湖泊和海子，水面上偶尔还游动着一小群红嘴鸥和赤嘴潜鸭。沿着孔雀河的河湾，有一小块一小块的绿洲，生长着沙枣、胡杨和一些灌木。

等过了这条河湾就算是真正进入沙漠了，孔雀河改道向东南，往那边是楼兰、罗布泊、丹雅，我们则向着西南行进，进入"黑沙漠"。安力满老人说黑沙漠是胡大惩罚贪婪的异教徒而弄出来的，沙漠中掩埋了无数的城池和财宝，但是没有任何人能够从黑沙漠里把它们带出来，哪怕你只拿了一枚金币，也会在黑沙漠中迷失路径，被风沙永远地埋在里面，再也别想出来了。

这是一片流动性大沙漠，大风吹动沙丘，地貌一天一个样，没有任何特征，古河道早就不见踪影了。多亏有了安力满，那些被黄沙埋住大半截，只露半个屋顶的古堡、房屋、塔楼，被狂风吹成倾斜，与地面呈三十度夹角的胡杨，沙漠中几株小小的梭梭，都逃不过安力满老汉的眼睛。这些东西连起来，就串成了一条条线，告诉我们孔雀河的古河道曾经从这里经过，在这条消失不见的古河道尽头，就是那座传说中被胡大遗弃的精绝古城。

在沙漠中给我们留下印象最深的就是那些千年的胡杨，如果不是亲眼见到，谁会相信沙漠中也有树。每一棵树都像一条苍劲的飞龙，所有的树枝都歪歪斜斜地伸向东方，好像这条龙在沙漠中奔跑。在这么恶劣的环境下，历经了上千年，这些树早已枯死，树干被风沙吹得都快平贴到地上，但是它们仍然没倒下。

早上的第一缕阳光从东方的地平线升起，映红了天边的云团，大漠中那些此起彼伏的沙丘笼罩上了一层霞光，干枯的胡杨和波纹状的黄沙都被映成了金红色，浓重的色彩在天地间构成了一幅壮丽的画卷。

众人为了避开中午的烈日，连夜赶路，正走得困乏，见了这种景色，都不禁精神为之一振。Shirley 杨赞叹道："沙漠太美了，上帝啊！你们看那棵胡杨，简直就是一条沙漠中金色的神龙。"她取出相机，连按快门，希望把这绝美的景色保留下来。

在大家都被美景所醉的时候，我发现安力满老汉盯着东边的朝阳出神，脸上隐隐约约出现了一丝不安。我走过去问他："老爷子，怎么了？是不是要变天了？"因为在内地，我也听说过"朝霞不出门，晚霞行千里"的话，早上火红的云霞，不是什么好兆头。

这已经是我们出发的第五天，进入黑沙漠的第三天了。前边是西夜古城的遗迹，我们本来预计明天抵达的，但是安力满老汉说这次的风暴会很大，筑了沙墙也挡不住，如果不赶到西夜城遗迹，我们都会被活埋在沙漠里。

听他这么说，我知道这事不是闹着玩的。这里离西夜古城的遗迹还有多半天的路程，路上万一出点什么事耽误了，那可就麻烦了，而且走了整整一夜，大伙都累坏了，那几个老弱妇孺能不能坚持住，还不好说。

我跳上骆驼背想招呼大伙快走，却见安力满老汉慢慢悠悠地从骆驼上下来，取出一张毯子，不紧不慢地铺在黄沙上，跪在上面，双眼微闭，神色虔诚，张开双手伸向天空，然后又捂住自己的脸，大声念诵。

他这是在向真主祷告啊，每天早晨必做的功课。我见他如此气定神闲，以为他说晚上要起大风暴的事没有多严重，也就随之放松了下来，便去和胖子、Shirley杨等人一起观看大漠的美景。

谁想到安力满祷告完了之后，就像变了个人，身体好像拧紧了发条，三下两下卷起毯子，弹簧一般地蹿上骆驼，打个长长的口哨："噢呦呦呦呦——快快地跑嘛，跑晚了就要被埋进黑沙子的炼狱了。"他催动胯下的大骆驼，当先跑了起来。

我大骂一声："这他娘的死老头子！"这么紧急的情况，他刚才还有闲心慢吞吞地祷告，现在又跑得这么快！当下招呼众人动身。

骆驼们也感到了天空中传来的危险信号，像发疯了一样，甩开四只大蹄在沙漠中狂奔。平时坐着骆驼行走，晃晃悠悠觉得挺有趣，但是它一旦跑起来就颠簸得厉害，我们紧紧趴在骆驼背上，生怕一个抓不稳就掉了下来。奔跑的驼队在大漠中疾行，扬起的黄沙卷起一条黄色的巨龙，大伙都把风镜戴在眼上，用头巾遮住了鼻子和嘴。我左右看了看，越发觉得情形不对，骆驼们已经失控了，瞪着眼喘着粗气跟随着安力满老汉的大骆驼，跑得像旋风一样，看来事情比我预想的还要紧急危险。

我最担心的是有成员被骆驼甩下来，想喊前边的安力满慢一些，却根本来不及张嘴，也没办法张嘴，一张口就灌进一嘴的沙子。

我只能不停地左顾右盼，数着驼峰上的人数。一直跑到中午，饶是骆驼们矫健善走，这时也累得大汗淋漓，不得不缓了下来，还好没人掉队。

安力满让大家赶紧趁这时候吃几口干粮，多喝点水，不要担心水喝光了，西夜城的遗迹下面，可以找到地下水脉，清水在那里将得到补充。吃饱喝足，让骆驼稍微养一养脚力，好在离得已经不远了，不过还是要马上就接着跑，不然就来不及了。

大伙取出馕和干肉，胡乱吃了几口。我和胖子担心这些知识分子，挨着个地问他们有没有什么事。陈教授年岁不小，被骆驼颠得上气不接下气，一句话也说不出来。年纪最轻的女学生叶亦心，哇哇哇吐了几口。他们俩只喝了点水，什么也吃不下去。

最要命的是郝爱国，他的深度近视眼镜掉了，什么也瞧不清楚，急得团团乱转，多亏研究生萨帝鹏也是近视眼，他有一副备用的近视镜，两个人的度数差不多，解了郝爱国的燃眉之急。

Shirley 杨和另一个大高个学员楚健倒没什么，特别是 Shirley 杨，也许是她那个热爱冒险的父亲遗传，也有可能和她在美国长大有关系，她有很强的冒险精神，身体素质也很好，一夜未睡，又在沙漠中奔跑了大半日，也不见她如何疲惫，依旧神采奕奕，忙着帮安力满老汉给骆驼背上的物资加固。

一阵微风吹过沙丘，卷起一缕缕细沙，远处的天际渐渐变成一片暗黄色。安力满老汉大叫："信风来啦，不要再歇了嘛！真主保佑，咱们这么多人，快快逃命去嘛！"

考古队的成员们拖着疲惫的身体，再次爬上骆驼，此时已顾不得骆驼体力了，吆喝着催动骆驼奔跑。

刚刚还是晴朗的天空，好像一瞬间就暗了下来，那风来得太快，被风卷到空中的细沙越来越多，四周笼罩在铺天盖地的沙尘中，能见度也越来越低。混乱中，我又暗中清点了一遍队伍的人数，加上我，一共八个人，谁掉队了？

第二十章 沙海魔巢

风越刮越凶,狂沙肆虐,到处是一片暗黄色,我看不清是谁掉队了,不过驼队刚下沙丘才百十米,现在回去找人还来得及。

我首先想到的是那位美国的杨大小姐,她要没了,我们的钱就泡汤了。不过随即我就打消了这种念头,刚才的想法有点自私了,他们美国人的命固然金贵,我们中国人的命也不是拿咸盐粒子换来的,不能让任何人掉队。

在我身边的就是胖子,也是我唯一能辨认出来的人,我想跟他说话,但是风沙很猛,张不开嘴,我骑在骆驼上打着手势对他比画,让他截住跑在前边的安力满老汉。

就这么一耽搁,二十峰大骆驼又跑出数十米远。我来不及确认胖子有没有领会我的意思,一翻身从狂奔的骆驼背上翻了下来。

骆驼们踩在沙漠中的足印已经被风沙吹得模糊了,马上就会消失,我往回时的方向顶着风跑,觉得自己的身体就像纸片一样,每一步都身不由己,随时会被狂风卷走,耳中除了风声,什么都听不到。

踉踉跄跄地跑出将近两百米,最后在我们刚才休整的沙丘梁上,找到地上躺着的一个人。那人的身体已经被沙子覆盖了一半,不知是死是活。我急忙赶过去,把他从黄沙里拉了出来。

原来是陈教授,他刚才的情况就不太好,可能大家上骆驼逃命的时候,匆忙中他被骆驼颠了下来。陈教授还活着,只是吓得说不出话,他见我来了,一激动就晕了过去。

这时的风沙虽然猛恶,但我知道,这只是沙漠大风暴的前奏,真正猛烈的暴风随时可能到来。一刻也不能拖延。我把他负在背上,转身一看,刚被我踩出的一串足印还能辨认。老天爷保佑,胖子务必要拦住安力满那个跑得比兔子还快的老家伙啊。

我想背着陈教授走下沙丘,没想到背后的风太大,迈出第一步就没立住脚,两人一堆滚下沙坡。昏黄的风沙中,有人把我扶了起来。原来胖子搞懂了我的意思,用刀猛扎骆驼屁股,赶上前边的安力满,把他从驼峰上扑了下来,驼群见头驼停了,其余的也都停住脚步,只有屁股受伤的那峰,发了疯似的朝前奔去,马上消失在了茫茫风沙之中。

多亏他们没跑出太远，不然根本找不回来，这工夫谁也无法开口说话，只能打手势，能领会就领会了，看不明白跟着做就行，众人准备重新爬上骆驼逃命。但是骆驼们好像吓坏了，都不会跑了，任凭安力满老汉怎么抽打，也不听指挥，排成一溜，蹲在原地，把头埋进沙里。

我们一路上见过不少骆驼的白骨，死亡的时候，都保持着这样的姿势，好像是罪人接受惩罚一样。安力满说这些都是被胡大的黑风沙吓坏了的骆驼，它们知道黑风沙马上就会来，跑也没有用，干脆就跪在地上等死了。

这种情况突然出现，我们束手无策，难道都等着被黄沙活埋吗？那滋味可不太好受。正当一筹莫展之时，Shirley 杨一拉我的胳膊，指着西边，示意让我们看那边。

只见在漫天的风沙中，一个巨大的白影朝我们跑来，离得已经很近了，但是风声太大，谁也没有听到。我下意识地把驼背上的运动步枪取了下来，这种小口径运动枪是我们准备对付狼群用的。所有的人都顾不上风沙了，把注意力都集中在那团白影上，那究竟是什么东西？不像是人。

白色的影子像魔鬼一样，瞬间就到了我们身边，那是一峰比普通骆驼大上两倍的骆驼，背上只长了一个驼峰，全身雪白，在黄沙中分外醒目。

"野骆驼！"认识这种骆驼的几个人心中同时叫了一声。

寻常的骆驼与野骆驼除了体形大小有差别之外，最大的不同就是，人饲养的骆驼背上有两个驼峰，而野骆驼只有一个。

隔着风镜，我仿佛都能看见安力满老汉那双眼睛放出了光芒，那是一道死中得活的喜悦之光。安力满兴奋得挥动双臂赞美真神胡大，跪在地上的骆驼们也好像受到某种召唤，把埋进沙子里的头又抬了起来。

我虽然不知道发生了什么，但是凭直觉知道了我们还有求生的机会——跟着这匹雪白的野骆驼跑就行了，它是这沙漠中的动物，应该知道哪里可以躲避胡大的黑风沙。我马上对其余的人打个手势，让大伙爬上驼背，跟着前边的白骆驼跑。

骆驼们低着头，跑得嘴里都快吐白沫了，使出剩下的体力，紧紧跟着前边的白骆驼。转过一大片沙山，沙漠的地势在这里忽然拔高，白骆驼的身影一闪，只一蹿便不见了。

我暗道不妙，它跑没影了，我们可就麻烦了。眼见周围越来越暗，已经分不清楚天空和大地了，再过一两分钟，吞噬生命的黑色沙暴就要来了。

还没等我们明白过来是怎么回事，胯下的骆驼纷纷转向，绕过了这块高耸的沙山。我向左右一看，那块沙山竟然有一段残破的城墙，下面有个夯土的大堡垒，原来这里是一座小小的古城遗迹。

大部分建筑都被黄沙埋住了一多半，有的房屋已经倒塌，只有那段坚固的城墙高耸着，风吹日晒，已不知有多少年月了，早已变成了和沙漠一样的颜色。从远处看，只会认为是座大沙丘，不从侧面转进来，永远也不会发现这座古堡。

那峰全身雪白的野骆驼原来是跑进了这里避难，只不过古城的断壁残垣挡住了视线，看不到它跑到哪儿去了。

城墙就像是道高高的防沙墙，若说能否凭借它挡住这次罕见的大沙暴，用安力满老汉的话讲："那就要看胡大的旨意了嘛。"总之在这种情况下，有地方躲藏就已经是老天开眼了。

考古队的队员们劫后余生，人人都是脸色发黄，看不清是被吓得脸色发黄，还是一脸的沙尘。众人下了骆驼，安力满指挥骆驼们在墙边趴好，随后带领着一众人等，陆续从一间大屋的破房顶下去。

古城虽然有城墙遮挡风沙，但是那些城墙有些地方断开了，这么多年来有大量的沙子被风吹进城中，破损的房屋中积满了细沙，足有两米多厚。

我们进去避难的这间大屋，可能是类似衙门或者市政厅那样的设施，比较高大，纵然是这样，仍得猫着腰，稍稍一抬头就会撞到上面的木梁。

叶亦心、郝爱国等体格不好的人，进去就躺在地上，拿出水壶就喝。其余的人帮手把陈教授扶了进来，他神志已经恢复，只是双腿发软。胖子长出一口大气："咱们这条命算是捡回来了。"

安力满进屋之后，立刻跪倒在地，祈祷道，黑地狱来的魔鬼刮起了黑沙暴，感谢胡大，感谢他派来吉祥的白骆驼，救我们远离灾祸的噩梦。安力满老汉说单峰白骆驼是沙漠中最神奇的精灵，成吉思汗、西夏王李元昊

171

等人都有白骆驼，不过那些都是两个驼峰的，虽然罕见，但并不算神奇。如果队伍中有胡大不喜欢的人，哪怕只有一个，咱们都不会见到白骆驼，看来咱们这些人是被真主眷顾的虔诚信徒，从此以后彼此要像亲兄弟一样，打断骨头连着筋。安力满拍着胸口保证："如果再有危险，再也不会先撇下大家自己逃命了。"

我心中暗骂："他奶奶的，敢情你这老头先前就没拿我们当回事，我说一出事你他娘的就跑得比兔子还快呢。"

说话间，外边的大沙暴已经来了，狂风怒号，刮得天摇地动。我们在古城遗迹里也不免心惊，万一风沙把房子的出口埋住，还不得活活憋死？于是我安排萨帝鹏、胖子、楚健三个人轮流盯着屋顶上的破洞，一有什么情况，就赶快通知大伙跑出去。不过大伙都心知肚明，要是风暴移动沙漠，前边的城墙被吞没了，我们就算跑出去，也只不过是换个地方被活埋而已。

房外墙下长满了沙蒿子，这是一种干草，我探出身去随手拔了一些，取出固体燃料，点了一小堆火，给大伙取暖。

黑漆漆的古屋被火光照亮了，叶亦心突然跳了起来，头一下撞到了房梁，差点被磕晕过去。房梁上落下无数细沙，底下的人都没戴风镜，免不了被眯了眼睛。

大伙一边揉眼睛，一边问叶亦心怎么了，发什么神经。

我的眼睛也进了沙子，什么都瞧不见，耳中只听叶亦心颤抖的声音叫道："右边墙角躺着具死尸！"

"死尸？"郝爱国边揉眼睛边问，"你个小叶，一惊一乍的干什么？咱们考古的还怕死尸吗？"

叶亦心的眼睛也进了沙子，捂着撞到屋梁的头顶道歉："对不起，郝老师，我……我就是没想到这屋里会有死人，思想准备不充分……对不起对不起。"

我听说过一个秘方，眯了眼，马上吐口唾沫就能好，这招我以前百试百灵，于是我赶紧吐了一大口唾沫，眯眼的感觉立刻减轻了，流出不少眼泪，但是已经能睁开了。

睁开眼一看，就吓了我一跳，原来我刚才那口唾沫刚好吐在了Shirley杨的头顶，她是个爱干净的人，就算是在沙漠中日夜兼程，也保持着良好的卫生习惯。她正在不停地揉眼睛，混乱之中没有注意到自己头顶被人吐了口唾沫。

我只好装作没这么回事了，急忙从便携地质包里取出手电筒，往墙边查看，果然是有具人类的尸骨。沙漠中气候干燥异常，看不出死了多久了，只剩下一副白骨，被黄沙埋住了一小半，大部分还露在外边，冷眼一看，还真是挺吓人的，怪不得吓得叶亦心跳那么高。

这时其余的人也陆续睁开了眼睛，拿出水壶，用清水为几个眯眼眯得严重的人冲洗。我告诉众人不用担心，就是一具人骨，不知道死了多少年了，等咱们吃些东西，稍稍休息一会儿，挖个坑给他埋了就是。

考古队的成员，除了安力满老汉，都是经常跟古尸打交道的，也没有人害怕，只是对这具人骨死在这里多少有点疑惑。沙漠中的死者很少会腐烂，多半都是被自然风干成了木乃伊，可是这副白骨身上半点皮肉都没有，说不定是让沙狼给吃光了。

安力满认为这并不奇怪，说那峰白骆驼不是跑进来躲避大沙暴吗，咱们多亏了跟着它才幸免于难。这片沙漠不同于有楼兰遗迹雅丹奇观的半沙漠半戈壁，人们进这西边的黑沙漠，只敢沿孔雀河古河道的线路走，一点都不敢偏离，凭咱们自己，根本不可能找到这座城堡的废墟，但是沙漠中的动物们就不一样了。这座废城，肯定是胡大赐给沙漠中动物们的避难所，咱们是没看见，那些破房断墙后边，说不定藏着多少避难的沙狼、黄羊、沙豹……这会儿天上正在刮大沙暴，地上的动物们都吓坏了，谁也顾不上谁了，等沙暴过去之后，也许会发现狼和黄羊都躲在一间屋子里，那时候是狼就该龇出牙，是黄羊的就该伸出头上的角了。

听说这些破房屋中还藏着不少避难的野兽，叶亦心等几个胆子小的人都有些紧张，安力满也担心躲在破城墙后边的骆驼们，他要冒着沙暴出去，把骆驼们拴住。看来这场大沙暴一时半会儿也不会停，还不知道要在这间大屋中耗上多久，于是我让胖子与楚健两人也和他一起出去，顺便把吃的东西和燃料睡袋都搬进来。

他们三个戴上风镜，用头巾裹住口鼻耳朵，从屋顶上的破洞翻了出去。过了两根香烟的工夫，他们仨就回来了。身上全是沙土，胖子把头巾和风镜扯掉，一屁股坐在地上："这风刮的，要不是我们三个人互相拉着，都能给我们刮到天上去了。不过那老爷子没蒙咱，我们路过一堵破墙的时候，那后边藏着六七只黄羊，等会儿风小点，我拿枪去打两只，咱们吃顿新鲜肉，这几天都是肉干，吃得也烦了。"

安力满闻听此言，表示坚决不同意："不可以不可以，你一开枪的嘛，那个枪声嘛，就把藏在城里的野兽嘛，都吓跑了。它们跑出去，就会被活活埋在魔鬼的黑沙暴里的嘛。咱们和那些动物一样的嘛，都是胡大开恩，才能来这里躲藏嘛，你不可以这么样的。"

胖子说："得了得了，您赶紧打住，我不就这么一说嘛，招出您这么多话来，我接着吃肉干行不行？不会连肉干都不让咱吃吧？"说罢从包里取出肉干和罐头、白酒，分给众人吃喝。

在大沙漠中亡命奔逃了多半日，现在被沙暴困在这无名古城的废墟中，除了胖子和安力满老汉之外，其余的人都没心情吃东西。我关心陈教授，就数他岁数大，在沙漠里缺医少药，可别出点什么意外才好。我拿着装白酒的皮囊，走到陈教授身边，劝他喝两口酒解解乏。

Shirley 杨和郝爱国扶着陈教授坐起来，学生们除了轮到去屋顶破洞旁放哨的楚健以外，也都关切地围在教授身边。

陈教授好像已恢复了过来，喝了口酒，苦笑道："想想以前在野外工作，后来被关在牛棚里三年多，又到劳改农场开山挖石头，什么罪没遭过啊，也都挺过来了。如今老啰，不中用了，唉，今天多亏了胡老弟了，没有你，我这把老骨头非得让沙暴活埋了不可。"

我安慰了他几句，说我不能白拿杨大小姐那份美金，这些都是我分内的事。您老要是觉得身体不适，咱们尽早回去还来得及，过了西夜古城，那就是黑沙漠的中心地带了，环境比这儿要残酷得多，到时候后悔就来不及了。陈教授摇头，表示坚决要走下去，大伙不用担心，这种罕见的大沙暴百年不遇，不会经常有的，咱们既然躲过了，大难不死，必有后福。

我正要再劝他几句，Shirley 杨把我拉到一边，悄悄对我说道："胡先生，以前我觉得你做考古队的领队实在是有点太年轻，还很担心你有没有足够的能力和经验，今天我终于知道了，这个队长的人选非你莫属。有件事还需要你帮忙，咱们领教了大自然的威力，队员们的士气受到了不小的挫折，我希望你能给大伙打打气，让大家振作起来。"

这倒是个难题，不过掌柜的发了话，我只能照办了。大伙围在一起吃饭，我对大家说："那个……同志们，咱们现在的气氛有点沉闷啊，一路行军一路歌，是我军的优良传统，咱们一起唱首歌好不好？"

众人你看看我，我看看你，都有点莫名其妙，心想我们什么时候成军人了？我军的优良传统跟我们老百姓有什么关系？这种时候，这种场合唱歌？一时谁也没反应过来。

我心想坏了，又犯糊涂了，怎么把在连队那套拿出来了，于是赶紧改口道："不是不是，那什么，咱们聊聊天得了，我给你们大伙汇报汇报我在前线打仗的一件小事。"

大伙一听我要讲故事，都有了兴趣，围得更紧了一些，边吃东西边听我说。"有一次，我们连接到一个艰巨的任务，要强行攻占 306 高地，高地上有几个越南人的火力点，他们配置的位置非常好，相互依托，又是死角，我军的炮火不能直接消灭掉他们，只能让步兵硬攻。我带的那个连是六连，我们连攻了三次，都没成功，牺牲了七个人，还有十多人受了伤。我们连是全师有名的英雄连，从来没打过这么窝囊的仗，战士们非常沮丧，打不起精神来。我正着急呢，忽然团长打来个电话，在电话里把我劈头盖脸地一顿臭骂，说，你们连行不行？不行把位置让开，把英雄连的称号让出来，团里再派别的连队上。我一听这哪儿行啊，把电话挂了，就想出一个办法来。我对战士们说，刚才中央军委给我打电话了，说邓爷爷知道了咱们六连在前线的事迹了，老爷子说六连真是好样的，一定能把阵地拿下来。士兵们一听，什么？邓爷爷都知道咱们连了？那咱可不能给他丢这脸，当时就来了劲头，上去一个冲锋就把阵地给拿了下来。"

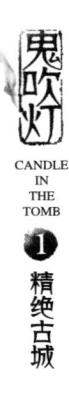

考古队的众人听到这里，都觉得有点激动，纷纷开口询问在前线打仗详细的情况。

我对大伙说："同志们，我说这个故事的意思就是，没有什么困难是能阻拦我们的，我们最大的敌人就是自己，只要能战胜自己的恐惧，只要咱们克服掉自己的弱点，就一定能取得最后的胜利。"

在我的一番带动之下，先前那番压抑沉闷的气氛终于得到了极大的缓解，外边的大沙暴虽然猛烈，这些人却不再像刚才那么紧张了。

吃完东西之后，轮到萨帝鹏去接替楚健放哨，我和胖子去收拾墙角那具遇难者的人骨，就那样让它摆在那儿，屋里的人也不太舒服，睡觉前，先把这具人骨埋了比较好。

现在这么恶劣的天气，不可能埋到外边去，只能就地挖开沙子。挖了没几下，工兵铲就碰到了石头，我觉得有些古怪，这屋子很高，几百上千年吹进来的黄沙堆积得越来越高，怎么才挖了几下就是石头？

拨开沙土观看，那石头黑乎乎的，往两侧再挖几下，却没有石头。郝爱国等人见了，也凑过来帮忙，一齐动手，挖了半米多深，细细的黄沙中，竟露出一个黑色石像的人头。

这人头足有常人的两个脑袋加起来那么大，眼睛是橄榄形，长长的，在脸部的五官中比例太大了，显得不太协调。头顶没有冠帽，只绾了个平髻，表情非常安详，没有明显的喜怒之色，既像是庙里供奉的神像，也像是一些大型陵寝山道上的石人，不过从石像在这间大屋中的位置判断，是前者的可能性比较大。

我点亮一盏汽灯，陈教授看了看，对郝爱国说："你看看这个石像，咱们是不是以前在哪儿见过？"

郝爱国戴上近视镜，仔细端详："啊，还真是的。新疆出土过一处千棺坟，那墓中也有和这一模一样的石人，眼睛非常突出，异于常人，这应该是叫巨瞳石像。"

在新疆天山、阿勒泰、和田河流域，以及蒙古草原的各地，都发现过这种巨瞳石像。关于石像的由来，已不可考证，曾经有学者指出这应该是蒙古人崇拜的某个神灵。根据史册记载，忽必烈在西域沙漠中有一处秘密的行宫，称为"香宫"，最早这种石人的雕像就供奉在香宫里面。但是后来又过了些年，随着几座年代更为久远的古墓和遗迹被发现，也从中发现了巨瞳石人像，这就推翻了始于香宫的假设。有人说这是古突厥人遗留下来的，到最后也没个确切的说法，成了考古史上众多不解之谜中的一个。

考古队中的几个学生从没见过巨瞳石像，掏出笔来在本子上又记又画，商量着要把下面的沙子挖光，看看石人的全身。郝爱国给他们讲了一些相关的知识，说今天大伙都累了，先休息吧，明天等沙暴停了，咱们清理一下这大屋中的沙子，看看有没有什么发现。

我换了个地方，挖开黄沙，把那具遇难者的尸骨埋了，他身上没有任何能证明他身份来历的东西，连个简易的墓碑都没法给他做。唉，好好地在家待着多好，上沙漠里折腾什么呢，就在此安息吧。

我看了看表，已经是傍晚时分了，外边的黑沙暴依然未停，反而有越来越猛的势头，说不定还会刮上整整一夜。

除了放哨的萨帝鹏之外，其余的人都用细沙子搓了搓脚躺进睡袋休息了。这是跟安力满学的，在沙漠里，水是金子，洗脚只能用细沙子。我找到在房顶破洞下的萨帝鹏，让他先去睡一会儿，我来替他放哨。

我坐在墙角，把运动气步枪抱在怀里，以防突然有野兽蹿进来伤人。一边抽烟一边听着外边的风声，一想到陈教授他们还要接着往沙漠深处走就让人头疼，谁知道那黑沙漠的深处潜藏着多少危险的陷阱。今天遇到大沙暴，而队员们没出现伤亡，这绝对可以算是奇迹了。

我想得出了神，一支接一支地吸烟，也不知过了多久，外边的天已经黑透了，风声还是那么大，像是无数魔鬼在哭号，不时有沙子落进屋顶的窟窿，这风再不停，怕是前边的破城墙就要被沙子吞没了。

这时我发现 Shirley 杨醒了，她见我坐在墙角放哨，就走过来，看她那意思是想跟我说话。平时，我很少跟她交谈，主要是因为她跟胖子两人不太对付，互相看着都不太顺眼，所以除了必要的交流，我们不怎么跟她说话，说饿了她扣我们点钱，那也够我们受的。

出于礼貌，我跟她打个招呼，Shirley 杨走过来对我说："胡先生，你也去睡会儿吧，我替你两个小时。"

我说不用了，等会儿我叫胖子替我的岗，我让她再去接着休息，她却坐在了我的对面，跟我有一搭无一搭地聊了起来。

有件事我一直想问她，为什么非要找那座古城，也许那座城市早就已经消失了，这么多年从来没人见过。她父亲和那几位探险家未必是死在那座古城里了，在沙漠中什么危险都可能遇到，想找到那些迷路的遇难者遗体可真是太难了，而且这片黑沙漠里还存在着很多解不开的疑团。我曾经看过一些小报，上面说有三个探险家也是来这里探险，然后失踪了，隔了很久以后，人们在沙漠的边缘找到了他们的尸体，这三个人都是脱水死亡的，奇怪的是他们的水壶里还装着多半壶的饮用水。类似的事情数不胜数，我们人类对沙漠的了解太少了，沙漠中的动植物种类很多，有些属于未经发现的物种。咱们尽力找也就是了，就算找不到，也不用太过自责。

Shirley 杨点点头："胡先生，你说得很有道理，不过我始终坚信我父亲他们找到了精绝古城。因为自从他在沙漠里失踪之后，我不止一次地梦到一个黑漆漆的大洞，洞口悬着一口大棺材，棺上刻满了鬼洞文，还缠了很多大铁链，棺材上面还趴着一个巨大的东西，但是我看不清它是什么，每次都是极力想看清楚那棺材上的究竟是什么，可是一到那时候，我的梦就醒了。这半年多以来，我几乎每一晚都梦到同样的情景，我相信这是我父亲给我托的梦，那棺木一定是精绝女王的。"

我心想怎么美国人也这么迷信，还信托梦的事，但是看她神色郑重，也不敢说出反驳她的话来，只是安慰了她几句，岔开话题，问她那精绝国究竟是怎么回事。

Shirley 杨说："我父亲和陈教授是多年的好友，他们年轻时是同学，都很痴迷西域古文化。一九四八年，我父亲和家里人去了美国，'文化大革命'之后，他才再次回到中国。他在美国的时候，曾经买下了一批文物，都是二十世纪早期，欧洲探险家们在新疆沙漠里发掘出来的珍贵文物。那些欧洲探险家曾在尼雅绿洲附近发现了一处古城遗迹，据考证遗迹和文物都是汉代的，由一些线索推测，那里很可能就是西域三十六国中最强盛的精绝国的遗迹。而我父亲和陈教授经过多年的研究，推断尼雅遗迹只不过是精绝国的一个附属城市，真正的精绝主城应该在尼雅的北面，兹独暗河的下游。我父亲就是希望在有生之年亲自找到精绝古城的遗迹，才冒险组织探险队进入沙漠的。关于这个曾经无比辉煌的古城，现存的记载并不多。精绝国是当时西域各小国联盟的首领。那些小国家，现在看只不过是一些贸易线路上自然形成的大小不一的城市，一个小城也以一国自居，而这些小国中最强大的就是精绝。精绝人以鬼洞族为主，还混杂了少数其他民族，精绝国最后一任女王死亡之后，这个城市就在沙海中消失了，是毁于自然灾难，还是毁于战争，都无从得知，就像是这个国家根本不曾存在过一样。但是第二次世界大战前夕，有一位英国探险家带领探险队进入塔克拉玛干探险，最后只有他一个人活着走了出来。他的神志已经彻底丧失了，但是相机里的几张照片和日记本，却证实了精绝古城的存在。后来也有人曾经想按这条线索去寻找，可是随后就爆发了二战，直到最近这三四年，各个探险队才有机会进入沙漠寻找宝藏和遗迹。"

Shirley 杨取出一个小包给我看，我接过来打开，里面是一张发黄的黑白老照片和一本写满英文的古旧日记簿。照片的画面非常模糊，隐隐约约还可以辨别出拍摄的是一座在沙漠中的城市，中间立着一座塔，细节几乎都看不清楚。

我问 Shirley 杨："这难道就是……"

Shirley 杨说道："是的，这是我父亲从英国买回来的，这就是那位曾经亲自到过精绝古城的探险家华特先生的日记和照片。这也给了我们一些线索，不过日记中只写到他们在兹独暗河的下游见到一座庞大的古城，准备早上进去探险，之后就没有了。不知道他们在古城遗迹中遇到了什么事情，为什么最后仅剩一个神志失常的人幸存了下来。"

我跟她聊着聊着，无意中发现，在被屋中汽灯照亮的墙角处，那尊被挖出来一个大脑袋的巨瞳石人像的眼睛好像动了一下，我一天两夜没合眼了，莫非看花了眼不成？

第二十一章
西夜古城

挂在房梁上的汽灯被灌进破屋里的狂风吹得摇晃不定,光线闪烁,映得破屋中忽明忽暗,漆黑的石人好似一个被活埋的死人,只露出头部,下面全埋在黄沙之中。

走到近处一看,原来在石人的眼睛上趴着一只大蚂蚁,有一个指关节那么大。蚂蚁身体乌黑,尾巴呈血红色,被汽灯的光线一晃,就闪出一丝微弱的光芒,从远处看,就如同石人的眼睛在闪光。

我见是只蚂蚁,就顺手一弹,把它弹到地上,踏上一脚,耳中只听嘎巴一声轻响,踩了个稀烂,稍稍觉得古怪的是,这只大蚂蚁的身体比起普通蚂蚁可硬多了。

我看了看四周,破屋里到处透风,不知道这只蚂蚁是从哪儿爬进来的。Shirley 杨走过来问我怎么回事,我说没什么,就是有只蚂蚁,让我踩死了。

我把正在熟睡的胖子叫醒,让他去放哨,随后往火堆里添了些固体燃料,让火烧得旺一些,把汽灯熄了,便钻进睡袋睡觉。

身体疲倦,我很快就睡着了,醒来的时候,已经是第二天的上午九点多。外边的沙暴刮了整整一夜,兀自未停,只是比起先前风力小了很多,这场魔鬼般的沙暴终于要结束了。

古城遗迹又有一大截陷入了黄沙，露出地面的部分已经不多了，再有两次这么大的风沙，恐怕这座无名的古城就会消失在沙漠之中，不过即使全被黄沙埋住，也不意味着永远被掩埋。塔克拉玛干有一多半是流动性沙漠，随着狂风移动沙漠，不知道多少年之后它还会重见天日。

郝爱国正在指挥学生们挖掘墙角那尊石人，已经挖到了石人的大腿，大伙都围着观看，只有安力满趁风势减弱，出去照看躲在城墙下的骆驼。

我从包里取出些干粮，边吃边去看他们挖土。这次跟随考古队进沙漠，除了是想看看有没有什么大型古墓，也是想和这些专家学些考古方面的经验。

他们怕损坏石人身上的雕刻，只用工兵铲挖开外围的沙子，然后用平铲和刷子一点点地清理，挖开一部分，清理一部分，同时还要做各种记录。

陈教授见我醒了，就对我点点头打个招呼，看来他的身体已经没问题了。他告诉我现在这次就是让学生们练练手，增加一些实习经验。理论知识的学习虽然重要，但是考古这行，现场实习同样是非常重要的，在现场多看多接触多动手，才能有直观的感受，结合起理论来，进步就会快很多。

没过多大会儿，学生就清理到了石像的底座。我是头一次见这种巨瞳石人像，这石像身穿胡服，双臂下垂，身体上雕刻了很多花纹，似是某种密宗经文。据陈教授说，这些文字始终没有被破解，不过随着最近几年考古研究领域的拓展，专家们认为这应该是某种符号或暗号，记载了一些远古宗教方面的信息。至于为什么会把这些符号雕刻在石人身上，也许是和祭祀有关。但是相关的文献、壁画、历史记录等资料完全没有，到现在这些也只不过是推测而已。

萨帝鹏在旁听了教授的讲解，请教道："教授，这种石人的造型和常人差别很大，我觉得有这种可能：古代有种崇拜外星人的宗教，他们见过外星人之后，就认为他们是天神，于是制造了一些这样的石人出来膜拜，这些石人身上的符号是一种外星语言。"

郝爱国立即批评他："小萨你平时学习起来就很不用功，跟你说了多少次了，你是个很聪明的孩子，不要把脑筋用到歪处，怎么连外星人都搞出来了？对待历史，对待考古，要严肃。"

陈教授没有生气，反而露出慈祥的笑容："有想象力不是坏事，年轻人，思路活跃，是很好的。团结紧张，严肃活泼，这一点都不矛盾嘛。不过，我们考古，研究历史，一定要遵循一个原则：大胆地假设，谨慎地求证。想象力要建立在现实的依据之上，缺乏依据的想象力是不牢靠的。咱们就拿这巨瞳石像来说吧，古代人喜欢通过天文现象来判断吉凶祸福，每当夜晚，他们眺望星空，会不会希望自己的眼睛看得更远一些呢？在制造石像的时候，会不会把这种愿望加入进去？这种可能性是很大的。四川的三星堆也出土过一些造像，眼睛长长地延伸出去，保守地说，这极有可能是一种古人对探索欲望的表达。"

我听到此处，也不禁叹服，还是教授有水平，不拿大道理压人，比起陈教授的境界，郝爱国就差太多了。

陈教授继续说："你所说的外星人，也不是没有可能，并不是一提到外星人，就意味着外国小说中虚构的科学幻想，其实最早对外星人的记载，还是出现在咱们中国古代的笔记和壁画中。早在七千五百年前，贺兰山的原始部落壁画中，就出现了身穿太空服的宇航员形象，他们从一个大圆盘中走出，周围的动物和居民四散奔逃，这些恐怕不是当初的人类靠想象力能想象出来的，那应该是一幅记录发生重大灾难和事件的记录性质的壁画。类似的情况在夏周时期的鼎器，以及一些古籍中都有记载……"

这时安力满冒着风沙从屋顶的破洞中跳了回来，告诉众人沙暴就快过去了，用不了半个小时，天就会放晴。全凭真主保佑，沙子已经快吞没外边的城墙了，如果再多刮两个小时，大家今天就要被活埋在这儿了。

本来众人还有些担心，虽然见风势小了，却不知什么时候能停，有了安力满这番话，就彻底把悬着的心放下了。学生们专心地听陈教授讲课，我在火堆上煮了壶茶，准备让大家喝完了就动身上路。

茶刚刚煮沸，围着巨瞳石人像的几个人突然齐声尖叫，都向后跳了开来，有的人喊："啊！怎么这么多大蚂蚁？"有的人喊："哎哟，这边也有！"

第二十一章 西夜古城

我急忙去看，只见石人脚下的沙土隆起一个大包，就像喷泉一样涌出无数的大蚂蚁，有人用铲子去拍，一下就拍死上百只，但是同时又从沙子里冒出上千只，密密麻麻的，瞧得人头皮发紧。

开始以为是他们挖沙子挖开了蚂蚁窝，但马上就发现不是这么回事，地面上出现了十几个大洞，越来越多的蚂蚁从中爬了出来，每一只都是漆黑的身体，红色的尾巴，红黑相间，如决堤的潮水一样不计其数。

安力满只看了一眼，扭头就往外跑。胖子等人还想用工兵铲去拍，就在这一瞬间，蚂蚁已经多到无从下手的地步了。

Shirley 杨是美国《国家地理》杂志的摄影师，去过的地方多，见闻也广，只听她焦急地对众人喊道："大伙快从屋顶爬出去，这是沙漠行军蚁，走慢一点就要被啃成骨头架子了！"

数以万计的沙漠行军蚁已经堆满了半间屋子，地下还源源不断地爬出更多，不仅是地下，房梁上，墙壁里，到处都在往外爬。陈教授、叶亦心几个人被这骇人的情形惊得双脚软了，哪里还走得了半步。

别说那几个知识分子，就连我和胖子这样的都全身发抖，这些沙漠行军蚁太可怕了，说不定屋中原来那具人骨就是它们的杰作，怪不得一点皮肉都没剩下。

我努力让自己冷静下来，一看周围的人，发现安力满这老家伙又是自己先逃了出去，这个老油条，看见危险就跑，亏昨天还信誓旦旦地说要和我们同甘共苦。

眼看工兵铲的拍打已经阻止不住潮水一般的沙漠行军蚁，我一脚踢翻正在煮茶的火堆，把半铁罐子固态燃料全倒了出去，在屋中形成一道火墙，碰到火墙的蚁群立即就被烧焦，稍稍阻住了沙漠行军蚁的前进势头。

那些沙漠行军蚁数目太多，而且毫不迟疑地冲向火墙，想利用数量把火焰压灭，多亏固体燃料燃烧性很强，不过被蚁群压灭只是迟早的事。

利用这点时间，我们拿上能拿的行李装备，连拉带拽，都出了破屋。外边的风沙已很小了，只见数百只黄羊、野骆驼、沙狼、沙鼠、鼹蜥在古城的废墟中乱窜。不仅是我们刚才所在的大屋，很多地方都冒出一片片的沙漠行军蚁，有些动物稍微跑得慢了些，立刻就被沙漠行军蚁覆盖。

沙漠行军蚁的口中含有大量蚁酸，成千上万只一齐咬噬，就是大象也承受不住，一些沙狼和黄羊纷纷倒地，沙漠行军蚁过后，它们就只剩下一堆白骨了。

这城中的沙漠行军蚁数量何止千万，仿佛整个古城就是一个巨大的蚁巢，我们被困在屋顶上，只能挥动工兵铲把爬上来的行军蚁扫落。

远处的城墙下，安力满正在忙着解开拴住骆驼的绳索，我把步枪扔给胖子："打他帽子。"

胖子举起步枪，毫不迟疑地对准安力满扣动扳机，"啪"的一声，安力满的皮帽子被子弹击飞，吓得他一缩脖子，回过头来看屋顶上的人。

我对他大喊："老头，你要是敢跑，第二枪就打你的屁股！胡大肯定没意见！"

安力满连连摆手，示意不跑了。但是屋下已经布满了沙漠行军蚁，我们暂时下不去，在屋顶上也不是办法。正没理会处，却见一堵破墙轰然倒塌，一只羔羊般的大蚂蚁从里面爬了出来。

这是只蚁后，身上长着六对透明的大翅膀，可能是沙暴的袭击惊动了藏在巢穴深处的蚁后，它正准备迁移。

见了蚁后这等声势，考古队员们人人脸上变色。Shirley 杨叫道："擒贼先擒王，快开枪干掉它！"

胖子拍了拍手中的运动气步枪，急得直跺脚："这枪口径太小，他妈的打不动啊。"话虽然这么说，还是开了枪，把弹仓中剩余的子弹全射向了蚁后。

我摘下挡风沙用的围巾，把剩下的固体燃料全用围巾包了起来，掏出打火机点燃了围巾的一角，当作燃烧弹从屋顶上砸向下面的蚁后。

这招竟然收到了奇效，火借风势，把那巨大的蚁后身体包围，蚁后吃痛，挣扎着在沙子上滚动，越滚火烧得越大。这种压缩燃料，只要一点就能燃烧十几分钟，何况这多半桶，足有一公斤左右。火越烧越大，四周的沙漠行军蚁都炸了营，奋不顾身地冲向蚁后，希望凭借数量将火焰扑灭。

我见机会来了，对大伙一招手，拎着工兵铲当先跳下破屋，把零散的沙漠行军蚁驱散。大个子楚健背了陈教授，郝爱国、叶亦心等人互相搀扶着，胖子断后，一行人都从突破口冲了出去。

这时候安力满已经把受到惊吓的骆驼群控制住了，大伙都爬上了骆驼，催动驼队向城外跑。身边不时有各种野兽蹿过，平时碰上都是你死我活的，这时候谁也顾不上谁了，全都拼了命地奔逃。

驼队奔出数百米，我回头看去，古城破败的遗迹已经看不见了，无数的沙漠行军蚁，翻翻滚滚地跟开了锅的红黑色海水一样，沸腾着从地下蜂拥而出。不过只要没被这大队蚁群包围，就没有危险了。

安力满解释说他是想先出去，解开拴骆驼的绳子，要不让蚁群把骆驼们啃成骨头，咱们想跑都跑不掉了，并不是自己先逃命。

胖子不信，用大拇指指着背上的步枪："你甭跟我说，以后要解释就跟我这支枪解释。"

安力满的理由似乎很充分，也不能认定他是抛下众人独自逃跑，以后在沙漠里还有很多地方离不开他，我不愿意就此和他闹翻，于是拦住胖子，不让他继续说了。

我对安力满说："咱们在沙漠中一同见到了吉祥的白骆驼，又逃脱了沙漠行军蚁的围攻，这都是胡大的旨意。他老人家认为咱们是兄弟，都是虔诚的信徒，所以我们都相信你。背叛朋友和兄弟的人，胡大会惩罚他的。"

安力满连声称是："赞美安拉，胡大是唯一的真神，咱们嘛，都是顶好顶好的朋友和兄弟嘛，真主是一定会保佑咱们的嘛。"

这场不大不小、有惊无险的插曲就算是结束了，谁知道过了西夜古城的沙海深处还有什么麻烦等待着我们，我还是得想办法劝陈教授他们回去。

我们离西夜古城的遗迹还有不到半天的路程，风已经停了，火球一样的太阳悬挂在半空。在沙漠里行路，最重要的是保持自身有足够的水分，白天赶路原是大忌，但是我们的水还很充足，到了西夜城就可以补充清水，所以就顶着似火的骄阳在沙漠中前进。

白天的沙漠，另有一番景色。在上古时代，喜马拉雅山的造山运动形成了塔里木盆地，整个新疆的地形就像是一个大碗，碗中盛着金色的黄沙，而我们这九个人十九匹骆驼组成的驼队实在太过渺小，其比例还不如这碗中金沙的万分之一。

大漠茫茫，没有边际，要不是身后长长的足印，甚至都感觉不到自己是在不停地前进。真是佩服那些独自进入沙漠戈壁滩的探险家，也许只有孤独地行走在天地之间，他们才会体验到生命真正的意义。佩服归佩服，我这辈子是不打算那么干，还是集体生活适合我。

萨帝鹏等人好奇心很强，边走边让Shirley杨说沙漠行军蚁的事情，Shirley杨以前并没有亲眼见过，只是见过沙漠行军蚁洗劫过的村庄，人畜都被啃得只剩下骨头，惨不忍睹。

这种蚁群之所以叫行军蚁，是因为它们具有高度的组织性、纪律性，以兵蚁为主，如果和人类的军队相比，训练有素的人类军队的协调组织能力，根本不能同沙漠行军蚁相提并论。

他们边走边说，脚下的沙丘忽高忽低，起伏的程度前所未有。安力满说这些密集的沙丘下都是被黄沙吞没的古代城市，他引领众人走上最高的一个大沙山，指着南面告诉大家，那里就是咱们的中间站——西夜古城的遗址了。

我举起望远镜向南方望去，沙海腹地的一片绿洲，尽收眼底。

沙漠中的绿洲，就像是装点在黄金盘子上的绿宝石，远远看去，一座黑色的城池遗迹矗立其中。

西夜城的遗址保存得相当完好，这座城的年代也比较晚，一直到唐末才毁于战火，遗弃至今。二十世纪初，德国探险家们发现了这里，把遗迹里的大部分壁画和雕像等有艺术价值的文物劫掠一空。

沙漠中只剩下这座空城，最古老的孔雀河古河道，到此为止。由于城中从古到今一年四季都有地下水脉通过，这里就成了沙漠中旅人的一处重要补给点。

驼队下了大沙山，缓缓向着绿洲前进。安力满和我商议，到了西夜城多歇两天再进黑沙漠，进去了就不容易回头了，这些天骆驼们受了惊吓，又驮着大批物资，非得好好养足了脚力才能再次出发。

此言正合我意，我巴不得多停几天，好找借口劝考古队打道回府，也别找什么精绝古城了，就在附近挖两坑，转悠转悠得了。最近我越来越觉得力不从心，再往沙漠深处走，早晚要出大事，到那时，恐怕就不会像先前几次那么幸运了。

我放慢骆驼的脚步，和陈教授并骑而行，对他说道："教授，咱们进了西夜城，休息个三五天、五六天再出发怎么样？安力满说骆驼们都累坏了，要不让它们歇够了，咱们就得改开十一号了。"

陈教授听得不解，问道："什么……十一号？怎么开？"

我说："教授您怎么连十一号都不知道，就是用两条腿走路啊。"说罢我用两个手指模仿两条腿走路的样子："这不就是十一号吗？"

陈教授大笑："胡老弟，你啊你，哪儿来这么多新鲜词？真有意思。好吧，咱们就在里边好好休整几天，我也正想好好考察考察这座名城的遗迹。"

在沙山上看离绿洲不远，却足足走了三个小时才到。城墙是用黑色的石头砌成，有些地方已经塌陷风化，损毁得十分严重，只有当中的主城造得颇为坚固，还依稀可见当年辉煌的气象。一些油井工人、探险队、地质勘探队路过此处，都是在主城中留宿，用石头把门挡住，就不用担心狼群的袭击。

自从二十世纪七十年代中期，内蒙古、新疆、西藏都开展了轰轰烈烈的打狼活动，大规模的狼群已经完全绝迹了，只剩下些三五成群的小型狼群或是独自行动的孤狼，都不足为患。何况我们人多，又带着枪，自然不用担心有狼。

此时正值风季，这里除了我们之外，再没有别的人来，我们便在主城中找了间宽敞的屋子，点燃营火，吃饭煮茶。

我和安力满两人找到城中的古井，据说几千年来这口井就没干涸过，安力满说这是胡大的神迹，我对此不置可否。用皮桶打上来一桶井水，井很深，放了几十米的长绳才听见落水声。拎出来之后我先喝了一口，冰凉冰凉的，沁人心脾，在沙漠中被毒太阳晒的火气顿时消失，心里说不出地舒服受用。

把十九峰骆驼都安置在井旁，一一饮得饱了，又取出盐巴豆饼给它们吃，随后拎起两大桶井水回到考古队员们休息的屋子。

这些人都累坏了，倒在地上呼呼大睡，有的人嘴里还咬着半块饼，吃着半截就睡着了。我没惊动他们，这几天也够他们受的了。

烧开了一大锅水，这才把陈教授等人挨个叫醒，逼着他们用热水烫脚，然后把脚上的泡都挑破了。

这一切都忙完了，我才睡觉，昏昏沉沉地睡了整整一天一夜，疲劳的身体终于恢复了过来。晚上大伙围坐在一起听胖子吹牛。

胖子口若悬河，给众人讲东北老林子里物产多么丰富，山珍野味多么多么好吃，哪儿像这沙漠啊，除了沙子就是沙子，风又大，打只黄羊吃一口，都吃出一嘴沙粒子。特别是大小兴安岭，什么好吃的都有，自古就有这么一个说法：棒打狍子瓢舀鱼，山鸡飞进饭锅里。你们能想象出来猎人们自由自在的生活吗？

几个学生阅历浅，都让胖子侃傻了。萨帝鹏推了推鼻梁上的眼镜，好奇地问道："王大哥，什么是棒打狍子？用棍子打吗？"

胖子说："眼镜啊，看你挺好学，就告诉告诉你。就是说你走在大山里，拿根棒子，随手一抡，就砸死只狍子；在河里用瓢，瞎捞都能捞到大肥鱼——这就是说物产丰富啊。"

Shirley 杨哼了一声，对胖子所言不屑一顾："沙漠也有沙漠的好处，沙漠中动植物的种类并不比森林中的少，而且塔克拉玛干沙漠虽然处于盆地的最低处，但是在某种意义上，这里是古代文明的一个高峰，森林里除了野鹿狗熊还有什么？"

我怕他们俩打起来，赶紧说屋里有女士，我们哥儿俩出去抽根烟去，边说边把胖子拉到外边。

天上明月如画，照得大地一片银白。我给胖子点上支烟，劝他多让着点 Shirley 杨。胖子说我当然不能跟她一般见识，他们美国人不懂事，咱不能不懂啊，何况又是个女流之辈，要是个男的，早给他脑袋拧下来当球踢了。

我笑道："没错没错，你是什么人啊，撒泡尿都能把洋灰地面滋出个大坑来，你可得务必大人有大量，别把 Shirley 杨脑袋揪下来，要不咱那工钱找谁要去？两万美金，那不是小数目。"

说笑了几句，我抬起头吐了个烟圈，只见天空中巨门星、左辅星、右弼星，三星闪耀，排列成一个正三角形，中心太阳星、太阴星并现，好一组乾甲金吉星。

以前从来没仔细研究过天星风水，只是为了到考古队混些钱才硬着头皮看了若干遍，此时一看，风水秘术中天字卷的内容马上就在脑海中浮现了出来。

我连忙跑回屋去，拿了罗盘，又登上城楼的顶端，对照天空的星宿，这处吉星笼罩之地，就在城中的古井处。这是我第一次实践天星风水，心里没底，不过多半不会看错，我家这本《十六字阴阳风水秘术》不是俗物。那么就是说在地下水脉附近，必定会有古墓？墓葬倒是有抱水这么一说，不过这是否离得也太近了？

不管怎么说，这是个重大发现，我得把这件事告诉考古队，最好他们在这儿发现点什么，有所收获，大概就不会非要进黑沙漠了。

听我一说，陈教授大喜，带着学生们兴冲冲地赶到井边，张罗着要下去瞧瞧。这口井的井栏和绞索都是后来重新装的，以前的早就不知在何时毁坏了。

我和 Shirley 杨商量了一下，井很深，可以做个双扣安全锁，把人吊下去看看究竟有什么东西。

那只能是我下去了。下面虽然有水脉，还是不敢大意，戴上了防毒面具，带上手电、哨子、工兵铲、匕首，暗中藏了黑驴蹄子和摸金符，伸手试了试绳索的坚固程度，又商量好联络的办法：如果用手电筒向上晃三圈，上边的人看见了就会停住不再放绳；第二次向上晃手电筒，就是让往上拉。为了预防发生意外，还带着哨子，如果看不见手电筒的光线，就用哨声来联络。

这时正是晚上，除了手电筒的光线，四周全是一团漆黑，抬头也看不清楚井口的所在，越降越深，沙漠中的夜晚气温很低，再加上井中的湿度大，让人感觉从骨子里往外地冷。

井壁溜滑，难以落脚，据说这口古井的年代比西夜城还要久远得多，是先有这口井，后来才有的西夜城。忽然一股凉风吹来，我急忙用手电筒去照，见那井壁上有一道石门。

我对准头顶，又吹哨子又晃手电筒，这里离井口还不算远，只有十五六米深，只要大声说话，上面的人就能听见。他们接到信号，马上停止再放绳子，我刚好悬在石门靠下一点的地方。

冷风就是从石门的缝隙中吹出来的，我用手一推，感觉石门很厚，没有石锁石闩，缝隙虽然大，却推不动，需要用撬棍才能打开。

我见进不去，就发出第二次信号，让他们把我拉了上去。我把井下的情况详细地说了一遍，陈教授称奇不已："奇怪，这也许不是陵墓，是条暗道之类的。天下哪儿有陵墓修在井边，还留条这么诡秘的通道呢？"

胖子自告奋勇："管它是什么，乱猜也没意思，咱们进去一看便知。你们把我弄下去，我去撬开石门。"

我说："算了吧，要下去还是我拿着撬棍下去，胖子你太沉，万一把绳子坠断了，我们还得下井里捞你去。"

这次我们做了一条绳梯，这样石门开了之后，谁想下去就可以从绳梯爬下去，最后决定下去的人有陈教授、Shirley 杨、萨帝鹏和我四个人，胖子等人留在上面。

仍然是我先下去，用撬棍撬动石门。看来这道门以前经常开阖，要不然不会有这么大的缝隙，不过最近几百年可能没开启过，在绳梯上使不上力，为了开这道门着实费了一番力气。

石门后是砖石结构的甬道，宽敞工整，里面黑漆漆的深不可测，我招呼上面的 Shirley 杨他们下来，一个一个把那三人拉进了甬道。

Shirley 杨分给众人一种药片，说能预防缺氧，然后再戴上防毒面具，往里面走就万无一失了。

四人向里面走了大约五十米，一连经过两道石门，最后一道门密封得很紧，石门上浮雕着不知名的异兽，门缝上贴着死兽皮，用平铲把兽皮一块块地切掉，才得以把门打开。

走到尽头，就进入了一间宽敞干燥的石室，长宽都是六七十米，高三米，四个人站在里面一点都不显得局促拥挤。

这空间虽然宽敞，气氛却绝不轻松，地上累累白骨，都找不着能下脚的地方，看那些骨头都是动物的，极其松散，一踩就碎。四周立着几十根木头柱子，上面绑着一具具风干的人类尸骨，看体型全是壮年男子。

我和陈教授、Shirley 杨三人都久经历练，只是觉得这地方诡秘，没觉得害怕，只有萨帝鹏见到这么多干尸，吓得连话都说不出来，教授走到哪儿，他就跟到哪儿，一步也不敢远离。

Shirley 杨看了看那些干尸，叹道："真惨啊，都是殉葬的奴隶或囚徒之类的人吧，实在太野蛮了。"

陈教授对众人说道："看来这里是个祭祀重要死者的所在。这是古时姑墨的风俗，这些人都是罪犯，绑在沙漠中活活渴死，被完全风干之后，才摆到这里，然后宰杀动物的鲜血，淋到这些干尸身上。咱们找找看，这里应该有间墓室。"

我们转了一圈，四处查看，四面都是石壁，敲击了几下，显然是实心的，后面不会有什么别的空间。

还是 Shirley 杨心细，发现石室的地板有问题。我把地上的碎骨头都拨开，地面上露出一块也是带有浮雕的大石板，两端还有两个拉环。

我招呼萨帝鹏帮我把石板拉起来，见他全身抖成一团，忍不住好笑，便让他顺原路回去，免得在这里吓尿了裤子，顺便把郝爱国换下来，他一定对这诡异的墓穴感兴趣。

萨帝鹏像得了大赦，匆匆忙忙地跑了回去。陈教授又好气又好笑："唉，这个孩子，胆子太小，不是干考古的材料啊。"

我和 Shirley 杨合力拉开地上的石板，随后扔进去一支冷烟花，把下面照得通明，只见地面下是一间和上面差不多大的墓室，中间摆放着一口四方形的棺木。说是棺材，和内地的差别也太大了一点，没有任何装饰花纹，也不是长方形，方方正正的，倒像是只大箱子。

这种墓穴和棺木的形式别说我没见过，以陈教授之渊博，都瞧不出个究竟。这恐怕是一种早已失传的古代民族墓葬形式，很大程度上受了汉文化的影响，但是弄得似是而非，加入了很多自身的文化，实在是罕见之至。

这时郝爱国带着楚健赶来了，他一见这里的情景，激动得两眼冒光，戴上防毒面具，第一个跳了下去，这里看看，那里瞧瞧，后脑勺都快乐开花了。我一直以为他是个严肃古板的人，想不到此时他就像个孩子，他现在就差手舞足蹈抓耳挠腮了。

我们也陆续下到底层的墓室，一看周围，都忍不住"啊"了一声，墓室的四壁，全是精美绝伦的彩色壁画。

陈教授看到其中一幅，也激动得够呛："这……这画里记载的事，和精绝国有关啊。"

我最想看的东西是值钱的陪葬品，这口棺材不小，说不定里面有什么好东西，虽然当着教授他们不能拿走，但是也能开开眼。我现在感觉是个贵族的墓就比黑风口那座将军墓奢华。

但是陈教授在看墓室的壁画，并没理会中间的棺木，我只好耐着性子等待，只听陈教授给郝爱国他们讲评这些壁画。

这前面几幅画说明墓主生前是姑墨的王子，姑墨是精绝的属国，备受欺压，每年都向精绝国献上大批的财宝和牛羊奴隶，他曾经去向精绝女王请求给他的臣民自由，一连去了三次，都没有见到女王的面。

这幅画大概是说他不甘心，勇敢的王子是太阳战神的化身，他独自潜入精绝想刺杀邪恶的女王，却发现一个大秘密。

我听着听着也被教授的话吸引，很好奇那究竟是什么秘密，走过去和Shirley杨等人一起倾听教授的解说。

陈教授走到下一幅壁画旁，仔细看了良久，说："这个意思可就很古怪了，你们看这画上王子躲在角落里窥探。精绝女王的脸在所有的壁画中都是蒙着面纱，这张画中女王只有背影，她一只手揭起了面纱，对面的一个人，好像是奴隶之类的，就变成了一团影子……消失了？"

第二十一章 西夜古城

我听得糊涂，正想细问，却听 Shirley 杨说道："这女王是个……妖怪。"

"妖怪？"陈教授闻言稍稍愣了一下，随即对 Shirley 杨说道，"有意思，说说你的想法。"

Shirley 杨指着壁画说道："画这壁画的画师绘画技艺很高，构图华丽而又传神，叙述的是姑墨国王子生平的重大事迹，虽然没有文字的注释，但是特征非常鲜明。"

我一边听她对壁画的解析一边仔细观看，确实如她所言，壁画中的人物、服饰、建筑、神态都惟妙惟肖，如果对西域文化有所了解，可以通过画中的这些信息，大致掌握画中所记录的事件。

只听 Shirley 杨继续说道："教授您刚才所说的这幅壁画，是所有壁画中最难理解的一幅。画中女王揭开了始终罩在脸上的面纱，她对面的一个人物就变成了虚线。这所有壁画中的人物都是写实的，唯独见到精绝女王正脸的人变成了虚线，只画了一个隐隐约约的轮廓，从这个仅有的轮廓上，我们看不出这个人物的身份，只能推测这个虚线的人物是个奴隶或者刺客之类的人，是女王想要除掉的一个敌人。"

我听到这里忍不住插嘴问了一句："杨大小姐，你的意思是……画中这个人见了女王的脸，就此消失了？"

Shirley 杨说："胡先生说得差不多，倘若用我的话来解释，我会说成女王的眼睛看了这个人，这个人就消失了。"

我摇头苦笑："大活人，看一眼就没了？消失了？这……这也太……不可思议了，实不相瞒，我理解起来有些困难。"

陈教授似乎可以理解 Shirley 杨的意思，示意让她接着说下去。

Shirley 杨说："我虽然只是推测，却并非凭空而谈。家父生前喜欢读一本叫作《大唐西域记》的书，是唐代高僧玄奘所著，我也曾看过数遍。书中记载了很多古西域的传说，有些是神话传说，也有不少是真实的事件。其中有一则沙漠女王的传说：在沙漠的深处，有一个城市，城中居住着一个来自地下的民族，他们征服统治了其他的周边小国。经过数百年后，王位传至一任女王，传说这位女王的眼睛是连接冥界的通道，她只要看她的

193

敌人一眼，对方就会凭空消失得无影无踪，而且永远也回不来了，消失的人去了哪里，恐怕只有那些人自己才知道。女王采取高压统治，她要所有邻国的百姓都把她当作真神供奉，所有反抗的人一律活活地剥皮处死。也许是她的举动触怒了真主，女王没折腾几年就身患奇疾，一命呜呼了。

"那些奴隶最怕的就是女王，她一死，奴隶们和周边受女王欺压的几个国家就组成了联军，血洗了女王的王城。联军准备要毁坏女王的陵墓，就在此时天地变色，可怕的风沙将王城和联军一起吞没，女王的墓穴以及她搜罗来的无数财宝都被掩埋在黄沙之下。经过了几百年之后，沙漠的流动使得王城重见天日，有些旅人经过那里，他们只要是拿了城中任意一点财物，就会引发沙漠风暴，烟云骤起，道路迷失，拿了女王财宝的人永远也无法离开。

"但是这个传说中神秘的王城、邪恶的女王以及年代背景等等信息，书中都没有明确的记载。今日在此见到墓中的壁画，对照那个远古的传说，两者竟然有很多相似的地方，让人觉得那不仅是个传说，也许在尘封的历史中，真的曾经发生过这样一些事。"

Shirley 杨让众人看接下来的几幅壁画："我们之所以敢肯定画中的女王就是精绝女王，是由于精绝人特殊的服饰，还有精绝独特的建筑物、装饰品，这些都是最有力的证据。教授，胡先生，你们再看后边的几幅壁画，更加证明了我推论的可靠。这几幅壁画表达的意思很明白：王子行刺没有成功，他回国后继续谋划怎么样除掉女王，这时王子遇到了一位遥远国度来的占卜师，占卜师让王子将特制的慢性毒药藏进金羊羔肉中，然后进贡给女王。果然过了不久传来女王暴卒的消息。而同时，王子也因为操劳过度，过早地去世了，他和他心爱的妻子合葬在一起。占卜师设计了一个陵墓，把他们安葬在圣井的祭坛下边。"

原来是先有上面的祭坛，然后才修的这座墓室，而这壁画中记载的事件，与那个书中的传说丝丝入扣。陈教授见 Shirley 杨虽然是摄影师，但是毕竟出身考古世家，家学渊源，老同学有女如此，他甚觉欣慰，这时想起那位失踪在沙漠深处的老友，又不由得老泪纵横。

Shirley 杨对教授说："您多保重身体，别太难过了。这次咱们收获不小，对精绝遗迹的了解有了突破性的进展，我相信不久之后，咱们一定能够找到精绝古城。先父在天有灵，也能瞑目了。"

我心中暗暗叫苦，本想找到个古墓，让他们就此掉头回去，没想到事与愿违，看这情形，再劝他们也没用了，早知道当初我就假装看不见了。

我忽然想起 Shirley 杨说精绝国的女王是个妖怪，便问道："杨大小姐，我记得先前听你们谈论时说起过，女王是西域第一美女，别的女人在她面前，就如同星星见到了太阳般黯然失色，怎么又说她是个妖怪？她倘若真是妖怪，咱们去找她的墓穴，岂不是送死吗？"

Shirley 杨说道："这些事都是传说，加上咱们的推论，并不一定能够肯定就是事实。考古就是这样，传说、记载、出土的古物，再加上学者的推测，这些内容越多，就越接近历史的真相。但是我们能做到的，只不过是无限地接近真实，任何历史都不可能被还原。在古代，人类对世界的认知程度很低，一些现在看来很普通的现象，在古代就会被夸大成妖魔鬼怪或者神迹，即使到了科学高度发达的今天，仍然有些现象无法用科学来解释。我相信这并不是因为真的存在神和恶魔，而是科学的探索领域还不够，在以后的岁月中，一定能通过科学的途径，找出所有不解之谜的答案。"

我又问道："那么精绝国女王用眼睛可以把人变没了，这件事在科学与文明都很发达的今天，咱们应该怎样去理解呢？"

Shirley 杨说："胡先生，不知道你有没有听过美国一个轰动一时的事件。在美国堪萨斯州的特殊现象与病理研究中心，曾经出现了一位奇特的患者，这是一个十二岁的男孩，他从小就有一种特异功能：长时间凝视一个直径小于五厘米的物体，这件物体就会消失，如同蒸发在空气中一样。邻居们把这个男孩视为异类，说他是妖怪。他的父母也深受困扰，所以希望政府有关部门能够帮助他们把孩子治好。"

这可奇了，我从来没听说过，我们中国的事我知道得都不多，更别说美国的异闻了，这种病究竟是怎么回事？听上去和那妖怪女王如出一辙，最后这小孩被治好了吗？

Shirley 杨说："经过科学家们的研究，发现这个小男孩的脑电波异于常人，他的脑神经和视觉神经产生出一种搬运能量，这种能量连接着一个虚数空间（无法探知的空间）。这种特异功能在人类中所占的比例是三十亿分之一。最后有一位研究人员找出一个办法，他们制作了一个磁性头盔套在小男孩的头上，一年之后，他的特异功能就消失了。当时美国军方曾经计划把这个小孩秘密地送到军事研究所里，但是这事败露了，在民众中引起轩然大波，军方不得不放弃了这个计划。"

　　听了这件事，我心里还是有些嘀咕，那传说中的邪恶女王，只怕不像那个美国小孩那么简单。死我倒不怕，倘若我们真的找到女王的古墓，万一被她变到那个不知道是什么地方的地方，那该如何是好？先走一步看一步吧，真有危险，我就使用强硬手段把他们带回来，谁敢不服从命令？我就不信了，这几个知识分子的胳膊还拧得过我老胡的大腿不成，还反了他们了。

　　这一番长谈，浪费了不少时间，周围的壁画都研究完了。我请示陈教授："棺材里面的东西，咱还看吗？"

第二十二章
黑沙漠

　　陈教授连连摇手："开不得！姑墨王子夫妻合葬的这口棺木，是国宝啊。咱们现在没有条件，环境也不合适，一旦打开就会破坏密封的棺木和里面的物品。咱们此行的目的是向上级提交评估报告，申请发掘，或者对这些古代文明遗产给予应有的保护。回去让爱国带着楚健他们把记录做好就行了，报告由我亲自来写。"

　　看来我是没机会看看这棺里有什么好东西了，明知道教授说得有理，仍然免不了有些失望，当下和他们一起爬回了上一层的祭祀间。

　　祭祀间的石门上原本封着很多兽皮，都被我用平铲切碎了，陈教授说这些都是为了保持祭祀间的干燥，隔绝圣井的水汽。古代姑墨人把活的牲口带进祭祀间宰杀，之后马上把刚剥下来还带着热血的兽皮贴在石门的缝隙上，而牛羊的肉和内脏则切割干净，只留下骨头，石门直到下一次祭典才会再次开启。这种宰杀牲畜剥皮剔骨、木桩绑干尸的诡异仪式，是为了保持圣井的水源，让它永不干涸。古代沙漠中的人们认为生命的灵魂来自神圣的水，这和达尔文的生命起源论在某种程度上来讲，已经非常接近了。

　　我们不可能再用那些兽皮来封住石门，除了骆驼周围没有大型动物，但是十九峰骆驼对我们而言格外珍贵，不能剥骆驼皮封门，就用数层胶带贴住。

考古队在西夜城休整了三天，便向南出发，终于进入了当地人称为黑沙漠的沙海。这里再也见不到沙漠中的胡杨，也没有高低起伏的沙山，四周的沙丘落差都差不多，像一个个扁扁的馒头，无边无际，向任何角度看，都是同样的景色，没有半点生命的迹象。

我问安力满以前有没有进过这片沙漠。

安力满老汉苦笑道："这是黄沙的地狱嘛，连胡大他老人家都不愿意来的嘛。我嘛，也只是少少地来过一次，这不就是现在这一次的嘛。要不是你们的干部老爷，和胡大宠爱的白骆驼嘛，我是死一百次也不会来的嘛。"

抱怨归抱怨，安力满被人们称作沙漠中的活地图，绝非浪得虚名，他对沙漠的熟悉，就如同女人摆弄锅碗瓢盆。他虽然也是平生头一遭进入这片禁忌的黑沙漠，但是用他那两只沙狐般的眼睛，硬是能发现那些沙窝中的梭草、沙蒿等植物，他就是凭借这些植物的踪迹，以及长年在沙漠中摸爬滚打的经验，才能带领考古队前进。

沙漠中有中国最大的内陆水系，但是塔里木河等水系很多都渗进了沙中。表面上寸草不生的沙漠，在深深的地下，也许就是奔流汹涌的暗河。一些专门生长在沙漠中的植物，就凭借着地下水脉那一点点上升到沙漠表面的水汽，顽强地生存着。其实这里除了少量的植物，也有许多动物，不过多半都是在阴冷的夜晚才出来觅食。

在汉代甚至更早的时候，塔克拉玛干被称为"古老的家园"，当时这一地区沙化程度并不严重，河流还没有渗入地下，到处都有绿洲、城镇、戍堡、佛寺、驿站，无数的商队携带着丝绸、香料、茶叶往来于此。直到元代，那位著名的意大利人马可·波罗还随商队经过这里前往中原。

到了明代，横跨欧亚的奥斯曼帝国崛起，战争阻挡了欧洲和亚洲大陆的商业贸易。那个时代属于海洋的时代，航海家们开辟了新航线，往来贸易的主要路线由陆地转向了大海，这个伟大的时代又被称为地理大发现时代。

再加上沙漠侵蚀日益严重，生存环境恶劣，沙漠中大大小小的国家就此彻底衰败，昔日的繁荣与辉煌都被天神带走了。

黑沙漠是最早被众神遗弃之地，这里的文明到晋代就停止了，一直到今天，黑沙漠依然是死气沉沉。

我们出发的第一天就遇到了轻微的风沙，天空微黄，不过风沙不大，又刚好遮蔽了太阳，可以在白天赶路。

Shirley 杨拿着那本英国探险家留下的笔记本，边走边和安力满商量行进的路线。笔记本上记载，离开西夜城后，那些探险家在附近发现一个地方有大批石头坟墓，他们准备回来的时候再进行挖掘，所以在笔记中绘制了详细的路线。

安力满的经验加上 Shirley 杨的笔记本，虽然无法精确地定位，但是从距离和方位上，为我们提供了很大的帮助。

晚上宿营时安力满找到了一片凸地，众人在沙丘上砌了一道防沙墙，把骆驼安顿下来，随后在沙丘背风的一面点了火取暖。

这一天走得十分辛苦，虽然风不大，但是刮得人心烦意乱。安力满唠唠叨叨地说现在是风季，在黑沙漠平均两天就有一次这种天气，没有风的时候，恶毒的太阳会吸干旅人身上最后一滴水分。

胖子说："热点好，出汗能减肥，太阳晒晒，倒也痛快，只是这么不停地刮风，路上连话都说不了，实在气闷。"

安力满说："你懂什么，这里才是黑沙漠的边缘，再走五天才算进入深处。我虽然没进去过，但是认识一些进去过的朋友，他们都是从黑沙漠走回来的幸存者。黑沙漠的可怕之处，不是陷人的流沙，不是能把汽车啃个精光的噬金蚁，也不是黑风暴。传说在深处有一片梦幻之地，人们进去之后，就会看到湖泊、河流、美女、神兽、雪山、绿洲，那些又渴又累的人自然是奔着那些美景拼命地走啊走，可是直到渴死累死都走不到。其实那都是魔鬼布置的陷阱，引诱人们去死在里边。不过胡大会保佑咱们的，阿拉胡阿嘛。"

Shirley 杨说："他们看到的可能是沙漠中的海市蜃楼，不知究竟的人，的确容易被迷惑。"

正说话间，叶亦心过来把Shirley杨拉到一边，两人嘀咕了几句，Shirley杨转过头来对我说："我们去那座沙丘后边有点事。"

我知道可能是叶亦心要去方便，她胆子小不敢自己去，要拽着Shirley杨陪她，便对她俩点点头，嘱咐道："带着手电筒和哨子，有事就使劲吹哨子，快去快回。"

Shirley杨答应一声，就和叶亦心手牵手地走向不远处的一座沙丘后边。

胖子问我："还有酒吗？"

我说："没了，就算带上一桶白酒也架不住你这么喝，喝几口热水赶紧睡觉吧，过个五六天要是找不到水源，到那时候，连每人每天的饮水配给量都要减少了。"

这么说只是吓唬吓唬胖子，就算找不到沙漠中的暗河，我也有办法保证让所有人都能有最低限度的饮用水。

不过那是个万不得已的办法，很麻烦，但是的确管用，我当兵的时候学过荒漠求生术。

安力满最初死活不肯进黑沙漠，其中最主要的一条原因就是黑沙漠没有淡水。地下虽然有暗河，但是根本挖不了那么深，从梭梭这种沙漠荒草的根处往下挖，三五米之下，只有湿沙和咸水，越喝越渴。

这种方法安力满也懂，我跟他反复研究过它的可行性，私下里约定，走到连梭梭都不长的地方，就绝不再往前走半步了，他这才同意。

在军队接受过沙漠求生训练的人都知道，新疆的沙漠中较浅处，多是矿物含量较多的咸盐水，在沙漠植物根茎处向下挖，可以挖到湿沙和咸水，经过简易的阳光蒸发、过滤处理后，就可以得到少量淡水，虽然少，却足够维持人的生命。

这时风沙稍稍大了一些，对面沙丘后一阵尖锐的哨声传了过来，众人都是一惊，随手抄起工兵铲、步枪奔向事发地点。好在离得极近，只有不到两百步的距离，三步并作两步，顷刻即到。

只见叶亦心有一半身子陷在沙中，她不断地挣扎，Shirley杨正抓住她的手臂，拼命往外拖她。

忙乱中也不知是谁喊了一嗓子："流沙！"

我们顺着地上的足印冲上前去，不顾一切地拉住叶亦心，有几个人来不及找绳索，便把自己的皮带解了下来，想套住她的胳膊。

没想到也没使多大力气，就把叶亦心从沙中拖了出来，看样子倒不是流沙。叶亦心吓坏了，扑在 Shirley 杨怀中哭泣。

大伙问她们怎么回事，是不是流沙？

Shirley 杨边安慰叶亦心边对众人说道："我们刚走到沙丘后面，叶亦心就一脚踩空，整个身子陷下去一半，我就赶紧拉住她，随即吹哨子求援。不过似乎不是流沙，流沙吞人速度快、吸力大，倘若真是流沙，凭我的力气根本就拖不住她，而且她落下去一半之后就停住了，好像下边是实心的。虽然你们闻讯赶来，但中间耽搁这十几秒，要从流沙里救人已经晚了。"

叶亦心也回过神来，抹着眼泪说："我好像在沙子下边踩到了一块石板，石板下有一段是空的，被我一踩就塌下去了。"

Shirley 杨奇道："难道是那些石头坟墓？咱们去瞧瞧。"

我们用铲子挖了几下适才陷住叶亦心的地方，不算厚的一层黄沙下，与沙丘的坡度平行，赫然露出一面倾斜的石墙，石墙上被人用炸药炸出了一个大洞。

看来炸开的时间不久，也就是最近这几天的事，风沙将破洞的洞口薄薄地遮住了一层，叶亦心就是踩到这个破洞边的碎石陷了进去。

众人望着那石洞，你看看我，我看看你，面面相觑，这分明就是个石头墓啊，难道已经被盗了？

我仔细查看洞口的碎石和爆炸冲击的方位——精确的小型定向爆破！我做了那么多年工兵，自认为对炸药的熟悉程度无人能比，要让我来爆破这石头古墓，顶天也就是这种水平了。

看来爆破的人充分了解岩体的耐破性，爆炸只是把石壁炸塌，碎石向外扩散，丝毫没有损坏石墓的内部。

再看炸药的威力，绝不是民用炸药。离开部队好几年了，难道现在连现役军人也倒斗了？肯定不是，也许是偷来的炸药。而且在这种茫茫无边的大沙漠，倒斗的人是怎么找到这些古墓的？这附近地形地貌完全一样，难道这世上除了我这个半吊子水平的，还真有其他会天星风水术的倒斗高手？

逐渐清理开沙丘，这是一面楔形的石墙，除了被爆破的这面，其余的部分都深埋在黄沙之下。

看来是一座魏晋时期典型的石头墓，巨大厚实的山石砌成拱形，缝隙用麻鱼胶黏合，这样的石墓在西夜遗迹附近十分常见。二十世纪早期，欧洲的一位探险家曾经这样形容："沙漠中随处可见石墓，有大有小，数不胜数，有一多半埋在黄沙下面，露出外边的黑色尖顶，如同缩小版的埃及金字塔。在石墓林立的沙漠中穿行，那情景让人叹为观止。"

现在这些石墓已经被沙漠彻底覆盖，很难寻觅其踪影了。陈教授估计可能是和前几天的那次大沙暴有关，大风使这座石墓露出了一部分，没想到那些盗墓贼来得好快，考古队还是晚了一步。

这一路上我们已经见到了若干处被偷盗损坏的古墓，难怪陈教授如此焦急，拼了老命也要进沙漠，如果再不制止这一带的盗墓活动，恐怕在不久的将来，什么都剩不下来。

墓穴的破洞里黑乎乎的，我和陈教授、郝爱国等人打着手电筒进去查看。墓室相当于一间小平房大小，里面散落着四五口木棺，棺板都被撬坏，丢在一旁，到处都被翻得一片狼藉。

那些棺木有大有小，似乎是一处合葬墓。棺里的古尸只剩下一具年轻女性的干尸，长发多辫，只有头部保存比较完好，身体都已破碎，其余的料想都被盗墓贼搬走了。

新疆沙漠中的古墓，与财宝价值相等的，就是墓中的干尸。我听陈教授讲过，古尸分为带有水分的湿尸，如马王堆女尸；蜡尸，是一种经过特殊处理过的尸体；冻尸，存在于积雪万年不化的冰川地区；鞣尸，类似僵尸；其余的还有像标本一样的灌尸；等等。

干尸中也分为若干种，有用石灰或木炭等干燥剂放在棺木中吸收水分后形成的干尸，也有像古埃及用特殊防腐处理技术人工制造的木乃伊。

而新疆的干尸则完全是在一个高温、干燥、无菌的特殊环境下自然形成的，这种干尸，年代稍微久远的就相当值钱，海外一些博物馆、展览馆、收藏家争相高价收购。

陈教授见这处石墓中的其余干尸都被盗了，而且破坏得一塌糊涂，止不住唉声叹气，只好让几个学生把墓中残破的物品都整理整理，看看还能不能抢救出什么来。

我担心教授太激动，身体承受不住，就劝他早点休息。陈教授又嘱咐了郝爱国几句，让他带人把石墓的情况详细记录下来，就由胖子送他回营地休息了。

第二天风还是没停，就这么不紧不慢地刮着。考古队出发的时候，陈教授找到我，他说昨天夜里见到的那个石墓，被盗的时间不超过三五天，也许有一队盗墓贼已经早于咱们进入了黑沙漠深处，咱们不能耽搁，最好能赶上去抓住他们。

我随便应付了几句，心想可千万别碰上，同行是冤家，何况盗这处石头墓的那帮家伙有军用炸药，说不定还有什么犀利的器械，跟他们遭遇了，免不了就得大打出手。我倒是不在乎，问题是这些考古队的，万一出现了死伤，这责任可就太大了。

不过这话又说回来了，茫茫沙漠，两队人要想碰上，谈何容易，要不是我们昨天见这座沙丘是这附近最高的一处，也不会在此宿营，更加不会误打误撞遇到那被盗的石墓，哪儿还有第二次这么巧的事，也许那些家伙偷完干尸就回去了。

随后的这十几天里，考古队在黑沙漠中越走越深，最后失去了兹独暗河的踪迹，连续几天都在原地兜圈子。兹独在当地古语中的意思是"影子"，这条地下河就像是影子一样，无法捕捉。安力满老汉的眼睛都瞪红了，最后一抖手，彻底没办法了，看来胡大只允许咱们走到这里。

众人人困马乏，谁也走不动了。这几天沙漠里没有一丝风，太阳挂在天上的时间格外长，为了节约饮用水，队员们白天就在沙地上挖个坑，上面支起防雨帆布，吸着地上的凉气，借以保持身体的水分，只有晚上和早晨才行路，一半路骑骆驼，一半路开十一号。

再往前走，粮食和水都不够了，如果一两天之内再不走回头路，往回走的时候，就得宰骆驼吃了。

我看着这些疲惫已极、嘴唇干裂的人，知道大家的体力已差不多到极限了，眼见太阳升了起来，温度越来越高，便让大家挖坑休息。

安顿好后，Shirley 杨找到我和安力满，商量路线的事。

Shirley 杨说："胡队长，安力满老先生，在我那本英国探险家笔记中有这样的记载，那位英国探险家也是在黑沙漠深处失去了兹独暗河的踪迹。在这一片寸草不生的死亡之海中，两座巨大的黑色磁山迎着夕阳的余晖相对而立，如同两位身披黑甲的远古武士，沉默地守护着古老的秘密，穿过像大门一样的山谷，一座传说中的城市出现在眼前。"

第二十三章
扎格拉玛山谷

"磁山？"这两天我的机械手表不是停，就是走得时快时慢，我还以为是廉价手表质量不行，在沙漠里坏掉了，莫非咱们就在那两座磁山附近？

安力满也想起听人说起过，黑沙漠腹地有一红一白两座扎格拉玛神山，传说是埋葬着先圣的两座神山。

Shirley 杨又说："如果沙漠中真的有这样两座山，那么兹独暗河有可能在地下被磁山截流，离地面太远，所以咱们就找不到了。我想，我们不应该把注意力都用在寻找暗河的踪迹上。如果传说和英国探险家说得没错，磁山应该就在附近了。胡先生，今天晚上就要再次用到你天星风水术的本事了，别忘了，咱们先前说过的，找到精绝古城，酬金多付一倍。"

我从一开始就没有找到精绝城的信心，听她如此说，只好晚上一试。倘若能找到那扎格拉玛山，我的酬劳就会增加到两万美金，找不到我们就必须要打道回府了。

说实话，我也说不清是不是盼着找到精绝古城，听过那精绝女王的故事之后，一个神秘而又妖艳的形象在我脑中挥之不去，沙漠的深处，像是有一道无形的魔力吸引着我，不知道陈教授、Shirley 杨以及那些一去不回的探险队，他们是不是都和我有同样的感觉。

这天白天格外漫长，我恨不得用枪把天上的太阳打掉。把沙坑挖了很深很深，却一丝凉气都感觉不到。

虽然坑上支着厚厚的帆布，人躲在阴影里，身体躺在沙窝中，仍然感觉像是被放在烤炉里。身体单薄的叶亦心可能被晒糊涂了，睡着睡着说起了胡话。

大伙担心她是在发高烧，用手摸了摸她的额头，跟沙子一样热，根本无法分清是不是在发高烧，怎么推她她也不醒。

我们的水还有一些，够用五天左右，另外还剩下两袋子酸奶汤，那是留在最后时刻用的。此时也没什么舍不得了，我取出一袋，让 Shirley 杨喂她喝了几口，又给她服了一些药。

叶亦心喝过药后，渐渐安静了下来，却仍然昏迷不醒，大概是患上急性脱水症了。这可麻烦了，我对陈教授等人说了现在考古队面临的情况。

也无非就是两条路，一条路是今天晚上就动身往回走，回去的路上最后几天要吃骆驼肉，喝咸沙窝子水，开十一号，即使这样做，也不能保证叶亦心的生命安全。另一条路是硬着头皮，继续找精绝城，如果城里有水源，她这条小命就算是捡回来了。

陈教授说："咱们面临的困难很大，考古事业虽然需要献身精神，但是叶亦心这么年轻，咱们要对她的生命负责。第一条路虽然稳妥，但是没补给到足够的清水，回去的路将十分艰难；第二条路比较冒险，但是咱们已经来到扎格拉玛附近了，有六成的把握找到精绝，这些古城都应该有地下水脉，不过两千年过去了，水脉有没有干涸改道，都未可知。现在何去何从，咱们大家都说说自己的观点吧。"

胖子首先说道："我这腰围都瘦了整整两圈了，咱们要是再向沙漠深处走，以后你们干脆叫我瘦子算了。我提议，一刻也不多停，太阳一落下去，咱们就往回走，说不定回去还能剩下小半条命。"

郝爱国、萨帝鹏二人比较稳重，也赞成往回走。

相比之下，认为找到精绝城这办法虽然冒险却值得一试的人更多一些，毕竟大家付出这么大的艰辛和代价，好不容易走到现在，实在是不想前功尽弃，也希望能在古城的遗迹中找到清水，救叶亦心的命。回去的路上喝咸沙窝子水，身体健康的人也是勉为其难，何况她病得这么严重，向回走，就等于宣判了她的死刑。

我和Shirley杨、楚健、教授都是这种观点，除了叶亦心昏迷不醒之外，只剩下安力满老汉没表态了，众人的目光都集中到他的脸上。

如果他的观点是往回走，那么我们就刚好是四对四，不过安力满是向导，在这件事上他的决定是很有分量的。

我对安力满老汉说道："老爷子你可得想好了再说，你的话关系到叶亦心的性命，你觉得咱们现在该怎么办？"

安力满老汉叼着烟袋，眯起眼睛望了望天上的太阳，开口说道："我嘛，当然是听胡大的旨意嘛，天上只有一个太阳，世界上也只有一位全能的真神，胡大会指引咱们的嘛。"

我指了指天空："那您倒是赶紧问问啊，胡大他老人家怎么说的？"

安力满把老烟袋敲了敲，插回到腰间，取来那块破毯子，一脸虔诚地开始祈祷，把双手掌心向内，对着自己的脸，念诵经文，脸上的表情虔诚而庄严，浑不似平日里那副市侩狡猾的样子。

他口中念念有词，我们听不懂他念的什么意思，越等他越念不完，胖子等得焦躁，便问道："我说老爷子，还有完没完啊？"

安力满睁开眼睛，笑道："胡大嘛，已经给了咱们启示了嘛。"说罢取出一枚五分钱硬币，给大伙看了看，字的一面就是继续前进，画的一面则按原路返回，请这里年纪最长的陈教授抛到天上去，落下来的结果，便是胡大的旨意。

众人哭笑不得，面面相觑。陈教授接过硬币高高地抛到半空，所有的人都抬头看那枚硬币，阳光耀眼夺目，但见硬币从空中落下，立着插进了沙中。

便是抛十万次也未必有这么凑巧，安力满连连摇头，满脸尽是沮丧的神色，忘记了这里是被胡大抛弃的黑沙漠了，胡大怎么可能给咱们指点路途呢。

我们正挠头称奇,却听Shirley杨指着远处叫道:"上帝啊,那里就是扎格拉玛山?"

沙漠中空旷无比,千里在目,只见她手指的方向,正对着硬币落下的方向,天地尽头,隐隐约约有一条黑线,只是离得远了,不仔细看根本瞧不清楚。

我们急忙取出望远镜,调整焦距观看,一道黑色的山脉在万里黄沙中犹如一条静止的黑龙,山脉从中截断,中间有个山口,这一些特征都和英国探险家笔记中记载的一致。

去年Shirley杨的父亲带着一支探险队,就是凭着这些线索去寻找精绝古城的,不知道他们是否见到过这座神山,如果他们曾经到过这里,那么遇到了什么呢?是什么使他们一去不回?

想到这里,我在烈日下竟然感到了一丝寒意,不过这种感觉,很快就被欢欣鼓舞的气氛冲淡了,我们长途跋涉九死一生,终于在最后时刻找到了进入精绝古国的大门。

不过安力满曾经说过,黑沙漠中有一片梦幻之地,在那里经常出现海市蜃楼,那些奇景都是把人引向死亡深渊的幻象,我们见到的那两座神山,是真实的吗?

随即一想,应该不会,首先沙漠中的幻象都是光线的折射而产生的,那些景观千奇百怪,大多是并不存在于沙漠中的景色,而那黑色的山脉,不止一次有人提到过,应该是绝对真实的。

既然离精绝古城不远了,等到天黑下来,就可以出发前往。不过我们掌握的信息十分有限,多半都是推论和搜集的相关传说,唯一可靠一点的证据,是一张模模糊糊的黑白照片,究竟能否找到精绝古城,甚至说世界上有没有这么一座古城都很难说,也许一切都是以讹传讹,传说往往都是这么来的。

在朝鲜战场上,麦克阿瑟曾经说过这么一句话:"开始的时候,我们以为我们什么都知道,但后来发现,事实是我们什么都不知道。"现在我好像就有这种感觉。

那王城的遗迹是否再次被黄沙埋没？城中能不能找到水源？埋葬精绝女王的古墓是在城中，还是另在他处？城中真的有堆积如山的财宝吗？那个妖怪女王究竟是什么？她死了之后还会对外人构成威胁吗？Shirley 杨的父亲是不是真的死在了精绝古城之中？能找到他们的遗体吗？那些外国探险家在城中遇到了什么？对我们来说，这一切都还是未知数。

傍晚时分，考古队向着扎格拉玛出发了。

俗话说望山跑死马，瞅准了方向，直走到后半夜才来到山口。其时月光如水，沙漠好似一片寂静的大海，就在这沙的海洋之中，扎格拉玛山山势起伏，通体都是黑色的石头，越近瞧得越是醒目。

说是山，不如说是两块超大的黑色石头更为恰当，这两块巨石都有几十公里长，只在沙海中露出浅浅的一条脊背，更大的部分都埋在地下，也许在下边，两块巨石本身就是连为一体，而山口可能只不过是巨石上的一个裂缝而已。

这种黑色的石头中含有磁铁，平均含量虽然不高，却足可以影响到测定方位的精密仪器，我们感觉到身上带的金属物品逐渐变得沉重起来。

月光照在黑色的石头上一点反光都没有，山口里面黑咕隆咚的，除了昏迷不醒的叶亦心之外，所有的人都从骆驼背上下来步行，我提醒大家把招子都放亮点，在这魔鬼的嘴中行路，万万大意不得。

我和安力满在前，胖子、楚健断后，Shirley 杨等人在中间照顾叶亦心，队伍排成一列纵队，缓缓进入了山谷。

这山被古代人视为神山，传说埋葬着两位先圣，这多半是神话传说。但是从风水方面来看，这里也真算得上是占尽形势，气吞万象，黑色的山体便是两条把关的黑龙。山上能埋先圣是虚，倘若山后果真有那精绝女王的陵寝，却是一点都不出人意料。

月过中天，南北走向的山谷中更是黑得伸手不见五指，我们深一脚浅一脚地前进，越是往前走，心中越是忐忑不安，出了山谷，真的能找到精绝古城吗？找到了古城，那城中的水源还有没有？最担心的就是叶亦心的病情，她的急性脱水症必须要用大量干净的冷盐水治疗，假如三天之内还找不到水源，她这条命算是要扔在沙漠中了。

我们的表早就停了，不知究竟走了多长时间，凭直觉估计，再过一会儿天就要亮了，而这时骆驼们的呼吸突然变得粗重，情绪明显地焦躁不安。

安力满老汉连忙又吹口哨又吆喝，使出浑身解数让群驼镇静下来。他的这十九峰骆驼，都是身强体壮百里挑一的公驼，在沙漠中走了这么多天，也没出现过这种情况。

四周本来就黑，这些骆驼一闹，更是增加了队员们心中的恐惧，Shirley杨担心叶亦心被骆驼甩下来，忙和郝爱国一起把她从驼背上抱了下来。

我招呼胖子过来，让他辛苦一些，先背着叶亦心。这山谷诡异得紧，不是久留之地，不可耽搁，尽快出去才是。

胖子倒挺乐意，一是叶亦心本就没多少分量，自打进了沙漠，日晒缺水，更是瘦得皮包骨头，另外背个大美妞也不是什么坏事。他像背小孩似的把叶亦心负在背上，连连催促前边的安力满快走。

然而任凭安力满怎么驱赶，那些骆驼死活不肯向前走上半步，安力满老汉也开始疑神疑鬼，又开始念叨，怕是胡大不肯让咱们再向前走了，赶紧退回去才是。

眼看就要出谷了，其余的人如何肯原路退回，一时队伍乱成一团。Shirley杨对我说："莫不是前边有什么东西，吓得骆驼们不肯前行？先扔个冷烟火过去照一照，看清楚了再做道理。"

我在前边答应一声，取出一支照明用的冷烟火，拍亮了扔向前边，照亮了前面山谷中的一小段。两侧是漆黑的山石，地上是厚厚的黄沙，空山寂寂，连棵草都没有，哪儿有什么不同寻常的东西。

当下我向前走上几步，投出第二枚照明烟火，眼前一亮，远处的地上坐着一个人。我们走过去看，只见那人身穿白袍，头上扎着防沙的头巾，背上背有背囊，一动不动，原来是个死人。

众人皆吃了一惊，在沙漠中遇到死人或者干尸，一点都不奇怪，但是这具尸体却是与众不同。死者是个男子，嘴上遮着头巾，只露出两只眼睛，瞪视着天空，死不瞑目。

死亡的时间不会太久，可能就在几天之内，他露在外边的皮肤只是稍稍干枯，最古怪的是他的皮肉发青，在烟火的照射下，泛出丝丝蓝光。

有几个人想围过来看，被我挡住，这人的死法太过怪异，千万不要接近，楚健忽然叫道："胡大哥，你瞧，这儿还有另一个死尸！"

我头皮稍稍有点发麻，接连两具死尸，会不会还有更多？随手又扔出几个冷烟火，照得周围一片通明，果然不止两具尸体，前边的地上横倒竖卧着四具男尸。

这些死者装束相同，死法也是一样，都是惊恐地瞪着双眼，死得怪模怪样。地上还散落着几支苏式 AK-47 和一些背包。

我抽出工兵铲当作武器防身，走过去捡起其中一支一看，子弹是上了膛的，他娘的奇了怪了，这些是什么人？在新疆偷猎者都是使用国外的雷明顿，或者是仿五六式，怎么会有苏制的 AK？难道他们就是盗石墓的那批盗墓贼？

我又打开其中一个背包，里面有不少标有俄文的军用黄色炸药，估计这些军火都是从境外流入的，被这些盗墓贼收购了来炸沙漠中的古墓也不奇怪，只是这些武装到了牙齿的家伙怎么不明不白地死在这山谷里了？

我用枪管挑起坐在地上的那具男尸脸上的头巾，只见他张着大嘴，似乎死前正在拼命地呼喊。我不想多看，不管怎么样，赶快离开这条坟墓似的山谷才是上策。那些炸药也许以后用得上，我把装炸药的背囊拎了起来，准备要让大伙离开。

这时郝爱国却从队伍中走了出来："这些人是不是盗墓贼无关紧要，咱们不能让他们暴尸于此，把他们抬到谷外埋了吧。我一看见暴尸荒野的人，就想起跟我一起发配到土窑劳改的那些人了，那些同志死得可怜啊，连个卷尸的破草席子都没有。唉，我最见不得这些……"他一边唠叨着一边去搬那坐在地上的男尸。

我这时真的急了，大骂着过去阻止他："你这臭书呆子！真他妈不知好歹，千万别动这些死人！"

但是为时已晚，从那具男尸的口中突然蹿出一条怪蛇，那蛇身上的鳞片闪闪发光，头顶上有个黑色肉冠，约有三十厘米长短，蛇身一弹，便直扑向郝爱国的面门。

郝爱国眼神不好，就算眼神好，以他的反应也躲闪不及。就在这电光石火的一瞬间，我救人心切，来不及多想，把手中的工兵铲抡起来一剁，把蛇斩成两截。

郝爱国吓得一屁股坐在地上，全身颤抖，勉强冲我笑了笑："太……太危险了，多亏了……"

话刚说了一半，地上被切断的半截蛇头猛地弹了起来，其速度恰似离弦的快箭，一口死死咬住了郝爱国的脖子。我本来见蛇已经被斩为两截，便放松了下来，哪儿想到这一出，猝不及防，根本来不及出手救他。

郝爱国的脸僵住了，喉咙里咕咕响了几声，想要说话又说不出来，皮肤瞬间变成了暗青色，坐在原地一动不动，就此死去。

这下众人全惊呆了，陈教授眼前一黑晕倒在地。我尚未来得及替郝爱国难过，忽然觉得脖子后边一凉，侧头一看，一条同样的怪蛇不知何时游上了我的肩头，咝咝地吐着芯子，全身肌肉微微向后收缩，张开蛇口弓起前身，正准备动口咬我。这怪蛇的动作太快，这么近的距离我躲是躲不掉的。

队伍里只有胖子会打枪，可是他正背着叶亦心，手中没有拿枪，这一番变故实在突然，其余的人也都毫无准备。我心中如被泼了一盆冰水，他娘的，想不到我老胡今日就死在这里，再也看不到早上的太阳了。

我知道毒蛇准备攻击的姿态，就是蛇身上仰，随后蛇头向前一弹，用毒牙咬中猎物，我的脖子和脸全暴露在它的攻击范围之内，避无可避，想挡也来不及。

正准备闭目等死，忽然"咔嚓"一道白光，漆黑的山谷中被照得雪亮，那条怪蛇本已经扑向我的脖颈，半路被那道耀眼的白光一闪，吓了一跳，竟然从我肩头滑落。

这一切也就发生在一秒钟之内，我不等那蛇落地，挥起手中的工兵铲下砸,把蛇头拍了个稀扁,碎烂的蛇头中流出不少墨色的黑汁。我连忙向后退了几步,暗叫一声侥幸,这蛇的毒性好生了得,倘若被它咬中,蛇毒顷刻就会传遍全身血液,必是有死无生。

举目一看,原来那道救命的白光来自 Shirley 杨那部照相机的闪光灯。她一向是与相机形影不离,随走随拍,想不到我这条性命,竟是凭她手中相机的闪光灯救下的,多亏了她反应快,否则俺老胡现在已经玩完了。

不过现在不是道谢的时候,谁知道这谷中还有没有那怪蛇的同类,有什么事还是出了山口再说。于是我一挥手,招呼众人赶快前进。

这时骆驼们可能感觉到前面没有毒蛇了,都从躁乱不安的情绪中平静下来,楚健、萨帝鹏等人把昏倒的叶亦心、陈教授以及郝爱国的尸体都搬上了驼背。

安力满吹着口哨引导驼队前进,一行人借着冷烟火和手电筒的亮光,急匆匆出了扎格拉玛漆黑的山谷。

一直走到山口外的空旷处,这才停下,把郝爱国的尸身放到地上。天还没亮,星月无光,黎明前的一刻就是这么黑暗,郝爱国还保持着死亡时惊恐的表情,眼镜后面那双无神的眼睛还没有闭上,全身发青,在手电光柱的照射下,更增添了几分凄惨与诡异。

陈教授被山口中吹出的冷风一激,清醒了过来,挣扎着扑到郝爱国的尸体上泣不成声。我把教授扶了起来,人死不能复生,想劝他节哀,可话到嘴边却又说不出来。

我和郝爱国相处了快一个月,平时喜欢开玩笑管他叫"老古董",很喜欢他那直来直去、快言快语的性格,今日却……想到这里忍不住心中发酸,哪儿还劝得了旁人。

其余的人也各自黯然落泪。这时候,远方的天边裂开了一条暗红色的缝隙,太阳终于要出来了,我们不由自主地都向东方望去。

那光芒慢慢又转为玫瑰色、血红色,最后化作万道金光,太阳的弧顶露了出来,这一刻,无边的沙海像是变成了上帝熔炉中的黄金。

就在这如黄金熔浆般的沙漠中,一座庞大的城市展现在众人面前,无数断壁残垣，砖木土石的各种房屋建筑，城中塔楼无数，最突出的是一座已经倾斜了的黑色石塔，静静地耸立在城中。

与Shirley杨手中那张黑白照片的场景一比，完全一样。时隔两千年，精绝古城的遗迹果真还存在于沙漠的最深处。

这座精绝城规模庞大，足可以居住五六万人。当年如楼兰等名城，鼎盛时期，也不过是一两万人的居民、三千余人的军队。

城市大体已经毁坏，埋在沙漠中不下千年，有些部分很难分清是沙丘还是堡垒，大多数塔楼都已经坍塌风化。饶是如此，也能够想象出当年的壮观雄伟。

这里有巨大的磁场，飞机很难飞临上空，又地处沙漠腹地，估计很少有人能找到这里。不知道在我们之前，有多少探险者和迷路的人，曾经来到过这传说中的古城，唯一可以确认的就是，他们当中百分之九十九的人，都永远不可能再回到自己的故乡了。

陈教授把郝爱国躺在地上的尸体扶了起来，颤抖地指着精绝古城，用嘶哑的嗓音说道："你看看啊……你不是一直想看看这座神秘的古城吗……你快睁眼看看，咱们终于找到了。"

我心道不好，老头子伤心过度，是不是神志不清了？忙过去把陈教授从郝爱国身边拉开："教授，郝老师已经走了，让他安息吧。可惜他最后都没看到这座奇迹般保存下来的古城，他的心愿还要靠您来完成，您可千万要振作一些。"

Shirley杨和几个学生也过来劝慰，我便把教授交给他们，心中觉得对郝爱国的死过意不去，又对Shirley杨心存感激，便对Shirley杨说："刚才救命之恩，我就不言谢了，算我欠你一条命……不过一码是一码，咱们已经到了精绝，按先前合同上的约定，两万美金。"

胖子一听说到了钱，赶紧凑过来补充道："一人两万，一共四万美金，现金结算。"

Shirley杨白了我们俩一眼，咬了咬嘴唇说："你们放心，钱一分都少不了，回去之后马上给你们。"

我心想现在提钱的事确实不太合适，心里犹如打翻了五味瓶，知道自己口不择言说错了话，还是赶紧把话岔开为好，但是又不知该说些什么，张口结舌地顾左右而言他："那个……城市……规模不小……"

Shirley 杨盯着我的脸说："经过这些时日的接触，我看你们两个都是身手不俗，经历也是不凡，想不到你们就认识钱，看来我对你们的第一印象没有错。我劝你们一句：生活中除了金钱，还有很多宝贵的东西。"

我无话可说。胖子接口道："杨大小姐，你是居住在美利坚合众国的星条旗下，你爹又是华尔街的巨头，我想你吃饭肯定没用过粮票，小时候肯定也没经历过节粮度荒，所以你不了解我们生存的环境，没有资格评论我们的价值观。还有你也别一口一个生活生活地教育我们，穷人没有生活，穷人活着只是生存。反正这些道理，跟你们有钱人说了，你们也理解不了。今天我是实在忍不住了，你要是不爱听，就算我没说。咱们现在找到精绝城了，接下来怎么办，您尽管吩咐。"

胖子刚开始说得理直气壮，说到后边想起来 Shirley 杨是掌柜的，担心把她说急了不给钱，话锋一转，又变成了苦力的干活。

我对她说道："郝老师的事……我已经尽力了，对不起。"

Shirley 杨冲我点点头，不再理睬胖子，拿出水壶喂陈教授和叶亦心喝水，陈教授被郝爱国的死刺激得不轻，喝了些清水方才渐渐好转。众人商量了几句，决定把郝爱国埋在山口的沙漠中，他毕生的追求就是研究西域文化，葬在这里，永远陪伴着这座神秘的古城，想必他也一定希望我们这样做。

我们在黄沙中深深地挖了个坑，用毯子卷起他的尸体，就地掩埋了，最后我把一支工兵铲倒插在他的坟前，算是给郝爱国留下个墓碑吧。

剩下的八个人，肃立在郝爱国的坟前默哀良久，这才离去。

逝者已去，我们还要救活着的人，必须马上进城寻找水源，否则第二个被埋在沙漠里的人，就是患有严重脱水症的叶亦心了。

当下众人收拾装备，便准备出发进城。终于抵达目的地了，希望别再出什么岔子，要是再有人出现意外，就算这笔钱我赚到手了，又如何花得出去。

见大家都准备得差不多了，我问 Shirley 杨是否可以动身了。

出发在即，Shirley 杨有些激动，身体微微抖动，不过看不出来她是害怕，是紧张，还是兴奋。只见她取出一个十字架低声祷告了一番，随后平静地对我们说道："咱们走吧。"

谁知这时安力满老汉却忽然变了卦，把头摇得跟拨浪鼓似的，说什么也不肯进精绝古城的遗迹。他说在沙漠里死了同伴，是不祥的征兆，更何况郝爱国是被魔鬼的使者毒蛇咬死的。

我们无奈，只好重新安排了一下，让他在山口扎下营地，看管骆驼和辎重。

我本想让胖子也留下来盯着他，万一这老头临阵脱逃，把我们晾在这儿……他跑了不要紧，没有骆驼，我们就要一路开着十一号回去，这十一号能在沙漠中开多远，实在难说。

又转念一想，安力满应该不会独自逃跑，毕竟一路走到了现在，何况他做向导的那份工钱还没拿到手，那不是小数目，足够他后半生衣食无忧。

不过我因为太大意，吃过不少次亏了，这时必须多长个心眼，于是我一把拉住安力满老汉的手问道："老爷子，胡大怎么惩罚说谎和背信弃义的人？"

安力满道："这个嘛，会让他家的钱嘛变成沙子，连他的盐巴嘛，也一起变成沙子的嘛，最后活活饿死的嘛，像死在黑沙漠里一个样的嘛，死后也要下到热沙地狱，遭受一千八百种折磨的嘛。"

我见他说得郑重，便把心放下了，他的信仰让我认定他不敢做太对不起天理良心的事。

这下进入古城的只有七个人了，其中还有一个昏迷不醒的叶亦心，由楚健背着她，剩下五个人要携带一些器材和武器，再加上食物和水壶，每个人身上的负重都不小。

在部队里有一句名言：是兵不是兵，身上四十斤。就是说军队里的军官和士兵，行军的时候，身上最少是四十斤的装备，还有些人要携带机枪、火焰喷射器或者反坦克装备之类的步兵重武器，那就更沉了。

我在野战军混了十年，背上大量装备倒不觉得什么，陈教授他们可吃不消了，最后不得不尽量轻装。

从山口到古城距离很近，一顿饭的工夫就到了城门前，那城门早就坍塌得不成样子，城前的壕沟也被黄沙填平了，我们从城墙残破处进入城内，四周的废墟中一片死寂。

这和我先前想象的差距可太大了，不由得大失所望。城中的街道和房屋不是坍塌就是破败，在远处看觉得还行，颇有些规模气势，到跟前进里面一看，什么都没有，全是沙子和烂木头、碎石头，哪儿有什么金银财宝。

只有若干残破不堪朱漆早已剥落的巨大木柱房梁，还能令人窥得几分昔日城中豪华的气象。

我们想进城门口的几间破屋里瞧瞧，却发现破房子虽然大半露在沙漠外边，屋中的黄沙却是堆到房顶。

传说这座城曾经毁于战火，联军攻进了王宫，就在战斗接近尾声的时候，黑沙暴把精绝国连同城中的居民军队无差别地一起埋在了黄沙深处。直到二十世纪，沙漠的移动才使它重见天日。

在现场看来，基本上和那传说吻合，只是并没有见到干尸，想必都埋在沙子里了。

我瞧得索然无味，然而陈教授他们却好像对古城中的所有事物都感兴趣，就连一堵破墙都能看半天。

我只得提醒他们，叶亦心这小姑娘还病着呢，救人是最要紧的事，看来这城中居民区都被黄沙填满了，连口水井都找不到，咱们不如到王宫里看看，那里说不定有水源。

陈教授一拍自己的脑袋："唉，老糊涂了，救小叶要紧，咱们快去王宫。这沙漠中的王国，都是修在地下河接近地面的地方，有的地宫里就有河流经过。王宫一般都在城市的正中。"

众人在废墟中寻着方向，前往古城的中部。胖子对我说："老胡，你知道我现在最想吃什么吗？我最想吃哈密瓜和马奶子葡萄，有块西瓜也行啊，唉……不说了，越说越渴，嗓子都他妈冒烟了，找到地下河我得先跳下去洗个澡。"

我对胖子说道："这精绝女王生前的生活很奢侈，肯定经常享用冰凉的地下河水中浸泡出来的冰镇西瓜，不过那西瓜就算保存到现在，多半也变成西瓜石了，葡萄可能也变葡萄干了。"

胖子抱怨道："这他妈鸟不拉屎的地方，真想象不出以前还有人居住，下回别说给两万美金了，金山银山堆到我眼前，老子也不进沙漠了。这世界上的死法，最难受的肯定就是活活渴死。"

一提到死，我就想起了郝爱国，被那怪蛇咬死，虽然死得快，却不知临死时有多痛苦。那蛇的模样也怪，头上有个黑色肉瘤，里面全是黑水，砍成两段还能飞起伤人，这种蛇连 Shirley 杨也没见过，也不知这城中有没有。

第二十四章
黑塔

我们七个人在废墟中觅路前行，遇到崩塌陷落的地方就绕道而行，走了很久才来到古城的中部。这里的街道相当宽阔，虽然黄沙遍布，街道的格局脉络仍然可以瞧得出来。

然而这附近除了那座倾斜的黑塔，却并没有其他的大型建筑，别说王宫了，连间像样的民房都不存在，尽是一道道风化了的土墙。

陈教授说这里的王宫可能建在地下，城中沙子太多，咱们到黑塔上，从高处观看，看能不能发现地宫的入口。

塔下的基座和多半个拱形石门都被埋在沙中，这黑塔全是用扎格拉玛山的大石头雕成，共有六层之高，稍微有些倾斜，依然十分坚固。除了建筑材料十分罕见，塔顶的最高处有一个黑色橄榄形石球。

陈教授戴上老花镜，仰起头来看了半天，又用望远镜看，边看边自言自语："对呀，以前我怎么就没想到。"

我想问他没想到什么，陈教授却一矮身钻进了塔门，他似乎是急于去证实什么，我们连忙在后边跟上。

塔中的墙壁上密密麻麻地刻着奇特的鬼洞文，每一层都有一个黑色石像。第一层是一头石羊，倒并无特别之处。第二层是个石人像，与常人大小一般，高鼻深目，半跪在塔中。第三层竟然是我们躲避沙暴时，在无名小城中所见到的巨瞳石人像。

陈教授停下脚步对我们说："看来我推测得没错，各地出土的那些巨瞳石人像的源头，就是精绝国，材料就是那扎格拉玛的黑色石头。"

萨帝鹏问道："教授，那这塔是用来做什么的？怎么每一层都有个雕像？"

陈教授说："我推测这黑塔是用来显示鬼洞族地位的，每层的石像代表了不同的等级：第一层是牲畜。如果没猜错，地下应该还有一层，摆放着地狱中的饿鬼。第二层是普通人，包括西域的所有胡人，他们的地位仅高于牛羊，相当于奴隶。第三层就是这巨瞳的人像，刚才我看了，塔顶的石球是个眼睛的造型，巨瞳石人和眼睛造型的图腾，代表着这个民族对眼睛的崇拜。咱们快上去瞧瞧，在精绝国地位更高的是什么。"

胖子说："就连我这水平的都能猜出来，我敢打赌，上面肯定是女王的雕像。"说着抢先上了第四层。

我紧跟在后，上去一看，却出乎意料，这层中的石像，蛇身人头，长有粗壮的四肢，后肢是兽形，前肢呈人形，手持利剑盾牌，脸是个男性的面孔，面目狰狞，瞪着双眼，好像是内地寺庙中的怒目金刚，石像后脑也有个黑球，与扎格拉玛山中的怪蛇一样。

这工夫陈教授等人也陆续上来，见了这怪异造型的石像，啧啧称奇："这似乎是王国的守护神啊，头上也有个眼睛形状的黑球，看来鬼洞人真的相信眼睛是一切力量的来源。守护神的地位还在女王之下，看来精绝女王确实被神化了。走，咱们再去第五层看看是不是那女王的雕像。"

正要上行，叶亦心被塔楼上的晨风一吹，忽然清醒了过来，Shirley 杨取出水壶喂她喝了些清水。她仍然十分虚弱，可比起昏迷不醒的时候，现在是让人放心多了。她的脱水症还是十分明显，不过暂时不用担心她的性命了，既然醒过来了，那么一两天之内用大量冷盐水治疗妥当，便无大碍了。

我们都急于知道塔上有什么稀奇古怪的东西，顺便寻找古城地宫的入口，便扶着她一起前往黑塔的第五层。

我在走上黑塔第五层的短暂过程中，想过各种可能，唯独没想到第五层空无一物，就连石像的底座也没有，只是墙壁上的密文更加多了。

我问陈教授："这层是不是被破坏了，或者被盗了？"

陈教授略一迟疑，说道："这不好说，看看上边一层才知道这里究竟有什么名堂。"

这黑塔里的石像勾起了众人的好奇心，大家迫不及待地沿塔中台阶上到顶层。这最高层的塔中矗立着一个黑色的王座，座上端坐着一个女子雕像，服饰华美，脸部刻成戴着面纱的样子，看不到容貌，不过一眼就能看出来，这石像与姑墨王子古墓壁画上描绘的精绝女王完全一样，这是女王的全身石像。

众人议论纷纷，都在猜测那女王究竟长的什么模样。

我想不出个所以然，便问他们："这女王葫芦里卖的什么药，为何连雕像也不以真面目示人？"

胖子答道："依我看就是故弄玄虚，什么西域第一美人，多半是个见不得人的丑八怪，否则至于这么藏着掖着怕人看吗？不过这身段还真说得过去，盘子不成，条子倒还顺溜。"

我说："你嘴里积点德，这都死了两千年的人了，你还看人家身条好坏。你看这城中的事物，与那些传说是何等相似，万一这女王真是个妖怪，保不准就从哪儿蹦出来咬你一口。咱都别瞎猜了，还是听听教授怎么说吧。"

陈教授自从上了黑塔的第六层，就始终没开口说话，一直在将这些线索在脑中串联，这时思索得差不多了，听我们出言相询，便讲道："先前我说过，这石塔很有可能是一种精神上的象征，有明显的等级特征，由高到低，便是由贵而贱。精绝国的国民主要由鬼洞族组成，这个民族早已灭绝，目前没有出土过他们中的任何一具遗骨，所以无法推断这个种族的起源与背景。咱们到目前为止，最大的发现就是这个种族以眼睛为图腾，这绝对是对古西域文明研究的一个重大突破，有了这个依据，很多困扰学者们多年的谜题，都将迎刃而解。"

胖子又问道："那这第五层为什么是空的？"

我忽然想到我们在姑墨王子的古墓中听Shirley杨所说的那番话来，忍不住脱口道："虚数空间！"

陈教授微微点了点头，说道："正是，在守护神之上，是一个无法形容的虚数空间，而女王又凌驾于其上，好像她完全控制着这个未知的空间。塔顶上还有一个眼睛形状的图腾，这说明女王的力量也来自她的眼睛。"

听到此处，众人心中难免有些发毛，难道这世界上当真存在这么一种超出人类常识的空间？而那女王又能通过眼睛控制那个异界，她岂不真就是个妖怪？还好她已经死了。

陈教授看出众人都有些担心，便继续说道："你们用不着紧张，古代统治者多是用这些神话来愚弄百姓，这才能巩固自己的统治地位。就像中原的那些皇帝，个个都说自己是真龙天子，授命于天，可实际上呢，只不过是一种愚民的手段而已。这女王从不露出面目，装神弄鬼，倒也并不奇怪。但这些古迹对研究古代历史文化都有极高的价值，这座石塔的意义非常重大。"

我们见黑塔中除了石像再无他物，便从塔上俯瞰全城，只见整座精绝城都和沙漠中的黄沙混为一色，古城废墟的轮廓也是一个巨大眼睛的形状。

陈教授看罢，问我道："胡老弟，你对风水的见解颇为高明，你看这城的风水如何？"

我心想现在的第一要务是寻找王宫中的水源，这老头子怎么又考我？难道教授认为那女王的古墓就在王宫的下面不成？便仔细观看周遭的地理形势。

我指着北面的扎格拉玛双山说道："教授您看，那黑色山脉，多像是一条沙漠中的黑龙，只可惜中间断开了，一条龙变作两条蛇。以我的愚见，这中间的山谷是人工开凿而成，山中开出来的石料，可能都被用作了建造城中黑塔和石人的原料。古时帝王，都是从一登基便立即开始为自己百年之后准备陵墓，这座古城如果真有地下水脉，和这扎格拉玛遥相呼应，则形成一静一动之势。想必那精绝女王也是位才智卓绝的奇人，知道黑龙不吉，便发动人力，把这条黑龙斩断钉住，让它永远守护着自己的陵墓，这座城就形成了一个绝佳的宝穴。如果女王的陵墓真在城中，那规模一定不小，所以有一点我想不明白，教授您说她的王宫在地下，我觉得古墓也在地下，那未免有些局促了。"

陈教授赞道："果然高见。我想王宫和古墓确实都在城中地下，不过不是挤在一起，有可能是分为三层，地上这层是城堡，地下一层是王宫，最深处，便是精绝女王的陵寝。精绝国力强大,驱使着周边小国的十万奴隶，连那扎格拉玛山都能硬生生地开出一条山谷，这建造地下王宫和陵墓的工程虽大，却也做得出来。"

传说曾经不止一次有探险家到过这座古城，但是黄沙不断移动，完全找不到他们的踪迹，他们中也可能有人进入过地宫，不过完全无法证实，自然也瞧不出来那些人是从哪里进入地宫的。

明知王城就在脚下，却找不到入口，端的是让人心急如焚。我们在塔下一条街一条街、一座破屋一座破屋地看，终于在城中发现了一座高出普通房屋的石头建筑，上面也是遮着一层黄沙，不仔细瞧，还真不容易发现。

看来这是唯一的线索了。我们匆匆赶到近前，见这建筑似乎是座神庙，也是由扎格拉玛黑石筑成，石门造成一张巨兽张着大嘴，门口堆积了大量黄沙。我和胖子挖开一条通道，众人戴上防毒面具，用冷烟火照明前进。

石殿十分宏大，有二八一十六根巨型石柱，只是门前被黄沙堵住，里面没有沙子。

殿内最深处的地上供奉着一只玉制眼球，玉石中还有天然形成的红丝、蓝色的瞳孔，层次分明，几可乱真。

我看得咂舌不已，乖乖，这个东西一定价值连城，便是只看上一看，摸上一摸，也不枉出生入死进了一趟沙漠。真是个神器，若不亲眼得见，哪儿想得到世上有这等宝物。

胖子按捺不住，想把玉石眼球搬下来装进背包，哪儿知连使了几次力，那眼球就如在地板上生了根，纹丝不动。

陈教授怕胖子力蛮，毁了这古代神物，连忙把他拉开，让他不可乱动。

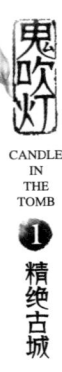

Shirley 杨发现玉石眼球上有个凹槽，形状奇特，倒与胖子的玉佩十分相似，便对胖子说："把你那块家传玉佩装在上面试试，这好像是个机关。"

　　胖子大喜，从怀中摸出自己的玉佩，把旁人都推在一边，自己动手把玉佩插在玉石眼球的凹槽上："这要是对得上，那这大眼球就是老子的了，谁抢跟谁急，别怪老子不客气了。他奶奶的，这真是个好东西，老胡，这回咱他妈真发了。"

第二十五章
柱之神殿

　　除了我之外，其余的人听了胖子的话都觉得奇怪，这人怎么回事，这玉石眼球怎么就成你的了？想什么呢？

　　我心里嘀咕："要是被这些考古人员知道了我们是干摸金发丘这行当的，那可大事不妙。"忙伸手给胖子来了个脖溜，"哪儿那么多废话，少说两句也没人拿你当哑巴。"

　　胖子自知失言，也就闭了口不再说话，好在脸上都戴着双过滤盒式防毒面具，神殿里又黑，谁也瞧不见谁的表情，也免去了一些不必要的尴尬。

　　陈教授和他的三个学生都是书呆子，我最担心的就是被 Shirley 杨识破，她脑子比我好上不知道多少倍，反应也快，稍稍露出些马脚就瞒不过她，也许她早就看出来我和胖子是倒斗的手艺人，只是没说出来而已。事已至此，我也用不着给自己增添负担了，于是不再多想，帮胖子把玉佩装在玉石眼球上。

　　玉石眼球瞳仁朝上，正对着天花板，正上方的凹槽似乎与胖子那块玉吻合，将玉佩变换了几次方向，终于对正，"咔"的一声卡了进去，玉石眼球一晃，滚离了先前固定住的位置。地上光秃秃的，也不知刚刚是什么机关的力量把玉眼固定在那里。

我抱起玉石眼球，把它交到陈教授手中，请他观看。

Shirley 杨折亮一根荧光管为陈教授照明，陈教授取出放大镜，翻过来倒过去揣摩了两三分钟，不断摇头："这个……我瞧不出来是做什么的。不过这玉眼有人头这么大，浑然天成，完全看不出人工的痕迹，甚至可以说在两千年前，人工技术也不可能造出来。"

精绝国的鬼洞文明太过神秘，陈教授等人穷尽几十年的心血，也没掌握到多少资料，只是对一些鬼洞文字符号和历史有一个初步的认识。推测出这是个以眼睛为图腾进行精神崇拜的民族，还是到了黑塔之后才做的判断，这一时三刻，自然无法解释这神秘的玉眼是何物。

目前可以认定的是，这有十六根巨型石柱的大殿是一座神庙，既然精绝国视眼睛为最高的能量来源，在神殿中供奉一个眼球，也是理所当然。

不过为什么这玉眼上有个凹槽与胖子的玉佩完全吻合，而且一装上，原本固定在地板上的玉眼就自然脱落？这些事就无法理解了。

陈教授让胖子把他那块玉佩的来由原原本本地说出来，不得有丝毫隐瞒，也不可夸大其词，务必实事求是。

胖子当了几年个体户，平时吹牛侃大山，基本都不走脑子了，赶上什么吹什么。来新疆之前，他还曾经对教授等人说，这块玉是他以前去新疆打土匪时得到的，当时众人一笑置之，谁也没有当真，只是看这玉上有神秘莫测的鬼洞文，这才同意让他加入考古队，一同来新疆。

现在被追问起来，胖子见众人郑重其事，也就不敢瞎吹，他对这块玉的来历所知也是十分有限，于是一五一十地说了出来。

原来胖子的父亲早在十五岁，黄麻暴动时期就参加了革命，有一位战友，到解放战争后期，两个最初原本在一个班的战友已经天各一方，一个在一野，一个在三野，都做到了纵队司令员级别的高级指挥员。胖子他爹的这位战友，在解放军一野一兵团进新疆的时候，曾带部队经过塔克拉玛干沙漠西南边缘的尼雅，途中遭遇了一股百余人的土匪。

当时新疆的局势很复杂，各种武装势力的散兵游勇及大批土匪、盗马贼等等多如牛毛，所以解放军和土匪发生遭遇战实属平常。一场短暂而激烈的战斗，首长警卫团就把这伙土匪打得死的死逃的逃，最后在一个黑胡子匪首的死尸上搜到了这块玉佩。

对于这块玉佩的来历和用途都无从得知，除了觉得颜色与质地都不同寻常，上面刻了些奇形怪状的符号之外，也无甚特异之处，就没当回事。

后来这位首长听说老战友得了个大胖小子，就托人把这块无意中得来的玉当作礼物，送了过去。

二月抗争之后，胖子的父母受到冲击，先后去世，在新疆的那位首长也因病辞世。当时胖子才十五六岁，正是四六不懂的年龄，最后家里的遗物只剩下这块古玉，就当宝贝似的保留了下来。对于这块玉石的由来，他所知道的全部内容，也就是这些了。

陈教授听了之后叹息道："可惜这些人都不在了，这块精绝玉又几经易手，来源已经不可考证了……"言毕唏嘘不已，对于无法了解这玉石眼球的奥秘感到不胜惋惜。

Shirley 杨把玉眼从教授手中接过来观看，她全神贯注，看得极细致。我见她自从进了精绝古城后，都没怎么说过话，心想她可能是因为见到这座古城后，始终没发现她父亲的踪影，所以才忧心忡忡。她父亲那几位探险家失踪了一年有余，他们是否抵达了这里都极难说，而且这儿地处山口，风大沙暴也多，整座城一年到头不知道有多少次被风沙埋进沙漠，埋了又被下一次风刮得露出来，我们这次能找到，可以说是极幸运了。这茫茫大漠，要找小小的一支探险队，如同海底捞针，谈何容易。她始终抱有一线希望，总要见到尸体才会安心，在精绝古城中探索得越深入，她心中的失落感可能就越强烈。

在山谷中，我曾被她救过一命，我希望有机会能为她做些什么。此时见她对这只玉石眼球感兴趣，心想只可惜那块古玉是胖子的东西，要是我的就送给她也无妨。

这时还没等 Shirley 杨看完，胖子便有些舍不得了，伸手去要，Shirley 杨捧着玉眼的手向后一缩，对胖子说："你急什么，我看完自然还你。"

胖子说："别废话，这玉是我们家的，让你一洋人看起来没完算是怎么回事？我怕你瞧眼里拔不出来了。"说着把手抓到玉眼上就往回夺。

我见状急忙劝阻："你们俩别抢别抢，给我这当队长的点面子行不行？我做主，先让杨小姐……看五分钟。"

我怕胖子和 Shirley 杨争执起来摔坏了这玉眼球，就边说边伸手去按他们俩手中的玉石眼球，没承想，他们两个见我插手，都不想争抢了，一齐放了手。

我只伸出一只手，还是从上边按住的，那玉眼又圆又大，滑不溜秋，一个拿捏不住，玉石眼球重重地掉在地上，"啪嚓"一声，摔成了八瓣。

众人大眼瞪小眼，陈教授全身哆嗦着指着我："你……你你你……""你"了半天，愣是气得一句话也没说出来。

我百口莫辩，连连摇手："我不是……我是……我这不也是一番好心吗？没想到……他娘的，怎么这么不结实？"边说边伸手去捡那地上的玉石碎片，心中暗暗祷告，最好能粘起来还原，否则他们让我赔偿，这是无价之宝，就是把我拆零散卖了，也赔不起。

当时真是有点急糊涂了，脑子也蒙了，忘了具体是向上帝还是向佛祖祈祷了，可能是由于没有固定的信仰，祈祷的效果不太显著。玉眼自重不轻，加上地面的石砖坚硬，有些都摔成了碎渣，我在地上划拉了半天，也没把碎片找全。

胖子说："行了老胡，摔了就他妈的摔了，别捡了。"说着就去拽我胳膊，想拉着我站起来。

我蹲的时间稍微长了点，加上心中着急，背后地质包里的装备又沉，被胖子一拉，立足不稳，一屁股坐到了地上。我挣扎着想要爬起来，无意间一抬头，见微弱的光线中，神殿的房顶上有一只脸盆大小的眼睛，闪动着奇异的光芒，正盯着我们看。

进来的时候我们曾粗略地看了一下四周的环境，上边黑乎乎的也没细瞧，谁也没注意什么时候出来这么大一只活动的眼球。

我急忙用手电筒往上照，这神殿虽高，顶上的范围也应该在我手电筒的照射范围之内，谁知手电筒一照到上面，光柱就像是被黑暗吞没了一般，除了那只巨大的满布红丝的眼球，屋顶其余的地方一团漆黑，什么也瞧不见。

其余的六个人也都见到了头顶那只巨大的怪眼，众人心道不妙，怕那怪眼掉下来伤到自己，都纷纷向后退开。

只见那只巨眼在半空中转了一转，便顺势落在地上，这一来我们都瞧清楚了，这东西虽然像是只眼球，实际上却是个半透明的肉球，外边全是青白色的物质，中间裹着一大团黑漆漆的事物，冷不丁一看，不把它看成眼球才怪。

胖子见了这古怪异常的肉球，心中一慌，便把背上的突击步枪端在手上，准备开枪射击，我连忙按住他的胳膊："别轻举妄动……"

还未等我们想明白这究竟是个什么东西，那巨眼般的肉球突然"噗"地裂开，里面流出数百条纠缠在一起的黑色怪蛇。这些怪蛇同我们在扎格拉玛山见到的一样，都是全身黑鳞，身长不过数十厘米，头顶长着一个黑色肉瘤。

一堆堆的怪蛇蠕动在一起，身上满是黏乎乎的透明液体，好像刚从卵中孵出来一样，说不出地恶心。众人瞧得头皮发麻，情不自禁地又退后了几步。

我们曾在黑塔中见到的蛇身人首的守护神雕像，头顶也是有个这样的黑色圆球，当时陈教授推测这黑球是个眼睛，难怪在山谷中 Shirley 杨在紧急关头用闪光灯救了我的性命，看来这种蛇头上的肉瘤，即便不是眼睛，也对光源极为敏感。

山谷中的一幕给我们留下了很深的印象。这种不知名的怪蛇，凭借强健的身体，可以弹在半空中飞行数米，而且毒性奇猛。人一旦被咬到，根本来不及抢救，马上就会送命。

这时哪儿敢耽搁，我和胖子挡在众人前边，趁这些黑蛇还纠缠在一起没有散开的时机进行射杀。它们的生命力极强，只剩下一个脑袋仍可伤人，我边开枪边招呼楚健，把固体燃料倒上去，点火彻底烧死它们。

火光把全是大石柱的神殿照得通明，数百条黑蛇还没来得及展示它们的毒牙，就被烧成了焦炭。我长出了一口气，幸好先下手为强。这些黑色怪蛇的出现，难道是和我打碎了玉石眼球有关？或者那玉眼是个祭器，把那块古玉装在玉眼上，就完成了某种仪式，把这些怪蛇从那个所谓的虚数空间引导了出来？不管是什么，以后再看见这种玉石眼球，万万不可掉以轻心了。

我让众人检视四周，唯恐有漏网之鱼，又仔细打量屋顶，到处都是平整的石砖，实在揣摩不出那大眼球一样的蛇卵从何而来。

这一仔细检查不要紧，果然发现了一些不寻常的地方：神殿中的十六根巨型石柱，每一根石柱的柱身上都有六个眼睛的图案，石柱的底座都是正六边形，其中五边，每一边都雕刻有一个小小的符号，各不相同，分别是恶鬼、羊首、胡人、巨瞳人、守护兽，还有一边是空着的。

这些石柱引起了我们的关注，陈教授把这些符号的方位种类，一一用笔记录下来，让我们转动石柱下的六边形石座，一试之下，原来下面是个石槽，和柱身分离，只要用力，就可以旋转。

教授说看来这都是大石柱的建筑，是座用于祭礼的神殿没错了，而且是一处多功能的祭祀场所，柱底六边形的符号表明了它的作用。

这些石柱每四根一组，现在的排列是守护神的符号交叉相对，刚才那个玉石眼球就是个祭祀的神器，而胖子的那块古玉就是启动仪式的法器，不排除还另有其他法器的可能性。至于这件法器怎么流落到外边去的，恐怕永远也不会有答案了，也许是曾经有盗墓贼、探险队进入过这精绝古国的神殿，也许是两千年前，那些反抗精绝女王统治的奴隶偷窃了出去，都无从得知了。

可以推断，一旦法器连接，就可以召唤被视为守护神的怪蛇出来，享用祭品。而且说这是一座多功能的神殿，是因为这石柱上不仅有地位高的守护神，也有处于最下端的奴隶、牲畜、恶鬼，神殿可能也会用来进行一些镇压恶灵、惩罚奴隶之类的仪式。通过石柱下符号的排列变化，来确定不同的仪式对象。

Shirley 杨问道："教授，这座神殿应该是与王宫同样重要的场所，这里会不会有暗道连着地下王宫？咱们到处找找看好吗？现在小叶身体不好，必须尽快找到地宫里的水脉才行。"

　　陈教授说："老朽可以打包票，肯定有这样一条暗道。不过既然是暗道，这神殿规模又如此之大，咱们一时三刻哪里找得到呢？"

　　胖子插口道："二位掌柜的，俗话说得好啊，拿人钱财，与人消灾。你们大概还不知道我和老胡有多大本事，咱这儿不是有这么多苏联的黄色炸药吗，您几位出去歇会儿，我炸条通道出来，让你们也见识见识咱的手段。"

　　陈教授急忙摆手："不可胡来，这些都是古代文明的遗迹，破坏一块砖头都是犯罪。"

　　我心想刚才我摔碎了那玉石眼球，现在正是我将功赎罪的机会，天下山川地理五行风水，尽数都在胸中，找条暗道何难之有，于是对他们说道："我看这神殿的十六根石柱的布置，与透地十六龙排列相同，这布局倒暗合巨门之数，汉代古墓曾有用这种机关布置的。先前在黑塔上观看这古城周遭形势，果然是占尽地利，可见那精绝女王也是个通晓玄学的高人。不妨由我来试试，用分金定穴之术找一找神殿中的通道，也许能够找到暗道。不过这方法我也是初学乍练，到时候万一找不着，咱们再想别的办法。"

　　众人听罢，都表示赞同，静候在旁观看。我迈步走至神殿中央，观看四周的石柱，其实这种透地十六龙柱的排列不算太难，也无非是五行二十四山的变化，只是地点场合不同，略加变化而已。我在石柱之间反复走了几个来回，心中暗暗计算。

　　这透地十六龙，其实就是蛇。《十六字阴阳风水秘术》有云："透蛇飘忽，突然南北。"这十六条中，只有一条透过地脉的才是真正的龙。说着简单，实际用起来着实费了一番头脑，最后把目标锁定在神殿深处的四块地砖之上。

　　我用小型地质锤敲了敲，其中三个是实的，只有一块发出空空的回声。这块两米见方的大石砖，边缘上没有任何经常开动造成的磨损，看来这通

231

道很少有人用到过，因为除非用炸药，想撬肯定是撬不开的。最近的一根石柱就是机关，不知道现在这机关还灵不灵。

　　我招呼胖子过来帮忙。我把手放在石柱下的六边形石槽，万一转错了方向，触发了什么机关，可就大势去矣，便又让另外的陈教授等人退到神殿外边，抹了抹头上的汗珠告诉胖子，先把空的那一边对准有可能是暗道的那块石砖，然后准备使劲顺时针转动五格，反方向转一格，再顺时针转动十一格，然后反方向转动两格，一下不能多，一下不能少，否则会发生什么可就不好说了。

　　胖子说："老胡你当我不识数啊，当初上学时我成绩可比你好多了。别废话了，转吧。"

　　我心中默念秘术中的口诀："千里寻龙，求之左右，顺阳五步，阴从其一，开转。"

　　二人使出力气，转动六方石槽，转一格便一齐数一下，转动完最后一格，只听"咔嘣嘣"一通响声，地面上的石砖陷了下去，露出一条深不见底的地道。

第二十六章
天砖秘道

　　我见那暗道已经开启，松了一口气，用手电筒向暗道中照了照，有一条黑石修筑的石阶，斜斜地通向下面，手电筒的照射范围有限，再深处便看不到了。

　　胖子挥手把在神殿门口等候的五个人招呼了进来，众人见打开了暗道，都对我的分金定穴法赞不绝口。

　　这时天已过午，我谦虚了几句，就让大伙收拾收拾，尽量轻装，先到神殿外喝点水吃几口干粮，这条暗道还不知要走多远，准备充分了再进去。

　　吃干粮的时候，萨帝鹏好奇地问我是怎么找到暗道的，也太准了。

　　我对他说："一看那十六根大石柱的排列便知，这暗道的布置是古时传下来的巨门阵法。为什么叫巨门呢？就是说这种机关，多半是用在通道门户上的，这些数术都是由洛数[①]以及天上的星斗排列演变而来。这里面的奥秘可深了去了，跟你说你也听不懂。"

　　众人稍事休息，便由我带领着下了神殿中的暗道。在入口的下面，发

[①] 洛数，即"河图""洛书"中演化而出的五行之数。"河图""洛书"是关于中国古代文明的著名传说，也是阴阳五行术数之源。

233

现了一个石头拉杆，可以用来从下面打开这块地砖。这些机关设计精巧，隔了将近两千年，机括依然可以使用，而且构造原理都迥异寻常，虽然用到了不少易数的理念，却又自成体系。如果这些都是那位精绝女王发明的，那她肯定是一个不世出的天才。

初时我们担心暗道里有机关，下行的时候小心翼翼，各自拉开了距离缓缓而行，待下到石阶的尽头，眼前豁然开朗，出现了一条宽五米、高三米左右的甬道。

甬道四周不再是漆黑的石头，都由西域天砖①堆砌，头顶砌成圆拱形，壁上尽是古怪鲜艳的壁画。

那画上出现最多的就是眼睛，大的小的都有，睁着的合着的，有的只画了眼球，有的还有眼皮和眼睫毛。精绝人视眼睛为图腾，这条甬道通着神殿，又绘有如此众多的眼睛，想必只有神职人员和女王那样的统治者才有资格进入，可能从建成之后也没用过多少次。

这条甬道非常封闭，空气不流通，壁画的色彩如新，没有丝毫剥落，使陈教授等人看得激动不已。

陈教授说，远在二十世纪前期，被外国探险家发现的那些新疆古城遗迹中也有大量壁画，几乎全部是宗教题材的，可惜那时候政府没有加以保护，都遭到了彻底的洗劫，流失到了国外。想不到这里竟然还能看到保存如此完整的，而且又是西域三十六国中最古老最神秘的精绝国的壁画，这足以震惊整个世界。

我听教授如此说，就想到那女王是妖怪的传说。这座古城诡异无比，倘若真有妖怪，也许可以从这壁画中找出一些线索，万一真碰上了也好知己知彼百战不殆，于是打着手电一幅幅地观看那些壁画。

然而所有的甬道壁画中完全没有精绝女王的身影，画中的内容都是一些仪式，有的画着一只玉石眼球放出光芒，上空便出现了一个黑洞，洞中

---

① 西域天砖，古西域建城墙用的长方形淡黄色土砖，由夯土、牛粪、凉沙等混合在一起，干燥坚固，历久而不裂。

落下来一只巨眼般的肉卵。

有的画着无数黑色怪蛇从肉卵中爬出，噬咬着几个被绑住的奴隶，奴隶们痛苦地挣扎。

还有的画着黑色的山峰，山上爬满了黑蛇，周围群兽都跪倒在地，向山上的怪蛇磕头。

这些场景有些我们曾经见到过，在此对照壁画上描绘的情形，更加证实了陈教授的判断。这种头上长个黑色眼球的怪蛇，一直被精绝人视为守护神兽，他们懂得如何召唤驱使这些蛇兽，还经常用活人向蛇兽献祭。想不到精绝古国埋在沙海下已千年之久，这些怪蛇竟然还存在于世间。

我们边走边看，在最后一幅画前停住了脚步。这幅壁画上是一个巨大的洞窟，一道细长的阶梯，绕着洞壁盘旋向下。

Shirley 杨对陈教授说："您看这个洞窟和鬼洞族名称的由来会不会有什么关系？"

陈教授说："很有可能，看这洞壁上螺旋一般的楼梯，小得像条细线，和这个大洞完全不成比例。这么个直上直下的大地洞，绝不是人力能挖掘出来的，难道这便是鬼洞？"

我记得曾经听他们讲过，传说鬼洞一族来自地下，当时听了也没多想，认为纯粹是古代人扯淡，现在看了壁画，心中起疑，这些壁画中的事物，我们有些曾经亲眼见过，看来并不是故弄玄虚画出来唬人的，说不定在精绝古城的深处，就真有这么个大洞。

胖子笑道："世界上要真有这么个大洞，岂不是通到地球的另一端了？以后要想出国省事了，甭坐飞机，直接从这个大地洞里跳下去，不一会儿就到美国了。"

Shirley 杨对胖子的胡言乱语听而不闻，又问陈教授："鬼洞族的巨瞳石人像，很可能就是他们的本来面目。他们如果真来自地下的黑暗世界，那就可以解释他们对眼睛的推崇了。"

陈教授说道："你说的有一定的道理。还有另外一种可能，这个巨大的洞窟，就是鬼洞文明中一再出现的异界，也就是你所说的虚数空间，这很可能是一个实体。古时候，鬼洞人发现了这个巨大的洞窟，他们无法解释世界上为什么有这么大的地下洞穴，竭尽所能，又无法下到洞窟的底部一窥究竟。古人崇尚自然界的力量，他们也许就将这个巨大的洞窟当作神迹，进行膜拜祭奠，他们希望自己的眼睛更加发达，能够看清洞底的情况。有少数人自称自己的眼睛能看到洞底的世界，他们就被尊崇，成为部族的统治者或者神职人员。由于他们的权力来源于眼睛，所以就把眼睛视为力量的来源。"

胖子听了教授的话，大为心折，竖起大拇指赞道："行啊，老爷子，凭一幅画您就瞧出这么多名堂来，还侃得头头是道，说得跟真有那么回事似的。您要是去练摊，准能侃晕一大片，卖什么火什么。"

陈教授没心情跟他说笑，随便应付道："我也只是主观上的推测，作不得准的。咱们出了暗道去看看到底有没有这么一个大洞穴，还是要眼见为实。"

不知为什么，我一听他们讲地下洞穴，就想起在昆仑山地底见到九层妖楼的往事，那次我失去了好几个战友，从那以后我对深处地下的洞穴多了几分畏惧的心理。我很担心考古队中的人再出现什么意外，若不是必须进入地宫寻找水源，我真想就此拉着他们回去，既然这次沙漠考古已经取得了重大成果，也不差那个地洞了。

我对教授说："千金之躯，不坐危堂。你们都是在社会上有地位的人，没必要去冒险，等咱们找到地宫里的水源，补充之后，就该回去了。既然已经寻到了精绝古城，咱们的任务也算完成了，您写份评估报告交给上级有关部门，剩下的事以后让政府来解决就好了。"

陈教授摇了摇头，却没说话，他毕生都想一探鬼洞文明的奥秘，已经到了这里，心痒难耐，如何肯答应。况且 Shirley 杨也一直认为她父亲的那支探险队曾经到过精绝古城，不找到最后她不会甘休，他们是说什么也不会回去的。

我无奈之余，只得跟着他们继续向前走，心想反正我已仁至义尽，该说的都说了，万一真出了什么事，我也问心无愧了。

甬道并不算长，尽头处也没有台阶，只有一根石柱，没有任何门户，难道这神殿下的甬道是条死路，只是为了绘上那些祭祀仪式的壁画而已？

胖子四下瞧了瞧，转身对我说道："老胡，这回你还有招吗？没招就上炸药吧。"

我说："你除了暴力手段还有点别的吗？动动脑子，先看看再说，我估计这暗门多半还要着落在这根单独的石柱上。"

这根孤零零立在天砖甬道里的石柱，比起神殿中的那十六根大石柱小了很多，但是造型完全一样，柱底也盘着六边雕像，空着的一边，正对着尽头处那堵窄墙。

这就好办了，原来这透地十六龙的龙尾在此。我仍然让胖子帮手，按照《十六字阴阳风水秘术》中与"寻龙令"相反的"撼龙诀"，转动石柱下的六边形石盘。

"龙气入穴，阳只一经方敛，阴非五分不展"，以"撼龙诀"推算，其实只不过是将先前在神殿中转动石盘的顺序颠倒了做一遍。

我们把那石盘最后一格转完，面前的天砖墙应声而开，胖子抄起突击步枪，一马当先出了天砖甬道，其余人等鱼贯而出。

众人来到外边，用手电筒四下打量，虽然是在地下的建筑，四周空间宏大，雕梁画柱早已剥落，却仍可见当年的华美气象，果真是到了地宫之中了。

我们身处的似乎是地宫的正殿，出来的那堵砖墙出口是在一个玉石雕成的王座之后，这道暗墙修得极精巧，在殿中完全看不出玉座后是个暗门。

终于来到了这曾经只存在于传说中的精绝王宫。我们为了看得仔细，使用了带在身上的一切照明设备。只见大殿的王座和地板都是玉石，天花顶上的灯盏链子也朽烂断裂了，掉在地上，各处角落中还有几只沙鼠在爬动，看来这里空气流通。除了一些玉石制品外，陶器、木器、铁器、铜器、丝织品等物都被空气侵蚀损坏得极其严重。

对我们来讲，这种情况是喜忧参半，喜的是既然地宫中有流动的空气，那就说明和地下水脉相通，叶亦心这条命算是捡回来了。忧的是地宫中的古物毁坏得比较严重，有些陶罐已经烂得不成样子了，一碰之下便成为齑粉。四周散落着无数锈迹斑驳的盔甲兵刃，诸如触角式弧形剑、鹤嘴巨斧、弧背凹刃刀，盔甲上有各种富有民族特色的古怪牌饰和带扣，而这些圆盾弯刀的主人连骨头都没了，仔细找也许还可以找到几个残缺的骷髅头。

不知这里从几时开始，钻进来很多沙鼠。沙鼠平时以沙漠植物的根须和沙漠地下的昆虫为食，很喜欢用硬物磨牙，这地宫里的不少东西都被它们给啃没了。

正殿中保存最好的就数玉石王座了。玉座最上方刻着一只红色玉眼，座身通体镶金嵌银，镂刻着仙山云雾、花鸟鱼兽等物，基座是一大块如羊奶般洁白的玉石，在以黑色调为主的大殿中，显得格外引人注目。

胖子见此破败不堪的情形，大失所望，一屁股坐在玉座之上，拍着扶手说："也就这个还值点钱了，剩下的直接联络收破烂的往废品回收站送吧。"

我心想这孙子在哪儿都改不了这散漫的脾气，无组织无纪律，我得吓唬吓唬他，免得让 Shirley 杨他们笑话，便对胖子说道："我说王凯旋同志，这玉座可是封建王朝的剥削阶级坐的位置，你别忘了你也是革命干部家庭出身，你坐在那里，你的原则和立场还要不要了？"

胖子大笑："得了吧老胡，还装政委呢？这都什么年月了还讲立场，你说这玉石宝座能值一百万美金吗？唉，这个头忒大了点，不拆散了还真不好往回搬。"

我接着对胖子说："你先别想怎么把它往回搬了，我告诉你，你还别不信，这玉座是精绝女王生前坐的，说不定她的亡灵正游荡在这地宫里，几千年来，又寂寞又孤独。正好你在这儿一坐，说不定就让那女王瞅见了，她肯定觉得，嘿，这大胖子真不错啊，浑身上下这么多胖肉，得了，留下当精绝国倒插门的女婿算了，没事啃两口磨磨牙。"

这番话倒没把胖子吓着，叶亦心本来已经勉强能走，Shirley 杨一直扶着她，听我一说精绝女王的幽灵还在这地宫里，叶亦心双眼一翻又被吓晕了过去。

Shirley 杨急得直跺脚："你们俩能不能不胡闹？也不看看是什么时候，还不快来帮忙！"

我跟胖子见又惹了祸，也不敢再斗嘴了，过去把叶亦心抬起来，放在胖子背上，让他背着。胖子刚才少说了一句，觉得不太上算，口中还接着嘟囔："倒插门的女婿？我就没见过你这么没文化的人，你当女王是乡下的寡妇啊，女王的丈夫，那应该叫……叫什么来着？好像不应该叫驸马吧？"

Shirley 杨见胖子还唠叨，气得忍不住说："叫太监。"

考古队中死了个郝爱国，气氛很压抑，这时候笑实在是不合时宜，我强行忍住，和众人一起在宽广的地宫中搜索，寻找有水源的地方。

精绝古国地下的王宫，没有我先前想象的那么大，只有正殿颇具规模，两侧的配殿都比较简陋，前殿的大门和石阶都被沙子封得死死的。靠近前殿大门的地方，一块黑色的石顶被炸药破坏，这说明以前也曾经有人进过这地宫之中。看那石门的损坏程度和痕迹，都不是近期所为，少说也有几十年的历史了，很可能是那张黑白照片的主人所为，现在这个缺口早被黄沙埋没。

看过两侧的配殿，又转到后殿，这里是王室成员休息起居之所，有几处玉石围栏的喷泉，不过早已干涸了。一行人边走边看，Shirley 杨忽道："你们听，是不是有流水声？"

我支起耳朵倾听，果然在不远处水声潺潺，看那方位是在寝殿后边。当下众人加快脚步，循着水声来到殿后的一个山洞之中。

山洞地势极低，向下走了很深，来到一座球场般大小的天然石洞之中。这里虽是天然形成的，但显然是经过人工的修整，地面十分平整，在洞中有一片小小的地下湖，湖中隆起一块凸地，如同一个湖心小岛，只有十平方米大小，平湖如镜，环绕在四周。

我们这伙人连续一个星期都只喝最低标准配给的水量，别说是在沙漠中了，寻常时一天只喝这点水也够受的，这时见到清凉的地下水，都急着把头扎进去狂饮一通。

Shirley 杨拦住众人："这水源已经废弃多年，也不知是死水活水。何况地下河流不断改道,现在的地下水,未必就和两千年前的一样。西域地下的硝磺最多,水中万一有毒怎么办,先看看再说。"

我就近处一看,见那湖水中有数尾五彩小鱼游动,便笑道:"多虑了,这湖中有鱼,深处肯定有泉眼,是活水,不会有毒的。"

此言一出,其余的几个人再也顾不上什么,抢至湖边大口大口地喝水,都把自己的肚子灌了个溜圆,还是觉得没喝够,直到一动就从嘴里往外流水,方才罢休。

叶亦心有脱水症,不能直接喝大量清水,Shirley 杨用食盐和了一壶水,一点点地给她服用。我们水喝得太多,都动弹不得,只能就地休息。

我从来没觉得水有这么好喝,四仰八叉地挺着肚子躺在地上,闭目养神。这时四周都安静了下来,我好像听到远处还有水流的声音,看来这地宫中的水脉还不止这一处。我们喝水的这个小小湖泊,非常安静,在后殿中听到的水流声,是来自更远处的那个水源,那应该是条流量很大的地下河,说不定就是绕过扎格拉玛山的兹独暗河。

正在我胡思乱想之际,忽听 Shirley 杨"咦"了一声,声音中充满惊奇。我急忙双手撑地坐起来,问她怎么回事,Shirley 杨用手指着湖心的凸地,示意我看那边。

陈教授等人也纷纷从地上坐了起来,众人顺着 Shirley 杨所指的方向看去,见到了一幅不可思议的情景。

湖中凸地上,不知何时,已爬满了密密麻麻的一层青色蜉蝣虫,足有上万只之多。它们的身体逐渐变成灰白色,一只只地从外壳中蠕动着爬出,蜕壳后的虫体上似乎有很多荧光,闪闪发亮,如同漫天星光一样灿烂。虫子们舒展着刚刚得到的翅膀,再过一会儿就可以飞到天上。

便在此时,无数的大老鼠从四面八方蹿进山洞,这些老鼠一点也不惧怕人类,对我们这些人视而不见,毫不犹豫地跳进湖中,凫水而去,争相爬上湖心的凸地,贪婪地抓住刚蜕壳的虫子,不断送进口中吃掉,风卷残云,片刻就吃了个精光。

我们见了这许多大老鼠在湖中游泳,看来这些老鼠一定经常在此聚餐,否则怎会如此熟练，想到这里说不出地恶心，张开嘴哇哇大吐，把那一肚子的湖水，又原封不动地吐了出来。

群鼠吃得饱饱的，便纷纷游回岸上，四散去了。

楚健捡起地上的碎石头，想抛出去驱赶那些走得慢的大老鼠，我把他拦住。我们家从我祖父那辈传下来的规矩，老胡家的人不许伤害老鼠，反正这些老鼠也与人无争，随它们去也就是了。

胖子骂道："老胡你他妈的这就叫姑息养奸。原来这水是老鼠们洗澡吃饭的地方，可他妈恶心死我了，刚才那一通猛喝，也不知道喝下去多少老鼠屎尿老鼠毛。"

我说："别提了行不行，越想越他娘的恶心，咱别在这儿待着了，换个地方。"

这里的水我们是没人想喝了，只好继续向山洞的深处寻找地下暗河。这里别无他路，只有一条通道，流水声就是从通道的另一端传过来的。

我们顺路前行，越走水汽越大，四壁也越来越潮湿。这条通道的两边有不少人工开凿的石室，都装着铁栅栏，上着大锁，里面有不少刑具，看样子是用来关押囚犯的，现在都成老鼠窝了，地上黑乎乎的尽是老鼠粪。

往山洞中的通道里边，行出数百米远，终于见到一条水流湍急的暗河横在洞口，这就是在沙海下流淌了几千年，从来都未干涸过的兹独暗河了。河水不仅流量大，而且很深，在它的尽头会同塔里木河合流。

不过新疆沙漠中的内陆河都有一个特点，就是不管河水流量多大，都无法冲出沙漠进入大海，这些沙漠的内陆河以及地下暗河，最终都会慢慢地被沙漠吞噬。

河对岸还有另一个大山洞，中间有一座黑色石桥相连，桥身也同样是用扎格拉玛山的黑石头筑成，飞架在兹独河汹涌的水流之上。

黑桥另一端的山洞前有一道千斤闸，用人臂粗细的大铁链子吊起来一半，下面还垫了块巨大的石头，从闸下看那洞内，深不可测，不知是个什么所在。

陈教授吃了一惊："先前发现地宫的石门被人炸开，想必是有人曾经进来过。这闸门如此厚重，又在这地宫的第三层最深之处，极有可能这里面便是精绝女王的长眠之所。"

古代西域诸国，经常把王室成员的墓葬设在城中，而不是像中原汉人那样，开山为陵，依岭修墓，这一点我们先前在西夜古城已经领教过了，那姑墨王子的古墓就建在旧城圣井之中，所以教授认为精绝女王的古墓在地宫之下，这并不奇怪。

只是众人觉得有些太过顺利，以前也曾有探险队到过这地宫，这洞窟又不隐蔽，肯定被前人发现过，莫非是进入女王陵寝的人都死在了里面？那里面究竟有什么东西？难道壁画中的巨型洞窟也在里面？

我请示陈教授，进去还是不进去？

陈教授毫不犹豫地说："进！我必须要去看一看，精绝女王的古墓有没有遭到盗窃和破坏，如果不看上一眼，我死不瞑目。这把老骨头如果被埋在里边，也算是死得其所。我这么大岁数了，什么都不在乎，但是你们这些孩子还都年轻啊，你们都不要去了，我自己一个人去就行。"

Shirley 杨正在给她的照相机装新胶卷，头都没抬，说道："我自然也去。"她说得轻描淡写，似乎她完全没想过是否要进入精绝女王的古墓，而只是第一个还是第二个进去的问题。

我一看既然如此，我是不能不进去了，他们两个若有个闪失，我于心何安，便让胖子留下来照顾三个学生。

胖子一听不愿意了："这托儿所阿姨的活怎么都归我了？你们仨进去，我不放心，要去我跟你们一起去，要不咱谁都别进去。你们放心，那里面有什么金银财宝，我一概不拿就是。"

楚健、萨帝鹏等人一听不带他们进去，急忙恳求，无论如何也想进去看看，这机会太难得了，千里迢迢穿过黑沙漠，吃了多少苦才来到精绝古城，怎么能不看看这最重要的女王陵墓呢？而且万一有什么事，也可以给大伙帮帮忙。

这一来人人都要去，那剩下个身体虚弱、一会儿清醒一会儿迷糊的叶亦心怎么办？叶亦心补充了一些冷盐水，此刻已经有了些力气，对众人说：

"你们千万别留下我一个人在这里,我身体没问题,我和大家一起进去。"

我一看这可麻烦了,我和胖子本事再大,也照顾不过来五个人啊,何况还尽是些老弱妇孺,也就大个子楚健还能帮我们点忙。

我对众人说:"要不这么着吧,我先一个人进去看看,如果里面没什么危险,咱们再一起进去。要是我进去超过四五个小时还不出来,你们就别等我了,千万不要再进这古墓,赶快离开这里。"

胖子说:"不成,要去咱俩一块去,也好有个照应。"

我拍拍胖子的肩膀:"我一个人就行了,我命大没问题,万一我有个三长两短,你还得把大伙安全地带出去呢。"

Shirley 杨说:"行了,别说得这么悲壮了,我跟你一起去。"

我以为我听错了:"你和我一起去?别开玩笑了,要是有什么危险,我自己一个人容易脱身,你跟着去,我怕照顾不了你。"

Shirley 杨说:"还说不准谁照顾谁呢,反正不能让你自己一个人进女王的古墓冒险。"说着她把楚健手中的运动步枪拿了过来,哗啦一声拉开枪栓,看到子弹是装满的,就一推枪栓把子弹顶上了膛。她这两下子看得我暗地里吐了吐舌头,敢情也是位使枪的行家,以前还真没看出来。

我们俩各自忙着收拾应用的装备,胖子悄悄对我说:"唉,老胡,我觉得她最近看你的眼神不太对劲啊,是不是对你有点意思?这才哪儿到哪儿就开始黏上了?"

我笑骂:"我看你他娘的才是眼神不好,我都没看出来,你就看出来了?我对她不感兴趣,太强势的女人咱可不敢要。再说了,我们家老爷子要看我领回去一美国妞,还不得把我大卸八块了。"

胖子说:"你有这觉悟就好,我真怕你找个这样的媳妇,她这种人仗着有俩臭钱就牛气烘烘的,谁也瞧不起,他妈的,以前那句话怎么说的来着?小皮鞋咯咯响,资产阶级臭思想。你可千万要顶住糖衣炮弹的攻势啊。"

我把在山谷中捡盗墓贼洋落捡来的突击步枪装满子弹,把炸药和工兵铲都背在身上,又给电筒更换了新的备用电池,把穿山甲爪子做的摸金符放在手中握了一会儿,暗自祈祷:"恳请祖师爷保佑吧。"

这时 Shirley 杨也收拾完了，她问我能否瞧出这墓的内部结构来，我说："这种城下墓我闻所未闻。如果让我从外部看一个墓穴里面的结构，我必须经过寻地脉、察形势、觅星峰、辨水源、测方位、定穴场、究深浅等等步骤，用这些风水术确定古墓的年代和内部构造。但是这墓在城下，这样的古墓，我还是头一次见到，墓门前有桥有水，不合风水理论，墓中有什么名堂，我还真是看不出来。咱们进去之后一切小心，特别是要小心不要触发什么机关。另外最需要提防的是那种头上长个黑眼的怪蛇，它们动作奇快，难以闪躲。"

Shirley 杨点了点头，当先走过石桥，我紧紧跟在后边，在另外五个人的目送下，我们俩一前一后，过了黑色石桥，从千斤闸下钻了进去。

第二十七章
宝藏

闸门后是条向下的狭长坡道,坡度极陡,Shirley 杨扔下去一支冷烟火,滚了许久方才到头,在冷烟火停住的地方,它的光线已经小得瞧不清楚了。

我倒吸了一口凉气,如果这真是墓道,未免也太长了。附近没有尸体,如果这条坡道有机关埋伏,那么以前曾经进来过的那些人,一定会留下些什么痕迹。

纵然如此,我们也不敢稍有大意,走错一步都有可能粉身碎骨。我边走边仔细观看周围的环境,似乎有点不太对劲,但是究竟哪里不对劲,却想不起来。

Shirley 杨对我说:"你有没有看出来,这里没有老鼠的踪影?"

我点点头,说道:"正是,我刚才就觉得不对劲,你这么一说我才发现,这里闸门半开,又有石桥相连,那地宫里的老鼠如此众多,怎么这里半只也看不到?不单是看不到老鼠,地上连老鼠屎和老鼠毛都没有。难道那些老鼠凭着它们动物的本能,感觉到这里是一处充满危险的禁地?"

Shirley 杨却没有答话,又向下走了几步,忽然回头对我说:"你可不可以讲实话,你是不是做过盗墓的事?"

我万没想到她会有此一问，一时语塞，不知道该怎样回答。由于这次同行的这些人都是从事考古工作，考古和盗墓虽然在某种意义上来讲差不太多，但毕竟有着本质上的区别，可以说是水火不相容，我这事极是机密，她是如何得知？

Shirley 杨见我不说话，便说道："我也只是猜的，突然想到了便问你一句。我想你懂这么多早已失传的风水秘术，对各种古墓一点都不陌生，似乎比自家后院还要了解，倒真有些像是做盗墓行当的。"

我心中暗骂："臭女人，原来是乱猜，差点把我心脏病吓出来。"

表面上我却故作平静，对 Shirley 杨说："我这是家传的本领。我祖父在解放前，是十里八乡有名的风水先生，专门给人指点阴宅。我爹当了一辈子兵，没学会这套东西，我也只是有点业余爱好。我这人你还不知道嘛，就是喜欢钻研，雷锋同志的钉子精神，归根结底就是一个钻研……"说到后来，我就把话题岔开，避免再和她谈风水盗墓一类的事情。

我们走了很久，终于来到了坡道的尽头，这里无路可行，四周空间异常广大，唯独脚下无路。坡道下是个平台，平台上立着数百尊巨瞳石人像，平台边缘都是陡峭的山壁，向上看，看不到头顶，全是一片漆黑。

前面是个巨大无比的地下空洞，看不出究竟有多大，能照二十米的聚光电筒根本照射不到尽头，莫非是走到头了？不过细看这平台四周，又完全不像是天砖甬道壁画中描绘的那个地下洞窟。

Shirley 杨说："可能女王的棺椁还在下面，在她被安葬之后，精绝人就把与这里连接的通路毁掉了，这样就没有人可以去打搅女王安宁了。"

我笑道："那正好，咱们就此回去……"话未说完，就见 Shirley 杨取出三枚冷烟火，分别扔下平台，她是想看看下面有多深。

我们两人趴到平台边向下张望，只见冷烟火就掉在下边不远的地方，原来这平台的落差不大，只有三十来米。

借着烟火的光亮，看到下面是一大片平地，地上堆着小山一样的各种金银器皿、珍珠宝石、钻古玉髓。我惊道："他娘的，原来这些好东西都在这里了，看来盛殓精绝女王的棺椁一定也在下边，只是无路下去。"

这时Shirley杨在平台的一端找到了一条绳梯，绳梯挂在平台突出的一块大石上，从平台的侧面垂了下去，两端都扣着老式安全锁。

Shirley杨说："这可能是以前来过的探险家们留下的，绳梯虽然坚固，毕竟年头多了，咱们先回去石桥那边取咱们自己带的绳梯。"

我说："这样做当然是简单，可是你有没有想过，这下边有这么多玉器珠宝，为什么先前到过这里的那些探险家没有把它们带走？那些外国人可不是什么好东西，说好听点是探险家，说不好听了就是来咱们中国偷东西的贼，要知道，贼不走空。"

Shirley杨说："我懂你的意思，你是说，他们绝不会入宝山空手而归，之所以这些财宝原封不动地放在这里，是因为下边有机关猛兽之类的陷阱。"

我说："没错，就是这意思，天上没有掉馅饼的好事，看上去越简单的事，往往做起来越复杂。你还记得安力满说过黑沙漠中有个古老的诅咒吗？无论是谁，拿了黑沙漠中的财宝，他就会同这些财宝一起，永远地被埋在黑沙漠里。"

Shirley杨说："这个传说在《大唐西域记》里面也有记载，那座被埋在黑沙漠中的城叫作竭罗迦来。我觉得这个诅咒不是问题，陈教授他们都是考古人员，不会随便动这些东西的，我最担心的就是你那位胖搭档，你可得看好了他。"

我怒道："你这话怎么说的，合着我们俩长得就像贼？我告诉你，我们人穷志不短，我可以用我的脑袋担保，只要我说这里的东西不能动，我那哥们儿就绝对不会拿。你还是先管好你自己吧，想当初庚子年，八国联军来中国杀人放火，抢走了我们多少好东西。这八国里有你们美国吧？你们有什么资格觉得我们像贼？"

Shirley杨气得脸都白了："这么说你看我倒像贼了？"

我一想她怎么说也救过我，我刚才的话确实有些过火了，只好忍着性子赔了个不是，二人便又顺着原路返回，这次谁都不再说话，气氛沉闷得吓人。

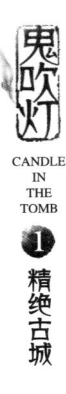

陈教授等人早就等得不耐烦了，见我们终于返回，忙问详情。我在暗河中打了一壶水，边喝边把下面的情况描述了一遍，Shirley 杨又补充了一部分。

陈教授和他的学生听说下边果然别有洞天，胖子闻听下边有大批的陪葬品，都喜不自胜，哪里还等得了，立刻就动身进了古墓的闸门。

我走在最后，进去的时候，我摸了摸那道千斤闸，这他娘的要是掉下来，谁也出不来了，不过有这么多炸药，也不用担心了。想到此处，我便觉安心不少，一低头，走进了墓道。

众人在平台上忙碌着准备绳梯，我估计到了这种时候，就是劝他们也没用，只好嘱咐胖子千万别拿下边的东西，什么狗屁诅咒我倒不相信，但是不能让 Shirley 杨抓住把柄，咱得给国人争光啊。

胖子说："老胡你就放心吧，咱好赖也是条汉子，不能跌这份，这回不管是有什么，我一个老鼠毛都不拿。"他想了想又补上一句："要拿就等下回来了再拿。"

绳梯放好之后，我仍是作为尖兵，头一个下去。我见这附近没有老鼠的踪影，初时认为下面可能会有那种黑色怪蛇，所以老鼠们不敢下来。但是我下去之后，发现这里死一般地寂静，别说老鼠毒蛇，连只小小的虫蚁也没有。附近岩壁上钉有不少青铜的灯台，都制成灯奴的形状，双膝跪倒手托宝盏，盏内的灯油早已烧干，这些铜灯一盏挨一盏，根本数不清有多少，随便拿出去一盏到市面上，凭这工艺，这年代，这出处，这历史，绝对值大钱。

站在大堆的财宝之上，心荡神摇，要硬生生地忍住，没点定力还真不行，唯一的办法就是不去看那些好东西，尽量分散自己的注意力。我吹响哨子，上面等候信号的人陆续从绳梯上攀爬而下。

每一个下来的人都被这堆积如山的珍宝惊呆了，如此之多的奇珍异宝，都是当年精绝从西域各国搜刮而来的，就连陈教授都无法一一叫出这些珍宝的名称，但是有一点可以肯定，哪一件都是价值不菲。

胖子看得两只眼睛发直，早把在平台上对我的保证忘到了脑后，伸手就去抓最近处的一只玉酒壶。

我赶紧把胖子拉住，小声对他说："你他娘的说话怎么跟放屁似的，不是说好了不动这里的东西吗？"

胖子愣了一下才回过神来："真他妈怪了，刚刚我这只手不听使唤了，我心里说别动别动，却偏偏控制不住自己的手。"

我说："别找借口了，我看你就是主观上见财起意，别在这儿站着，赶紧往前走。"说完我转头看了看 Shirley 杨，她正和楚健忙着搀扶从绳梯上爬下来的教授，没有注意到胖子的举动。

我问楚健："你小子怎么也下来了，不是让你在平台上照看叶亦心吗？"

楚健说："大哥，我想看看这下边的古墓，就看一眼我就回去。"

不仅是他，在场的人有一个算一个，都迫不及待想要看看精绝女王的棺椁。传说得神乎其神，虽然可能有危险，但是到了这里，谁都无法抑制自己的好奇心，特别是这些专门做考古的人。

陈教授刚从绳梯上爬下来，累得气喘吁吁，对我说："让他们看看吧，这是个难得的学习机会，长长见识也是好的。不管那女王曾经有多厉害，现在她已经死去两千年了，她统治的国家，也在她死后被奴隶们攻陷，应该不会有什么危险的。咱们大家只要牢牢记住考古工作者的原则就行了，千万不要损坏这里的任何物品。"

我一想也是，反正那女王死了，就算她有什么妖法也施展不得了。以前那些在这古墓中遇到危险的人，大概都是被这些珍宝迷了心志，所以永远都走不出去了，看来这些陪葬品就是最大的陷阱，只有尽量不去看，才能克制住自己的贪欲。

精绝女王一生有这么多的传说，权倾西域，到头来还不免一死，可见"世事如棋局局新，从来兴废由天定"，任她多大本领，也难以逃脱大自然的规律。

这时叶亦心也在萨帝鹏的协助下，顺着绳梯下来。众人摸索着向前走，四周全是漆黑的山岩，看这样子难道是到了扎格拉玛山的山腹之中了？

这处大山洞的空间太大，无法看清楚周围的地形地貌，这种场合下，我们一直没舍得用的强力照明装备就可以派上用场了。

这是一种总重量达八公斤的手提式探照灯，采用超高压球形氙灯，纯铂镍反光镜，照射范围在无介质干扰空间可达二点五公里。这东西耗电量很大，不能长时间使用，所以我们一直没舍得用。

我把探照灯组装起来，胖子把腰带电池卸下来装进灯后的电池仓，深度近视眼萨帝鹏好奇地去看灯口，Shirley 杨把他拉开："小心点，这灯光线太强，一百米之内能导致人眼暴盲，别在前面看。"

我三下两下装好了强光探照灯，让大伙都站到探照灯后边，打开开关，一道凝固般的光柱照了出去，四下里一扫，就将周围的情况看得清清楚楚。

这确实是扎格拉玛山的底部，头顶和四周都是黑色的山石，堆满陪葬珠宝的地方是一处断崖，断崖上除了这些殉葬品之外，还有无数高大的巨瞳石人像，断崖下是个圆形大洞。

和神殿通道中壁画所绘完全一样，大洞直径在千米左右，绝不是人工能挖出来的，环绕着这处深不可测的地洞，人为修筑了一条螺旋向下的台阶。

用强光探照灯照下去，这台阶在洞壁上转了数匝，便就此断绝，看来人工已至极限，最深也只能下到那里，再用探照灯往下照，则深不见底。洞下呼呼地冒着阴风，一股巨大而且黑暗的压迫感，使人不敢再往下看，如果再看下去，说不定心神一乱，就会身不由己地跳下去。

Shirley 杨说："这一定就是精绝国的圣地，鬼洞族这个名称，可能就从此而来。鬼洞……鬼洞……下面连着哪里呢？"

我见了这么大的一个洞穴，心里也冒出一丝寒意："鬼洞说不定是连着地狱，看着真让人眼晕啊。"

陈教授说："唉，胡老弟你也是当过兵的人，怎么还信鬼神之说？我看这个大洞一定是大自然的造化，正所谓鬼斧神工啊，两千年前的古人一定把它当作神迹了。"

胖子用探照灯照到一处，大呼小叫地让我们快看。只见探照灯光柱停在大地洞洞口的中间，那里有一处悬在半空的石梁，那道石梁又细又长，从山崖上探出，刚好延伸悬挂到地洞上方的位置。

最关键的是石梁的尽头摆放着一段巨大的木头，这木头直径有两米多，像是一段大树的树身被直接截下来这一截，没有经过任何加工，树干上的枝杈还在，甚至还长着不少绿叶。

圆木树干上捆了十几道大铁链，连接着石梁，把巨木固定在地上。更奇特的是这段木头上生长着一株绿色的巨大的花草，那花的大小如同一个大水桶，口小肚粗，花瓣卷在一起，通体翠绿，四周各有一大片血红色的叶子，在木头上生了根，它的枝蔓同大铁链一起紧紧地包住那段木头。

我大吃一惊："这木头……是昆仑神树啊！曾听我祖父说过棺木的材料，最好的便是阴沉木的树心，还有一种极品中的神品木料，极少有人见过，那便是只在古书中有记载的昆仑神木。传说昆仑神木即使只有一段，离开了泥土、水源和阳光，它仍然不会干枯，虽然不再生长了，却始终保持着原貌，如果把尸体存放在昆仑神木中，可以万年不朽。难道那精绝女王的尸体，就在这昆仑神木中？"

Shirley 杨的声音也有点发颤："不会错，这就是昆仑神树制成的棺椁。古籍中说这树和昆仑山的年代一样久远，当年秦始皇都想找昆仑神树做棺椁，想不到这精绝女王好生了得，恐怕历史上再没有人的棺椁比她的更贵重了。"

众人难以抑制心中的激动，便要动身过去仔细观看。陈教授想拦住众人，他似乎有要紧的话说，结果情急之下，脚底踩到一块碎石，扭伤了脚脖子。

我们只得又回去把教授扶起来，他这一下崴得不轻，再也无法行走，只能坐在地上说话："千万不可轻易过去破坏了那些东西，你们难道没看见棺木上那朵奇花吗？"

胖子说道："陈老爷子你说那是朵花吗？长得这么怪，我还以为是个超大的芋头。这棺上怎么会长植物？莫非把那女王当种子埋进神木，她就发芽开花了不成？"

陈教授揉着受伤的脚踝说："你可知这花的学名叫作什么？叫作尸香

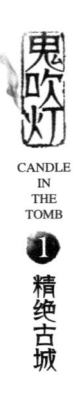

魔芋，是极珍稀的植物，世上恐怕仅剩下这一株了，而且这种植物十分危险。"

"尸香魔芋？！"我们闻听此言，心里打了个突，包括Shirley杨在内，都是第一次听说这种奇花异卉，这名头倒是不俗，就请陈教授解说详情。

陈教授说："我当年研究古西域文明，曾经在一些残存的古壁画和史料中看到过，尸香魔芋本生长于后月氏国，曾经过丝绸之路流入中土，只因水土环境不适，就此绝迹。这尸香魔芋可以生长在古墓中，据说能保持尸体不腐不烂，还能让尸体散发芳香，极是珍贵。古西域文明具有强烈的神秘色彩，宗教繁杂，神话传说和史实混为一体，非常不好区分，我本以为这是上古传说，不足为信。"

Shirley杨看了看远处石梁上的奇花，又问教授："既然是如此神奇的花卉，您为何又说它很危险呢？"

陈教授说："我适才所说，只是它的一部分特性。传说尸香魔芋中附有恶鬼，它一旦长成之后，活人就不可以再接近了。难得有昆仑神木制成的棺椁，上古魔花尸香魔芋才能生长在这里。"

我一生经历过不少稀奇古怪的事情，但是从来没有遇到现在这么神奇诡异的棺木和恶鬼之花，便对陈教授说："这可奇了，在这扎格拉玛山的山腹中也没有光合作用，还能生长植物，这些神秘的东西同那女王的身份果真十分吻合，都是些不符合自然界法则的怪物。"

第二十八章
尸香魔芋

远远闻到一股清香扑鼻，这魔花是否有毒？一般有毒的植物和动物，都是色彩鲜艳，看这尸香魔芋红叶绿花，颜色都像是要滴下水来一样鲜艳，说不定真的有毒。我想到这儿，赶紧让众人把防毒面具戴上。

胖子说："我看这花不像有毒，有毒的东西个头都小，这么大个，跟个大桶一样，我觉得是个食人花。"

Shirley 杨道："不会是食人花，这附近连只蚂蚁都没有，如果这花靠吞吃动物为生，早就枯死了，那昆仑神树制成的棺木一定给它提供了足够的养分。"

胖子哼了一声说道："管它是什么鬼鸟，我给它来几枪，打烂了它，那就什么危险都没有了。然后咱们过去瞧瞧那西域第一美人的粽子，究竟长什么样。"

陈教授说："万万不可，咱们宁可不过去，也不能毁坏这株珍稀的尸香魔芋。"

我转动探照灯，照射棺椁四周，好让教授等人瞧得清楚一些，却在灯光下发现石梁的边缘上刻着很多文字，密密匝匝的都是鬼洞文，足有数百个之多。这一发现非同小可，整座古城，包括神殿和地宫，很少有文字，多是以壁画来记事，只有神殿中的玉眼上有一些鬼洞文，可惜还没来得及细看，就让我给摔碎了，没想到这石梁上有如此之多的鬼洞文。

文字是人类传递信息的一种最基础符号，古代壁画带给人们的信息，是一种直观的感受，而文字中含有的信息则更加精确，如果破解了这些鬼洞文，在解读精绝文明上会少走很多弯路。

陈教授忙让学生们记录，一部分一部分地把石梁上的鬼洞文都记下来，好在那些字刻得很大，不用离近了也可以用探照灯照明后记录，Shirley 杨也在用相机拍照。只有我和胖子没什么事可做，陈教授又不让我们在这里抽烟，我们俩只好坐在地上干等着，等他们干完了收工。

看来这次的考古工作也就到此为止了，收获不能说小，单是那一条天砖甬道中保存完好的壁画，就够全世界考古界震惊两年了，何况还有这个无底大洞，再加上昆仑神木的棺椁、上古奇花尸香魔芋，哪一个都够这些知识分子研究好长时间。我们现在没有任何保护手段，想开棺椁看看那西域第一美人是不可能了，前些天在圣井中见到姑墨王子的棺材，陈教授就明确地禁止我们开棺。这些行动大概要上报领导审批，然后才能做，我是没机会看到了。

可惜郝爱国死在山谷里了，否则他看到这些，不知道会有多激动。想到这儿不禁为他惋惜，心中多少也有些自责，如果我当时能出手快一点……算了，这世界上哪儿有那么多如果啊……往事历历在目，越想心情越是难以平静。

胖子见我发呆，拍了拍我的肩膀："老胡你看那两小子这是干什么去？"

我从乱麻般的思绪中回过神来，放眼一看，只见楚健和萨帝鹏二人已经走上了石梁。教授不是说不让上石梁去动女王的棺椁吗？我忙问是怎么回事。

陈教授说："没事，他们不是去看棺木，石梁中间积了很多灰，把字体都遮蔽了，他们过去把灰扫开就回来，都戴了防毒面具，不会有事的。"

我想把那两个年轻的学生叫回来，由我替他们去，陈教授说："不用了，这石梁上的鬼洞文意义重大，你们不是专业做这个的，万一碰坏了就麻烦了。楚健他们会用毛刷一点点地清理掉灰尘和碎土，他们手脚利索，一两分钟就能做完。"

我还是觉得不太放心，坐立不安。我的直觉一向很准，肯定会出事。以前曾到过这里的那批英国探险家，为什么没有把这么贵重的神棺带走？除了一个神经错乱的幸存者，其余的人都到哪儿去了？这山腹的地洞中看起来安安静静没什么危险，但是接近女王的棺木会发生什么事？我不能再等了，必须赶紧把楚健他们俩叫回来。

我刚要开口喊他们二人，却为时已晚。只见一前一后走在石梁中间的两个学生，后边的萨帝鹏忽然一弯腰，捡起一块山石，赶上两步恶狠狠地砸在前边的楚健头上，楚健哼都没哼一声，身子一歪，落入了石梁下的无底深洞。

这一切发生得非常突然，谁也来不及阻止，还没等我们反应过来究竟发生了什么，却见萨帝鹏扭过头扯掉自己头上的防毒面具，冲着众人一笑，这笑容说不出地邪恶诡异，然后他一转身，快步走向石梁尽头的棺椁，用手中的山石猛砸自己的太阳穴，头上的鲜血像决堤的潮水般流了下来，他晃了两晃，一下扑倒在精绝女王的棺木之上，生死不明。

其余的人都被这血腥诡异的一幕惊得呆了。萨帝鹏怎么了？一向斯文木讷的他，怎么突然变成了一个杀人鬼，杀死了自己最要好的同学，然后自杀在棺木旁边？

我叫道："糟了，这小眼镜一定是被恶鬼附体了！胖子快抄黑驴蹄子，他好像还没死，要救人还来得及。"

陈教授一瞬间见自己的两个学生一死一伤，死的跌进了深渊，连尸骨都不见了，伤的那个头破血流，倒在石梁的尽头，一动不动，也不知是否还活着，实在难以接受，急火攻心，一头晕倒在地。叶亦心赶紧扶住教授，她也吓坏了，除了哭之外，什么都不会做。

我心想救人要紧，就算石梁上真有鬼也得硬着头皮斗上一斗了，一边让胖子和Shirley杨两人救助教授，一边抄起武器，把防毒面具扣在自己头上，心想管他多厉害的恶鬼，也得惧怕辟邪的黑驴蹄子和糯米三分，如果那尸香魔芋有毒，我戴上防毒面具，也不惧它。

我来不及多想，迈步便上了石梁。这石梁宽有三米，悬在那无底深洞的上空，往下一望，便觉浑身汗毛倒竖。

我刚走出一半，忽听背后有脚步声，回头看过去，却是胖子和Shirley杨二人跟了上来，我问他们：“你们不去照顾教授，跟着我做什么？”

胖子说：“这石梁上也不知有什么鬼东西，你一个人来我不放心，再说你一个人背萨帝鹏吃力，咱们一起抬了他速速退回去，免得再出意外。”

我心想时间紧急，倘若再多说两句，萨帝鹏失血过多便没救了，于是一招手让他们跟上，三人直奔石梁尽头的棺椁。

这回离得近了，才觉得那奇花尸香魔芋妖艳异常，那花那叶的颜色之鲜艳，瞧得人惊心动魄。我想起陈教授说这魔花中藏着恶鬼，事已至此，哪儿还管它什么世间稀有，便破口骂道：“×他娘的，说不定就是这妖花捣鬼！"挥动手中的工兵铲，对准尸香魔芋一通乱砍，砍得那巨花一团稀烂，流出不少黑色液体，方才住手。

Shirley杨见我手快，已经把魔花斩烂，也来不及阻止，无可奈何地叹了一口气：“算了，砍也砍了，快救人要紧。”

我说：“正是，快给萨帝鹏止血。”边说边去掏急救绷带，准备先给他胡乱包两下，然后赶快抬回去救治。

胖子伸手一摸萨帝鹏的颈动脉，叹道：“别忙活了，完了，没脉了，咱们还是晚了一步。”

我气急败坏地一掌拍在棺木上：“他娘的，这回去怎么跟他们的父母交代，还不得把家里人活活疼死！”

没想到我这一巴掌拍在棺木上，萨帝鹏倒在地上的尸体，忽然像触电一样突地坐了起来，两眼瞪得通红，指着精绝女王的棺椁说：“她……她活……了……”

我和Shirley杨及胖子三人都吓了一跳，刚才明明摸萨帝鹏已经没脉了，怎么突然坐了起来？

第二十八章 尸香魔芋

我下意识地在兜中抓了一只黑驴蹄子想去砸他,却见萨帝鹏说完话,双腿一蹬,又直挺挺地倒在地上,这回像是真的死了。

我不由得抬头一看,昆仑神木的棺盖不知在什么时候打开了一条缝。我的心都提到了嗓子眼,胖子和Shirley杨也不知所措,三个人手心里都捏了一把冷汗。

是祸便躲不过,既然精绝女王的棺椁打开了,这摆明了是冲着我们来的。胖子端起枪瞄准女王的棺椁,我紧紧握着工兵铲和黑驴蹄子,就看里边究竟有什么东西出来。

这一瞬间我脑子里转了七八圈,女王是鬼还是粽子?是鬼便如何如何对付,是粽子便如何如何对付,石梁狭窄,施展不开,如何如何退回去,这些情况我都想了一遍。

但是除了盖子挪开了一条缝之外,那棺木却再无任何动静。这么耗下去不是办法,现在我们有两个选择,一是不管女王的棺木有什么动静,先从石梁上退回去再作计较。二是以进为退,直接上去把棺板打开,无论里面是什么怪物,就用工兵铲、黑驴蹄子、突击步枪去招呼它。

我的头脑中马上做出了判断:第一条路看似稳妥,却不可行,这石梁上肯定潜伏着某种邪恶的力量,萨帝鹏和楚健离奇死亡就是最好的证明。而这种魔鬼般的神秘力量正在伺机而动,它要找一个合适的机会干掉我们这些打扰女王安息的人。如果我们立刻返回,走在这狭窄的石梁上遭到突然袭击,根本无处可避。这时候只有硬着头皮上了,希望这无底洞上的石梁不会变成我们的绝路。

我看了看胖子和Shirley杨,三人心意相通,互相点了点头,都明白目前的处境。虽然暂时什么都没发生,却已经形成了背水一战的局面,只有开棺一看,先找出敌人,才能想办法应对。

胖子把突击步枪递给Shirley杨,让她准备随时开枪射击,随后往自己手心里吐了两口唾沫,示意让我和他一起把棺盖推开。

由于棺上缠着几道人臂粗细的铁链,不能横向移开棺盖,只能顺着从前端推动,棺材自己露出的那条缝隙,也是在前端。

我压制住内心不安的情绪,和胖子一起数着一二三,用力推动棺板。这昆仑神树的树干制成的棺材,没有过多人为加工的痕迹,很大程度上保留了原样,树皮还像新的一样,如果不是它自己移开一条细缝,还真不容易看出来哪里是棺盖。

棺盖并没有多重,用了七分力,便被我们俩推开一大块,我们都戴了防毒面具,闻不出棺中是什么气味。只见一具身穿玉衣的女尸,平卧在棺中,除此之外,棺中空空如也,什么陪葬品也没有。

女尸应该就是精绝女王了,她脸上戴着一张黑色的面具,瞧不出她的面目,身体也没有露在外边,看不清尸骨保存的程度如何。

这就是那个被传说成妖怪、残暴成性的精绝女王?我心中暗骂:"他娘的,死了还要装神弄鬼蒙着脸。"

胖子问我道:"老胡,你说楚健他们的死,是这女王在棺中搞的鬼吗?他妈的,把她的面具揭掉,看看她究竟是西域第一美人,还是妖怪。"

我说:"好,我也正想看看。你来揭开她的面具,我准备着,用黑驴蹄子塞进她嘴里去,她便真是妖怪,也教她先吃咱一记辟邪驱魔的黑驴蹄子。"说罢握了黑驴蹄子在手,作势要塞进女尸口中。

胖子挽挽袖子,探出一只手,"噌"地扯掉精绝女王尸体上的面具。

精绝女王的脸露了出来,黑发如云,秀眉入鬓,面容清秀,双目紧闭,脸色白得吓人,除此而外,都跟活人一般无二。

在此之前,我曾经无数次地想象过这位女王究竟长什么样,或胖或瘦,或金发碧眼,或高鼻深目,但是让我想一百万次,我也不会想到女王原来是长这样,因为……

我和胖子同时"啊"了一声,谁也没想到,这女王竟然长得同 Shirley 杨一样,简直就是一个模子里铸出来的。

我不知如何是好,脑袋里乱成了一锅粥,转头想看看站在身后的 Shirley 杨是什么反应,谁知转头一看,先前端着枪站在后边掩护我们的 Shirley 杨踪迹全无。

难道这棺里的尸体不是女王,而就是 Shirley 杨本人?我觉得身上起了一层鸡皮疙瘩，一阵阵绝望刺激着大脑的皮层，伤心、害怕、紧张、无助、疑惑，多种复杂的情绪，同时冲进了我的大脑，一时间不知所措。我们的对手太难以捉摸了，我们简直就像是案板上的肉，是煮是炖，是炒是炸，全由不得自己了，完全地被玩弄于股掌之间，我们甚至不知道对手是什么。

就在我不知所措之时，忽然觉得身旁刮起一股阴风，好像有一个阴气森森的物体正在快速地接近。我心道"来得好"，举起工兵铲回手猛劈，感觉砍中了一个人，定睛一看，胖子的半个脑袋被我劈掉了，鲜血喷溅，"咕咚"一下倒在地上，眼见是死了。

我呆在当场，我究竟做了什么？怎么这么冒失？难道我真被那妖怪女王吓破了胆，竟然把我最好的兄弟砍死了！这一瞬间心如死灰。这回可倒好，考古队九个人，不到一天的工夫，接连死了五个，就连跟我一起出生入死的胖子，几十年的交情，也被我一铲子削掉了脑袋。

只剩下我一个人，活着还有什么意思，也许我这条命早在昆仑山和云南前线的时候就该送掉了，也免得我误杀了自己最好的同伴。现在就算我死了，到得那九泉之下，有何面目去见胖子？

我万念俱灰，头疼得像是要裂开一样，只觉得从头到脚如坠冰窟，只有一死了之。我从腰间拔出匕首，对准自己的心窝，一咬牙就刺了下去。

刀尖碰到皮肉的一瞬间，耳中突然听见两声枪响，一发步枪子弹击在匕首的刀刃上，把我手中的匕首打落在地。

四周忽然变得雾蒙蒙的，什么也瞧不清楚，是谁开的枪？我心神恍惚，越琢磨越不对劲，所有的逻辑都颠倒了，隐隐约约听见有人喊："老胡，快回来，快往回跑！"

这声音像是在黑夜中出现的一道闪电，我虽然还没明白是怎么一回事，却本能地感觉自己落入了一个陷阱，他娘的莫不是中了妖法？

想到这儿我用牙咬破了自己的舌尖，全身一震，发现自己正身处石梁的中间，并没有站在女王的棺椁前，石梁尽头的棺木完好无损，棺上的尸香魔芋正在绽放，原本卷在一起的花瓣都打开了，露出中间的花蕊，像个雷达一样对着我。

而石梁的另一端，站着两个人，是胖子和Shirley杨，他们急得蹦起老高，正拼命喊我，他们没死吗？

胖子拎着枪大叫："老胡，你他妈的神经了，快回来啊！"

我无暇细想，甩开脚步，奔了回来，一把扯掉头上的防毒面具，把口中的鲜血吐了出来，这时候我头脑才恢复正常。

我问胖子他们我刚才究竟怎么了，胖子说："你他妈的差点把我吓死啊！你不是想过去抢救萨帝鹏吗？你刚走到石梁的中间，忽然回头，也不知道你怎么了，跟梦游似的，抡着工兵铲一通乱砸，然后又比比画画地折腾了半天，我们怎么喊你你也听不见，然后你拿着匕首要自杀，我想过去阻止你，又不赶趟了，只好开了两枪把你手中的匕首打落。你小子是不是失心风了，还是被鬼附体了？"

我回头望了望那道狭长的石梁，这时把前因后果一揣摩，才明白是怎么回事，我刚才经历的一切都是那妖花尸香魔芋制造出来的幻觉，他娘的，它是想引我自杀！

我想尸香魔芋不仅是通过它所散发的香气对人的心志进行干扰，更厉害的是它的颜色，只要离近了看一眼便会产生幻觉。

难怪精绝女王的棺椁附近没有任何防卫的机关，原来这株魔花便是最厉害的守墓者，任何企图接近女王棺椁的人，都会被尸香魔芋夺去五感，被自己头脑中的幻觉杀死。

看来我们面前这条悬在无底巨洞上的石梁，便是尸香魔芋所控制的范围，一旦踏上石梁，就会产生幻觉。

想必以前曾到过这里的探险家盗墓贼们，都和楚健、萨帝鹏一样死得不明不白，恐怕他们到死都没有搞明白是怎么回事。

还好Shirley杨多长了个心眼，没有让胖子过去拉我，否则我现在已经死在石梁上多时了。我越想越怒，恶狠狠地大骂精绝女王的老母，抄起枪来对着远处棺椁上的尸香魔芋打了几枪，子弹射在魔花的枝叶上，就如同打进了糟木头，连大洞都没打出一个，更没有任何反应，无可奈何之下，也只得作罢。

萨帝鹏倒在石梁尽头的棺木旁,鲜血流得满地都是,看来已经没救了,但是总不能把他的尸体就这么扔下不管,还是得想个办法过去把他抢回来。

我同Shirley杨、胖子商量了几句,苦无良策。陈教授虽然没有性命之忧,却兀自昏迷不醒,叶亦心在他身旁哭得上气不接下气。目前我们所面临的局面,当真是乱麻一般,让人无从着手。

胖子说:"老胡,我倒有一条妙计,可以干掉这魔花。"

我问他:"那尸香魔芋恁地厉害,你能有什么办法?"

胖子说:"虽然厉害,却不算难对付,它不过是干扰视听,把接近它的人诱向死亡。你们过去的时候都戴了防毒面具,仍然着了它的道,这说明它并不是只通过散发出来的气味置人死地,用眼睛看它一看,就会被它迷惑,分不清真假,故此无从下手。我的妙计是,咱们不去看,把眼睛蒙上,趴在地上摸索着爬过去,把那花连根拔了如何?"

我说:"也好,你快快蒙了眼爬过去,我们在后边替你观敌瞭阵呐喊助威。"

Shirley杨道:"不行,除了陈教授知道一点尸香魔芋的常识之外,咱们大家都对它一无所知,你们又怎么能肯定尸香魔芋是通过五感来催眠的呢?这魔鬼之花实在太过邪门,万一判断失误,很可能就要死在石梁之上。"

胖子说:"要依你这么说,就把萨帝鹏的尸体丢下不管,咱们脚底抹油,立马开溜?"

我说:"就算是走了,也不能便宜那尸香魔芋!咱们这儿不是有这么多黄色炸药嘛,我去把石梁炸断,让那魔花摔到地洞深处去。"

三人你一言我一语,正争执不下,忽见远处萨帝鹏的身体好像剧烈地动了一下,我们连忙停止争论,全神贯注地观看石梁那边的情况。

强光探照灯一直保持着比较低的角度,这是为了让人从石梁上走回来的时候不被灯光刺到眼睛,这时我把探照灯的角度稍稍提高,以光柱照准远处的萨帝鹏。

萨帝鹏的身体滚了一下,似乎被什么东西拖拽,正不断地被拉向石梁下的黑洞,正待细看,那强光探照灯却闪了两闪,就此熄灭,也不知是接触不良还是没电了，整个山洞立刻陷入一团漆黑之中。

现在正是紧要关节，我使劲拍了拍探照灯，仍然没有亮起来，急忙让胖子把备用电池拿来。

胖子说："没备用电池了，探照灯的两套备用电池都在骆驼队那里，咱们进城的时候装备太沉，你不是让大伙轻装吗，多余的东西都没带。"

Shirley 杨打亮了一支冷烟火，四周亮了起来，黑暗中的光明，哪怕只有一点，也会让人感到心安，但是仍然看不到远处究竟是什么东西把萨帝鹏拖走的。这个大洞里还有其他的生物？

黑暗中只听那个无底深渊的石壁上窸窸窣窣响成一片，这声音不大，像是什么动物在蠕动着爬行，而且数量之多，无法估量。

我想起那些令人不寒而栗的怪蛇，急忙让胖子快去背起陈教授，不管那洞里出来的是什么，毫无疑问那东西绝对是不友好的，咱们三十六计走为上策。

冷烟火的照明时间有限，我们都取出了狼眼手电照明，胖子背起陈教授，Shirley 杨拉着双腿发软的叶亦心，众人寻准了方向，便向来路退了回去。

这时四周传来的声音越来越大，Shirley 杨举起照相机，连续按动快门，闪光灯咔嚓咔嚓连连闪烁，一瞬间四周被照得雪亮，借着闪电般雪白的光芒，只见四周爬出无数黑鳞怪蛇，有大有小，最小的只有十几厘米长，最大的将近一米，头上都顶着个黑色肉瘤，有的显然已经发育成熟，那大肉瘤已长成了巨大的黑色眼球状。

群蛇头顶的黑眼对光线异常敏感，被闪光灯一照都纷纷后退，但是数量太多，成千成万，又从地洞中不断地涌出，堆积纠缠在一起，来时的道路已经被堵得死死的，无法逼它们闪出一条道路。

相机的闪光灯和手电的光线虽然可以暂时抵挡蛇群，却是个饮鸩止渴的法子，一旦相机能源耗尽，我们都不免被蛇咬死。

黑蛇越来越多，我们进城时携带的一桶固体燃料在神殿中就用光了，现在无计可施，只有一步步地后退。

四处都爬满了黑蛇，此刻火烧眉毛万分危急，胖子忽然指着身后数米远的山体叫道："这边有个小山洞，先进去避避再说！"

我回头一看，原来不是洞，只是山腹中年深日久裂开的一条山隙，仅有一人多高，不知里面的深浅，但是情急之下，也只得退到里面支撑一时，然后再另图良策。

我们当下拖拽着不能行走的陈教授和叶亦心，快速退进了山体的缝隙之中。这里上边窄下边宽，里面还很深，脚下也是裂开的缝隙，不过仅有几厘米的宽度，人踩在上面，不会担心掉到地缝中去。

Shirley 杨的心理素质极好，身处绝境也并不慌乱，一看这山隙中的形势，身后数米远有个横向的大裂缝，心中便有了计较，对我说："能不能先把入口炸塌，挡住蛇群的冲击？"

这时有几条黑蛇已经爬了进来，正准备飞起来咬人，Shirley 杨按动相机快门，黑蛇被相机的光芒一闪，都急忙回头闪躲光线。胖子出手如电，工兵铲专照着蛇头去砸，随后用铲子一扫把死蛇扫出洞外。

我想起郝爱国死亡时的样子，心想就算被炸死活埋也好过被毒蛇咬死，急忙取出几包黄色炸药，这时候根本来不及计算炸药用量，只能凭着当过几年工兵的经验，随手插上雷管，让胖子等人快向前面那条横向的山体缝隙深处跑。我启动了炸药，边退边用枪射击爬进洞口的黑蛇，退了几步，与 Shirley 杨等人挤在一个转弯处。

我刚要让他们把嘴张大了，堵住耳朵，小心被震聋了，话还没说完，一声剧烈的爆炸声响起，闷雷般在山洞中回荡，碎石和爆炸的气浪一起冲了进来。我们虽然躲在转弯的地方，避开了直接的冲击，仍然被爆炸的冲击气流撞了一下，感觉胸口像是被人用重拳击了一下，双耳鸣动，满脑子都是嗡嗡声，什么也听不见了。

胖子对我张着嘴说了些什么，我根本听不着，我一字一字地对他大喊："炸——药——好——像——放——得——多——了——点！你——们——没——事——吧？"这话也不知道有没有发出声来，距离爆破点太近，山隙中又十分拢音，我的耳膜都被冲到了，自己扯着脖子喊出来的话连自己都听不见。

第二十九章
石室

烟雾灰尘弥漫，地上全是爆破产生的黑色碎石。我探出身去，用手电筒照了照爆破过后的山缝，只见山缝已经彻底地被堵死了，外边的黑蛇进不来，我们想从原路出去也不太简单。

周围的四个人，胖子的情况还算好，只是手上被碎石擦出了几条血痕，陈教授一直处于昏迷状态，叶亦心被气浪一冲，胸前憋了口气，也晕了过去。

我伸手一探叶亦心的鼻息，糟糕，没有呼吸了！我暗道不妙，她本就身体单薄，被爆炸冲击波一冲一呛，闭住了气息，需要赶紧抢救。

这时我和胖子、Shirley 杨三个清醒的人耳朵都暂时震聋了，短时间内无法恢复，所以不能用语言交流。我打着手势让 Shirley 杨快给叶亦心做人工呼吸，忽见 Shirley 杨鼻子里流出血来，赶紧提醒她止血。

Shirley 杨随手扯了块衣服塞住流血的鼻子，用血在自己手心写了几个字，又指了指叶亦心，我用手电一照 Shirley 杨的手心，见她手中写着"CTR"。

什么意思？我看不明白，是说叶亦心没救了？便冲她摇了摇头。

Shirley 杨见我搞不懂，只能不顾自己还在流血不止的鼻子，低下头，双手按住叶亦心胸口，用力往下压。

第二十九章 石室

我这才明白，她的意思是让我给叶亦心做人工心脏起搏按摩。我刚要接手，叶亦心轻哼一声，一口气倒了上来，不断地干咳，我赶紧让胖子拿水壶给她喝几口水。Shirley 杨见叶亦心好转过来，便抬起头，按住自己的耳骨，把鼻子的血止住。

形势刚刚稳定下来，还没容我为目前的状况发愁，又出现了新的危机。所谓的鬼洞就在扎格拉玛山的山腹之中，黑色的扎格拉玛山就如同一个黑色的空壳，我们现在所处的位置，可能就在这壳下的某处。

山腹内的空洞几千年来形成巨大的内部张力，导致山体裂开了很多大大小小的缝隙，刚才黄色炸药的爆炸力冲击到山体，对原本微小的裂缝产生了挤压，压力越来越大，形成了一种多米诺骨牌效应。

我虽然暂时听不见声音，但是能感觉到山体在震动，头顶原本窄小的裂缝渐渐扩大，无数碎岩落了下来，而且大有愈演愈烈之势。

我一边遮挡着纷纷落在头上的细小碎石块，一边招呼其余的几个人赶快离开。我们只能暂时顺着裂缝往斜上方爬，每爬出一段，身后就被碎石填满，如果稍有停留，不被砸死也得被活埋。

深一脚浅一脚，连自己都不知道爬出去多远，手上被锋锐的碎石扎得血肉模糊，一个个呼吸急促，感觉心脏都快从口中跳出来了。大家又渴又累，还背着昏迷不醒的陈教授和体力不支的叶亦心，最后实在是没有力气了，再也挪不动腿脚，干脆把眼一闭，活埋就活埋吧，不跑了。

没想到这时山体内裂缝的扩散停止了，身后一米多远的空间全被埋住，我们倒在原地喘着气，想喝水又有点舍不得。

隔了半晌，胖子开口说道："老胡，咱他妈的现在是死了还是活着？"

我看着周围黑漆漆的山石说："我看也都差不多，就算暂时还活着，可能也就快死了。"

胖子可能累脱了力，神志有点不清醒，又对旁边的 Shirley 杨说："杨大小姐，我提前跟你告别了。一会儿我们俩去阎王爷那儿点卯，你就得去见你的上帝了，你道远，一路保重啊。"

Shirley 杨说："看在上帝的分上，这都什么时候了，你们俩能不能不胡言乱语。哎……我能听见了。"

我张了张嘴，上下活动活动颌骨，虽然还有点耳鸣，但是已经不是什么都听不见了。众人清点了一下水壶及装备，我的水壶混乱中不知道掉哪儿去了，叶亦心进城时昏迷不醒，身上没带水壶，其余的加起来，还有不到两壶水。

我说："虽然现实可能不大容易接受，但是我还是得跟你们说说。咱们现在是在扎格拉玛山的山体中，四周已经没有任何出路，这里的空气不知道是否流通，如果不流通，支持不了半个小时，咱们就得憋死。剩下的炸药也弄丢了，凭咱们自己的力量恐怕出不去了。咱们这一队死的死伤的伤，外边仅剩下一个安力满老头，那老家伙太滑头，说不定见形势不妙，自己就先溜了，趁早也别指望外边有人救援了。"

胖子说："既然如此，多想也没用，现在嗓子冒烟，还剩下两壶水，分分喝了再说别的。"

我把水一分为二，其中一半给叶亦心和陈教授，另一半我们三人分开喝了。Shirley 杨只喝了两口，便咽不下去了，沉吟片刻说："如果咱们真的会死在这里，我想这都是我的过错。如果不是我执意要找什么精绝古城，也不会惹出这么多事，更不会连累了这许多人，我实在是……"

我一摆手打断她的话："话不能这么说。我们中国有句古话：人为财死，鸟为食亡。我跟胖子两人是自作自受，要不是贪图你那四万美金，也不至于落到如此绝境。而且陈教授他们干的就是这个行当，就算你不出资赞助，他们也会想方设法来寻找这精绝的遗迹。"

说到这儿，我忽然想起曾听 Shirley 杨说过一件事，她以前曾经不断梦到过那个鬼洞，甚至连女王棺椁上的铁链都梦到了，而且她还说在梦中曾隐约见到棺木上趴着一个巨大的东西，但始终看不清是什么，那不正是棺上生长着的地狱之花尸香魔芋吗？

她当时说的时候，说她认为这是她那位失踪的探险家父亲给她托的梦，现在回想起来，这事十分地蹊跷，难道 Shirley 杨有未卜先知的本领吗？于是我便出言相询。

Shirley 杨摇了摇头说："以前好像是有个声音不停地呼唤着我,让我来这扎格拉玛山中的鬼洞。可是当我亲眼见到了深不见底的鬼洞之后,我才知道,我父亲的探险队从来都没有到过鬼洞,他们可能是死在沙漠中的某个地方了。但是为什么会在梦中见到从未来过的地方,我就想不明白了。"

胖子奇道："还有这等事?说不定你上辈子是精绝国的女王,此刻故地重游……"

他话音未落,山体中又传来一阵阵开裂的声音,看来刚才头一番余势未消,又要来上一次。我们歇了一段时间,死到临头,自然是不甘心等死,只见前方裂开一条大缝,手电的光柱往里一扫,似乎看见那里竟然坐着个人。

此时山裂产生的大小碎石雨点似的滚落下来,不及细看,见有路就先撞进去再说。Shirley 杨打着手电照亮开路,胖子背起陈教授,我倒拖着叶亦心,都闪身进了前面刚刚裂开的石缝。

尚未瞧清楚是处什么地方,先觉得呼吸不畅。里面灰尘极多,而且长年封闭,没有流通的空气,我们急忙取出防毒面具罩在头上,只听身后轰隆一声,数十块巨大的黑色山岩滚落下来,挡住了入口。

我见来路断了,便回过头来观看周围的情况。原来我们身处的地方是一间仅有十几平方米的正方形石屋,地面上摆着一只古老的大石头匣子。这石头匣子和精绝城中随处可见的黑石截然不同,灰扑扑的十分古朴,外形独特,我们闻所未闻,见所未见。

石匣有半米多高,一米多长,工艺极精密,上面雕刻了数幅石画,不知道是做什么用的。

我们光顾着看那奇特的石匣,没注意到石匣两边还盘腿坐着两个人,走到近处的时候突然用手电照到,三人吃了一惊,手中的电筒落在地上,石室中顿时漆黑一团,只听胖子大叫:"两只粽子!"

黑暗中 Shirley 杨取出了备用电筒,一照之下,见盘腿坐在石匣边的两个人原来是两具干瘪的尸骸。

遗骸一老一少,都已经化为深褐色,老者下颌上的胡须还依稀可辨,另一具看上去是个幼童，身上都裹着羊皮。他们都是盘膝而坐，似乎是在看守着这只古怪的石头匣子。

我看清楚之后，嘘了一口气，对胖子说："以后别动不动就提粽子，吓死人不偿命啊。这两个分明已经快成化石了，少说死了也有上千年了。他娘的，这里原来是个墓室。"

Shirley 杨瞪了我一眼，怒道："好你个老胡，还想瞒我？你们两个家伙分明就是盗墓贼！"

我心中"咯噔"一声，暗道不好。我们没说走嘴啊？难道她一个美国人连"粽子"都听得懂？还好陈教授昏迷不醒，没有听到，叶亦心好像也处于半昏迷状态，都不可能听到我们的对话。

我急忙辩解："不是跟你说了嘛，我就是业余爱好研究风水星相，不是盗墓贼，你以后不要凭空污人清白。我和胖子的名声都好得很，早在老家便是十里八乡出了名的好后生。我是一老兵，胖子当年在他们单位，也是年年被评为劳动模范三八红旗手什么的。"

胖子听我一着急把最后一句说错了，急忙纠正，顺便想把话题引开："别听他胡说，他……妈才是三八红旗手呢，我是青年突击队，惭愧惭愧，都是党和人民培养得好啊。你们看这石头匣子倒也古怪，这是装什么东西的？"

Shirley 杨并不接我们的话，突然说道："定盘子挂千金，海子卦响。勾抓踢杆子倒斗灌大顶元良，月招子远彩包不上。"

她的话旁人听不懂，我却听得明明白白，这是倒斗的"唇典"。因为我们这行都是不能见光的勾当，就像黑道一样有暗语。黑道上拐卖女人叫开条子，走私货叫作背青，贩小孩叫搬石头，小偷叫佛爷，等等。我们盗墓就称为倒斗，有自己的行规隐语，便于同行之间互相交流。民国那时候我祖父专门给人寻阴宅找宝穴，是当时当地屈指可数的几位风水大家之一，也结识过一位相熟的摸金校尉，对这里面的门道是熟门熟路，说起倒斗的唇典比说我们老家话都熟。

Shirley 杨刚对我所说的几句唇典，大概的意思是："你心眼坏了，嘴上不说实话。看你就是个手脚利索的盗墓大行家,这种事瞒不过我的双眼。"

第二十九章 石室

我被她突然一说,没有细想,一般被同行称为高手,都要自我谦虚一下,于是脱口就答道:"无有元良,山上搬柴山下烧火,敢问这位顶上元良,在何方分过山甲,拆解得几道丘门?"

Shirley 杨接道:"一江水有两岸景,同是山上搬柴山下烧火,鹧鸪分山甲,鹞子解丘门,多曾登宝殿,无处觅龙楼。"

套口一对,我自己又惊又悔,他娘的,这回算着了这美国妞的道了,这不等于承认自己就是倒斗的盗墓贼了吗?不过倒也奇了怪了,这些倒斗唇典的大段套口,在解放前都没多少人懂,解放后基本上算是失传了,像大金牙他爹那种干过多年倒斗的半职业盗墓贼,所知所闻也只不过是几个名词而已,我实在不能想象这些切口竟然出自一个年纪轻轻的美国女人之口,如果不是面对面亲耳所闻,又如何能信,难道竟然遇到同行了?

而且听她唇典所说,她也是祖传的本事,只是空有手艺,却不懂看风水认穴辨脉之术。不行,这事绝不能承认,我还是接着装傻算了,于是我说道:"这几句诗是我们小学时学的课文,想不到美国小学的教材也……也有异曲同工之妙啊。"

Shirley 杨见我胡搅蛮缠抵死不认,只得说:"算了,此地不是讲话之所,如果咱们还能活着回去,我希望能和你认真谈一次。"

我如遇大赦,忙站起身来在四周寻找出路,暗地里盘算:"要是能回去,定让你找不到我。哼哼,大不了我回老家去,不在北京混了。"可是随即又一想:"不成,她还没给我们钱呢,这事实在是棘手了……她究竟有什么企图呢?不会是真像胖子所说,看上俺老胡了吧?再不然她是打算检举揭发?不能够吧?难道她祖上当真也是摸金校尉不成?那倒跟我算得上门当户对了……"

我正胡思乱想之际,胖子和 Shirley 杨已经在这间小小的墓室中转了数圈。头上脚下,身前身后,尽是漆黑的山石,有的地方有几条裂缝,都是太小,找不到出路。

这时陈教授大叫一声,醒了过来。他神志不清,一会儿哭一会儿笑,谁也不认识,我们无医无药,对他无可奈何,只能任凭他疯疯癫癫地折腾。

最后我们的目光落到了两具干尸中间的大石箱子上，不过这里面就算是有什么陪葬的宝贝，对我们这些将死之人来说，也是毫无用处了。

胖子拍了拍石匣说："这个小墓室不知埋的是哪两个穷鬼，除了身上的羊皮，连件像样的陪葬品都没有，这里面估计也没什么好东西。"

Shirley 杨仔细看着石匣上刻画的图形，忽然抬头对我说："你还记得我曾说过的《大唐西域记》吗？里面曾经提到过扎格拉玛山。"

我说："记得，好像还说是座神山，埋着两位先圣，不过不可能是这一老一少两位吧？这墓室如此简陋，也不符合先圣的身份。"我本想接着说我看过很多古代大墓，这石头山山腹中的墓穴根本不合风水学的理论，山下有个凶穴，上边怎么能再葬人？不过这话要是说出去难免暴露了我的身份，于是只说了一半，后边的话硬生生咽了回去。

Shirley 杨说："这墓室里埋葬的不是先圣，这个小孩是先圣的徒弟或者儿子一类的人，被称为先知。这位老者是他的仆人。"

我奇道："你是如何知道的？难道这石匣子雕的图形是这么说的吗？那上面还有什么内容吗？"

Shirley 杨招呼我和胖子一起看那石匣："这石头匣子上雕刻的几十幅图案是一个古老的预言，构图很简单，符号的特征非常明显，我想我能看懂一部分。"

我越听越奇："预言了什么？有没有说这石室的暗道在哪里？"

Shirley 杨摇头道："没有，这预言好像也不是很准。先知说他死后，一直没有任何人来到这间墓室，直到某一天，有四个人无意中打开了这只石匣……"

胖子数了数："一、二、三、四、五，咱们一共五个人啊，难道陈教授疯了就不算是人了吗？可见这先知料事不准，多半也是个欺世盗名的神棍。"

我盯着其余的四个人说道："倘若先知不是骗子，这个预言，可能不是在说咱们这些人。不过除此之外，还有另外一种可能性……咱们这里有一个不是人。"

第三十章
古老的预言

胖子没听明白,问道:"什么不是人?什么不是人?不是人,难道还是妖怪不成?"

我说:"不是那意思,我这不就是这么一说嘛。咱们这些人在一起快一个月了,朝夕相处,谁是什么人还不了解吗?这小孩先知净扯淡,古代人愚昧落后,咱们什么没见过,这些鬼画符般的图形还能当真事看?"

我嘴上这么说,心里可没这么想,这时候我得多长个心眼。这世界上的很多事根本无法预料,这位先知古老的预言究竟是不是应验在我们几个人身上,那只有老天爷知道。想到此处,我摸了一只黑驴蹄子在手,预防万一。

我又问Shirley杨:"你有没有瞧错?上面原本画了五个人形,这年代久了也许剥落了一部分,只剩下四个人,有没有这种可能?"

Shirley杨指着石匣上的雕刻让我们看:"这石匣保存得还算完好,没有剥落的痕迹,这明明是四个人。你们看,这代表人的符号十分简单,上边一个圆圈就是脑袋,几条细线便是身体四肢,这不刚好是四个人吗?"

我仔细看了看,确实如Shirley杨所说。她又让我看石匣上刻着的前几幅图形，这些图案十分简单，连我都能一目了然。第一幅图是一个小孩用手指着天空，地上有不少人在四处躲避，那些躲避的人大概是些普通老百姓。第二幅、第三幅图分别刻着一股龙卷风，把房屋吹倒了不少，先前躲避起来的人们都安全地躲过了天灾，他们围在小孩身前膜拜，看来这小孩可以预言天灾人祸。

石匣上的第四幅图，刻画着小孩站在两个成年人身边，地上跪着一个老者。这些人物的线条都简单到了极点，表现老者只不过是在代表头部的圆圈下面寥寥数笔画了一把胡子，构图虽然简单，却更容易让人理解。

图中的两个成年人明显高出普通人一大截，而且在雕刻工艺上也十分细腻，不像刻画普通人那么草。这两个人可能就是古代传说中的先圣了，跪在地上的老者明显是他们的仆从，石室中这名老者的遗骸应该就是他了。

看来 Shirley 杨说的完全正确，这石匣的主人是个有预言能力的幼童。我一路看将下去，一幅幅石画，都是些显示这个小孩子预言家功绩的。

看到最后一幅的时候，脖子上真有点冒凉气了。这幅石画中，那一老一少坐在石匣子旁边，墓室内站立着四个人，这四个人的图形普通得不能再普通，简单得不能再简单，是高矮胖瘦，还是男女老幼，一概看不出来。这四个人中的一个正在动手把石匣打开。

这是石匣上的最后一幅石画了，后边再也没有，这石匣子里究竟藏有什么秘密？最重要的是石匣没有任何开启过的痕迹，上面还封着牛皮漆。

我又回头看了看其余的四个人，Shirley 杨正搀扶着痴痴傻笑的陈教授，叶亦心昏迷了过去，胸口一起一伏的，节奏很快，没有医药给她救治，胖子坐在地上无奈地看着她摇头。

没错啊，绝对是五个人，如果这预言真的准确，那为什么我们明明有五个人，石画上却画着四个人？我脑子里在飞速地旋转，把可能出现的情况想了一遍，却半点头绪也没有。

难道五人当中真有一个不是人，而是被鬼怪恶魔所控制了？甚至像胖子所说，Shirley 杨是精绝女王转世？我觉得这些都是无稽之谈，很可笑，什么投胎转世之说，我根本不信。那么这误差是否出在这古老的预言上呢？

我问 Shirley 杨这先知先圣是什么朝代的人。

Shirley 杨说："按《大唐西域记》中所说，古西域的先圣，应该是公元前十六世纪的，在中原正是夏商时期，那是古西域的第一次文明时期，比起西域三十六国的年代，早了大约一千年。"

我算了一下，暗自吃惊，想不到这么久远啊，那就更不能把这些刻在石头匣子上的预言当真了。这上面也没有其余的预言石画了，也许先知当时糊涂了，少画了一个人，再精确的计算都难免出现误差，何况这种穿越了几千年的预言呢。

我又问 Shirley 杨，能不能从石匣外的石画预言中，看出来咱们打开石匣之后会发生什么事，会不会有什么危险。

Shirley 杨摇头道："没有多余的提示了，不过咱们被困在这巴掌大小的地方，上天无路，入地无门，也只有打开石匣子看上一看，先知既然预知到咱们会无意中来到这里，说不定会指点咱们如何出去。"

胖子等得焦躁，大咧咧地走过来，把我和 Shirley 杨推到一旁，说道："你们两个研究了半天，什么结果也没研究出来，这么大点的一个小屁孩，能预言个头啊。你们瞧我的，不就是一破匣子吗，也没上锁……对了，他不是预言说四个人中的一个伸手打开石匣吗？咱就跟他叫上这板了，老胡，过来伸把手，咱俩一起动手。"说着就要动手拉开石匣的盖子。

几乎与此同时，昏迷不醒的叶亦心忽然抽搐了一下，双腿一蹬，一动不动了。我们再也顾不上那石头匣子，急忙过去看她，一试脉搏，已经完全没有生命迹象了。她本来就有急性脱水症，一路奔波，又在扎格拉玛山的鬼洞中折腾得不轻，随时都有生命危险，能坚持活到现在，已经十分不易，只是我们没想到她偏在此时油尽灯枯，死得这么突然。

三人一时相对无言，Shirley 杨搂着叶亦心的尸体，落下泪来。我叹了口气，刚想安慰她两句，却见一直疯疯癫癫、咧着嘴傻笑的陈教授从地上站了起来，走到石匣跟前，一伸手就拉开了。

我们三人目瞪口呆，这一切竟然和那先知在石匣上的预言完全相同，进来的时候是五个人，有一个人突然死了，随后一个人动手打开了石匣。

经常有人说诸葛亮料事如神、神机妙算，我想孔明老先生也没这么准啊，准确的预言才可怕。

Shirley 杨怕神志不清的陈教授再惹出什么乱子，忙把他的衣袖拉住，让他坐在地上休息。他们之间的关系就如同亲叔叔和亲侄女，这时 Shirley 杨见陈教授又疯又傻，心中一酸，忍不住又哭了出来。

我知道 Shirley 杨是个极争强好胜的人，从不在任何人面前示弱，今天当着我和胖子的面，接连两次落泪，实在是伤心到了极点。今天她承受的压力确实太大了，我也不知该如何劝她，只好任凭她坐在陈教授旁边抽泣。

我和胖子两人走到被教授打开的石匣前，看那里面究竟有什么东西。这石匣的两扇柜门在正面，已经被拉开了，封口的牛皮漆也随之脱落。只见里面又是两道小小的石门，石门上同样也贴着牛皮漆，上面还刻画着三幅石画，这三幅画看得我直冒冷汗，好半天也说不出话来。

胖子看了两眼，没看明白，便问我："这画上画的是什么？老胡你不会是被石头画吓着了吧？"

我深吸一口气，尽量让自己保持镇定，对胖子说道："这画上也是先知的预言……"

胖子忙问："预言是什么内容？有没有说咱们怎么才能离开这鬼地方？"

我强行压制住内心的狂跳，低声对胖子说："预言中说，开启第二层石匣的四个人，其中有一个是恶鬼……"

石匣第二层中的三幅石画是这样的：第一幅画着四个人站在打开的石匣前，这四个人中的三个人仍然是没有任何特征，还是先前那种普普通通的人形。然而其中一个，头上长了一只眼睛，代表脑袋的圆中画了两颗蛇牙，再加上四肢，分明便是黑塔第四层中的精绝守护神，与其说是神，不如说是恶鬼更恰当。

这个人形只不过多画了几笔，硬是看得我头皮发麻，我、胖子、陈教授、Shirley 杨，现在只有这四个幸存者，这四个人谁是恶鬼？

第二、第三幅石画并列在一起，表现的是两种不同的结果：一种结果是三个人加上一个头上长眼的恶鬼一同打开石匣，这时恶鬼会突然袭击，掏出其余三人的内脏。第二种情况是，恶鬼倒在地上，身首分离，被杀掉了。三个人打开第二层石匣，墓室中出现一条通道，可以逃出生天了。这么说先知给了我们提示，让我们自己选择自己的命运？这道题目未免也太难了，我和胖子是一个人的两条腿，缺了谁也不行；陈教授为人和善，更是待我不薄；Shirley 杨救过我的命，不论他们三个中的哪一个是恶鬼，我都下不去手。

如果之前不知道先知预言的真假，我可能还不会害怕，但是这位已经死去几千年的先知，他的预言精确得让人无话可说，那么我们当中就真的有一个人是恶鬼了？不管他是被恶灵附体，还是一直伪装成普通人的魔鬼，这已经是现成的事实了，而我现在又不得不面对这个事实，第二层石匣必定会开启，不除掉隐藏着的恶鬼，我们都得死在这里陪葬。

谁是……恶鬼呢？不可能是我。我看了看胖子，眼睛是观察一个人最直接的渠道，眼神是很难伪装的，他的眼神我再熟悉不过，还和以前一样，对什么都满不在乎，那眼神就好像是在说：老子天下第一，谁不服就揍谁。当然也不可能是胖子了。那么既然不是我们两个，难道……

我偷眼看了看身后的 Shirley 杨和陈教授，Shirley 杨也正注视着我，我不敢和她目光相对，连忙假装看别处。

Shirley 杨见我和胖子看了打开的石匣后一直在嘀嘀咕咕，便问道："老胡，石匣里面有什么东西？"

我冲胖子挤了挤眼睛，胖子会意，连忙假装坐在地上歇息，刚好把打开的石匣挡住，不让 Shirley 杨看到。

我得先想办法稳住他们，想出对策之后再动手。我对 Shirley 杨说："石匣里面什么都没有，空的。"

Shirley 杨问了一句就不再说话，坐在一旁取出水壶，想让陈教授喝两口。陈教授已经彻底疯了，谁都不认识，一挥手把水壶打翻在地上，跺着脚哈哈大笑。这是我们仅存的小半壶清水，Shirley 杨急忙去把水壶捡起来，小半壶水又洒了一多半。

胖子在我耳边问我："怎么办？要不要把他们两个都……"

我止住他的话头："别，在弄清楚之前千万不可以轻举妄动，要不然后悔都来不及。对了，咱俩的嫌疑可以排除了吧？"

胖子说："那当然了，咱俩怎么回事咱自己还不清楚吗？我看那美国妞的嫌疑最大。"

我说："我觉得咱还是得走个过场，要不然一会儿动起手来，会让杨小姐和陈教授挑咱们的理。"

胖子说："他妈的，枪杆子里出政权，什么理不理的，直接放翻了他们俩，挨个审查审查，审不出来就大刑伺候，再审不出来就……"单掌向下一挥，做了个砍人的手势。

我一听胖子说枪杆子里出政权，忽然想起一条计策。那恶鬼定然是从精绝国跑出来的，不管它怎么伪装，它都没经历过"文化大革命"吧，这些妖魔鬼怪也不搞政治学习，不看报纸新闻，它们伪装成人的模样，对外边的事物一定不了解。

于是我对胖子说："你刚才能说出枪杆子里面出政权，这就足能证明你不是恶鬼了。现在你考考我，我也证明一下我自己，然后再问他们俩。"

胖子挠挠头："那你就念句主席诗词吧。"

我想都没想就念道："国际悲歌歌一曲，狂飙为我从天落。"

胖子道："没错，你绝不是恶鬼。"

Shirley 杨何等聪明，见我和胖子不停地小声商议，就明白可能有什么问题，当下站起身朝我们走了过来："你们两个究竟在说什么？还要背地里说！"

我和胖子从地上跳将起来，喝道："站住，再走过来我们不客气了！"

Shirley 杨一怔，问道："你们怎么了？发什么神经？"

胖子道："没什么，就想听你唱首歌，你唱个《林总命令往下传》来听听。"

Shirley 杨更是茫然不解，这是什么场合，刚死了那么多同伴，又身陷绝境，哪儿有心思唱歌，更何况唱什么《林总命令往下传》，简直是不知所云。

我心中也觉得胖子让她唱的这首歌有点偏了，让一美国妞唱这歌，她肯定不知道，但是能考她什么呢？现在美国总统是谁？那他娘的连我都不敢确定。

我掏出黑驴蹄子连哄带骗地对Shirley杨说："你先别问这么多了，你啃一口这个，然后拿去给陈教授啃一口，就只管照我说的做，对你只有好处没有坏处。"

Shirley杨有些生气了："连你也神经了？这驴蹄子是用来辟邪驱魔的，我不吃，你拿开。"

她越是不吃越是显得可疑，我对胖子使个眼色，胖子不由分说，过去就把Shirley杨按倒在地，解下皮带把她捆了个四马倒攒蹄。Shirley杨气得脸上青一阵白一阵，咬牙切齿地说："胡八一！你是不是看我揭穿了你倒斗的勾当，就想杀我灭口……你们俩快把我放了！"

陈教授在一旁看得兴高采烈，哈哈大笑，口水顺着嘴角往下流。我看了陈教授一眼，心中极是难过，多有学问的一位长者，落得这种下场，不过也不能排除他的嫌疑，等先弄清楚Shirley杨的事再作理会。

我硬起心肠，对Shirley杨说："你究竟是不是精绝女王？"

Shirley杨怒道："死老胡，你胡说什么！"

我冷冷地说："我看你就像是被那妖怪女王附体了，再不然就是她转世投胎，否则你怎么能在梦中见到鬼洞中的情形？还有你一个美国妞，怎么知道我们倒斗的唇典？"

胖子早就看Shirley杨有点不顺眼，这时候终于逮着机会了，拔出匕首，猛插在地上："老胡你把她交给我吧。她知道咱俩是倒斗的，这事并不奇怪，这妖怪肯定会读心术。问她也没有用，给她脸蛋上划两刀再问，看她招是不招。"说罢就要动手。

我看Shirley杨竭力忍着在眼眶中打转的泪水，不看胖子的匕首，却盯着我看，心中一软，想起在扎格拉玛山谷中被她所救之后，曾对她说我欠她一条命，这时候如何能对她下毒手。

我连忙阻止胖子："且慢，还是先跟她交代一下咱们对待俘虏的政策，她若还是顽抗到底，再给她上手段也不迟。"

胖子说："其实我也不忍心划了这么个漂亮妞的脸蛋，不过这妖怪诡计多端，咱要小心被她的美色所诱惑。"

Shirley 杨越听越气，险些背过气去，再也绷不住，流出泪来，只听她哽咽着说："我为何梦到鬼洞中的情形，我自己也不清楚。我懂你们倒斗的唇典，是因为我外公在出国前也是干这行当的，我都是听他给我讲的，这事我本来想以后找机会和你谈的……我该说的都说了，你们两个家伙要杀要剐，尽管动手，我……我算是看错人了。"

胖子冷哼了一声道："花言巧语，装得够无辜的啊，你就编吧你。老胡你表个态，怎么处理？"

我拿出黑驴蹄子放在 Shirley 杨嘴边："你咬一口，只要你咬一口，我马上放了你。"

Shirley 杨说："你……你快杀了我，否则我今后饶不了你，我做鬼也不放过你。"

我见她不啃黑驴蹄子，便从胖子手中把匕首拿过来。这时我心中有个声音在问自己，倘若她真是恶鬼，我下得了手吗？答案很明显是否定的。可是不动手杀死我们四人中的那个恶鬼，大伙都得死在这小小的墓室中，他娘的，干脆大伙一起死了算了。

正在我进行激烈的思想斗争之时，陈教授呵呵傻笑着站起来，手舞足蹈地又发起疯来了。我怕他去打开第二层石匣，便伸手拉住他。

陈教授大笑着喊："花啊，真美，红的绿的，我找着的……呵呵呵。"

我看着他疯疯癫癫的样子，听他说什么花，这种疯子，我在哪儿见过？不对，不是见过，是听说过，那个幸存的英国探险家……我脑中一团团乱麻般的思绪，猛然被无形的手扯出了一个线头，这个线头很细小，但还是被我捕捉住了。

尸香魔芋？难道我们还没有摆脱它制造出的幻觉陷阱吗？尸香魔芋这朵来自地狱中的魔鬼之花，我们还在它的控制范围之内，它正在引诱着我们自相残杀……

第三十一章
真与假

真实与幻觉，如何去区分？倘若这间石室与先知石匣中的预言都是尸香魔芋制造出来的幻象，这幻象究竟是从什么时候开始的？

我觉得我的大脑有点应付不了这种复杂的问题，要是 Shirley 杨可以帮忙分析一下就好了，我和胖子的脑袋加在一起，也顶不上她半个。

不过我认为尸香魔芋制造幻觉让我们几个自相残杀，也只不过是推测。那魔花实在厉害，在鬼洞石梁上的一幕，让我至今心惊，但是我并没有百分之百的把握认定先知的预言是陷阱。

胖子见我又走神了，就推了推我："怎么了老胡，最近你怎么总两眼发直？这美国妮子咱还收拾不收拾了？"

我让胖子看住陈教授，俯下身来问 Shirley 杨："你说你外公在去美国之前也是做倒斗的，空口无凭，让我如何信你？"

Shirley 杨盯着我恨恨地说："臭贼，你爱信不信……我脖子上挂着我外公的遗物，你一看便知。"

"遗物？"难不成是一枚摸金符？我果然见她脖颈上挂着两根项链，伸手拉出来一看，一条是个十字架，另一条果然是穿山甲爪子制成的摸金符。

这东西在世上极是隐秘，盗墓者也不是人人都有，甚至大部分盗墓者都不曾见过此物。物件因人而分贵贱，这摸金符本身并不算贵重，掉在地上，可能捡破烂的都懒得捡，但是对代代相传的盗墓者来说，这是无价之宝，它象征着一种资历。

我把 Shirley 杨的摸金符拿起来仔细端详，人比人得死，货比货得扔，跟她的这枚摸金符一比，大金牙送给我和胖子的那两枚简直就不能要了。

Shirley 杨的摸金符一看便知是后汉时期的古物，符上的"摸金"两个篆字，笔画苍劲雄朴，古意盎然，而且是用穿山甲最锋锐的爪子制成，像黑水晶一样微微透明，年代虽久，但半点磨损的痕迹也无，爪根锁着一圈金线，通身刻着辟邪的飞虎纹。

而我和胖子的那两枚跟这个一比较，真假立辨，明显是人工做旧的，选料工艺也不能相提并论。他娘的，大金牙这孙子，拿假货蒙我们啊，我说怎么从来就没管过用呢。

我把 Shirley 杨的摸金符拿在手中看了良久，有点爱不释手，舍不得放下，真不想还她了。

Shirley 杨叫道："快还我！想害命也就罢了，还想一并谋财不成？"

我把摸金符又挂回 Shirley 杨的脖子："既然你外公也是倒斗的，你又何必口口声声管我们叫臭贼，你这不是连你外公也一并骂了？这么对付你，也是事出有因。"便把在第二层石匣上的石画预言原原本本地告诉了 Shirley 杨，最后对她说，"这一切也许是尸香魔芋制造出的死亡幻觉，但是在确定之前暂时还不能放了你。"

Shirley 杨听了之后，面色稍稍缓和："那你就快想些办法，你以为被你们绑着很舒服吗？回头让你也尝尝这滋味。"

我站起身在房中来回走了几步，盯着第二层石匣上的石画，实在是不敢轻举妄动。如果这预言不是幻觉，而是真的，那么如果不杀掉一个人就打开第二层石匣，恶鬼马上就会现身杀死其余所有人。我感觉现在比踩着地雷还难受，踩上地雷大不了把自己炸死，这个预言是真是假，关系到四条人命，委实难以抉择。

第三十一章 真与假

陈教授疯了，Shirley 杨又有点让人怀疑，我只好和胖子商量。我把我的推断都告诉了他，明知道他不可能帮上什么忙，但还是希望找个人分担一下肩头的压力。

胖子听后点了点头："噢，是他妈这么回事，我明白了，你是担心咱们还处在那狗尾巴花造出的假象当中。你早跟我说啊，这么屁大点事，我立马给你解决了。"

我奇道："你能分辨出来？此事非同儿戏，可不能闹着玩啊，一着棋错，咱们就满盘皆输。"

胖子没说话，抬手就给了我一个耳光，他出手很快，我没有防备，被打了个正着，脸上火辣辣地疼。

我正要发作，却听胖子问道："怎么样？疼是不疼？"

我揉了揉脸："他娘的，儿子打老子，反了你了，还疼不疼，我打你一巴掌你试试就知道疼不疼了。"话一说完，马上想到，对了，要是能感觉到疼痛，那就不是身处幻觉之中，看来我们并没有被那尸香魔芋所控制。

我转回身想再去逼问 Shirley 杨，一瞥眼只见石匣第二层上的石画产生了变化。我连忙过去细看，却见那三幅石画慢慢模糊，消失不见了，只剩下空白的一只小石匣，石匣上有盖子，封着牛皮漆，是为了长期保存里面的贵重物品。

再看第一层石匣，完全没有变化，一幅幅都是先知的预言，最后仍然是画有四个人打开第一层石匣的石画。

这是怎么回事，难道是有真有假？我把胖子拉过来，让他看第二层石匣上有什么，胖子说，不就还是那三幅石画吗？

我抬手给了他一个耳光："你再看看，还有石画吗？"

胖子捂着脸说："哎……这……现在没有了。他妈的，真是活见鬼了，我看看这里边是什么东西。"说完伸手就把第二层石匣拉开。

我惊道："你手也太快了，让你看一眼，没让你干别的。"然而第二层石匣打开后，并没有发生任何事情，四个人都好端端的，并没有发生什么恶鬼杀人的事情。

凭我的经验来推测，我们刚才确实是被尸香魔芋控制住了视觉，这株魔花的力量远远超出我们的估计，它并不是只能在鬼洞的石梁上制造幻觉。

当时我想冲过石梁营救萨帝鹏，就落入了它的幻觉陷阱，随后胖子和Shirley杨把我救了回来。那时我回头看了一眼，尸香魔芋原本闭合在一起的花瓣全部张开，正对着我们，从那时候起尸香魔芋的幻觉范围就扩大了。我们的探照灯熄灭之后，就出现了很多黑蛇，按当时的状况判断，我们五个人，两个走动不得，在群蛇的围攻下，竟然没有人被蛇咬到，这实在是奇迹，现在看来，那些蛇应该都是虚假的幻象。

尸香魔芋制造出这么多黑蛇攻击的假象，是想把我们逼进山体的裂缝中，自己把自己活埋在里面，没想到我们在裂缝中越逃越远，无意中逃进了先知的墓穴。

这魔花虽然厉害，但它控制的范围毕竟有限，离我们太远，已经无法制造太强大的幻象，于是它就改变了结构最简单的石画，诱惑我们自相残杀。

而且尸香魔芋的可怕之处在于，它绝不是通过人的五感来制造幻觉，只要你看过它一眼，记住了它那妖艳的颜色，在一定的距离内，都会被它迷惑，只是距离越远，这种幻觉的力量就越小。

即使最后活下来一两个人，也会因为亲手杀了自己的同伴而精神崩溃，那么精绝女王的秘密就永远都不会有人知道了。真他娘的歹毒啊！

这时胖子已经把第二只石匣中的东西取了出来，是一本羊皮制成的古书，我估计先知的启示以及失落的精绝古国和鬼洞的秘密，都在这本书里了。

我正欲瞧瞧羊皮册中有些什么，却想起来Shirley杨还被绑着撂在地上，便把羊皮册先放下，准备将她解开。虽然她梦中反复梦见鬼洞这件事蹊跷异常，但是她应该不会是被恶灵附体或者妖怪女王转世，这么对待她实在是有点太过分了。

Shirley杨被绑翻在地，脸上蹭了不少灰土，再加上她的眼泪，跟唱京剧的大花脸差不多了。她见我靠近便生气地说："死老胡，快把我解开！"

第三十一章 真与假

我把事情的经过对她说了一遍,一咬牙,打了Shirley杨一个耳光,然后把捆住她双手的皮带解开。

我说:"我也是没办法,才出此下策,你打还我就是了,打几下随便。"说完侧过头去,等着Shirley杨动手抽我耳光。我已经做好了准备,估计她不打掉我两颗门牙是不会善罢甘休的。

没想到Shirley杨擦了擦脸上的灰尘,却没动手打我,只说:"现在我不想和你计较,这笔账以后再算,先想办法脱身要紧。"

Shirley杨取出随身便携袋里的一个小盒,里面是个小小药丸,打开后在自己鼻子前吸了一下,又递给我两粒,让我和胖子也分别闻一闻。

Shirley杨说:"这是一种高浓度提炼的酒精臭耆,气味强烈,能够通过鼻黏膜刺激大脑神经前叶,使人头脑保持清醒,可以用来辅助戒毒,抵消毒瘾。国外探险家去野外都会带上几粒,以防万一,在饥饿疲劳的极限,可以刺激脑神经,不至于昏迷。但是短时间内不宜多用,否则会产生强烈的副作用。至于对魔花的幻觉管不管用,就不得而知了。"

我想这些幻象都来自大脑中枢,Shirley杨的这种刺激性药物,应该多少能起到一些克制幻觉的作用。

我给了胖子一粒,自己也打开,马上对准鼻孔一吸,一股奇臭难闻的气息冲进了鼻腔,呛得我连声咳嗽,不过随即觉得原本发沉的头脑轻松了许多,十分舒服。

我说:"有这种好东西,为何不早些拿出来用,在石梁上给我们几粒,早就把那株妖花连根拔了,也不至于现在被埋在这里,进退两难。"

Shirley杨道:"当时你从石梁上跑回来,说出缘由,我们才知道尸香魔芋会使上了石梁的人产生幻觉,随后就遭到了无数黑蛇的袭击,只不过那么短短的几分钟,根本不知道那些蛇也是魔花制造出的幻象。另外我看那尸香魔芋不会这么简单,它有一种直指人心的魔力,若是离得太近,我想这种药物也不会起太大作用。"

进入先圣墓穴的五个人,只有陈叶二人神志不清,一个是受了刺激,另一个是昏迷不醒。现在叶亦心已经死了,陈教授疯疯癫癫的,他不会被尸香魔芋迷惑了。他的样子让我们联想到之前曾进入过精绝古城遗迹的英国探险队，那支探险队唯一的幸存者是个疯子，他肯定也是见到了同伴们自相残杀的惨状，受了过度的刺激导致精神失常。

而陈教授则是由于在一天之内心情大起大落，先是伤心于助手郝爱国之死，又在精绝遗迹中找到一个又一个惊喜的重大发现，突然又见到他自己的两个学生惨死，这么大喜大悲对人的神经打击是非常大的，更何况他年事已高，最后终于精神崩溃，彻底疯了。

想到这些，我表情沉重地点点头，对 Shirley 杨说道："那死人花当真了得，还好咱们之间亲密团结，才不至于中了它的离间之计，没有出现自相残杀的惨剧。现在想想，也真后怕，不过总算先圣保佑，没有酿成大错。"

Shirley 杨忽然把脸一沉，道："胡八一，你也太狡猾了，把自己的过错推得一干二净。你知道我有多信任你，你不仅骗我，不同我讲实话，还怀疑我是……是什么妖怪，你有没有想过我是什么感受？你知道被你们两个坏蛋像绑牲口一样绑住，等着你们审问宰杀是什么感受吗？"

我捂着脑袋说："哎哟，不好，我头又疼了，我得先坐下休息一会儿。胖子你快拿那本先知的羊皮册子给杨大小姐看看，看有没有什么脱困的良策。"说完借机溜到陈教授旁边，不敢再和 Shirley 杨说话。

还好 Shirley 杨毕竟不是那种得理不饶人的女人，见我溜开，也就不再追究，端起先圣的羊皮古册一页页地观看。

我暗暗叫苦，以她的个性，以后定饶不过我。今天的事做绝了，又死了那么多人，我和胖子那笔辛苦钱算是又泡汤了。他奶奶的，俺老胡怎么如此命苦，喝口凉水都塞牙。

我又好奇那本古册中有什么内容，见 Shirley 杨一脸郑重的神色，瞧不出是喜是忧。先知既然能预见到我们会来他的墓穴，并且打开石匣，那么他一定给我们留下了一些东西，那究竟是什么呢？我再也按捺不住，出声相询："小孩子先知的书中是什么内容？"

Shirley 杨手捧羊皮古册，边看边说："都是先知画的图画，似乎有很多关于鬼洞的内容。"

第三十一章 真与假

我这辈子都不想再回什么鬼洞，最重要的是想知道有没有出路，但是又不好催促Shirley杨，只能捺着性子听她说话。

Shirley杨说："从头看才能搞清楚来龙去脉，否则最后的图画未必能够解读出来。这开头的部分是讲古西域有座神山，也就是咱们现在所处的扎格拉玛山，这座山四周河道密布，动植物繁多，这里居住着四个部落……"

我跟胖子对望了一眼，心想这美国妮子还要从头开始讲，真够急人的。我们俩心急如焚，想赶紧知道如何才能离开这窄小压抑的墓室，却都不敢开口，你看看我，我看看你，急得坐立不安。

只听Shirley杨继续说："好景不长，人们在扎格拉玛山中发现了一个深不见底的洞穴，没有人能下到洞底，所有的人都想搞清楚洞中是个什么世界。四个部落中有一位大祭司，他命人造了一只玉石眼球，希望能通过真神的力量来看清这个无底洞是吉祥的还是邪恶的。随着有一次大型的祭典，但不仅没有看清楚无底洞下有什么东西，反而招惹得灾难开始降临。首先是大祭司双眼暴盲，死于非命。随后附近出现了一种威胁人畜安全的怪蛇，这种蛇的数量很多，它们头上都长着一只怪眼，毒性猛烈，害死了无数人畜。四个部落推举出两位被真神眷顾的圣者，带着部族中的勇士杀死了母蛇。这是一只长着人首蛇身并有四肢的怪物，它会孵出眼球一样的卵，每只卵可以生产数百条怪蛇，如果任其繁衍下去，后果不堪设想。"

我和胖子听到这里，都惊奇不已："乖乖，古代还真有这么种长人头的怪蛇啊，还好咱们没遇到，不然还真不好对付。"

Shirley杨说："想必先圣除蛇是确有其事，不过人首蛇身的蛇兽却未必真有。古代人通常都会对重要事件进行过度的神化渲染，就像中国的炎帝黄帝与蚩尤之间的战争，也许只不过是部族之间数百人的械斗，但是在古代的记载中，就被描画成了波澜壮阔，甚至连众神百兽都加入进去的超级大战。"

我竖起大拇指赞道："果然是高见。不知后事如何，可否尽快分解？"

Shirley杨白了我一眼，接着说道："蛇兽被扫荡干净，先圣把群蛇的尸体扔进扎格拉玛山下的无底洞。圣者通过神谕得知，这个洞窟是一个灾祸之洞，而玉石眼球已经开启了灾祸的大门。在这之后，其中一个部落里诞生了先知，也就是这位拥有预言能力的小孩。嗯……再接下来就是先知对扎格拉玛山以后的预言了。部族中的先圣死后，就被埋葬在了扎格拉玛山，先知通过仪式能预言几千年之后的重大事件，但是其范围仅限于扎格拉玛山附近，这可能是由于部族中被视为神一样的先圣埋葬在这里，先知的能力都是被两位先圣和真神赐予的。"

总算是到正题了，我仔细听着Shirley杨的话，能不能从这鬼地方出去，就看先知是怎样预言的了。生存与死亡的答案即将揭晓，我的心跳稍微有些加快了。

Shirley杨道："别这么紧张，刚才我翻了一遍，后边好像有启示可以让咱们离开扎格拉玛，不过需要结合前面的内容参详，你们别急，咱们一步一步地来。"

就在全神贯注之时，忽见陈教授瞪起双眼指着Shirley杨手中的羊皮古册说："千万不要看后边的内容！"

第三十二章
撞邪

陈教授的声音变得非常尖锐刺耳，墓室内本就狭窄，更显得他的声音凄厉异常。我们三人心下都是疑惑不解，教授疯了倒也罢了，怎么突然之间连声音都改变了？

我连连晃动陈教授的肩膀，想让他清醒一点，谁知他的喊声越来越大，挥舞着双臂："不要出去，不要出去！"边喊边拼命地拉扯我的胳膊。

我担心陈教授疯疯癫癫地做出什么威胁到大伙安全的举动，便让胖子过来帮忙，和我一起把陈教授按倒在地。

Shirley 杨怕我们俩弄伤了教授，急忙过来阻止，哪儿知陈教授见她过来，忽然伸出手臂，夺过 Shirley 杨手中的羊皮古册，扯掉最后一页，张口便咬。

那几千年前的羊皮何等古旧，自然是咬不动，陈教授却不管不顾，只是一个劲地把羊皮塞进嘴里狂嚼不止。

陈教授受了刺激之后又痴又傻，怎么突然变得如此歇斯底里？神经崩溃的人是不可能再受魔芋花幻觉控制的，难道是被恶灵附体了？他是不想让我们离开这里逃生？

胖子把教授嘴中的古羊皮扯了出来，羊皮倒没事，陈教授的口中已满是鲜血，为了预防万一，我们只好把他暂时捆起来。

我最关心羊皮册的最后一页有没有损坏，倘若有逃出的方法，应该就在这最后一页，要是被陈教授嚼坏了，那就难办了。

最后一页羊皮册上沾了不少陈教授的口水，还有他牙床上的血迹，却没有任何图案符号，一片空白。

我对 Shirley 杨说："糟了，先知的预言让陈老爷子舔没了。"

Shirley 杨道："你别担心，先知的羊皮册最后一页，本就什么内容也没有。"

我对自己刚才的惊慌失措有些后悔，今天也不知是怎么回事，处处不顺，搞得我心浮气躁，说什么也冷静不下来，总觉得这墓室里有什么地方不对。

不过先知的预言精确无比，他自然也会料到疯了的陈教授会做出什么举动，所以羊皮册的最后一页是空白的。看来我们在这石室中的一举一动都早已是注定会发生的事，多想也是没用，干脆就横下心来，顺其自然好了。

我和胖子夹着陈教授坐下，让 Shirley 杨接着刚才的内容讲下去。陈教授被我们俩夹在中间，动弹不得，只是不停地挣扎，却不再喊叫了。

Shirley 杨继续讲解羊皮册中的预言："先知预言在他死后八百年，他的部族早已为了躲避灾难，迁徙到了遥远的东方，而扎格拉玛山又迎来了一个新的部落。这个部落来自西边的沙漠，他们在山中发现了鬼洞，部族中的巫师宣称这里是魔神居住的场所。这个部族便是精绝国的前身。精绝女王长了一双能看到阴间的鬼眼，她掌握了用玉眼祭器召唤黑蛇恶灵的仪式，用此征服了周边的十余个邻国。他们这些暴行激怒了真神，真神把这座山连同附近的地域都交给了魔鬼，沙漠吞没了他们的城市，这个国家所有的人畜以及鬼洞中黑蛇的恶灵，都被深深地埋入地下。"

胖子焦躁起来，再也忍耐不住，催促 Shirley 杨快说后边的内容，早一刻离开这压抑的墓穴也是好的。

Shirley 杨说："最后就是对咱们这些进入先知墓室的人的启示了……

启示中预示，会有四个幸存者因为山体崩裂而进入墓室，其中的一个人是先圣部族中的后裔……"

我奇道："后裔？是不是就是指拥有以前那个远古部族的血统？既然没有具体说是谁，我想还是你的可能性最大，否则我和胖子怎么没有梦到过鬼洞呢？而且你可能还继承了一些你们那个部族的预感能力，提前见到了将来你注定会去的地方。"

胖子也赞同地说："没错，那绝对就是杨大小姐了。老胡咱俩以前没注意，她的鼻子有点鹰钩，眼睛也稍微有点发蓝，咱还当她在美国待时间长了就那样，现在看起来，她还是继承了她祖先的血统，打根上就不是中国人。"

我怕胖子说话太冲，又把 Shirley 杨惹急了，忙道："这身世还真够离奇的，不过你怎么又姓杨呢？"

Shirley 杨有点无法接受这件事，摇头道："不知道，我家中历代都是华人，也许是我母亲那边的血缘，我外公的鹰钩鼻子就比较明显……不管先知启示录中所说的后裔是谁，现在都不重要了，当务之急是尽快离开这里。后边的启示中显示，先圣会为本族的后代指点出一条逃生的道路，但是千万不要将羊皮册子掉落在地上，羊皮册掉在地上之时，便是沙暴开始之时，届时黄沙将再次吞没精绝古城和扎格拉玛神山，而神山这一次被沙海掩埋，将直到时间的尽头。"

我赶紧提醒 Shirley 杨："那可千万别让这羊皮册子落到地上，否则会立刻刮起大沙暴，还没等咱们离开，便连同这神山一起埋入地下了。再后边还有什么内容？"

Shirley 杨道："这就是最后一部分，后边没有了。先圣会指点一条逃生的道路，你看看先圣遗骸上有没有什么线索。"说完，把身上的便携包打开，准备把羊皮册装进去，以防万一。

正在此时，原本被我和胖子二人夹在中间的陈教授，突然生出一股怪力，怪叫着挣脱开来，冲向 Shirley 杨，只听他高声尖叫着："永远也别想离开！"

我们三个人被陈教授的叫声镇住了,并不是因为他喊叫的声音刺耳,而是这时候听得分明,陈教授凄厉的叫声与刚刚死去的叶亦心的声音好像。

趁着我们还没反应过来的这一两秒钟,陈教授已经把 Shirley 杨手中的羊皮册打落……

事出突然,只能以奇招应变,是生是死往往就在一念之间。我抬脚便踢向即将垂直落在地上的羊皮册,把它像个皮球一样横向踢了出去。

羊皮册被我踢出去的方向刚好是胖子站的位置,胖子也不敢怠慢,奈何羊皮册的飞行轨迹太低,也来不及弯下腰去接,只得也用脚踢开,不敢让它落地。

墓室内本就狭窄低矮,这两下好似耍杂技一般,所有人的心都提到了嗓子眼,可能是由于肾上腺素的原因,这几秒钟的时间仿佛都静止了。

胖子这一脚把羊皮古册踢了起来,斜斜地向上,直奔 Shirley 杨面门飞来,眼看 Shirley 杨就要伸手接住,陈教授突然一伸手,赶在她前面抓住了羊皮册子,顺势就要再次往地上摔落。

此时只见一个宽大的人影猛身直上,把陈教授扑倒在地。原来是胖子见形势不妙,使出被视为禁忌的终极绝技"重型肉盾",一下扑倒了陈教授。

我也连忙赶到近前,劈手夺过了陈教授手中的"定时炸弹",这本能决定众人命运的羊皮册终于没有落在地上。

Shirley 杨一把推开胖子:"教授都多大岁数了,你想把他砸死啊,他要有个三长两短,我就让你偿命。"说着便给被胖子压得嘴歪眼斜的陈教授推宫过血。胖子这一身肥肉,好悬没要了老头子的命。

我把羊皮册小心翼翼地装进自己腰间挂的便携袋中,随后对 Shirley 杨和胖子说:"你们有没有发觉,这陈老爷子十分古怪,我听他说话,怎么有几分像是叶亦心?"

胖子说:"是啊,莫不是被那小姐的亡魂缠上了?这妮子死得委屈,怕咱们都走了没人给她做伴,就想留下咱们,说起来倒也可怜。"

我骂道:"去你奶奶的,人鬼殊途,她生前是咱们的同伴,现在已经死了又想拉咱们做伴,这是一种小女人自私自利的想法,不值得同情,这种时候千万不能有妇人之仁。"

Shirley 杨道："你们别胡说，这世界上哪儿有鬼，一定是教授受了太大的刺激，神志不清，所以导致行为失常。倘若有鬼怎么不上咱们三个的身，偏偏要找陈教授？"

我说："这你有所不知，现在情况紧急，咱们也不便细讲。我这儿有个黑驴蹄子，胖子身上也有，你脖子上挂着正宗的摸金符，陈教授却没这些东西，再加上他神志不清，身上三昧真火不旺，所以容易被侵犯。不信你把我这只黑驴蹄子塞进陈教授的嘴里，究竟是不是冤魂附体，一试便知。"

Shirley 杨说什么也不肯："这是人吃的东西吗？要吃黑驴蹄子你自己吃。"

我心想反正我们的工钱也不指望要了，现在关键是能活着出去，任何一个疏忽都是隐患，必须得用黑驴蹄子试试陈教授究竟是怎么回事，刚才他的表现，绝不是失心风那么简单。

我不顾 Shirley 杨的阻拦，硬是把黑驴蹄子塞进陈教授口中。陈教授这时已经不再是先前那种恶狠狠的表情，又恢复了痴傻的状态，见那黑驴蹄子送到嘴边，张口便咬，一边咬着一边傻笑。

Shirley 杨怒道："你是不是把教授折腾死才肯罢休？快把黑驴蹄子拿开。"我赶紧把黑驴蹄子取了出来。看来是我多心了。

四个人好不容易从刚才那一番慌乱中平静下来，想起先知的启示，说是会给我们指点一条逃生的道路，便围在先知的遗骸前仔仔细细地查看，唯恐遗漏下一丝一毫的线索。

第三十三章
逃脱

看了数遍，却毫无发现，先知的尸体上没有任何提示性的符号、图画、文字。胖子急不可耐，动手在先知的遗骨中摸了个遍，仍然是什么也没有。

先知的遗骸呈坐姿，盘腿而坐，一只手搭在石匣旁，另一只手平放在膝前，甚至连个指示的手势都没有，身上除了腐朽成粉末的衣服，裹了一张羊皮之外，更无一物。

我又遍寻四周，看看有没有机关暗道之类的东西，然而这墓室是在石山中掏出来的，四壁都是顽石，个别地方有些细小的裂缝，伸手一试，能感觉到一丝丝凉风，看来这墓室离山顶也不远了。但是没有炸药和工具，想在山石中开出一条逃生的道路，简直是比登天还难。

这间墓室唯一的入口，就是我们进来的那个裂缝，那里曾经有道石门，我们进来的时候为了躲避落下的无数碎石，外边的墓道根本没有仔细看，山体内的破裂，使我们逃生的山隙和墓道连在了一起，然而这条路又已经被碎石堵死，想返回找墓道出去是绝不可能的。

三人急得团团乱转，忽然脚下一阵晃动，耳中只听一阵细微的破裂声从山体中传出。那声音越来越响，地面的震动也随之加剧，看来爆炸导致的山体内部张力传导，经过前两次一次比一次大的开裂之后，压力继续累加，马上就会发生第三次山裂，难道先知的启示就对应在此处？

一阵强烈的晃动，墓室中咔嚓咔嚓，裂出三条大缝，一条在地面上，另外两条一左一右，刚好在墓室的两侧，高矮宽窄都可以容得下人通过。

胖子骂道："他妈的，三选一啊，这小孩先知玩咱们，咱们一人走一边吧，出去一个也好过都被埋在这山里。"

Shirley 杨指着先知的尸骨说："先知已经给咱们指明道路了！"她声音颤抖，按捺不住心中的激动。

我和胖子低头一看，地上裂开的大缝使石匣陷进去了一半，先知的尸骨也歪在一旁，右手的手指刚好指着墓室左侧裂开的大裂缝。

我们连忙跪下磕头，感谢先知先圣的保佑。这时从墓室上边落下的碎石块越来越大，轰隆之声不绝于耳，墓室中已经无法立足了。

我让胖子扛起陈教授，我和 Shirley 杨抬上叶亦心，从墓室墙壁左侧的裂缝中钻了进去，没行出几步，一阵白光耀眼生花，头上出现了久违的天空。

这里距离山顶不过数米的落差，但是山体震动得非常猛烈，山石出现了一道道的裂痕，脚下尽是碎石，一步一滑，落足十分艰难。

胖子蹲下身去，Shirley 杨踩着他的肩膀先爬了上去，又照葫芦画瓢把陈教授也弄了上去。

我让胖子先上去，然后扔下根绳子，好把叶亦心的尸体拉上去，不能就这么把她永远埋在山中。胖子爬起来比较吃力，我在底下托，Shirley 杨在上边拽，费了好大力气才爬了上去。

这时我身后的石壁轰一声巨响，吓了我一跳，回头向后边一看，只见身后的山体正在向后塌陷，整个扎格拉玛山裂成了两半，鬼洞上巨大的圆弧顶壁承受不住，正不断地塌落，把安放女王棺木的石梁连同尸香魔芋，以及无数的财宝、巨瞳石人像，都砸落进了无底的鬼洞。鬼洞中正流出一股股的黑水，掉进去的东西立刻便被黑水淹没，黑色的山体，漆黑的洞穴，身后的大地像是魔鬼张开了黑洞洞的大嘴，正在吞噬着山腹中的一切。

山崩地陷的威力使人目为之一眩，我一只手紧紧抓住石壁，另一只手抱住叶亦心的尸体，不敢稍动，唯恐也随着身后崩塌的山体落下鬼洞之中。

胖子在上边焦急地大喊："老胡快爬上来，别管那小姐的尸体了，现在顾不上死人了！"

我本想怎么着也得把叶亦心的尸体带出去，这时抱着叶亦心的左手已经又酸又麻，看来要是不放手，我也得跟着叶亦心掉下去，只好松开了手臂。没承想叶亦心的胳膊挂在了我的便携袋上，被叶亦心几十斤的分量往下一坠，便携袋被挂开了一个口子，先知的羊皮启示录打着滚，同叶亦心的尸体一起掉落到了山下。

我眼睁睁地看着羊皮册落到山下，心中懊恼不已。先知的预言很明确，羊皮册落地之时，就会发生一场吞没扎格拉玛山的沙暴。真是怕什么来什么。

事已至此只好听天由命，我手足并用往山顶上爬，忽听背后一个哀怨的女声在我耳边哭泣着，这声音似乎就是叶亦心那小姑娘的。我的身体忽然发沉，似乎有个力量在把我向下拉扯，想把我拉到山下去。

我汗毛倒竖，这时沙漠中的太阳已经有一半沉入了西方的地平线，我身处的地方正在山体的阴影中，四周又尽是黑石，这一刻真像是摸到了地狱的大门。

我挣扎着想爬上山顶，但是脚下立足的山石已经崩塌，只能凭双手的力量死死扒住山体，无法回头去看，不过即使能回头，我也不想看，说不定一害怕手上抓不牢，就得掉进下面的鬼洞了。

我想要竭力抑制着不去听那哭声，耳边的哭泣声却越来越凄楚，一声声地刺中人心，听得我心中发酸，身体越发沉重，忍不住就想松手。

胖子和Shirley杨在山顶见我昏昏沉沉的不太对头，想伸手把我拽上来，又距离稍远够不到，眼见山体的裂痕扩张，整座山转眼就会塌陷，手边没有绳索，只好解下腰带垂了下来。

我被上边的两个人一招呼，犹如三伏天被泼了一桶凉水，全身一振，清醒了过来，耳边的哭声消失，身后拉扯的力量也随即不见了。当下不敢多待，拉住胖子的皮带，爬上了山顶。

第三十三章 逃脱

大漠中的落日已经变得模糊，一阵阵夹带着细沙的微风刮过，天地间笼罩着一层不祥的阴影。安力满老汉以前曾经说过，这种风是黑沙暴即将到来的信号，先知预言的扎格拉玛末日终于来临了。

我和胖子架起陈教授，老头子这时候已经没反应了，像个木偶一样任人摆布，你拉着他，他就跟你走，也不知道累，但是不能停步，一停下，他就坐地上怎么也拽不起来了。

只能这么拖着，拽着，往山下跑。靠近精绝古城的那一面山体已经完全崩塌，那半截中空的巨大山体刚好盖在鬼洞上边，把洞口永远地封堵住了。我们下山的这一侧是扎格拉玛山谷的入口，我们本想下来之后就穿过山谷去与安力满的驼队会合。沙暴已经开始了，没有骆驼的话，仅凭着十一号也跑不出去。

没想到刚一到山下，便听山谷中骆驼躁动，安力满老汉神色慌张，正大声吆喝着，驱赶骆驼往外跑。

胖子大骂："老头，你发的誓都是放屁啊！"

安力满也没想到我们会出现在山谷的入口，连忙说道："赞美真主，看来咱们嘛在这里碰到的，又是胡大的安排嘛。"

我们也顾不上跟他多说，把陈教授抬上骆驼，也各自找了一峰爬上去，安力满还追着问其余的人到哪儿去了。

我说："别提了，都没了。现在不是说这些的时候，哪儿能躲避大沙暴，你就快带大伙往那边跑。"

天空已经完全陷入了黑暗，这次刮的是旋风，风眼好像就是山中的鬼洞，风力正在逐渐加强，脸被沙子刮得生疼。安力满老汉也没想到这场大沙暴竟然来得如此快，先前半点征兆也没有。这里除了扎格拉玛和精绝古城的遗迹之外，茫茫大漠，哪里有躲避的地方。不过既然是旋风，离风眼越远便越安全，认准了方向一直跑就对了，能不能逃出去，那就要看胡大他老人家的心情了。

安力满老汉打了声长长的呼哨，骑着头驼当先引路，带着驼队向西奔逃。

刚开始听见身后传来一阵阵奇异的声响，似是鬼哭狼嚎，又似是大海扬波，瞬间狂风大作，裹挟着沙尘的强风铺天盖地，加之天黑，能见度低到了极点，虽然用头巾遮住了嘴，仍然觉得有无数沙石灌进耳鼻。

跑出很长一段距离之后，骆驼们渐渐不听指挥了，安力满让驼队停了下来，这时候谁说什么已经全听不到了，他打了几个手势，就把受惊的骆驼聚拢成一圈。

我看他的意思可能是说再跑下去驼队就要跑散了，队伍一旦散开，那就谁也没有生存下去的可能，现在只好原地筑起防沙墙，人躲在骆驼中间，剩下要做的就只有向胡大祷告了。

我对他点点头，表示了解了，让Shirley杨把陈教授裹在毯子里，就地躲避沙暴。

我和胖子拼了命地铲沙子，安力满老汉安置完骆驼也过来帮忙，在骆驼周围筑起了一道简易的防沙墙，然后用毯子把骆驼的眼睛蒙上，防止它们受惊逃窜，众人也各自裹上毯子围在一起。

好在已经离开了风眼，沙暴边缘地带的风沙已经如此厉害，在风眼中心说不定会把人撕成碎片。

安力满的骆驼都是比较有经验的，这时候围在一起，便不再惊慌，当它们被沙子掩埋住一部分，就抖动身体，向上挪动一点，不至于被沙子彻底埋住。

一直到第二天上午，风沙才渐渐平息。我们这一夜不停地挖防沙墙，早已筋疲力尽，见沙暴已过，这才敢站起来抬头向外看，只见周围都是波浪一样起伏的沙丘，黄沙被风吹出一条条凝固的波纹。

精绝古城，黑色的扎格拉玛神山，女王的棺椁，尸香魔芋，先知与先圣的墓穴，连同古代那些不为人知的无数秘密，还有郝爱国、叶亦心、楚健、萨帝鹏，都永远埋在了黄沙的深处。

陈教授也从毯子中探出脑袋，看着天空傻笑，Shirley杨过去把陈教授头上的沙子抚去。安力满跪在地上祈祷，感谢胡大的仁慈。胖子把所有的行囊翻开找水，最后一无所获，冲我一摊手，做了个无可奈何的手势。

我也无奈地摇了摇头。光顾着逃命，根本没想起来水的事，而且早在七天前就越过了安全返回点，现在想回去，谈何容易。去往兹独暗河的通道也被彻底埋住了，凭我们这么几个人不可能挖开，一滴水也没有，在沙漠中恐怕坚持不了一天，喝咸沙窝子水和骆驼血也不是办法，一想到活活渴死在沙漠中的惨状，便觉得还不如在鬼洞中死了来得痛快。

在沙漠中没有水，就像活人被抽干了血，众人都是一筹莫展，坐在原地发呆。

忽听安力满"嗷"的一声大叫："胡大的使者！"只见离我们不远的沙坡上，出现了一个白色的影子，我以为是又渴又饿，眼睛花了，赶紧揉了揉眼睛仔细去看。

原来是我们先前到西夜城之前见到过的那峰白骆驼，它正悠闲地在沙丘上散步，慢慢朝西方走去。

安力满老汉激动无比，话都说不利索了，白骆驼出现在受诅咒的黑沙漠，这说明古老的诅咒已经消失了，胡大又收回了这片沙漠，跟着胡大的使者，一定可以找到水。

我也不知道他说的是真是假，上次还说进沙漠的旅人见到白骆驼，便会一路平安吉祥，现在又说什么沙漠中的诅咒消失了，不过此时宁可信其有，不可信其无，跟着白骆驼也许真能找到水。

当下赶紧把群驼整队，跟在白骆驼的后边。那峰高大的白骆驼，在烈日下走得不紧不慢，直走了三四个小时，转过一道长长的沙梁，果然出现了一处极小的水洼。

水洼四周长着一些沙棘，水不算清澈，可能含有少量矿物质，动物可以直接喝，但是人不能直接饮用。

骆驼都迫不及待地去喝水，Shirley 杨找了些消毒片，先把水装进过滤器中过滤，再加入消毒片，这才分给众人饮用。

这处水洼可能是兹独暗河的支流，由于夜间沙漠的移动，使得这比较接近地面的河水渗出来一部分。

在水洼边生了堆火，烤了几个馕吃。我没把最后爬上山顶时，后背好像有人拉扯的事告诉他们，这件事似真似幻，让他娘的尸香魔芋折腾的，我都分不清真假了。别说最后这件事，整个在精绝古城以及鬼洞中的经历，真实虚幻已经没有明显的界限了。

我和胖子谈论起在扎格拉玛山的遭遇，简直就像是一场让人喘不过气来的噩梦，胖子说："这狗尾巴花真他妈厉害，说不定咱们根本就没进过精绝古城，这一切都是那鬼花造出的幻象。"

始终没怎么说话的 Shirley 杨插口说道："不是，现在脱离了险境再回过头去仔细想想，尸香魔芋幻象的特点还是很明显的，它只能利用已经存在于咱们脑海中的记忆，却不能够造出咱们从没见过的东西。女王的棺椁、鬼洞、先知的墓室、预言，这些都是真实存在的，黑蛇咱们先前也见到过。引诱咱们自相残杀的预言石画，第一层石匣上的是真实的，因为咱们看过了第一层的预言，所以尸香魔芋才能在第二层石匣上造出幻象。"

我对 Shirley 杨说："真是英雄所见略同，我也是这么想的，只是不敢肯定，所以一直都没说出来。咱们现在是不是商量一下怎么走出沙漠？"

Shirley 杨说："这就要劳烦安力满老爷爷了，他是沙漠中的活地图，咱们不妨先听听他的意见。"

安力满见老板发了话，便用手在沙子上画了几下，说这一片是咱们现在大致的位置，往南走是尼雅遗迹，距离很远，全是沙漠，咱们补充了足够的水也不一定能走到尼雅；向东是罗布泊，中间是沙漠，另一边是无边的戈壁滩；向北是咱们来的方向，也就是西夜城的方向，但是咱们深入沙漠腹地，要走回去也不容易。

现在看来向东南北三个方向都不好走，唯一剩下西面，一直向西是塔里木河，沙漠中最大的内陆河，从咱们现在的位置出发，走得快的话，大约用十天就可以到塔里木河、叶尔羌河、和田河的三河交汇处。到了那里就好办了，再补充一次清水，继续向西走上六七天，就离阿克苏不远了，那附近有部队，还有油田，可以请求他们的帮助。

我们现在最缺乏的水补充足了，差不多可以维持十天，食品还有一些，在沙漠里水比吃的重要，实在没东西吃了还可以吃骆驼。

第三十三章 逃脱

把沙窝里的水一点点过滤储备起来,就足足用了一天的时间,然后才按计划动身出发。一路上免不了饥餐渴饮,少不了风吹日晒、晓宿夜行,终于在第十二天走到了塔里木河。随后继续西行,在第三天遇到了进沙漠打黄羊的油田工人,当时陈教授仅剩一口气了。

从沙漠深处死里逃生一步步走出来的心情,不是生活在正常环境中的人轻易能体会的。从那以后我养成了一个习惯:在家喝水,不管多大一杯,总是一口气喝得一滴不剩。

(陈教授的生死安危,无底鬼洞中隐藏的真正秘密,先圣部落的去向,Shirley杨的身世之谜,以及胡八一与胖子的新历险,都将在《鬼吹灯2龙岭迷窟》中继续华丽展开……)

图书在版编目（CIP）数据

鬼吹灯 .1, 精绝古城 / 天下霸唱著 . — 长沙：湖南文艺出版社, 2019.7（2025.9 重印）
ISBN 978-7-5404-9264-9

Ⅰ. ①鬼… Ⅱ. ①天… Ⅲ. ①长篇小说—中国—当代 Ⅳ. ① I247.5

中国版本图书馆 CIP 数据核字（2019）第 096097 号

上架建议：神秘・探险小说

GUI CHUI DENG. 1, JINGJUE GUCHENG
鬼吹灯 .1, 精绝古城

作　　者：天下霸唱
出 版 人：陈新文
责任编辑：薛　健　刘诗哲
监　　制：毛闽峰　李　娜
特约策划：代　敏　张园园　杨　祎
特约编辑：王　静
特约营销：吴　思　刘　珣　李　帅
装帧设计：80 零・小贾
出版发行：湖南文艺出版社
　　　　　（长沙市雨花区东二环一段 508 号　邮编：410014）
网　　址：www.hnwy.net
印　　刷：天津盛辉印刷有限公司
经　　销：新华书店
代理发行：中南博集天卷文化传媒有限公司
开　　本：710mm×1000mm　1/16
字　　数：272 千字
印　　张：19
版　　次：2019 年 7 月第 1 版
印　　次：2025 年 9 月第 14 次印刷
书　　号：ISBN 978-7-5404-9264-9
定　　价：39.50 元

若有质量问题，请致电质量监督电话：021-62503032
销售电话：17800291165